〔美国〕威廉·福克纳◎著
金凌心◎译

喧哗与骚动

海峡出版发行集团 THE STRAITS PUBLISHING & DISTRIBUTING GROUP | 海峡文艺出版社 Haixia Literature & Art Publishing House

颁奖辞

瑞典文学院院士　葛斯达夫·赫尔斯多莱

威廉·福克纳可以说是一位乡村作家。他总能让瑞典读者将他和拉格洛芙以及伯格曼这两位伟大的瑞典小说家联想在一起。福克纳的故乡是美国密西西比州北部，而他的小说大部分却以杰弗逊这个小镇作为背景。既然能从福克纳联系到前面提到的两位伟大的瑞典小说家，那么肯定他们之间存有联系，我们或许能从更深一层来看他们之间的差异。但是限于今天的时间，我们也不能谈论很多，所以，首先让我们了解一下福克纳与他们二位之间最大的不同，也就是小说的创作背景。相对于拉格洛芙小说的侠客背景、柏格曼小说的古怪人物的较为阴暗且残暴的活动背景，福克纳的小说是以美国南部为背景的。那个时候，美国南部利用黑人奴隶的劳动果实创造出辉煌的历史；内战的爆发让过去的社会基础土崩瓦解，让人民经受了痛苦的挫折；工业、商业发展所带来的罪恶行为，让南部人民愤慨而震惊。对于现实中的这一切，福克纳也是慢慢才能尝试着去接受的。

福克纳的小说是对南部苦难历史过程的记录。他十分理解这个过程给人们带来的感受。当时，他的家族被迫接受败北的苦果，体验着一切不幸所带来的贫困、堕落、腐败。有人对他的评论是：他是个反动派。虽然他被戴上这顶帽子也不是空穴来风，但是他大量的作品中所体现出来的负罪感，已经足够补偿这一切。正义的行为和极端的个人主义都可谓是他人生中独特的一面。对于福克纳内心的矛盾，可以这么描述：他对自己不能够好好施行自己的正义感和好好认识自己的道德而感到失落，所以只能通过写作把这样的情感以夸张的方式表达出来。正是这份失落感，让他内心的这种矛盾淋漓尽致地表现在具有乡村气息的小说中，同时也流露出了作者悲天悯人的情怀。历时四年、让人悲痛欲绝的南北战争，颠覆了整个美国社会的结构。除了俄国人，欧洲人用了一个半世纪的时间才完成这一社会变化。

52 岁的时候，福克纳将这次战乱作为自己的写作素材，并妥善地利用这些素材创作出了几部著作。他的曾祖父曾在南北战争中担任过南部高级军官，同样作为南部人的福克纳也如同曾祖父那样争强好胜，从不向败北事件所带来的种种贫困灾难低头。在这样一种贫困与悲惨的背景下，作者日渐长大。20 岁那年，福克纳参加了加拿大皇军空军部队，并且发生过两次坠机事件。他退伍回家的时候，内心饱受战火摧残，一点英雄光荣还乡的感觉都没有，反倒觉得自己前途渺茫，于是，便浑浑噩噩地生活了几年。他参加过战争，因而内心就如同被洗礼了一番，正如他以其他形象在某部小说中提及的那样，他认为“没有人应该践踏战争”。他曾经是多么渴望自己能够在战场上大放光彩，而现在他正在逐步演变成一个严厉抨击暴力的人。他反对暴力的态度愈加激烈，几乎视同于圣经中的第五戒：你不可以随便杀人。从另一方面来讲，面对某些事物，人总会十分气愤。最近在他笔下诞生的一个人物是这么说的：“面对某些事情，你是无法忍受的。比如说不公正、气愤、无尊严、耻辱……无法忍受的事情不一定只和名利有关。”我们难以想象：在国际性的暴乱年代，对以暴制暴与反对暴力这两种截然不同的态度是如何在那样的环境下得以并存的，也不知道福克纳是如何将这两种截然不同的态度相互调和的。这可谓是福克纳留给后世的一个未解之谜。

但实际上，作为一个作家的福克纳对这样的难题是没有兴趣的。这就如同他当时对美国南部一些地区面临的经济变化没有做出社会性的评论一样。而对于南部的失败以及由失败引发的诸多后果则成了培育出他这个伟大作家的肥沃土壤。作为南部失败者中的一分子，对于失败的经过他可以表示漠不关心，但是对于失败留给这个共同体中的人的后遗症，他可是极为关心、在乎的，也因此深受影响。福克纳笔下的悲剧人物与希腊悲剧中的人物毫无相同之处。福克纳笔下的悲剧人物几乎都是因为一些突发的事件或者是由于历代遗传下来的传统、环境、欲望才造成了最后的悲剧结局。

福克纳的新作几乎都涉及对人的心灵最深处的探索：人性的伟大，自我牺牲的伟大壮举以及对权力、物质的贪婪，心灵的贫瘠、狭隘，鄙夷恐惧、痛楚、堕落等。福克纳对人心的深入探究在英美文学中的表现可谓无出其右，即使是与他同一时代的其他作家也很难拥有与他同等的想象力以及人物塑造能力。福克纳将那些从自己心灵的最深处想象并创造出的低于常人或者是高于常人的人物淋漓尽致地展现在他的喜剧或者悲剧中。他所创造出的这些人物穿梭在美国南部的亚热带植物之间，生活在充斥着涂脂抹粉的女人、具有体臭的黑人以及各类牲口的环境里，这些故事中的主人公生活的地方所散发出来的恶臭味，仿佛就要透过纸张散发到我们这个温暖而舒适的斯堪的纳维亚半岛上。

福克纳也可谓一个风景画创作能手，他对于自己笔下要刻画的地方了如指掌，因而对一个地方的描画或者描写都犹如一个勘测家那样精准。同样，他也犹如一个印象派艺术家，对于大自然的一切都那样敏感。福克纳不仅是一位风景画创作能手，同时还是 20 世纪伟大的小说技巧实验家，他的写作技巧可以与乔伊斯并论，甚至比他还要略高一筹。他创作的小说一般不会有类同，他就像想要不断发掘自己的想象力一样，不断地创作，尽可能地超越现实。他这种勇于尝试、不断创新的精神展现出其对各类英语的掌握程度，让其他英美作家难以望其项背。他对英语的掌握程度可以从其对英语的改变来说明，从伊丽莎白女王时代的语言到词汇贫乏却表达能力丰富的美国南部黑人语言，他都能够很好地驾驭。

自麦来狄斯以来，除去乔伊斯这个特例，在英美文学中，几乎找不到另一个像福克纳这样能够将一个句子无限扩写的作家。当然，在和他同一时代的作家中，也难以找出一个像他这样能够用一个简短的句子将一个悠长的故事细腻而准确地概括出来并且直接能够激起读者心中的波澜的人。福克纳丰富的语言表达，经常会将语言与联想结合在一起，用来讲述一段错综复杂的故事，借此来考验读者的耐心。福克纳语言不论怎么丰富，都不会与文学的典雅美扯上关系，而是与作者本身的想象力及现实赋予他的灵感有关。

福克纳经常被认为是一个决定论者，即便他自己从未认定某种人生哲学。如果想要简单点说明，那他的人生观可以这样解释：对他来说，一个整体或许毫无意义。要不然的话，不论组成这个整体的是什么，事情都不会发展到这样的地步。但是，话又说回来，这个整体貌似又是有意义的：因为人是必须要不断地挣扎前进，一直如此直到死去的那天。福克纳心中怀揣着这样一个希望：他认为每一个人都会得到他应有的结果，只是时间快慢的问题；他还认为一个人的自我牺牲，不仅会让自己得到解脱，而且会给整个群体带来福利。他心中怀揣的这个希望，不禁让人想起瑞典诗人维克托·雷德贝里[①]在1877年被授予学位的仪式上所写的那首清唱曲所表现出来的坚实的信心。

福克纳先生，你出生与成长都在美国南部这个地方，我们瑞典人早就对这片土地有所了解:这得益于你儿时的伙伴，也就是马克·吐温作品中的哈克贝利·费恩和汤姆·索亚，以及作品中所勾勒出的美国密西西比河两岸的美丽画卷。50年之后，你开始创作出一系列小说，这些小说的形式总是那么各不相同。这些小说的深度总是越来越深，展现出你愈加深刻的洞察能力。这些小说中善良或者邪恶的主角被永久地流传，使你的名声在英美文学中占有一席之地。小说中对美国这条密西西比河的描写也使你深深立足于20世纪的世界文学版图之中。

尊敬的福克纳先生，现在，我们有幸有请瑞典国王陛下将瑞典文学院授予你的诺贝尔文学奖颁发给你。

---

①维克托·雷德贝里（1828—1895），瑞典著名诗人、作家。曾将歌德的名著《浮士德》翻译成瑞典文。

致答辞

威廉·福克纳

茂盛而绚丽的文明之花，是难以在贫瘠的精神土壤上绽放的。我认为，这个奖项不应该只属于我个人，它也应该属于不为虚名，不为厚利，只为能够借用人类精神原材于创造出新事物，让心灵饱受折磨与劳累的这项工作。因此，目前这个奖先让我来暂时代为保管。如果要想把这个奖项的奖金用在它最初的意图上，我想不是件困难的事情，但是我想综合这个奖项最初的宗旨和本质一起使用。现在，我想借助此次机会，向未来能够像我一样站立在这里的年轻一代男女说几句话。

我认为，今天人类所面对的种种悲剧，是出于大家的欲望与彼此伤害后所遗留下来的恐惧；因为处于这样的恐惧之中太久，因而如今大家都对此习以为常。现在的我们，面对这样残忍的事情，心灵深处都不会受到影响了。在这样的问题面前，我们心中遗留的只有疑惑：我们不知道什么时候会毁于战争。因而，现在的年轻人早已经忘记自己还拥有着一颗在自相矛盾中挣扎的人类的心灵。但是，我们只有从这颗遗留下的心灵中，才能寻找到微妙的灵感，才能创作出杰出的作品。因为只有从这饱受折磨与劳累、在苦苦挣扎的心灵中所产生的体会，才值得我们去下笔，才值得一个作家为之辛劳。

一个想真正记录生活的青年，就应该从一开始就学会如何去抓住内心情感、如何去抓住那颗正在怦怦跳动、挣扎的心。他要时刻这样提醒自己：最让人感到卑微的事情，便是面对恐惧，因而我们要忘却恐惧。在我们写作的时候，唯一能占据我们内心的只能是古老的真理，不能有别的东西。如果内心没有古老的真理，那么创作出来的任何作品都会失去它的价值，都会消逝。这所谓的古老真理便是勇气、荣耀、希望、尊严、同情与牺牲。一个年轻的文学爱好者在学会这些以前，他所创作的任何作品，都不会含有太多的价值，也注定会以失败告终。如果他无法学会这些，那么写出来的爱情就不是真正的爱情，只是一种肉欲；所描写的失败就只是一种毫无价值的失败；所描写的成功就只是一种让人看不到希望，让人感受不到同情与爱的胜利；所写的悲哀就只是一种不能够让内心难过的悲哀。因而，他所描写出来的这一切东西，都失去了其本质，它的灵魂，剩下的只有躯壳。

在重新去汲取这些养料以前，年轻的文学创作者如同站在末日的边缘，看着末日的降临。但是，我是一个不相信有末日的人，因为人类是伟大的，可以一代一代地活下去。如果有朝一日，末日真的降临了，红满天边的晚霞没有了，潮水也不再起起落落，那么这个世界还会留有人类的呼吸声，这对人类来说是一件轻而易举的事情。但是，我不局限于这样的说法。我相信人类不会只存有呼吸声，他将会寻找到存活的方式。人类之所以可以代代相传，不仅是因为他们聪明，还因为他们有着高尚的灵魂，以及对待彼此的同情心。这样，内在灵魂会引导人们学会互相帮助，学会牺牲，学会彼此忍耐。作为一名作家，他们的职责便是抓住这些内在的灵魂。作家能够给予人类的，就是通过描写这些内在灵魂，鼓舞人类用勇气、荣誉、希望、尊严、同情、怜悯和牺牲来面对生活中的一切，让人类一代一代好好地生活。作家的职责不仅仅是记录他们的生活，还要帮助将好的理念一代一代更好地传下去。

目　录

喧哗与骚动

1928年4月7日[①]

透过栅栏，从缠绕的花枝的空隙，我看见他们正在打球。他们朝插着小旗子的地方走来，我便沿着栅栏向前走去。勒斯特正在花树边的草地上寻找。他们拔出了小旗，接着打起球来。随后他们又把小旗插回去，走到开球的高地上，先是一个人击打，接着另一个也击打。他们继续走下去，我也沿着栅栏朝前走。勒斯特离开了那棵花树，我们一道沿着栅栏前行。这时候他们停下来，我们也停下来。勒斯特在草地里寻找时，我便透过栅栏看过去。

"球在这里，开弟[②]。"那个人又击打了一下。他们走过草地。我紧紧贴住栅栏，看着他们走开。

"听听你的声音，哼哼唧唧的，多难听啊。"勒斯特说，"你真了不起，不是吗？三十三岁了，还是那个样子。我还上城去给你

---

①本章是班吉的独白。这一天是他三十三岁的生日。

②高尔夫运动中的球童（Caddie），因为与班吉的姐姐凯蒂（Kaddy）发音相同，所以班吉会因此想到他的姐姐，从而开始痛苦地呻吟。

买来了蛋糕呢。停止哼唧吧！你就不能帮我找找那枚二毛五的硬币，好让我今天晚上能去看演出吗？”

他们很长时间才打一次球，球飞过草地。我沿着栅栏回到小旗的附近。旗子在耀眼的草地和树丛间飘荡着。

“过来啊！”勒斯特叫道，“那边我们已经找过了。他们也不会很快回来的。我们到小河边，在那帮黑小子们找到以前，先把那枚硬币找到吧。”

旗子是红色的，在草地上呼啦作响。这时有只鸟斜冲下来，落在旗子上面。勒斯特丢过去一个土块。旗子在耀眼的草地和树丛间飘荡着，我紧紧贴住栅栏。

“停止哼唧吧！”勒斯特说，“他们不自己走过来，我也没法叫他们走过来，是不是？要是你不闭嘴的话，姥姥[①]就不给你过生日了。要是你不闭嘴的话，我会让你知道我要怎么做。我要把那个蛋糕通通吃光，连蜡烛也一起吃下去。吃下那整整三十三支蜡烛。来，我们到小河边去吧。我得找到我的硬币，没准儿我们还可以捡到一两个他们的球。喏，他们在那里。已经很远了，你看到没有？”他走到栅栏旁边，伸着手臂，“你看，他们不会回到这里了。我们走吧。”

我们沿着栅栏，走到花园边。我们的影子就落在了栅栏上。我的影子要比勒斯特的高。我们一直走到有缺口的地方，从那里钻了过去。

“等一下。”勒斯特叫道，“你又被那根钉子钩住了。你就不

①勒斯特的姥姥迪尔西，康普生家的黑人女佣。

能不被那根钉子钩住，而从这里钻过去吗？”

凯蒂帮我把被钩住的衣服从钉子上解开，我们于是钻了过去。[1]凯蒂说：“毛莱舅舅嘱咐过，别让任何人看见我们。因此，我们最好猫下腰。猫下腰，班吉，看，像我这样。”我们猫下腰，越过花园，花朵刮着我们沙沙作响。地面很硬。我们又从一道栅栏上爬了过去。几头猪在那里嗅来嗅去，一面呼噜作响。凯蒂说：“我猜它们一定很难过，因为它们有一个伙伴今天被宰了。”地面很硬，虽然被翻垦过，但还是有很多大土块。

“把手插到裤袋里，”凯蒂说，“不然会被冻坏的。你并不想让你的手到圣诞节的时候被冻坏，不是吗？”

“外面太冷了。”威尔许说，“你不是想出去吧？”[2]

“又怎么了？”母亲问着。

“他想到外面去。”威尔许说。

“让他去吧！”毛莱舅舅说。

“外面太冷了。”母亲说，“他最好还是留在屋子里。班杰明，你不要再哼哼了。”

“那对他并没有什么坏处。”毛莱舅舅说。

“喂，班杰明，”母亲说，“要是不肯听话的话，那你只好被带到厨房里了。”

---

①班吉回忆起1900年圣诞节之前（12月23日），凯蒂带着他去为毛莱舅舅送信给邻居派特逊太太的事——那是一封情书。

②1900年圣诞节之前，比送信的时间早一点。威尔许也是照顾班吉的黑人小厮。一共有三个人担任过班吉的黑人小厮，分别是威尔许（迪尔西的大儿子）、狄比（迪尔西的小儿子）和勒斯特（迪尔西的外孙）。

“我妈说今天别让他到厨房里去。”威尔许说，“她说她要在那里做好过节吃的东西。”

“凯罗琳，让他去吧！”毛莱舅舅说，“你这样为他操心，会生病的。”

“我知道，”母亲说，“我有时想，这一定是上帝对我的惩罚。”

“我明白，我全明白。”毛莱舅舅说，“你需要注意自己的身体，让我给你调杯棕榈酒吧！”

“这只会让我更加难过。”母亲说，“难道你不知道吗？”

“你会觉得舒服一点的。”毛莱舅舅说，“小子，给他穿得厚一点，带他出去玩一会儿吧。”

毛莱舅舅走了，威尔许也走开了。

“别吵了。”母亲说，“我们难道不希望你快点出去吗？我只是不想让你得病罢了。”

威尔许给我穿上套鞋和大衣，我们拿了我的帽子，然后出去了。这时候毛莱舅舅正在饭厅里，把瓶子放回餐具橱里。

“小子，让他在外面玩儿半小时好了。”毛莱舅舅说，“要在院子里面。”

“好的，先生。”威尔许说，“我们从来不会让他跑出院子的。”

我们走到外面。阳光寒冷而耀眼。“你要到哪儿去呢？”威尔许问着，“你总不会想要到镇上去吧，你这样想吗？”我们走在沙沙作响的落叶上。院子的铁门寒冷刺骨。“你最好把手插进裤袋里。”威尔许说，“你把你的手放在铁门上，手指会被冻伤的，那就不好了。你为什么不肯待在屋子里等着他们呢？”他把我的手塞到裤袋里。我听得见他走路的时候脚下的落叶沙沙作响。我闻得到寒冷的气味。院子的铁门寒冷刺骨。

“这里有几个野核桃。好样的，跳到那棵树上去了。看哪，班吉，那里有一只松鼠。”

我不再感觉到院子的铁门寒冷刺骨了，但是我仍然能够闻到那种耀眼的寒冷的气味。

“你最好把手插进裤袋里。”

凯蒂回来了，接着她跑起来。她的书包在背后跳动着，从这一边跳到那一边。

“嘿，班吉！”凯蒂喊着。她打开铁门走进来，然后弯下身子。凯蒂的身上有一股树木的香味。

“你是来接我的吗？”她问，“你是来接凯蒂的吗？威尔许，你怎么让他的双手冻成这样。”

“我是要他把手插进裤袋里的。”威尔许回答说，“但他一定要抓那扇铁门。”

“你是来接凯蒂的吗？”她问道，一边给我搓着手，“你怎么了，你到底要告诉凯蒂什么呢？”凯蒂的身上有一股树木的味道。当她说“我们要入睡了”时，她也是这种味道。

“你瞎哼哼什么？”勒斯特说[①]，“等我们到小河边的时候，你就可以再看到他们了。喏，给你一株吉姆生草。”他把那朵花交给我。我们穿过栅栏，走到空地上去。

---

①回到当前。下文中，宋体字皆为当前场景，不再另行注释。

“什么呀？”凯蒂问，“你要告诉我什么呀？是他们让他出来的，威尔许？”①

“没有办法把他留在家里。”威尔许回答说，“他一直在闹，直到他们允许他出来为止。他出门之后就到这里来了，一直在朝院门外看。”

“你要告诉我什么呀？”凯蒂问，“你是不是以为等我放学回家了，就是圣诞节了？你是不是这样想的？圣诞节要到后天。圣诞老公公，班吉，圣诞老公公。走吧，我们跑回家暖和一下吧。”她抓起我的一只手，我们从那些斑驳灿烂、沙沙作响的落叶当中经过。我们跑到了台阶上，跑出了斑驳灿烂的寒冷，跑进了黑暗的寒冷当中。此时毛莱舅舅正把酒瓶放回到酒柜当中。他叫凯蒂，凯蒂说：

“威尔许，把他带到火炉旁边。跟着威尔许去吧，”她说，“我一会儿就回来。”

我们来到火炉旁边。母亲说：

“他冷不冷，威尔许？”

“一点儿也不冷。”威尔许回答说。

“给他把大衣和套鞋脱下来。”母亲说，“我警告过你多少回了，别让他穿着套鞋进屋。”

“好的。”威尔许说，“别动。”他给我脱下套鞋，又开始解开我的大衣。凯蒂说：

“等一下，威尔许。妈妈，他不能再出门了吗？我想让他和我

---

①1900年圣诞节之前。

一起出去玩儿。”

“你最好让他留在家里。”毛莱舅舅说，“今天他在外面的时间已经太长了。”

“我看，你们两个最好都留在家里。”母亲说，“迪尔西说，天气越来越冷了。”

“哦，妈妈。”凯蒂说。

“瞎扯！”毛莱舅舅说，“她整天被关在学校里。她需要外面新鲜的空气。快去吧，凯丹斯[①]。”

“妈妈，你让他去吧。”凯蒂说，“求您了，要不然他会哭的。”

“那你为什么还要在他面前说这种事？”母亲说，“你为什么还要进来呢？你这样做只是又给了他一个借口，让他再哭闹罢了。你今天在外面的时间也已经够长了。我看你还是哪里也别去，坐下来陪他玩儿吧。”

“凯罗琳，让他们出去玩儿吧。”毛莱舅舅说，“就算外面有点儿冷，也不会把他们冻坏的。你要注意你自己的身体。”

“我知道。”母亲说，“没有人知道我多怕过圣诞节，没有人知道。我并不是一个精力充沛、体力强壮的家庭主妇。只是为了杰生[②]和孩子们，我也希望自己更强壮一些。”

“你要多加保重，而且不能为他们过度操心。”毛莱舅舅说，“你们两个快去吧。但是不要在外面待太长时间，你们的妈妈会担

---

①凯蒂的正式名字。

②这里指康普生先生。康普生先生叫作杰生，他的二儿子也叫作杰生。

心的。”

“好的，舅舅。”凯蒂说，“班吉，我们走吧。我们再到外面去。”

她给我重新扣上大衣纽扣，我们向外走去。“你不给那个孩子穿上套鞋，就要带他出去吗？”母亲说，“你还想让他得病吗？——家里的病人已经够多了。”

“我忘了。”凯蒂说，“我以为他还是穿着的呢。”

我们又走了回来。“你得多用心。”母亲说。“别动。”威尔许说。他给我穿上套鞋。“总有一天，我会‘走’的，到那时，就需要你们来操心了。”“现在，跺跺脚。”威尔许说。“班杰明，过来亲一下妈妈。”

凯蒂把我带到母亲的椅子旁边。母亲用手捧住我的脸，然后把我拥入怀中。

“可怜的孩子。”她说，接着便放开了我。“甜心，你和威尔许要照顾好他。”

“好的，妈妈。”凯蒂回答。我们走了出去。凯蒂说：

“威尔许，你不用去了。我自己照顾他一会儿。”

“那好。”威尔许说，“那么冷，我才不想出去呢，一点儿意思也没有。”他走掉了。我们在大厅里停了下来。凯蒂跪下去，用两臂环绕着我，她的光亮的冷冷的脸庞贴在我的面颊上。她的身上有一种树木的香味。

“你不是可怜的孩子。是不是？你有你的凯蒂呢，你不是有你的凯蒂吗？”

“你就不能停止哼唧吗？”勒斯特说，“你这样哼哼唧唧的，难道不觉得羞耻吗？”我们经过马车房，马车停放在那里。马车新换了一个轮子。

“你坐到车上去吧，安安静静地等着你妈妈。”迪尔西说[①]。她把我推到马车上。狄比手握着缰绳。“我就想不明白，杰生先生为什么不买一辆新四轮马车呢？”迪尔西说，“这辆旧马车，早晚会被你们坐得四分五裂的。你看看这些破轮子。”

母亲走了出来，用手拉下脸上的面纱，手里拿着一些花朵。

“罗斯卡斯[②]呢？”她说。

“罗斯卡斯今天手臂都不能抬起来了。”迪尔西说，“狄比也会驾车。”

“我还是有点担心。”母亲说，“我就是让你们每周给我派一个驾马车的，这样的要求并不过分吧，上帝是知道的!”

“罗斯卡斯的关节炎又犯了，根本就做不了活，您不是也知道吗？凯罗琳小姐。”迪尔西说，“您还是上车吧。狄比驾车驾得和罗斯卡斯一样好。”

“我还是有点担心。”母亲说，“我们还带了一个孩子。”

迪尔西走上台阶。“您把他叫作孩子？”她说，挽住母亲的手臂，“他是和狄比一样大的小伙子了。如果您要去的话，就上车吧。”

“我还是担心。”母亲说。她们走下台阶，迪尔西把母亲搀扶上车。“也许马车翻掉，对大家来说都是一件好事。”母亲说。

---

①班吉看到马车，想起1912年跟着母亲康普生太太去已经去世的康普生先生的墓地的情景。

②迪尔西的丈夫。

"您这样说，不觉得羞耻吗？"迪尔西说，"您难道不知道吗？就凭一个十八岁的黑人小鬼，是没有办法让'小皇后'撒腿飞奔的。它比狄比和班吉两个人的年龄加起来都大。狄比，听着，别惹毛了'小皇后'。要是你驾车不能让凯罗琳小姐觉得舒适的话，我就让罗斯卡斯好好揍你一顿。他还不至于现在就打不动你了。"

"好的，妈。"狄比说。

"我就知道一定会出事的。"母亲说，"班杰明，不要吵。"

"你给他一朵花就行了。"迪尔西说，"他就是想要这个。"她把手伸了进来。

"别动，别动，"母亲说，"你会把花束弄乱的。"

"你拿紧了，"迪尔西说，"我抽一朵给他。"她给了我一朵，接着她的手缩了回去。

"快走吧，别让小昆丁[①]看见你们，她也会吵着要去的。"迪尔西说。

"她在哪里？"母亲问。

"她在屋里和勒斯特玩儿着呢。"迪尔西说，"狄比，走吧，像罗斯卡斯教你的那样，赶动马车吧。"

"好的。"狄比说，"跑吧，'小皇后'！"

"小昆丁，"母亲说，"别让她跑出来。"

"没问题。"迪尔西说。

马车在道路上颠簸着，嘎吱作响。"我真担心让小昆丁一个人

---

①康普生太太共有四个子女，长子昆丁，次子杰生，小儿子班吉和女儿凯蒂。其中长子昆丁已于1910年自杀。这里的小昆丁是凯蒂的私生女。

在家。”母亲说，“狄比，我最好还是不去了。”这当儿马车已经通过了铁的院门，不再颠簸了。狄比用鞭子抽打着“小皇后”。

“狄比！”母亲说。

“我得让它前进，”狄比说，“让它清醒着，直到我们回到牲口棚为止。”

“掉头！”母亲说，“我担心让小昆丁一个人留在家里。”

“这里不能掉头。”狄比说。过了一会儿，路面宽阔了一些。

“这里总可以掉头了吧？”母亲说。

“好的。”狄比说。我们开始掉头。

“当心点儿，狄比。”母亲一面说，一面抓紧了我。

“我总得掉头啊。”狄比说，“吁，‘小皇后’！”我们停了下来。

“你会连马车带我们一起弄翻的。”母亲说。

“现在您要我怎么办？”狄比说。

“你那样掉头，我害怕。”母亲说。

“走吧，‘小皇后’！“狄比说，我们又开始前进了。

“我就知道，迪尔西在我走之后，会让小昆丁出事的。”母亲说，“我们必须早点儿回来。”

“快走，驾！”狄比喊道，用鞭子抽打着“小皇后”。

“狄比！”母亲一边喊，一边抱紧我。我听得见“小皇后”的蹄声，一些闪亮的形体，从我们两边闪过，影子掠过“小皇后”的背部。它们如同车轮一样地前进着。随后这一边的影子在士兵铜像的旁边停住，但另一边却继续平稳地前进，只是变得缓慢了些。

“你们要去做什么？”杰生说。他两手插在裤袋里，耳朵上面架着一支铅笔。

“我们要到墓地去。”母亲说。

“好。”杰生说，“我并不打算阻止你，不是吗？你要告诉我的就只有这些吗？没有别的事吗？”

“我知道你不会去的。”母亲说，“但如果你也去的话，我就安心了。”

“你有什么不安心的呢？”杰生问道，“反正父亲和昆丁都不能再伤害你了。”

母亲把手绢放在了面纱下面。“别这样，妈妈。”杰生说，“你想让这个疯子在大庭广众之下大喊大闹吗？狄比，赶车走吧。”

“驾，‘小皇后’！”狄比喊道。

“这是报应啊。”母亲说，“反正我不久以后也要跟着你父亲‘走’了。”

“又来了。”杰生说。

“吁！”狄比说。

杰生说：“毛莱舅舅用你的名义开了五十块钱的支票，你打算怎么处理？”

“为什么要问我呢？”母亲说，“我还有什么权利吗？我不给你和迪尔西添麻烦就已经很好了。反正我不久以后就要‘走’了，然后是你。”

“走吧，狄比。”杰生说。

“跑起来，‘小皇后’！”狄比叫着。那些形体又开始移动起来，另一边的也开始移动了，迅疾而平稳，就像凯蒂说“我们要入睡了”时那样。

"爱哭包，"勒斯特说，"你难道就不会害羞吗？"我们经过了牲畜棚。牲畜棚的门是开着的。"你现在可没有小斑点马骑了。"勒斯特说。牲畜棚里的地面干燥，到处都是灰尘。它眼看就要倒塌了，连窗户都已经歪斜变形，上面结满了黄色的蜘蛛网。"你为什么要往那里走？难道你想让一颗飞来的球把你的脑袋打掉？"

"把你的手插到裤袋里面去。"凯蒂说，"不然会被冻僵的，你不想让你的手在圣诞节到来的时候被冻坏，是吗？"[①]

我们绕过了牲畜棚。母牛和牛犊都静默地站在里面。我们可以听到"王子""小皇后"和"幻想"在牲畜棚里踏地的声音。"要不是天气这么冷的话，我们就可以骑着'幻想'去玩儿了。"凯蒂说，"可是今天天气太冷了，你都不能够抓住缰绳。"然后我们看到了小河沟，那里有一团烟雾升起。"他们在那里杀猪。"凯蒂说，"我们可以从那里经过，去看一看。"我们走下了山坡。

"你可以拿一会儿信。"凯蒂说，"现在你可以拿一会儿。"她从口袋中掏出信来放在我的口袋里。"这是一个圣诞礼物。"凯蒂说，"是毛莱舅舅给派特逊太太准备的意外惊喜。我们就是要去把信交给派特逊太太，但是不能让任何人知道。你把手好好地插在裤袋里。"我们已经来到小河沟了。

"河水结冰了。"凯蒂说，"看呀。"她打破冰面，拿起一小块冰放在我的脸上。"这个叫作冰，看见它你就知道天气有多么寒冷了。"她拉着我越过了小河沟，我们又往山上走去。"这件事不能让任何人知道，包括爸爸、妈妈。我猜，这会让爸爸、妈妈和派

①回忆起在1900年圣诞节前与凯蒂送信的情景。

特逊先生都大为惊喜的，派特逊先生甚至会给你糖果吃。你还记得去年夏天派特逊先生给你糖果吃吗？”

我们面前有一道栅栏，上面的藤蔓已经干枯，被风吹得沙沙作响。

“我只是不明白，毛莱舅舅为什么不派遣威尔许来做这件事呢？”凯蒂说，“威尔许也不会说出去的。”这时候派特逊太太正在窗口翘首以待。“你在这里等着，”凯蒂说，“你在这里等着我。我一会儿就回来。把信给我吧。”她从我的口袋中把信拿出来。她用手捏着信，爬过了栅栏，爬过了那些附着在栅栏上的枯褐色的沙沙作响的花朵。派特逊太太打开门，站在了门口。

派特逊先生在绿色的花丛中砍着什么。[①]他停止砍动，看着我。派特逊太太飞快地从花园中跑过来。当我看到她的眼睛的时候，我就哭了起来。“你是个白痴，”派特逊太太叫喊着，“我警告过他不要单独派你来给我送信的。快把信给我。”派特逊先生手中拿着铲子，也飞快地从花园中跑过来。派特逊太太俯身在栅栏上，伸出手。她想越过栅栏。“把信给我。”她叫喊着。派特逊先生则已经跳过栅栏，拿走了我手中的信。可是派特逊太太的裙子被栅栏挂住了。我又看到了她那绝望的眼神，我跑下山去。

“那里除了房子之外什么也没有。”勒斯特说，“我们到小河沟去吧。”

他们在小河沟当中洗衣服。其中有一个在唱着歌。我能够听见

①班吉又想起自己一个人去给派特逊太太送信（1908年），被派特逊先生发现的情景。

衣服在空气中被风吹动的声音。青烟从小河沟对面吹过来。

“你待在这里别动。”勒斯特说，“不要企图到那边去！要是你到那边去的话，他们一定会打你的，一准是这样。”

“他想干什么？”

“连他自己也不知道他要干什么。”勒斯特说，“也许是想到他们打高尔夫球的地方去。你在这里坐下，老老实实地玩你的吉姆生草吧。如果你还想要看看什么，就看看这些在河沟当中玩水的孩子们吧。你怎么就不能像正常人那样老实一会儿呢？”我于是在河沟边坐了下来。青色的烟气在空气中弥漫着。

“你们有没有看到一枚两毛五的硬币？”勒斯特说。

“什么硬币？”

“早晨的时候，我带着硬币来到这里。”勒斯特说，“我肯定是把它掉在什么地方了，它就从我口袋里这个小洞当中掉了出去。要是我找不到这个镚子儿的话，我就不能在晚上去看演出了。”

“小子，你从哪里得到的那枚硬币？我猜你是趁着白人不注意的时候，从他们的口袋当中得到的吧？”

“不用你管，我是从应该得到它的地方得到它的。”勒斯特说，“就在那枚硬币跑出来的地方，还有更多的硬币呢。不过我现在只想找到属于我自己的那一枚。你们有没有看到啊？”

“我才不管什么硬币呢！我还有我自己的事情要做。”

“你到这里来。”勒斯特说，“过来帮我找找。”

“就算他看到了，他也绝对不会知道那就是硬币的。难道你以为他会知道吗？”

“那也得帮我找。”勒斯特说，“你们晚上去不去看演出？”

“别跟我说演出什么的。等我洗完这一篮衣服，保准会累得抬不起脚来。”

“我敢打赌，你会去的。”勒斯特说，“我敢打赌，昨天晚上你就在那儿。我敢打赌，等那个大帐篷的门一被打开，你们都会坐在那里。”

“那里面确实有很多黑小子，但是没有我，至少昨天晚上是这样的。”

“黑小子怎么了？黑小子的钱和白人的钱一样管用。”

“你知道白人为什么会给黑人钱吗？那是因为他知道很快就会有另外一个白人带着一个马戏团到来，把那些钱再全部收回去。就是这样，黑人就得持续不断地为白人干活。”

“可是没有人逼着你去看演出啊。”

“确实还没有。我猜那是因为他们还没有想到这回事。”

“你和白人作对，有什么好处呢？”

“一点好处也没有。只不过我走我自己的路，让白人也走他们的路好了。我对那场演出毫无兴趣。”

“马戏团里有一个人能够用锯子进行演奏，就像用五弦琴演奏得一样好。”

“你昨天晚上去过了。”勒斯特说，“我今天晚上就去，要是我能找到那枚硬币的话。”

“你一定会带着他一起去吧？”

“我——”勒斯特说，“你以为无论在什么地方，只要他一开始叫喊，我就必须在那里吗？”

“他大声叫喊的时候，你会怎么办？”

“我抽他。”勒斯特说。他坐了下来，卷起工装裤裤腿，和他们一起在小河沟当中玩水。

“你们捡到过高尔夫球吗？”

“你又开始吹牛了。我敢打赌，你绝对不敢让你姥姥听到你这样吹牛。”

勒斯特走到水里，开始沿着河岸寻找。

“我今天早晨到这里的时候，它还好好的呢。”

“你是怎么丢掉的？”

“就从我口袋的这个小洞当中。”勒斯特说。于是他们都在河沟当中寻找。很快，他们站起身，不再寻找，水花四溅地开始抢夺起来。最后，勒斯特得到了那个东西。他们又都蹲在河面上，透过树丛往山上看去。

“他们在哪里？”勒斯特说。

“还没看到。”

勒斯特飞快地将球放进口袋里。这时候有几个人从山坡上走了下来。

“有没有看到一只球滚到这里来？”

“应该落在水里了，你们有没有看到或者是听到声音？”

“我没有听到什么东西落在这里，”勒斯特说，“不过我好像听到有什么东西落在了树丛当中，就是不知道滚到哪里去了。”

“妈的。我明明看到落在这里了。沿着河岸好好找找。”

他们沿着河岸仔细寻找，接着又爬上了山坡。

“你捡到那颗球没有？”一个留在后面的男孩问道。

“我可没看到什么球。”勒斯特说，“我要一颗球做什么？”

那个男孩走进水里，往前走去。他回过头来看了看勒斯特，然后继续沿着河沟向前走了。

“开弟！”他们在山坡上叫喊。男孩从河沟中走出来，爬上山坡。

“你又开始哼哼唧唧了。”勒斯特说，“快闭嘴。”

“他哼唧什么呢？”

“上帝知道他哼唧的是什么。”勒斯特说，“他就那副样子，他一上午都这样。也许因为今天是他的生日。”

“他多大了？”

“三十三岁。”勒斯特说，“到今天早上，他就三十三岁了。”

“你是说，他这三十年来，一直是三岁的样子吗？”

“我姥姥是这样说的，”勒斯特说，“我也不知道。反正我们要在蛋糕上插三十三支蜡烛。那个蛋糕太小，几乎插不了这么多。别吵，到这边来。”他走过来抓住我的手臂。“你这个老笨蛋，”他说，“你想让我抽你吗？”

“我打赌，你不敢抽他。”

“我敢，我抽过。现在，你闭嘴吧！”勒斯特说，“难道我没有跟你说过，你不能到那里去吗？难道你想让一颗飞来的球把你的脑袋打掉吗？你给我回来。”他把我拉了回去，“坐下。”等我坐下来，他就把我的鞋子脱掉了。“现在你可以下水玩了，看看你能不能就不再哼哼唧唧的了。”

我走进水里，停止了哼哼。这时，罗斯卡斯来叫我们回去吃饭。[1]凯蒂说：

“还没有到吃晚饭的时间呢，我不回去。”

她把衣服弄湿了。就在我们在河里玩的时候，凯蒂蹲到水里面把衣服弄湿了。威尔许说：

“你把衣服弄湿了，你妈妈要打你了。”

“她才不会打我呢。”凯蒂说。

“你怎么知道不会打你？”昆丁说。

“我就知道她不会的。”凯蒂说，“你凭什么认为她会呢？”

“我比你大，当然知道她会的。”昆丁说。

“我已经七岁了，”凯蒂说，“我能知道她不会。”

“可是我比七岁还大。”昆丁说，“而且我已经上学了。威尔许，不是这样吗？”

“我明年也要上学了，”凯蒂说，“我也要上学了，威尔许，是这样吧？”

“我只知道你把衣服弄湿了，她要打你的。”威尔许说。

“衣服没有弄湿。”凯蒂说。她站在水里，又看了看衣服。“我要把衣服脱下来，”她说，“这样，很快就会干的。”

“我打赌，你不敢脱掉衣服。”昆丁说。

“我敢!”

“我劝你最好别脱。”

凯蒂立刻走到威尔许和我的面前，转过身去。

---

①班吉想起小时候和凯蒂在小河玩水的情景。这是1898年的一天，班吉的奶奶去世。

“威尔许，给我解开纽扣。”她说。

“威尔许，你不能解。”昆丁说。

“我不解，这又不是我的衣服。”威尔许说。

“给我解开，”凯蒂说，“要不然我就告诉迪尔西，你在昨天都做了什么。”威尔许只好给她解开衣服纽扣。

“你真有能耐！”昆丁说。凯蒂毫不在乎地将衣服脱了下来，扔到了岸上。现在她身上只有背心和内裤了。昆丁打了她一巴掌，她趔趄了一下，跌倒在水里。她迅速爬起来，用水泼昆丁。昆丁进行还击。水花溅得到处都是，溅到了威尔许和我的身上。威尔许就将我抱到岸上。威尔许警告说要把凯蒂和昆丁打架的事告诉大人。于是凯蒂和昆丁便一起用水泼威尔许，威尔许只好躲到了树丛后面。

“我要将你们打架的事告诉妈咪。”威尔许说。

昆丁爬上河岸，要去抓威尔许。但威尔许跑开了，昆丁空手而回。等昆丁一回来，威尔许就停下脚步，继续威胁说要告发他们。凯蒂这时候说，如果威尔许不去告发，就让他回来一起玩。威尔许想了想，就说不会告发了。于是凯蒂和昆丁就让威尔许也回来了。

“现在你该满意了吧？”昆丁说，“这下好了，我们两个人都要挨打了。”

“我才不管呢，”凯蒂说，“我会跑掉的。”

“那么，你要跑掉。”

“是的，我要跑掉，并且永远不会回来。”凯蒂说。这时候，我哭了起来。凯蒂连忙转过身来，“别哭。”我立刻停止了哭泣。他们在河里玩的时候，杰生也在玩。只不过杰生在比较远的地方一个人玩。威尔许走过来又把我抱到水里去。凯蒂全身都湿透了，屁股上还粘着泥巴。我又开始哭了。凯蒂走过来，在我面前的水里蹲下。

“别哭，”她说，“我不会跑掉的。”她的身上有一种雨中的树木的香味。

“你又怎么了？”勒斯特说。“你就不能停止你的号叫，像别人一样好好地在河里玩吗？”

“你怎么不把他带回家？他们不是告诉你，不要带他出门吗？”

“他以为这片草地还是他们家的呢。”勒斯特说，“没事，没有人能从房子里看到这儿。”

“可是你让我们看到他了。没有人愿意看到一个傻子，那样不会有好运气的。”

罗斯卡斯来叫我们吃晚饭。[①]凯蒂说吃晚饭的时间还没有到呢。

“到了。”罗斯卡斯说，“迪尔西让你们都回家。威尔许，把他们带回去。”他走上山坡。那里，母牛在低声哞叫。

“说不定等我们回到家的时候，身上的衣服就会干了。”

“都是你的错！”凯蒂说，“我倒是希望我们会挨打。”她穿上衣服，威尔许帮她扣上了纽扣。

“他们看不出来你身上湿了。”威尔许说，“从外面看不出来，除非是我或者杰生告发你们。”

“杰生，你会告发吗？”凯蒂说。

“向谁告发？”杰生说。

“他不会告发的。”昆丁说，“杰生，你不会告发的，对

---

①回到1898年班吉奶奶去世的那一天。

吗？”

“他一定会的。”凯蒂说，“他会告诉大嬷娣[1]的。”

“他不能告诉大嬷娣了，”昆丁说，“因为大嬷娣生病了。再说只要我们慢慢走回去，天就会黑得让他们什么也看不清楚。”

“我才不管他们能不能看清楚呢。”凯蒂说，“我要自己说出来。你背着他上山吧，威尔许。”

“杰生不会说的。”昆丁说，“杰生，你还记得我给你做过的弓箭吧？”

“早就已经断了。”

“让他去说，”昆丁说，“我不在乎。威尔许，背着毛莱[2]上山吧。”威尔许蹲了下来，我趴到了他的背上。

“今天晚上，演出的时候见。”勒斯特说，“走吧，我们非要找到那枚硬币不可。”

“只要我们慢慢地走，回家的时候天就会黑了。”[3]

“我可不想慢慢走。”凯蒂说。等我们走上山坡的时候，杰生并没有跟上来。等我们走到能够闻到猪的气味的时候，杰生还在小河沟旁边。就是那些猪，在槽子前连哼带拱的。杰生终于走在我们的后面了，双手插在裤袋里面。罗斯卡斯在牲口棚前挤牛奶。

母牛从牲口棚中跑了出来。

“你接着喊啊，”狄比说，“接着喊啊。我也要喊出来了，哎

①康普生家的孩子们对他们奶奶的称呼。

②班吉原先的名字叫作毛莱，和毛莱舅舅同名。康普生太太把他的名字改成班杰明（班吉），是1900年的事。

③1898年，班吉的奶奶去世的那一天。

呀！”[1]昆丁又踢了一下狄比。他把狄比踢进猪食槽子里。狄比就在那里面躺着。“好家伙。”狄比说，“他过去就一直这样踢我，那时候你们就看到这个白人这样踢我了。哎呀！”

我没哭，但是我停止不了走动。我没哭，但是地面变得颠簸不平起来。于是我就哭了。地面开始向上倾斜，牛群跑上了山坡。狄比努力地想站起来，但是又倒了下去。这时候牛群开始向山坡下面奔跑。昆丁抓住了我的手臂，带着我向牲口棚走去。但是牲口棚已经不在那里了，我们必须等着它再回来。不过我没有办法看到它回来，因为它就在我们的身后。昆丁将我放在牛吃草的大木槽里。我想伸手抓住大木槽的边缘，但是大木槽也要移开了，于是我就紧紧地将它抓住。牛群穿过了大门，向山坡下面跑去。我的脚步停不下来。昆丁和狄比一边走上山坡，一边互相打架。狄比倒了下去，滚了下去，昆丁又把他拖起来。昆丁接着踢打狄比。我的脚步停不下来。

“站起来，”昆丁说，“在我回来之前，你就待在这里别动。”

“哎哟。”“可是我和班吉还要去看婚礼。”狄比说，“哎呀！”

昆丁又开始踢打狄比，把他按在墙上。狄比笑个不停。昆丁每次打到狄比，或者是把他往墙上撞的时候，狄比都想喊“哎呀”，但是却忍不住发笑。我已经停止哭喊了，但是我的脚步却仍旧停止不下来。狄比摔倒在我的身上。牲口棚的门又一下子跑开了，朝着山下滚去。狄比一个人手舞足蹈地乱打了一气，终于又倒在了地

①班吉想起1910年4月25日，凯蒂结婚的那一天，狄比和他偷酒喝醉的情景。

上。他还是忍不住发笑，我则停止不了脚步。我想站起身来，但是又倒了下去，我没有办法停止脚步。威尔许说：

“你们闹够了吗？现在该听我说话了。停止那种叫喊！”

狄比仍然在发笑，当他倒在门上的时候，还是在笑着。“我和班吉要去看婚礼。沙士汽水呀！”

“小点声。”威尔许说，“你是从哪里得到那种东西的？”

“在地窖里。”狄比说，“哎呀！”

“小点声。”威尔许说，“地窖的什么地方？”

“到处都是。”狄比说，笑得更加厉害了，“有一百多瓶，一百多万瓶。当心呀，黑小子，我可要大声喊了。”

“把他拉起来。”昆丁说。

威尔许把我拉了起来。“班吉，把这个喝了。”昆丁说。那个东西有点热。“不要喊，”昆丁说，“把这个喝了。”

“沙士汽水呀！”狄比说，“昆丁先生，让我来喝。”

“你闭嘴！”威尔许说，“昆丁先生会把你打死的。”

“威尔许，按住他！”昆丁说。

他们按住我。那东西流下来，我的下巴和衬衫上都很热。“喝！”昆丁说。他们捧住我的头。我的肚子里热得厉害，这使我再次叫喊起来。但是我的肚子里也开始叫唤起来，肯定那里面也出了事。他们就一直抓住我，直到我肚子里面平息下来。这时候我安静下来。但是周围的东西仍然在旋转，在旋转当中出现了一些人影。“威尔许，打开牛栏的门。”昆丁说。他们开始的时候走得很慢。“把那些麻袋片铺在地上。”他们走得越来越快。“现在拉他的双脚。”他们继续往前走，非常平稳，非常明亮。我听见狄比还在发笑。我跟着他们往前走，走上了那个明亮的山坡。①

到了山顶，威尔许把我放了下来。②“昆丁，上来啊。”他回头往山下看去，喊叫着。昆丁还站在小河沟旁边，扔着石子。

“让那个傻瓜待在那里好了。”凯蒂说，她拉着我的手，我们经过牲口棚，穿过大门。在砖砌的路径中间，有一只癞蛤蟆蹲踞在那里。凯蒂从上面跨了过去，拉着我继续前行。

“毛莱③，跟上。”癞蛤蟆还蹲在那里，直到杰生用脚尖去碰它。

“它会让你身上长疣的。”威尔许说。癞蛤蟆跳走了。

“毛莱，跟上我。”凯蒂说。

“家里今天晚上有客人来了。”威尔许说。

“你是怎么知道的？”凯蒂说。

“家里的灯都亮着。”威尔许说，“每一扇窗户都映射出灯光。”

“并不是这样，如果我们愿意的话，完全可以没有客人也把所有的灯开着。”凯蒂说。

“但是我敢说这一定是有客人的缘故。”威尔许说，“所以我们最好从后门溜到楼上去。”

“我不干。”凯蒂说，“我要光明正大地走进客厅，即使有客人也这样做。”

---

①事实上，班吉此时已经在麻袋片上睡去，但是在他的幻觉当中，是跟着昆丁他们一起上了山。

②回到1898年班吉奶奶去世的那一天。

③毛莱是班吉原先的名字。

“你要是这样做，你爸爸会打你的。”威尔许说。

“我不管。”凯蒂说，“我要光明正大地走进客厅，光明正大地到餐厅里吃饭。”

“你坐在哪里吃饭呢？”威尔许说。

“我会坐在大嬷娣的椅子上的。”凯蒂说，“她现在只能在床上吃饭。”

“我饿了。”杰生说。他绕过我们身边，在前面的路径上跑了起来。他的两只手都插在裤袋里，一不小心摔倒在地。威尔许过去把他扶起来。

“如果你不是把两只手都插在裤袋里，你就不会摔倒了。”威尔许说，“你跑得这样快，摔倒的时候连伸出手来支撑都来不及。”

父亲站在厨房的台阶前。

“昆丁呢？”

“他在后面的路上。”威尔许说。昆丁在后面慢腾腾地走着，他的衬衫在黑夜里白蒙蒙的。

“哦。”父亲说。灯光在台阶上落下来，落在他的脸上。

“凯蒂和昆丁两个人打水仗了。”杰生说。

我们等待着。

“真的吗？”父亲说。昆丁走过来了。“你们今天晚上要在厨房里吃晚饭。”父亲说，他把我抱了起来。灯光在台阶上落下来，也落在了我的身上。当我向下看的时候，可以看到凯蒂、杰生、昆丁和威尔许。“但你们要安静。”父亲说完便转身向台阶上走去。

“爸爸，我们为什么要安静？”凯蒂说，“我们家里来客人了吗？”

“是的。”父亲说。

“我早就说过家里来客人了。”威尔许说。

“你没说过，”凯蒂说，“是我说的。反正我就是这样说的。”

“都住嘴！”父亲说。于是他们都闭上了嘴巴。父亲打开了房门，我们通过后廊进入了厨房。迪尔西在那里了。父亲把我放在了椅子里面，又给我戴好围嘴，然后再把椅子推放到饭桌的旁边。桌子上的饭菜热气腾腾。

“你们现在都要听迪尔西的。”父亲说，“迪尔西，不要让他们大吵大闹。”

“好的，老爷。”迪尔西说。父亲就转过身去，要离开了。

“记住，你们要听迪尔西的。”父亲在我们的背后又叮嘱了一句。

我把脸探在桌子上，腾腾的热气就扑在我的脸上。

“爸爸，今天晚上让他们听我的吧。”凯蒂说。

“我不干，”杰生说，“我要听迪尔西的。”

“如果是爸爸让你听我的，你就要听我的。”凯蒂说，“爸爸，你让他们听我的吧。”

“我不干，”杰生说，“我不会听你的。”

“闭嘴。”父亲说，“好吧，今天晚上你们都将就一下凯蒂吧。迪尔西，等他们吃完了饭，你就带他们从后楼梯上楼去。”

“好的，老爷。”迪尔西说。

“好了，”凯蒂说，“现在你们都要听我的了。”

“闭嘴。”迪尔西说，“今天晚上你们要安静。”

“为什么我们今天晚上要安静？”凯蒂小声说。

“不用你管。”迪尔西说，“到时候你自然会知道的。”她拿过我的碗。从碗上升起来的热气触拂着我的脸。“你过来，威尔许。”迪尔西说。

“什么是‘到时候’，迪尔西？”凯蒂说。

“就是星期天。”昆丁说，“你连这个都不知道？”

“嘘……”迪尔西说，“杰生先生不是嘱咐你们都要安静吗？好了，吃你们的晚饭吧。威尔许，你把汤匙递给他。”威尔许的手把汤匙放到碗里。那个汤匙上升到了我的嘴边，热气进到了我的嘴里。但是接着我们听到了那个声音，大家都停止吃饭，互相看着，安静下来。我开始哭起来。

“你怎么了？”凯蒂问。她攥住我的手。

“那是妈妈。”昆丁说。

汤匙又上升到我的嘴边，我又吃了一口，接着哭。

“别哭。”凯蒂说。我没有停止哭声，她就走过来，用两臂抱住我。迪尔西走过去关上了门，于是我们就听不见那个声音了。

“好了，别哭了。”凯蒂说。我停止了哭泣，继续吃饭。昆丁没有在吃饭，杰生一直在吃饭。

“那是妈妈。”昆丁说着站了起来。

“你给我坐下，”迪尔西说，“大人们有客人，而你们则浑身都是泥巴。凯蒂，你也要坐下，好好吃饭。”

“她刚才在哭。”

“明明是有人在唱歌。”凯蒂说，“是不是这样，迪尔西？”

“按照杰生先生吩咐的，你们都安安静静地吃晚饭吧。”迪尔西说，“到时候你们自然会知道的。”凯蒂回到了椅子上。

“我告诉你们，他们这是在召开舞会。”凯蒂说。

“他都吃光了。”威尔许说。

“把他的碗拿给我。”迪尔西说。接着碗被拿走了。

“迪尔西，”凯蒂说，“昆丁不吃晚饭。他可以不听我的吗？”

“昆丁，快吃你的晚饭。”迪尔西说，“你们必须快一点吃完晚饭，然后从厨房中走掉。”

“我不想吃晚饭了。”昆丁说。

“如果我让你吃，你就一定要吃。”凯蒂说，“难道不是这样吗，迪尔西？”

热气腾腾的碗又回来了。威尔许又把汤匙放到我的嘴里，热气充满了我的嘴巴。

“我不吃。”昆丁说，“大嬷娣正在生病，他们怎么会开舞会？”

“他们是在楼下开的。”凯蒂说，“大嬷娣也可以走下来看。等我换上睡衣的时候，我也会这样做。”

“妈妈在哭。”昆丁说，“迪尔西，刚才是不是妈妈在哭？”

“别问个不停，孩子。”迪尔西说，“等你们吃完饭，我还要为他们准备晚饭呢。”

一会儿之后，就连杰生也已经吃完晚饭了。他哭了起来。

“现在又轮到你开始哭哭啼啼的了。”迪尔西说。

“他每天晚上都是这样，自从大嬷娣生病之后，不能再跟他一起睡了。”凯蒂说，“哭包！”

“我要告发你。”杰生说。

他在哭着。“你已经告发过一次了。”凯蒂说，“现在，你没有什么可以告发我们的了。”

“你们都去上床睡吧。”迪尔西说。她走过来，把我从椅子上抱下来，用一块温暖而湿润的布擦着我的脸。“威尔许，你能不能带着他们安静地从后楼梯上楼去。杰生，停止你的哭泣。”

“现在睡觉太早了。”凯蒂说，“我们从来没有这样早上床睡觉过。”

“但是今天晚上你们要这样做。”迪尔西说，“你爸爸刚才吩咐过，你们吃完晚饭之后就要立即上楼睡觉去。你是听到了的。”

“他只说让大家听我的。”凯蒂说。

“我不听你的。”杰生说。

“你一定要——”凯蒂说，“一定，你们都要按照我说的去做。”

“让他们安静下来，威尔许。”迪尔西说，“你们要安静下来，明白吗？”

“我们为什么今天晚上一定要安静下来？”凯蒂说。

“你妈妈身体不舒服。”迪尔西说，“现在你们都跟着威尔许去吧。”

“我跟你们说过的，刚才是妈妈在哭。”昆丁说。威尔许把我抱了起来，打开了通往后楼梯的门。我们都走了进去，然后威尔许又将门关上了。在黑暗中，我能够闻见威尔许的气味，也能够触摸到他。“你们都安静下来。”“我们不上楼。”“杰生先生让你们立刻上楼。他说你们要听我的。”“我不听你的。”“他是这样说的吧，昆丁？”我能碰到威尔许的头。我能听到大家的呼吸声。“他不是这样说的吗？威尔许。”“是这样的吧。”“好吧，那我们现在先不上楼，我们要到外面去玩一会儿。来吧。”威尔许打开了门，我们走到了外面。

我们走下台阶。

“我们最好到威尔许的房子里，这样，他们就不会听到我们了。”凯蒂说。威尔许将我放了下来，凯蒂牵着我的手。我们在砖砌的小路上走着。

“来啊。”凯蒂说，“现在那只蛤蟆已经不见了，它一准是跳到花园的草丛里去了。我们也许还会看到一只，但已经是另外的一只了。”罗斯卡斯拎着两桶牛奶走过来，又照直向前走了过去。昆丁没有跟上来，他就坐在厨房门前的台阶上。我们来到威尔许的房子。我喜欢闻威尔许的房子里的气味。

房子里生着火，狄比的衬衫像燕尾服的后摆一样拖在后面，他正在向火炉中填木柴，炉火熊熊燃烧起来。①

后来我起床的时候，狄比帮我穿好了衣服。我们到厨房吃饭。迪尔西正唱着歌。我开始哭起来，她就不唱了。

“这会儿，不能让他到大房子里去。”迪尔西说。

“我们不往那边走。”狄比说。

我们到小河边去玩。

“我们不能到那边去。”狄比说，“你没有听到妈咪说，我们不能到那边去吗？”

迪尔西又在厨房里唱歌了，我开始哭起来。

“别哭咧咧的。”狄比说，“我们到牲口棚那里去吧。”

---

①班吉想起1910年6月昆丁自杀之后的情景。迪尔西得知消息后在哭泣。班吉总会把哭泣和唱歌混在一起。

罗斯卡斯正在牲口棚中挤牛奶。他一边挤，一边低声呻吟。几只鸟落在牲口棚门上，歪头瞅着他。其中有一只飞落下来，和母牛一起吃牛槽中的东西。我在看罗斯卡斯挤奶，而狄比则给“小皇后”和“王子”喂草料。关在猪圈中的小牛，用鼻子摩擦着铁丝网，低声哞叫着。

“狄比。”罗斯卡斯说。“什么事？爹。”狄比含糊地答应着。“幻想”将头伸出牛栏，因为狄比还没有给它哪怕一根草料。“你赶快喂完，”罗斯卡斯说，“然后挤牛奶。看来我的右手不能够再干活了。”

狄比就走过去挤牛奶。

“你为什么不看医生？”

“医生也不会有办法的。”罗斯卡斯说，“这个地方，医生来了也没有用。”

“这个地方怎么了？”狄比说。

“这个地方不会有好运气的。”罗斯卡斯说，“你挤完奶之后，就把小牛关进来。”

“这个地方是不会有好运气的。”①罗斯卡斯说。火焰在他和威尔许的身后跳跃着，火光掠在他们的脸上。迪尔西把我安顿在床上。床的气味和狄比的一样，因此我也喜欢这张床。

“你知道什么啊？”迪尔西说，“你疑神疑鬼的。”

“不用疑神疑鬼的。”罗斯卡斯说，“那个兆头不正躺在床上吗？那个兆头不是已经在这里十五年而且每个人都能看到吗？”

---

①前一天晚上的情景，昆丁自杀之后，家人让班吉住到了迪尔西的房间里。

"就算是这样，"迪尔西说，"对你一点妨碍也没有。威尔许已经长大工作了，弗兰妮也已经嫁出去了。就是狄比，也已经能够在你风湿病发作的时候，帮你干活了。"

"但是现在征兆已经有两个了。"罗斯卡斯说，"又多了一个。我看见了征兆，你也看见了。"

"那一天晚上，我听到了猫头鹰的不祥的鸣叫。"狄比说，"邓[1]也不敢去吃晚饭了，它甚至连牲口棚的门都不敢出，天一擦黑就开始嗥叫。威尔许也听到了。"

"如果这样说的话，增加的征兆何止是一个。"迪尔西说，"不过你倒是给我说说看，什么人是不会死的？感谢耶稣。"

"光是有人死掉，这还是好的呢。"罗斯卡斯说。

"我知道你在想什么。"迪尔西说，"除非在他哭的时候，你也会醒过来，否则你们提到那个名字是会倒霉的。"

"他们这个地方根本就没有什么好运气。"罗斯卡斯说，"我早就看出来了。等到他们给他改了名字，我就更加清楚是这样了。"

"闭上你的嘴。"迪尔西说。她给我把棉被往上拉了拉。被子上的气味和狄比一模一样。"你们都闭上嘴，让他睡觉。"

"我早就看到那个征兆了。"迪尔西说。

"你的征兆，就是现在狄比要帮你做所有的工作。"迪尔西说。"狄比，你把他和小昆丁都带到小房子里去，让他们和勒斯特一起玩。让弗兰妮看着他们，你去帮你爹干活。"[2]

---

①狗的名字。

②班吉想起1912年康普生先生去世时候的情景。

我们吃完饭后，狄比抱着小昆丁，我们到狄比的小房子里去。勒斯特正在泥地上玩耍。狄比把小昆丁放下来，她也在泥地上玩了。勒斯特有几个线轴，为此他和小昆丁打了起来。小昆丁抢走了他的线轴。勒斯特哭了起来。弗兰妮走过来给了狄比一个锡罐玩。接着，我抢到了线轴。小昆丁打我，我哭了起来。

“不用哭。”弗兰妮说，“你就不知道害羞吗？抢一个小孩的玩具。”她从我的手上拿走了线轴交还给小昆丁。

“别哭了。”弗兰妮说，“我让你别哭了。”

“不许哭。”弗兰妮说，“真该狠狠地打你一顿。这是你应该得到的。”她把勒斯特和小昆丁从地上拉起来。“到这里来。”她说。我们来到了牲口棚边。狄比正在挤牛奶，罗斯卡斯坐在旁边的木箱子上。

“他又怎么了？”罗斯卡斯问。

“你们得把他留在这里。”弗兰妮说，“他又跟这些小孩子们打架，抢他们的玩具。我现在把你放在狄比这里，看看你能不能安静下来。”

“把乳头洗干净一点。”罗斯卡斯说，“你去年挤奶的那头小母牛，现在已经不下奶了。要是连这一头也不下奶了，他们就喝不上牛奶了。”

迪尔西在唱歌。

“不要到那边去。”狄比说，“难道你不知道，妈咪不让我们到那边去吗？”

他们在唱歌。

“好了，来吧。”狄比说，“来吧，我们去找小昆丁和勒斯特玩儿去。”

小昆丁和勒斯特正在狄比家前面的泥地上玩。屋子里面生着火，火光起伏，上下跳动。罗斯卡斯背朝着炉火，看上去黑乎乎的。

“现在已经有三个征兆了。感谢上帝。”罗斯卡斯说，“两年前我就已经告诉过你，这个地方不会有好运气。”

“那你为什么还不走呢？”迪尔西一边说，一边给我脱着衣服，“你成天疑神疑鬼、胡说八道的，差点让威尔许出逃到孟菲斯城去。这下你该满意了吧？”

“要是威尔许只沾到了这么一点坏运气，那还是好的呢。”罗斯卡斯说。

弗兰妮走进来。

“你们把活都干完了？”迪尔西说。

“狄比干完了。”弗兰妮说，“凯罗琳小姐让你去伺候小昆丁入睡。”

“我马上就去。”迪尔西说，“难道她以为我生着翅膀吗？”

“我可以明确地和你说，”罗斯卡斯说，“他们有一个孩子，但是却不允许任何人提起她的名字。①他们这样做，是绝对不会有好运气的。”

“闭嘴！”迪尔西说，“你成心要让他哭闹吗？”

“养着一个小孩子，却不让她知道自己妈妈的名字。这算是什么事呢？”罗斯卡斯说。

---

①指凯蒂。凯蒂生下私生女小昆丁，又被人抛弃。康普生太太觉得非常羞耻，禁止凯蒂回家，甚至不允许家里人提起凯蒂的名字。

“不用你操心。”迪尔西说，“他们都是我看大的，再看大一个，对我来说也没有什么问题。他现在想睡觉，就让他睡觉吧。”

“你们直接说名字好了。”弗兰妮说，“反正他不会知道什么名字的。”

“那你就说说看，看他能不能知道。”迪尔西说，“我敢说，就算他睡觉的时候你向他说，他也能知道。”

“他知道的比你想象的还要多。”罗斯卡斯说，“就像是猎狗天生就能知道猎物的踪迹一样，他甚至知道我们的时辰什么时候到来。如果他能说话的话，他就会告诉你时辰——你的时辰或者我的时辰——什么时候到来。”

“妈咪，你把勒斯特从床上抱下来吧。”弗兰妮说，“那个孩子会让他中邪的。”

“闭上你的嘴。”迪尔西说，“你就不能找到比这个更好的事做吗？非要听罗斯卡斯的胡言乱语。班吉，上床了。”

迪尔西推了我一下，我就掉到了床里。勒斯特已经在床上睡着了。迪尔西拿起一块长木板，搁在勒斯特和我的中间。“好好地待在那一边。”迪尔西说，“勒斯特太小了，你别压着他。”

“你现在还不能去，”狄比说，“等一下。”[①]

我们在房子的一角，看着一辆辆的马车离开。

“现在——”狄比说。他抱起小昆丁，我们跑到栅栏一角，看着马车经过。“他走了！”狄比说，“看到那辆有玻璃车窗的马车

---

①班吉又想起1912年父亲康普生先生去世之后，第二天灵柩到墓地的情景。

了没有？他就躺在那里面。你该好好看看他。”

“走吧，”勒斯特说，“我要把这个球带回家里，到了家就不会丢掉了。”“不行，少爷，这个不能给你。如果让他们看到你拿着球，他们一定会说是你偷的。”“闭嘴，我不会给你球的。再说了，给你又有什么用呢？你根本就不会玩球。”

弗兰妮跟狄比在门口的泥地上玩耍。狄比有一只瓶子，里面装着萤火虫。①

“你们怎么都出来了呢？”弗兰妮说。

“家里来客人了。”凯蒂说，“爸爸说今天晚上都要听我的。我认为你和狄比也要听我的。”

“我不听你的。”杰生说，“弗兰妮和狄比也不用听你的。”

“如果我让他们听我的，他们就必须听我的。”凯蒂说，“不过也许我还不会让他们听我的呢。”

“狄比不会听任何人的。”凯蒂说，“葬礼开始了没有？”

“什么是葬礼？”

“葬礼就是他们哭泣。”弗兰妮说，“克莱去世的时候，他们就哭泣了两天。”

他们在迪尔西家哭泣。迪尔西在哭泣。②迪尔西哭泣时，勒斯特说，别出声，我们就没出声。我随后就哭了起来，布鲁③在厨房台阶下面嚎叫。接着迪尔西停止了哭泣，我们也就不再哭了。

---

①班吉联想到奶奶去世的那一天的情景。

②班吉想到罗斯卡斯去世时的情景。

③狗名。

“啊！”凯蒂说，“那是黑人的事。白人没有葬礼。”①

“妈咪叫我们不要告诉他们，弗兰妮。”威尔许说。

“不要告诉他们什么？”凯蒂问。

迪尔西哭泣起来，声音传过来，我也哭了，布鲁则在厨房台阶下面嗥叫。②“勒斯特，”弗兰妮的声音透过窗户传过来，“把他们带到牲口棚去。你们吵得我做不了饭了。还有那只狗。把他们带走。”

“我不去，”勒斯特说。“我在那里说不定会碰到姥爷。我昨晚看到他了，在牲口棚里挥动着双臂。”

“那你告诉我白人为什么没有葬礼。”弗兰妮说，“白人也会死的。并且我知道你的奶奶和任何黑人一样死掉了。”③

“狗才会死呢。”凯蒂说，“那一次南丝掉到沟涧里，罗斯卡斯就开枪把它打死了。后来一群老鹰飞来，把它的皮撕掉了。”

沟涧里面散落着骨头，暗黑色的爬藤到处攀爬着，在月光下面，像一些黑色的一动不动的尸体。他们都一动不动，四周一片黑暗，我睁开眼睛的时候，听到了母亲急匆匆离开的脚步声。④我闻到它的气味了。接着房间的轮廓开始呈现出来，我闭上了眼睛。但是我没有睡着，我闻得到它的气味。狄比解开我被子上的别针。

“别出声，”他说，“嘘……”

但是我闻得到它的气味。狄比把我拉起来，很快地给我穿上衣服。

---

①班吉奶奶去世的那一天。

②罗斯卡斯去世时的情景。

③班吉奶奶去世的那一天。

④班吉联想到1912年父亲康普生先生去世时的情景，他闻到了死亡的气味。

“别出声，班吉。我们到我家去。你喜欢到我家去吗？弗兰妮在那里。别出声，嘘……”

他给我系好鞋带，戴上帽子。接着我们走了出去。走廊里有一盏灯光。我们经过走廊的时候，听到了母亲的声音。

“别出声，”狄比说，“嘘……”

一扇门被打开了，我更清楚地闻到了它的气味。一个人探出头来，但那不是父亲。父亲生病了，躺在里面。

“你能把他带出去吗？”

“我们这就走。”狄比说。迪尔西走上楼梯。

“别出声。”她说，“别出声，把他带到我们家去吧。让弗兰妮给他铺好床，狄比。你们一起看好他。班吉，别出声，跟着狄比走吧。”

她走去我们听到的母亲所在的地方。

“最好就让他待在那里。”说话的人不是父亲。他把门关上了，但是我仍然能够闻到它的气味。

我们走下了那条一直延伸到黑暗深处的楼梯。狄比拉着我出了门，走进了黑暗里。邓坐在后面的院子里嗥叫。

“它也闻到了。”狄比说，“你就是那样闻到的吗？”

我们走下了台阶。我们的影子落在了台阶上。

“我忘了给你拿外套了。”狄比说，“你本来应该穿着它的，但是我不想回去了。”

邓在嗥叫。

“别出声。”狄比说。我们的影子在地面上移动。邓的影子并不移动，但是在它嗥叫的时候，影子就会抖动。

“你这样不停地大声叫嚷，我根本没有办法带你回家。”狄比说，“其实就算是你不发出这种牛蛙一样的声音，你的声音就已经够难听的了。跟我走吧。”

我们沿着砖砌的小路行走，影子也跟着我们移动。猪圈的气味闻起来和猪身上的气味一样。母牛站在一片空旷的地方，对着我们咀嚼。邓在嗥叫。

“你会把整个镇子都吵醒的。”狄比说，“你就不能闭嘴吗？”

我们在河边看到了“幻想”，它正在那里吃草。我们在河边的时候，月光照耀在水面上。

“少爷，这里不行。”狄比说，“这里还太近了，我们不能在这里停下。走吧。你看看你自己，把整条裤子都弄湿了。跨过来，到这边来。”邓在嗥叫。

在一路沙沙作响的草地的尽头，出现了一条沟涧。一些白色的荧光的骨片散落在黑色的藤蔓旁边。

“嘿，”狄比说，“现在你还想叫的话，就大声叫吧。你的面前是整个的夜晚和二十英亩的草地，你怎么叫都可以。”

狄比躺在沟涧边。我也坐了下来，看着那些白色的骨片。以前，那群老鹰就是在这里啄食南茜，然后拍动着沉重的翅膀飞出沟涧的。

“我们早上来这里的时候，它还在的。”勒斯特说，“我还拿出来给你看过，不是吗？我就是从这里拿出来的。”[1]

①回到当前。

“你是说老鹰也会把大嬷娣的皮撕掉吗？”凯蒂说，“你疯了。”[①]

“你是个大讨厌鬼。”杰生说。他哭了起来。

“你才是个大混蛋。”凯蒂说。杰生哭着。他的两只手插在裤袋里。

“杰生长大以后一定会成为一个富翁。”威尔许说，“他总是抓住钱就不放手。”

杰生哭着。

“你惹着他了，他会哭个没完的。”凯蒂说，“杰生，不要哭了。老鹰怎么会飞到大嬷娣的房子里呢？爸爸是不会允许的。你会让一只老鹰给你脱衣服吗？好了，别哭了。”

杰生就停止了哭泣。“弗兰妮说那是葬礼。”他说。

“才不是呢。”凯蒂说，“弗兰妮什么都不懂，那是舞会。狄比，他想要你的萤火虫，你让他拿一会儿吧。”

狄比把萤火虫瓶子交给我。

“我敢说，要是我们偷偷地溜到客厅下面的那个窗户下，我们会看到什么的。”凯蒂说，“到时候你们就会知道我说的是真的了。”

“我知道是怎么回事。”弗兰妮说，“我不用看。”

“闭嘴，弗兰妮。”威尔许说，“妈咪会用鞭子抽你的。”

“你知道什么？”凯蒂说。

“我知道，我知道的。”弗兰妮说。

①班吉奶奶去世的那一天。

“那我们走吧。”凯蒂说，“我们溜到客厅前面去。”我们开始走了。

“狄比想要回他的萤火虫。”弗兰妮说。

“狄比，你就让他多拿一会儿。”凯蒂说，“我们会还你的。”

“你们从来都不自己去捉萤火虫。”弗兰妮说。

“那如果我让你和狄比跟着我们，你会让他拿着吗？”

“没有人要求我们必须听你的。”弗兰妮说。

“那如果我说你们不用听我的，你会让他拿着吗？”凯蒂说。

“好吧，”弗兰妮说，“狄比，你就让他拿一会儿吧。我们去看他们哭泣。”

“他们没有哭泣。”凯蒂说，“我跟你们说过，他们在开舞会。他们是在哭泣吗，威尔许？”

“我们就站在这里，怎么会知道他们在做什么？”威尔许说。

“那我们走吧。”凯蒂说，“弗兰妮和狄比可以不听我的，但是其他人要听我的。你最好抱着他，威尔许。天已经黑了。”

威尔许把我抱起来。我们绕过了厨房。

我们从屋子的拐角看过去，看见马车的灯光从道路上照射过来。[①]狄比走到地窖门口，打开门。

“你知道里面有什么吗？”狄比说，“是汽水。我看见过杰生双手抱满了汽水从里面出来。你在这里等着。”

狄比到厨房那里，往里面看了一下。“你在这里鬼鬼祟祟地干

---

①1910年凯蒂结婚那天，班吉和狄比喝醉之前。

什么？班吉呢？”迪尔西说。

“他就在外面呢。”狄比说。

“你去看着他，”迪尔西说，“别让他靠近大房子。”

“好的，妈咪。”狄比说，“他们开始了吗？”

“你就只管去看着那个孩子吧，别让他闯进来。”迪尔西说，“别让我操心，我手头的事已经够多了。”

一条蛇从房子底下爬出来。[①]杰生说他不怕蛇，凯蒂说他会怕而她则完全不怕，威尔许说其实他们两个都怕。“你们要保持安静。”凯蒂说，说话的时候很像父亲。

“好了，你别叫唤了，”狄比说，“你要一些沙士汽水吗？”[②]

那东西的气味直冲我的鼻子和眼睛。

“如果你不喜欢喝的话，就都让我喝好了。”狄比说，“这是个好主意。趁着现在没有人，我想我们可以再拿一瓶。嘘，别出声！”

我们来到客厅窗户外面的树木下。威尔许把我放在草地上，草地湿湿的冷冷的。所有的窗户灯火通明。[③]

“大嬷娣就住在里面的一间。”凯蒂说，“她现在生着病。等到她病好之后，我们就可以去野餐了。”

“我知道是怎么回事。”弗兰妮说。

树叶沙沙，草尖沙沙。

---

①班吉的奶奶去世的那天。

②1910年凯蒂结婚那天。

③班吉的奶奶去世那天。

“再过去的一间，就是我们出荨麻疹的地方。”凯蒂说，“弗兰妮，你和狄比是在哪里出的荨麻疹？”

“就在我们睡觉的地方呗。”弗兰妮说。

“他们还没开始呢。”凯蒂说。

“他们就要开始了。”狄比说，[①]“你站在这里等着，我去拖那个木板箱。这样，我们就可以站在上面往窗户里面看了。不过，在这之前，我们先把这瓶沙士汽水喝光吧。这玩意儿让我觉得我肚子里有一只咕咕叫的猫头鹰。”

我们喝光了沙士汽水。狄比把空瓶子向屋子的窗户格子里推进去，然后走开了。我现在能听见他们在客厅里发出的声音。我把两只手紧紧地贴在墙上。狄比拖着木板箱子走过来，却跌倒了。他跌倒在草地上，就躺在那里哈哈大笑。他好不容易站起来，把木板箱子拖到窗户下面，还是没有办法忍住发笑。

“我笑得都站不起来了。”狄比说，“你站到箱子上面，看一看他们开始了没有。”

“他们还没开始，因为乐队还没来。”凯蒂说。[②]

“他们用不着乐队。”弗兰妮说。

“你怎么知道的？”凯蒂问。

“我就是知道。”弗兰妮说。

“你什么也不懂。”凯蒂说，她走到那棵树下。“威尔许，托我上去。”

---

①凯蒂结婚的那一天。

②班吉的奶奶去世的那一天。

“你爸警告过你，不许爬树。”威尔许说。

“那是很久之前的事了。”凯蒂说，“我猜连他自己都忘记有这回事了。再说，今天晚上他说要听我的。难道他没有这样说过吗？”

“我不听你的。”杰生说，“弗兰妮和狄比也不用听你的。”

“威尔许，托我上去。”凯蒂说。

“好吧。”威尔许说，“反正要挨鞭子的是你，而不是我。”他走了过去，将凯蒂托到树木的第一根树枝上。我们站在地上，就能看见她内裤上的泥巴，接着我们就看不见她了。我们能听到树枝动摇的声音。

“杰生先生说过，如果你弄断了那棵树的树枝，他就会抽你。”威尔许说。

“我要告发他。”杰生说。

树枝不再动摇了。我们抬头向安静下来的树枝看去。

“你看到什么了？”弗兰妮小声说。

我看到他们了。[1]接着我看到凯蒂了，头发上插着花，披着一条长长的洁白的披纱，就像闪耀的风一样。“凯蒂，凯蒂。”

“别出声，”狄比说，“他们会听到的。赶快下来。”他要拉我下来。“凯蒂。”我的双手紧紧抓住墙壁。“凯蒂。”狄比在拉我下来。

“别出声。”他说，“我们走吧。”他拉着我走。凯蒂。“别出声，班吉。难道你想让他们听到你在这里吗？走吧，我们再去喝一瓶沙士汽水。要是你能够不再叫嚷的话，我们可以再回来看的。

①凯蒂结婚的那一天。

咱们最好再多喝一瓶，要是不这样的话，我们两个会一起叫喊起来的。我们就说是邓喝掉的，既然昆丁先生总是说他很聪明，我们就可以说它会喝汽水。”

月光洒落在地窖的台阶上。我们又喝了一些沙士汽水。

“你知道我现在希望干什么吗？”狄比说，“我希望现在有一头熊走进地窖里，然后我直接走过去，向它的眼睛里吐痰。再给我拿一瓶汽水，堵住我的嘴巴，不然的话我真会大喊大叫了。”

狄比倒下了，大笑起来。这时地窖门和月光都跳动了，不知道什么东西打中了我。

“别出声，”狄比说，拼命想压抑住笑声。“天啊，这样他们都会听见的，起来。”狄比说，“快点起来，班吉。”他手舞足蹈，笑个不停。我挣扎着爬起来。地窖的台阶，在月光下，一直延伸到山冈上。狄比在山冈上爬动，又摔倒了，摔倒在月光里。我也跑了出去，结果撞在了栅栏上。狄比就在我的身后追赶，大叫着："别出声，别出声。”但是接着他跌倒在花丛里了，就在花丛中大笑不止。我撞在了箱子上。我想爬上木板箱子，木板箱子却跳了起来，击中了我的后脑勺。我的嗓子里发出一声响，又发出一声。我不再想站起身来了。他还在我的嗓子里响着。我就哭了起来。狄比想把我拉起来，但是我的嗓子里响个不停。它不停地作响，我都不知道我哭了没有。狄比摔倒在我的身上，他还在笑着。嗓子里不停作响。这时候我看到昆丁用脚踢狄比。凯蒂双臂环抱着我，她披着一条闪耀的长长的白色面纱。但是我再也闻不到树木的香味了，于是我哭了起来。

“班吉，”凯蒂说，“班吉。”[1]她展开双臂抱住我，但是我跑开了。“怎么了，班吉。”她说，“是因为我戴的这顶帽子吗？”她把帽子拿掉，再走过来，但是我仍然跑开了。

“班吉，”她说，“班吉，你怎么了？凯蒂有什么不对吗？”

“他不喜欢你那身装模作样的衣服。”杰生说，“你以为你已经足够大了，就比谁都了不起了，是吧？装模作样。”

“闭嘴。”凯蒂说，“你这个肮脏的小坏蛋。班吉。”

“就是因为你已经十四岁，你就以为自己足够大了，是不是？”杰生说，“你以为自己比谁都了不起，是不是？”

“别哭，班吉。”凯蒂说，“这样会吵到妈妈的。别哭。”

我没有停止哭泣，但是却跟着她走了。她坐到台阶上等着我，我也站在那里。

“班吉，你怎么了？”凯蒂说，“你要告诉凯蒂，凯蒂会想办法的。你告诉我。”

“凯丹斯。”母亲说。

“哦。”凯蒂说。

“你为什么要捉弄他呢？”母亲说，“把他带过来。”

我们走进了母亲的房间。她生病了，躺在那里，额头上蒙着一块布。

“你怎么了？”母亲说，“班杰明。”

“班吉。”凯蒂说。她又靠过来，但是我再次跑开了。

---

①凯蒂十四岁的时候举行成人礼，穿上大人的衣服，洒上香水。班吉闻不到她身上的树木香味，因此哭泣。

“你一定是怎么着他了。”母亲说，“你就不能不招惹他，让我安静些吗？你把盒子给他，然后走开，让他一个人玩会儿。”

凯蒂拿来盒子放在地板上。我打开了盒子，里面是一些星星。当我静止的时候，它们也是安静的。当我走动起来时它们就会闪闪发光。于是我安静下来。

接着我听到凯蒂走了，我又开始哭泣。

“班杰明，”母亲说，“过来。”我走到门口。“班杰明，我在叫你呢。”母亲说。

“怎么啦？”父亲说，“你想让他到哪里去？”

“把他带到楼下，让人照看他吧，杰生。”母亲说，“你们应该知道我生病了，但是你们仍然——”

父亲带着我走出房间，带上房门。

“狄比。”他说。

“老爷。”狄比在楼下回答。

“班吉要下楼了。”父亲说，“你去跟着狄比吧。”

我走到浴室的门前，听到了水声。

“班吉。”狄比在楼下说。

我静静地听着水声。

我听不到水声了，凯蒂打开了门。

“班吉，你怎么了？”她说。她看着我，我走了过去。她双臂环绕住我。“你又找到你的凯蒂了吧？”她说，“你是不是以为凯蒂跑了？”凯蒂闻起来有一股树木的香味。

我们来到了凯蒂的房间。她坐在镜子前面，手上没有动作，只是看着我。

“这到底是怎么回事，班吉，怎么回事啊？”她说，“你别哭，凯蒂不会跑。你看啊，她就在这里。”她说。她拿起一个瓶子，拔掉瓶塞，放到我的鼻子下面。“香的，你闻一下，是不是很好闻？”

我躲到了一边，没有停住哭泣。她就这样拿着瓶子，看着我。

“啊，”她说，放下了瓶子，走过来抱着我，“是这样啊。你想告诉凯蒂，但是你说不出来，是吗？不过，凯蒂不会再用了，凯蒂当然不会再用了。我要穿衣服，你等着我。”

凯蒂穿好了衣服，又拿起了瓶子。我们来到厨房。

“迪尔西，”凯蒂说，“这是班吉送给你的礼物。”她弯腰把瓶子放在我的手里。“给迪尔西。”凯蒂拿着我的手伸出去，迪尔西接到了瓶子。

“呀，太不可思议了，”迪尔西说，“我的宝贝居然送给了我一瓶香水。罗斯卡斯，你看这是不是一瓶香水？”

凯蒂闻起来像树木一样香。“我们自己是不喜欢香水的。”凯蒂说。

她闻起来像树木一样香。

“好了，来吧。”迪尔西说，“你不能再跟大人一起睡了，你自己就足够大了，已经十三岁。你应该到毛莱舅舅的房间去睡了。”迪尔西说。

毛莱舅舅病了。①他的眼睛病了，他的嘴也病了。威尔许就用盘

---

①1908年，班吉单独为毛莱舅舅给派特逊太太送情书被发觉。毛莱舅舅被打后的情景。

子把晚餐送到他的房间里去。

“毛莱口口声声说要拿枪射死那个混蛋。”父亲说，“我就警告他，如果他真的要做这件事的话，就不要当着派特逊的面说出来。”

“杰生。”母亲说。

“射死谁？爸爸。”昆丁说，“毛莱舅舅为什么要射死他？”

“因为他甚至不能够承受别人开的一个小玩笑。”父亲说。

“杰生，”母亲说，“你怎么能这样说呢？难道你就想让毛莱在一场伏击当中被射死，然后就可以发出冷笑吗？”

“毛莱就不能不让自己落入别人的埋伏当中吗？”父亲说。

“射死谁？爸爸。”昆丁说，“毛莱舅舅要射死谁？”

“不射死谁。”父亲说，“你知道的，我这里并没有手枪。”

母亲哭了起来。“如果你嫌弃毛莱在这里吃白饭，那么你可以像一个真正的男人那样，当面告诉他。但是现在你却在孩子的面前嘲笑他。”

“我不会嘲笑他，”父亲说，“相反我要赞美毛莱哩。他对我来说是无价之宝，可以充分证明我自己的家族优越感，我甚至不会拿着他去换一对好马。你知道这是为什么吗，昆丁？”

“不知道。”

“如果我有了一对好马，不是也需要用干草来喂吗？干草在拉丁语里面怎么说来着？”父亲说。“好啦，好啦，”他说，“我刚才只是开了个玩笑。”他喝了口酒，把杯子放下，走过去把手放在母亲的肩膀上。

“你绝对不是在开玩笑。”母亲说，“只是我要告诉你，我们家族的出身和你们家族同样高贵，只不过毛莱身体欠佳罢了。”

“当然了。”父亲说，“不过身体欠佳就足以成为决定一个人的生活的首要问题。在痛苦中诞生，在疾病中成长，在腐烂中终结。威尔许。”

“什么事，老爷？”威尔许站在我的椅子后面，回答着。

“把这个玻璃瓶拿去倒满酒。”

“顺便把迪尔西叫来吧，让她带着班杰明去睡觉。”母亲说。

“你已经是一个大男孩了。”迪尔西说，“凯蒂不愿再跟你一起睡觉了。现在别哭了，快点睡吧。”①房间看不见了，但我并没有安静下来。房间再次出现，迪尔西坐在床上看着我。

“难道你不肯做一个好男孩，安安静静地睡觉吗？”迪尔西说，“你不肯这样做，是吧？好吧，你等一会儿。”

她走了。门里面空空荡荡的。过了一会儿，凯蒂出现在门里面。

“别哭，”凯蒂说，“我来了。”

我不再抽泣。迪尔西把被单掀开，凯蒂就钻进被单跟毯子之间。她没有脱下睡袍。

“好了。”她说，“我在这儿了。”迪尔西又拿来一条毯子，盖在凯蒂的身上，帮她压好。

“他很快就会睡着的。”迪尔西说，“你房间里的灯我给你留着了。”

“好的。”凯蒂说，她将头在枕头上向我的头贴过来，“晚安，迪尔西。”

---

①凯蒂十四岁，举行了成人礼，所以迪尔西不再让班吉和凯蒂睡在一起。

"晚安，甜心。"迪尔西说。房间变黑了。凯蒂闻起来跟树木一样。

我们抬头向那棵树看去而她就在那棵树上。①

"她看到什么了呢？威尔许。"弗兰妮小声说。

"嘘……"凯蒂在树上说。这时传来迪尔西的声音。

"好啊，你们溜到这里了。"她从房角那边绕过来，"为什么你们不肯听从你们爸爸的话，都上楼去睡觉，而是背着我偷偷溜出来。凯蒂和昆丁呢？"

"我警告过她不要爬那棵树。"杰生说，"我要告发她。"

"谁在树上？"迪尔西说。她走过来往树上看。树枝又动摇了一阵。

"你这个魔鬼，"迪尔西说，"快下来。"

"别吵吵，"凯蒂说，"难道你忘了我爸爸说过要安静吗？"她的腿从树枝之间漏出来。迪尔西走过去将她抱下来。

"你除了把他们带到这里来，就别无他法吗？"迪尔西说。

"我对她没有任何办法。"威尔许说。

"你们在做什么？"迪尔西说，"谁让你们到这里来的？"

"是她，"弗兰妮说，"是她让我们来的。"

"她让你们来，你们就要来吗？"迪尔西说，"现在都回房间去。"弗兰妮就和狄比向前走了。一直往前走，直到我们不能再看见。

"大晚上的跑到这里来。"迪尔西说。她把我抱起来，我们走向厨房。

---

①班吉奶奶去世的那一天。

“而且是背着我溜走的。”迪尔西说，“难道你们不知道现在已经超过你们睡觉的时间了吗？”

“嘘，”凯蒂说，“别吵吵，我们要安静。”

“那你就闭嘴保持安静。”迪尔西说，“昆丁到哪里去了？”

“昆丁快要疯掉了，因为今天晚上他要听我的。”凯蒂说，“他还拿着狄比的萤火虫瓶呢。”

“我说狄比没有萤火虫瓶也没有什么关系。”迪尔西说，“你去找找昆丁，威尔许。罗斯卡斯说看见他走向牲口棚了。”威尔许就走了，我们看不到他了。

“他们并没有干什么。”凯蒂说，“就是坐在椅子上，互相看着。”

“大人的事，不用你们管。”迪尔西说。我们绕到了厨房的后面。

“现在你又想到哪儿去？”勒斯特说，“你想再回去看他们打球吗？我们已经去过那里并找过了。对了，你在这里等一下。我回去拿那个球，我已经有办法了。”

厨房里很黑。[①]那些横柯在天空中也很黑。邓从台阶下面跑过来，舔着我的足踝。我绕到了厨房后面，看到了月亮。邓也跟着跑过来，跑进月光里。

“班吉。”狄比在房间里面说。

客厅窗户下面的那棵开放着花朵的树木并不黝黑阴暗，但是其他的浓密的树木都是黝黑阴暗的。在月光下，草地上虫声唧唧。我的阴影在草地上移动着。

---

①班吉看到秋千，回想起1906年自己单独出门看见凯蒂和查理约会的情景。

“班吉，”狄比在房间里说，“你躲在哪里？你一定是溜出去了，我知道的。”

勒斯特回来了。“等一等，”他说，“待在这里，不要到那边。昆丁小姐和她男朋友在那边的秋千架上。你就在这里待着。班吉，回来。”

树下很暗。[①]邓不愿意过来。它留在那片月光里。接着我看到了秋千架，哭了起来。

“班吉，别过去，”勒斯特说，“你应该知道这样会使得昆丁小姐生气的。”

秋千架上有两个人，然后只有一个了。[②]凯蒂很快地跑过来，在黑暗中显出白色的光芒。

“班吉，”她说，“你是怎么出来的？威尔许呢？”

她两臂环绕着我。我不再哭了，只抓住她的衣服，要把她拉走。

“你怎么了？班吉。”她说，“狄比，班吉怎么了？”她喊着。

坐在秋千架上的那个人起身走过来。我又哭了起来，拉着凯蒂的衣服。

“班吉，”凯蒂说，“那是查理。你不认识查理了吗？”

“看管他的小黑鬼到哪里去了？”查理说，“他们怎么能让他到处乱跑呢？”

“别哭，班吉。”凯蒂说，“查理，你走开吧。他不喜欢

①凯蒂约会的那一晚。

②凯蒂约会的那一晚。

你。”查理于是走开了。我安静下来，依旧拉着凯蒂的衣服。

“班吉，你怎么了？”凯蒂说，“你是不想让我在这里和查理说话吗？”

“把那个小黑鬼叫来。”查理说。他又走了回来，我哭得更大声了，拉扯着凯蒂的衣服。

“查理，走开。”凯蒂说。查理把手放在了凯蒂的身上。我号啕大哭。

“不要这样。”凯蒂说，“不要。”

“他又不会说话。”查理说，“凯蒂。”

“你疯了吗？”凯蒂说。她呼吸急促起来，“他能看见的，不要这样。”凯蒂挣扎着，两个人都呼吸急促起来。“算我求你了。”凯蒂说。

“把他弄走。”查理说。

“好。”凯蒂说，“你先放开我。”

“你会把他弄走吗？”查理说。

“我会的。”凯蒂说，“你先放开我。”查理放手走开了。

“别哭了，”凯蒂说，“他走了。”我闭上了嘴巴。我听得见她的喘息声，也能感觉到她的胸膛的起伏。

“我把他送回家。”她说，牵起我的手，“然后就回来。”她低声说。

“等一等，”查理说，“叫那个小黑鬼来做这件事。”

“不用了。”凯蒂说，“我很快就会回来的。班吉，我们走吧。”

“凯蒂。”查理小声呼唤着。我们继续往前走。“你最好现在就回来。你还会回来吗？”凯蒂拉着我开始跑动。“凯蒂。”查理叫着。我们跑进那片月光里，往厨房跑去。

“凯蒂。”查理叫喊。

凯蒂拉着我奔跑。我们跑上台阶，跑进后廊。凯蒂在黑暗中跪下身子，双手环抱着我。我能够听见她的呼吸，感觉到她的胸膛的起伏。“我不会再这样了。”她说，“班吉，我永远也不会再这样了，班吉。”接着她哭了起来。我也哭了起来。我们两个紧紧抱在一起。“别哭。”她说，“别哭了，我不会再这样了。”于是我就停止了哭泣。凯蒂站起身来，带我走进厨房，打开了电灯。凯蒂拿起厨房里的肥皂，到水槽边使劲儿洗着嘴巴。凯蒂闻起来像树木一样香。

“我一直告诉你不要过去。”勒斯特说。他们急忙从秋千架上坐起来。小昆丁用手打理头发。那个男的系着一条红领带。

“你这个又疯又傻的老混蛋。”小昆丁说，“我要告诉迪尔西，你让他跟踪我。我要叫她狠狠揍你一顿。”

“我拦不住他。”勒斯特说，“班吉，过来。”

“你完全可以做到。”小昆丁说，“但是你没有试。你们两个老是跟在我的后头。怎么，是你外婆让你们来监视我的吗？”她从秋千架上跳下来。“要是你不马上把他带走，并且不再让他过来，我就让杰生揍你。”

“我拿他没有办法。”勒斯特说，“如果你认为你能做到的话，你就试试看。”

“闭嘴。”小昆丁说，“你到底带不带他走？”

“呵呵，让他待在这里吧。”那个男的说。他系着一条红领带。阳光落在上面也是红彤彤的。“看这个，杰克[①]。”他点燃一根火柴，将它放在嘴里，然后拿出来。火柴还在燃烧。“你想试一下吗？”他说。我张开了嘴巴。小昆丁扬手打飞了火柴。

“该死。”小昆丁说，“你想让他又哭又叫吗？你不知道他会整天又哭又叫的吗？我要和迪尔西说你不好好照管班吉。”她跑开了。

“小妞，回来。”他说，“喂，回来，我不捉弄他了。”

昆丁绕过厨房，向大宅子跑去。

“杰克，这是你捣的鬼。”他说，“是吧？”

“他听不懂你的话的。”勒斯特说，“他又聋又哑。”

“是吗？”他说，“他这样子多长时间了？”

“到今天为止，正好三十三年，他一直就是这个样子。”勒斯特说，“天生白痴。你是马戏团里的吗？”

“怎么了？”他说。

“我好像以前在这里没有见过你。”勒斯特说。

“那又怎么了？”他说。

“不怎么。”勒斯特说，“今天晚上我会去看的。”

他看了看我。

“你不是那个用锯子弹曲子的人，是不是？”勒斯特说。

“花两毛五分钱买一张门票，你就知道了。”他说。他看着我。“他们干吗不把他关起来？”他说，“你干吗把他领出来？”

“你跟我说没用。”勒斯特说，“我拿他没有办法。我只是来

①对不知道名字的人的一种轻蔑的称呼。

寻找我丢掉的两毛五分钱硬币的，找到了的话，晚上就能去看演出了。不过现在看来恐怕是去不成了。”勒斯特盯着地面。“你有两毛五分钱吗？有没有呢？”勒斯特说。

“没有。”他说，“我没有。”

“我就知道我还要再找到那么一枚硬币。”勒斯特说。他把手放在了裤袋里。“你不想买一个高尔夫球吗？”勒斯特说。

“什么球？”他说。

“高尔夫球。”勒斯特说，“我只要两毛五分钱。”

“用它做什么？”他说，“我要一个高尔夫球做什么呢?”

“我也认为你不会要的。”勒斯特说，“我们走吧，白痴。”他说：“我们到那边去看他们打球去。这个给你，你可以拿着和吉姆生草一起玩。”勒斯特捡起那个东西，递给我。那个东西亮光光的。

“你是从哪里找到这东西的?”他说。他走过来，那条领带也在阳光中红彤彤地靠近过来。

“就在这个树丛里。”勒斯特说，“我还以为是我丢的那枚硬币呢。”

他走过来把那个东西拿了过去。

“别喊。”勒斯特说，“他看完之后就会还给你的。”

“艾格尼丝、玛贝尔、贝琪。[①]”他一边念着，一边向大房子看去。

“别喊。”勒斯特说，“他看完之后就会还给你的。”

他还给了我。我就没有哭出来。

“谁在昨天晚上来找过她？”他说。

---

①一种避孕工具的牌子。系红领带的人看到之后，猜出了小昆丁还有其他情人。

“我不知道是谁。”勒斯特说，“不过他们每天晚上都会来，她就从那棵树上爬下来。我可不愿意打听别人的秘密。”

“要是他们之中没有一个泄露出秘密，那才该死呢。”他说。他又看了看大房子，然后走回去躺在秋千架上。“滚开。”他说，“现在不要烦我。”

“过来。”勒斯特说，“现在你有麻烦了。昆丁小姐一定在外婆面前告你的状了。”

我们来到栅栏边，从盘绕在栅栏的花枝上看过去。勒斯特又在草地上寻找了。

“我当时经过这里的时候，它还好好地在那里呢。”勒斯特说。我看到小旗飘扬，阳光撒布在宽广的草地上。

“等一会儿她们就会来的。”勒斯特说，“刚才明明有几个来了，不过现在走过去了；你过来帮我找找。”我们沿着栅栏继续走。

“别喊。”勒斯特说，“要是她们不来。我有什么办法呢？她们一会儿就会来的——看那边，她们来了。”

我沿着栅栏走到大铁门那边。“班吉，”勒斯特说，“回来。”

“你从大门往外看过去并没有用。”[①]*狄比说，“凯蒂小姐早就走了。已经结婚了，离开你了。你抓住门哭也没用。她根本听不到。”*

“狄比，他想怎么样呢？”母亲说，“你跟他玩会儿，让他安静下来不行吗？”

“他想到大门口向外看。”狄比说。

---

① 1910年5月，凯蒂出嫁之后的情景。

“哦，那可不行。”母亲说，“外面下着雨。你要跟他玩会儿，让他别嚷嚷。班杰明，你要乖一点。”

“他根本就不想安静下来。”狄比说，“他以为只要他到大门口，凯蒂小姐就会回来。”

“瞎说。”母亲说。

我听得见她们在讲话。我走出大门边，就听不见了。一群女孩子背着书包经过那里。她们转过头来看我，但走得很快。我想开口，但她们继续往前走。我沿着栅栏走，想张口讲话，她们却走得更快。她们接着开始跑了。我走到栅栏的拐角处，再也不能前进。我紧抓着栅栏，看着她们的背影，想开口讲话。

“班吉。”狄比说，“你想做什么，想溜出去吗？难道你不知道迪尔西会揍你的吗？”

“你隔着栅栏嚷嚷、哭喊有什么用呢？”狄比说，“你把她们都吓坏了。你看看，现在她们都只从道路对面经过。”

“他怎么出去的？”父亲问[①]，“杰生，你进来的时候没把大门闩上吧？”

“我不会这样的。”杰生说，“我可能那样没有头脑吗？您认为我希望发生这样的事情吗？上帝啊，我们家的情况已经够糟糕的了。我只想跟您说一下，您现在应该将他送到杰克逊[②]去，要是吉布斯太太在这之前还没有把他射死的话。”

---

①1910年6月，凯蒂出嫁离家之后，班吉出门追赶经过的女学生，吉布斯太太是女学生的母亲。

②密西西比州的首府，那里有疯人院。

“不用说了。”父亲说。

“这话其实我早就应该跟您说。”杰生说。

我碰到大门时，它是开着的，我在薄暮中紧紧抓着门。[①]我没有哭，我努力不让自己哭，看着那群女孩在薄暮中走来。我没有哭。

“他在那儿呢。”

她们停了下来。

“他出不来的，他也不会伤害任何人，我们走吧。”

“我害怕。我要到路对面走动。”

“他出不来的。”

我没有哭。

“别像一只胆小的猫似的，走吧。”

她们在薄暮中走来。我没有哭。我紧紧抓住门。她们慢慢走来。

“我害怕。”

“他伤害不了你。我每天经过这里的时候，他都是沿着栅栏走的。”

她们来了。我打开铁门。她们停住了，转过身来。我想说话，我抓住了她，想开口说话。她发出尖叫。我努力地想说话。那些耀眼的身形消失了，我想爬起来。[②]我想把眼前的东西拂走，但那些耀眼的身形又出现了。她们爬到山上，又转而不见，我很想哭。但当我抽噎之后，却哭不出来。我努力想使自己不要跌落山下，结果还

---

①当时追赶女学生时的情景。

②班吉追赶女学生时，被女学生的父亲打昏。接着，他被送往医院进行阉割手术。

是跌落了下去，跌进那些灿烂、回旋的形体里。

“过来，笨蛋，”勒斯特说，“有几个人来了。别哼哼唧唧的，听见没有?”

他们走到小旗旁边，将小旗拿走，打起秋千来，然后又把小旗放回原地。

“先生。”勒斯特说。

他回过头来。“什么事？”他说。

“你想买一个高尔夫球吗？”勒斯特说。

“给我看看。”他说。他走到栅栏旁边。勒斯特把球递了出去。

“你从哪里弄到的？”他说。

“捡的。”勒斯特说。

“我可知道，”他说，“你是从哪里弄到的。一定是在什么地方从某个人的高尔夫球袋里弄来的吧？”

“我是在院子里找到的。”勒斯特说，“你给我两毛五分钱就行。”

“凭什么说这球就是你的？”他说。

“我捡的。”勒斯特说。

“那你就再给自己捡一个吧。”他说着便把球放进口袋，走掉了。

“我今天晚上要去看演出啊！”勒斯特说。

“是吗？”他说着，走到了开球的地方。“让开，开弟。”他开始打球。

“真有你的，”勒斯特说，“看不到他们打球你瞎叫唤，看见他们打球了你还是瞎叫唤。你就不能安静下来？难道你不知道人们都讨厌你的声音吗？你把你的吉姆生草丢了，给你。”他把它捡起来，交还给我，“你需要一枝新的，你把那枝弄蔫了。”我们站在栅栏边看着他们。

“那个白人不好说话。”勒斯特说，“他把我的球抢走了，看见了吧？”他们朝前走着。我们在栅栏这边也朝前走。我们来到花园的边缘，就走不动了。我趴在栅栏上，从花枝上看出去。他们走远了。

“好了，现在你不用叫唤了吧？”勒斯特说，“你该闭嘴了吧？其实，现在该叫唤的是我才对呢。你干吗不好好拿着你的草呢，一会儿弄没了之后你又该大吵大闹了。”他把一枝花递给我。“你要到哪里去？”

我们的影子落在草地上。影子比我们先触到树。我的影子是第一个到的。接着我们都到了，影子就消失了。瓶子里插着一枝花，我把另一枝花也插进去。

“你都多大了，”勒斯特说，“还玩这种在瓶子里插两枝花的游戏。你知道凯罗琳小姐一死之后他们会怎么对待你吗？他们会把你送到杰克逊去。其实你早就该到那里去了。杰生先生是这样说的。到了那里之后，你可以成天跟其他的疯子一样，抓着铁栅栏随便大哭大闹。你不喜欢这样吗？”

勒斯特挥手把花打飞了。“而在杰克逊，你一开始哭闹，他们就会这样对付你。”

我想去把花捡起来，可是勒斯特先捡走了，又不知把它们弄到哪里去了。于是我哭了起来。

“哭，”勒斯特说，“就知道哭。你不哭就会不痛快，是吧？好吧，我再给你一个哭的理由。凯蒂。”他小声说，“凯蒂。你大声哭吧。凯蒂。”

“勒斯特。”迪尔西在厨房里面喊。

花朵又回来了。

“不用哭了。”勒斯特说，“它们不是又回来了吗？和刚才一模一样。好了，你不用再哭了。”

“嘿，勒斯特。”迪尔西说。

“好，”勒斯特说，“我们马上就来。你也太能折腾了吧，给我起来。”他把我拉了起来。我们走出树丛，影子现在已经不见了。

“别哭了，”勒斯特说，“大家都看着你呐。不准哭。”

“你把他带过来。”迪尔西说，她走下台阶，“你把他怎么了？”

“我没把他怎么着。”勒斯特说，“他无缘无故，说哭就哭。”

“肯定有的。”迪尔西说，“你肯定招惹他了。你们刚才在哪里？”

“在那边的洋杉树下。”勒斯特说。

“你把小昆丁都惹火了。”迪尔西说，“你为什么不让他离她远一点。你并不是不知道小昆丁讨厌他在附近。”

“他可真够烦的。”勒斯特说，“他又不是我舅舅。”

“你敢跟我顶嘴，浑小子。”迪尔西说。

“我真没招惹他。”勒斯特说，“他原本好好的，突然就开始哭喊起来。”

“你是不是碰了他那东西？”迪尔西说。

“我没碰。”勒斯特说。

“别想跟我撒谎，孩子。”迪尔西说。我们走上台阶，走进厨房。迪尔西打开炉门，拉过一把椅子放在炉火前，让我坐下来。我不哭了。

“你为什么惹她生气？”迪尔西问。[1]“你为什么不带他离开呢？”

“他在那里看火，”凯蒂说。“母亲正在告诉他，他的新名字。我们并不是想要惹她生气。”

“我知道你不是这样想的。”迪尔西说。他在房子的一端，而她在另一端。“好吧，你们不要动我的东西。我回来之前你们不要动我的东西。”

“你自己不害羞吗？”迪尔西说，“捉弄他。”她把蛋糕端放到桌子上。

“我没有捉弄他。”勒斯特说，“他原本在玩插着茴香花的瓶子，突然间就叫喊起来了。您应该听到了的。”

“你没碰他的花？”迪尔西问。

“我没碰他那东西，”勒斯特说，“我动他那破烂玩意儿干什么？我只是在寻找那枚两毛五的硬币。”

“你丢了吗？”迪尔西说。她点燃了蛋糕上面的蜡烛。上面有一些是小蜡烛，有一些是由大支蜡烛分割成的。“我早就跟你说过，把它放好。现在好了，你又要让我从弗兰妮那里再帮你要一个吧。”

---

①1900年班吉改名字的那一天。

“不管班吉在不在，我都要去看演出。”勒斯特说，“我总不能从早到晚都跟在他后面吧？”

“他要你干什么，你就得干什么，小黑鬼。”迪尔西说，“听到没有？”

“我一直是这样做的。”勒斯特说，“我一直照他要求的去做。班吉，是吧？”

“那么，你就应该继续这样做。”迪尔西说，“他大吵大闹，你还把他带进来，惹得小昆丁也开始生气。在杰生回来以前，你们吃掉这个蛋糕吧。我可不愿意看到他为了我用自己的钱买来的蛋糕跳到我头上来。只要我在这边烤个蛋糕，他就会在那边数着送入厨房的每一个鸡蛋。如果你还想今天晚上去看演出的话，你就要留心了，好好看着他！”

迪尔西走开了。

“你根本不会吹蜡烛。”勒斯特说，“看我怎么把它们吹灭。”他俯下身子，腮帮鼓气，蜡烛熄灭了。我哭了起来。“不许哭！”勒斯特说，“过来。我切这个蛋糕，你就看着火炉吧。”

我能听到时钟的嘀嗒声，能听见凯蒂就在我的背后，也能听见屋顶上的声音。①“天在下雨。”凯蒂说，“我讨厌下雨。我讨厌所有的东西。”直到她把头埋进我的膝盖里，抓着我哭了。我也哭了。接着我开始看火。那些闪亮、光滑的东西都消失不见了，我能听到的只有时钟的嘀嗒声、屋顶的声音和凯蒂。

我吃了一点蛋糕。勒斯特伸手又拿了一块。我能听见他吃东西

①班吉改名那天。

的声音，我看着炉火。

一根长铁丝越过我的肩膀，伸到炉门边，接着炉火就不见了。我哭了起来。

“你又哭什么呢？”勒斯特说，“你再看那里。”炉火又出现了。我也就不哭了。“你就不能坐下安静地看着火，就像妈咪告诉你的那样吗？”勒斯特说，“你真该害羞。过来，再给你一块蛋糕。”

“你又在对他做什么呢？”迪尔西说，“你就不能不招惹他吗？”

“我正在让他安静下来，以免打扰到凯罗琳小姐。”勒斯特说，“谁知道是什么让他开始这样的。”

“我知道是怎么回事。”迪尔西说，“威尔许回来时，我会让他拿根棍子揍你的。你就试试吧。你已经招惹他一整天了。你有带他到过小河沟边吗？”

“没有。”勒斯特说，“我就像您吩咐的那样，一天都在院子里。”

他伸手再拿蛋糕。迪尔西打了一下他的手。“再拿我就用这把菜刀把你的手当场切下来。”迪尔西说，“我敢说他一块都没有吃到。”

“吃了，他吃了。”勒斯特说，“至少有我的两倍。你问他是不是这样。”

“再拿我就打你。”迪尔西说，“你再拿一下试试看。”

“就是这样。”迪尔西说。[①]我知道现在我应该哭了，我知道毛

---

①班吉改名的那一天。

莱也愿意让我为他哭一会儿。

“他的名字现在叫作班吉了。”凯蒂说。

“这是怎么回事？”迪尔西说，“他生下来的时候使用的名字现在不是挺好的吗？”

“‘班杰明’这个名字是从《圣经》而来的。”凯蒂说，“对他来说，这个名字要比毛莱好。”①

“有这么一档子事吗？”迪尔西说。

“母亲是这样说的。”凯蒂说。

“哼，”迪尔西说，“名字帮不了他，也损害不了他。人们改名字也不会改变运气。我的名字从我能记得起就叫迪尔西。就是他们都把我忘了，我仍叫迪尔西。”

“迪尔西，如果你早被忘了，他们怎会晓得你叫迪尔西呢？”凯蒂问道。

“《圣经》上就是这么写着的，甜心。”

“你认识上面的字吗？”凯蒂问。

“我不用认识。”迪尔西说，“他们会念给我听。我只要说‘我在这里’，就行了。”

那条长铁丝越过我的肩膀，火又不见了。我又哭了起来。

迪尔西跟勒斯特打了起来。

“我抓住了。”迪尔西说，“啊哈，我抓住你了。”她把勒斯特拉出角落，摇晃着他。“你没有招惹他，是吗？那你就等你爸回

①在《圣经》中，班杰明是雅各的小儿子，往往被人们用来作为最小、最疼爱的儿子的名字。

来吧。但愿我自己像以前一样年轻，那样我就会把你打个半死。我会把你锁在地窖里，让你今天晚上不能去看表演。我一定会这样做的。”

“啊，姥姥，”勒斯特说，“啊，姥姥。”

我把手伸向刚才炉火燃烧的地方。

“阻止他，”迪尔西叫着，“快阻止他。”

我的手猛地抽了回来，然后我把它放到了嘴里。迪尔西抓住了我。我在我的尖叫声中仍然听得见钟表的嘀嗒声。迪尔西伸出手去打勒斯特的头。我叫得越来越响。

“去把苏打拿来。”迪尔西说。她把我的手从嘴中拿出来。我更大声地叫着，想把手送回到嘴里。但是它被迪尔西抓住了。我哭得更厉害，她在我的手上撒上了苏打。

“你去到食品间找找看，把那块挂在钉子上的破布撕下一条来。”她说，“别哭了。你不想让你妈妈生病，是不是？来，你看着火。迪尔西会让你的手马上就不再疼了。”她把炉门打开。我看到了火，但是仍然没有停止哭喊。我想把手送回到嘴里，但是却被迪尔西紧紧抓住了。

她用布条给我包扎着手。母亲说：

“怎么回事？难道在我生病的时候，你们也不会让我消停一点吗？有你们这样两个成年的黑人照看着他，难道还需要我下床走到他身边去吗？”

“他很快就会好了。”迪尔西说，“我马上就会让他停止哭喊的。他就是被烫了一下。”

“有两个成年的黑人，还会让他在屋子里大喊大叫。”母亲说，

“你是故意的吧，因为你明明知道我生病了。”她走下来，走到我身边。“别哭了。”她说，“马上给我闭嘴。你给他吃这个蛋糕了吗？”

“这是我自己买的。”迪尔西说，“而不是从杰生先生的库房里面偷出材料来做的。这是我为他过生日准备的。”

“你想用这个劣质的蛋糕毒死他吗？”母亲说，“你们就是这样想的。我简直连一刻钟的安宁都不会有。”

“您还是上楼躺着吧。”迪尔西说，“他马上就会好的，会安静下来的。您上去吧。”

“你们把他留在这里，就是为了变着花样捉弄他吗？”母亲说，“他在这里大喊大叫的，我怎么能在楼上躺得住。马上闭嘴，班杰明。”

“他们实在也没有更多的地方能够带他去了。”迪尔西说，“我们没有以前那么多的房间了，而他也不能总在院子里面，让所有的邻居都看见他在哭泣。”

“我知道，我知道这些。”母亲说，“这都是我的过错。不过好在是不久之后我就会‘去’了，那时候你们和杰生就会好过些。”她哭了起来。

“您别这样想。”迪尔西说，“您会再次病倒的。您先回楼上吧。勒斯特会带着他到图书室玩，直到我准备好晚餐。”

迪尔西跟母亲走了。

“你给我闭嘴。”勒斯特说，“别再哭了。你想让我把你的另外一只手也烫一下吗？其实你根本就不疼，闭嘴。”

“给你这个。”迪尔西说，“别哭了。”她把拖鞋递给我，我安静了下来。“带他到图书室去。”她说，“要是再让我听见他的哭声，我就剥掉你的皮。”

我们来到了图书室。勒斯特把灯打开之后，窗户就变黑了。墙壁上有一块黑影。我不禁走过去摸了一下。它看上去很像一道门，但却不是。

火光从我的背后照射过来。我走到炉火前面，坐在地板上，手里拿着拖鞋。火焰越升越高，照亮了母亲椅子上的坐垫。

“别嚷嚷。”勒斯特说，“你就不能老实一会儿吗？我给你把火生起来，你却连看都不看。”

“你的名字叫作班吉了，”凯蒂说，①“你听到了吗？班吉，班吉。”

“你别这样叫他。”母亲说，“你带他过来。”

“毛莱——我是说，班吉，起来。”她说。

“你不用抱着他。”母亲说，“你就不能带他走过来吗？这样做不是更简单一点吗？”

“我能抱动他。”凯蒂说，“迪尔西，让我抱着他上楼。”②

“你走吧，小家伙。”迪尔西说，“你还不够大，连只跳蚤也抱不起来。你就照杰生先生所嘱咐的那样安静地走吧。”

楼梯的顶端亮着一盏灯。父亲穿着衬衫站在那里，看样子是要我们安静下来。凯蒂小声说：“妈妈生病了吗？”

威尔许将我放下，我们走进母亲的房间。③房间里生着火，火

---

①班吉改名的那一天。

②班吉的奶奶去世的那一天。

③班吉改名的那一天。

光在墙上起伏不定。镜子里面也有一团火。我闻得见生病的气味。母亲的头上有一块折叠起来的布，她的头发散落在枕头旁边。火光没有照到那里，但是却能够照射在她的手上，在手指的戒指上跳动闪烁。

“去跟妈妈说声晚安。”凯蒂说。我们走到窗前。镜子里的那团火消失了。父亲起身，将我抱了起来。母亲把手放在了我的头上。

“现在什么时间了？”母亲说。她闭着眼睛。

“差十分七点钟。”父亲说。

“现在就让他上床睡觉有点太早了。”母亲说，“天不亮他就会醒的。这样的日子，再多过一天我都没法忍受。”

“又来了，又来了。”父亲说。他触摸了一下母亲的脸颊。

“我知道我拖累你了。”母亲说，“但是不久之后我就会‘走’了，那时候你就可以解除负担了。”

“别说了。”父亲说，“我带他下楼玩一会儿。我们要保持安静，昆丁正在念书。”

凯蒂走过去，趴在床上。母亲又伸出了手，在火光里，手指上的戒指在凯蒂的背上闪烁跳动。

“母亲生病了。”父亲说，[①]“迪尔西会带你们上床的。昆丁去哪里了？”

“威尔许找他去了。”迪尔西说。

父亲站在那里，看着我们走路。[②]我们能够听见母亲在她的房间里发出的声音。凯蒂说：“嘘……”杰生在爬楼梯的时候，双手也

①班吉的奶奶去世的那一天。

②班吉改名的那一天。

插在裤袋里。

"你们今晚一定要表好好表现。"父亲说，"安静一点，这样才不会吵到妈妈。"

"我们会保持安静的。"凯蒂说，"杰生，你要保持安静。"她说。于是我们都踮起脚尖走路。我们听得见屋顶上的声音。我也看得见镜子里的火光。凯蒂又把我抱了起来。

"来吧，"她说，"你一会儿就会回到火边的，不要哭。"

"凯丹斯。"母亲说。

"班吉，别哭！"凯蒂说，"妈妈让你到她那里待一小会儿。表现得乖一点。班吉，你马上就能够回来的。"

凯蒂将我放下，我不哭了。

"让他先待在这里吧，妈妈。等到他不看火了，你再告诉他。"

"凯丹斯。"母亲说。凯蒂弯下身子将我抱了起来。我们蹒跚前行。"凯丹斯。"母亲说。

"别哭。"凯蒂说，"你还可以看见火。别哭。"

"带他过来吧。"母亲说，"他太大了，你抱不动他。你不能再抱他了，这会伤害到你的脊背的，我们家族的人向来以挺直的腰身而骄傲，你想让自己看上去像一个佝偻的洗衣老婆子吗？"

"他没有那么重。"凯蒂说，"我能抱得动他。"

"就算这样，我也不允许别人抱他。"母亲说，"他已经五岁了。不，你别把它放在我的膝盖上，让他自己站着。"

"可是如果您抱着他，他就会停止哭泣的。"凯蒂说，"别哭。"她说，"你马上就可以回去。看啊，垫子在这里。"

"别这样，凯丹斯。"母亲说。

“让他看着垫子，他就不哭了。”凯蒂说，“你稍微欠一下身体，我把它拿出来。班吉，拿出来了，看到没有？”

我看着垫子，安静了。

“你太宠着他了。”母亲说，“你和你爸都是这样。显然你们并不知道最终为这个要付出代价的人是我。大嬷娣就宠坏了杰生，为了改掉那个坏习惯，花费了我两年的时间。但是我再也没有同样的精力来应付班杰明了。”

“您不用为他操心。”凯蒂说，“我喜欢照顾他。是吧，班吉。”

“凯丹斯。”母亲说，“我说过，不要这样叫他。你爸爸总是用那个愚蠢的小名来叫你，就已经糟糕透了。我不允许任何人再这样叫他。叫小名再粗俗不过了，只有俚俗的下等人才这样做。班杰明。”她说。

“看着我。”母亲说。

“班杰明。”她用双手托着我的脸向她的脸转去。

“班杰明。”她说，“凯丹斯，把那个垫子拿走。”

“他会哭的。”凯蒂说。

“把垫子拿走，照我说的去做。”母亲说，“他必须学会听话。”

“你到那边坐下。”母亲说，“班杰明。”她捧着我的脸向她的脸贴过去。

“别这样。”她说，“别这样。”

母亲把我揽到他的怀里，开始哭了。我也哭。接着垫子又回来了，凯蒂把它举在母亲的头顶上。她将母亲拉回靠在椅背上。母亲就靠在那个红黄色的垫子上哭着。

“不要哭啦，妈妈。”凯蒂说，“您就上楼躺着，安心养您的病吧。我去叫迪尔西。”她把我带到炉火边，我又看见了那些闪耀、光滑的形影，听见了火的爆裂声和屋顶的声音。

父亲把我抱了起来。他身上有一股雨水的味道。

“嗨，班吉。”父亲说，“你今天一直都很乖吗？”

凯蒂和杰生在镜子里打了起来。

“你在干什么，凯蒂？”父亲说。

他们还在打着。杰生开始哭了。

“凯蒂。”父亲说。杰生哭了，他不再打了。但是镜子里，凯蒂仍然在打着。父亲放下我，跑进镜子里加入战团。他把凯蒂抱了起来，但是凯蒂仍然在厮打。杰生躺在地板上哭泣，手里拿着一把剪刀。父亲抓住了凯蒂的手。

“他剪碎了班吉的纸娃娃。”凯蒂说，“我要剪开他的喉咙。”

“凯丹斯。”父亲说。

“我会这样做的。”凯蒂说，“我会剪开他的喉咙的。”她还在舞动手臂。父亲捉住了她的手，她就向杰生踢去。杰生滚出了镜子，滚到了角落里。父亲将凯蒂抱到了火炉旁边。他们从镜子里面消失了。镜子里面只有火，就好像火在一道门里面燃烧。

“别这样，”父亲说，“你想让妈妈继续生病吗？”

凯蒂停止了挥打。“他把班吉和我做的纸娃娃都剪碎了。”凯蒂说，“他是故意这样卑鄙地做的。”

“我没有。”杰生说，他坐起来，还是哭着。“我不知道那是他的纸娃娃，我还以为是些旧报纸。”

“你不会不知道的。”凯蒂说，“你是故意剪的！”

“不准哭。”父亲说，“杰生。”

“我明天再给你做更多。”父亲说。

凯蒂说：“我们会做很多。现在，你可以看看这个垫子。”

杰生走进来。

“我不是一直告诉你不要哭吗？”勒斯特说。

“现在又怎么了？”杰生问。

“他是故意这样的。”勒斯特说，“他整天这副样子。”

“那你为什么不去照管他？”杰生说，“如果你不能叫他安静下来，你就应把他带到厨房去。我们这些人，可不能像母亲那样把自己关在房间里。”

“姥姥说在她做好晚饭前，别让他去厨房。”勒斯特说。

“那么，你就跟他玩，想办法让他变安静。”杰生说，“我忙了一整天了，难道在回家的时候还要回到一家疯人院吗？”他开始看报纸。

“你现在可以看火，看镜子，看看垫子。”凯蒂说，“你也不用等到晚饭才看垫子了。”①我们能听见屋顶上的声音。我们也能听见隔壁房间里杰生的哭声。

“你回来啦，杰生。”迪尔西说，“你没有招惹他吧？”

“没有。”勒斯特说。

“昆丁小姐呢？”迪尔西说，“晚饭就要好了。”

---

①班吉改名的那一天。

“我不知道。”勒斯特说，“我没看见她。”

迪尔西走了。“昆丁小姐。”她在客厅里叫嚷，“昆丁小姐，晚饭好了。”

我们能听见屋顶上的声音。昆丁闻起来也有一股雨水的味道。[①]

“杰生干了什么？”他说。

“他把班吉的纸娃娃都剪碎了。”凯蒂说。

“母亲不让我们叫他班吉。”昆丁说，“他坐在我们旁边的地毯上。我希望不要下雨了。”他说，“否则你什么也不能做。”

“你跟别人打过架了？”凯蒂问，“打过了吗？”

“没怎么打。”昆丁说。

“一下子就能看出来。”凯蒂说，“爸爸也能看出来的。”

“没关系。”昆丁说，“我只是希望不要再下雨了。”

“迪尔西不是说晚饭好了吗？”小昆丁说。

“是说了。”勒斯特说。杰生看看小昆丁，接着又看报纸。小昆丁走了进来。“她说快好了。”勒斯特说。小昆丁将自己扔在母亲的椅子上。勒斯特说：

“杰生先生。”

“什么事？”杰生问。

“给我两毛五分钱吧。”勒斯特说。

“做什么？”杰生问。

“今晚我想去看表演。”勒斯特说。

“迪尔西不是已经为你向弗兰妮讨要了吗？”杰生说。

---

①班吉改名的那一天。这里的昆丁是班吉的大哥。

“她要了。”勒斯特说，“但被我弄丢了。我和班吉整天都在找那枚硬币。不信的话，你可以问他。”

“那你就向他要吧。”杰生说，“我的钱可都是辛辛苦苦赚来的。”他继续读报纸。小昆丁正在看火，火光在她的嘴唇上跳动闪烁。她的嘴唇红得像血。

“事实上，我是尽量不让他靠近那里的。”勒斯特说。

“闭嘴。”小昆丁说。

杰生抬起眼睛看她。“如果你让我再看见你和那个演戏的在一起，你知道我会把你怎么样的。”他说。小昆丁盯着炉火。“你在听我说话吗？”杰生说。

“听到了。”小昆丁说，“只是你为什么没有那么做呢？”

“你不用担心，我会的。”杰生说。

“我才不担心呢。”小昆丁说。杰生继续读报。

我能听见屋顶上的声音。父亲侧过身去看昆丁。[①]

“喂，”他说，“谁赢了？”

“谁也没赢。”昆丁说，“事实上，他们制止了我们。老师们。”

“对手是谁？”父亲问，“你能讲给我听吗？”

“没什么好讲的。”昆丁说，“他跟我一样大。”

“那很好。”父亲说，“你能跟我说说是怎么一回事吗？”

“也没有怎么回事。”昆丁说，“就是他说他会把一只蛤蟆放在她的桌子里，而她并不敢反击。”

---

①班吉改名的那一天。

“啊，”父亲说，“她，后来怎么样了？”

“是的，爸爸。”昆丁说，“后来我就打了他一下。”

我们能听见屋顶上的声音、炉火的爆裂声和在门外抽噎的声音。

“只是，十一月份，他会到哪里找到一只蛤蟆呢？”父亲说。

“我不知道。爸爸。”昆丁说。

我们能听见那些声音。

“杰生。”父亲说。我们能听见杰生的声音。

“杰生，”父亲说，“进来吧，别再那样了。”

我们能听见屋顶上的声音、炉火的爆裂声和杰生的声音。

“别再那样。”父亲说，“你想让我再打你一顿吗？”父亲将杰生抱到旁边的椅子上。杰生用力抽动着鼻子。我们能够听见炉火的爆裂声和屋顶上的声音，以及杰生的抽噎声。

“我再跟你说一次。”父亲说。我们能够听见炉火的爆裂声和屋顶上的声音。

迪尔西说，好了，大家现在可以吃晚饭了。

威尔许的身上有雨水的气味，也有狗的气味。[①]我们能听见炉火的爆裂声和屋顶上的声音。

我们听到了凯蒂急匆匆走路的声音。[②]父亲和母亲看向门口。凯蒂急匆匆地走过去。她没有向房间里看，只是急匆匆地走着。

“凯丹斯。”母亲说。凯蒂站住了。

---

①班吉改名的那一天。

②事情发生在1909年，凯蒂跟人幽会，并且失身于人之后，回到家里。

“哎，妈妈。”她说。

“什么也别说，凯罗琳。”

“过来。”母亲说。

“不要说什么，凯罗琳。”父亲说，“让她走吧。”

凯蒂走到门口，站定了，看着父亲和母亲。她用眼睛瞟了我一下，又转开了。我哭了起来，声音越来越大。我站起身来。凯蒂走进房间，背对着墙壁站着，看着我。我哭着向她走去。她向墙壁退缩。我看到了她的眼睛，哭得更厉害了，用手拉住她的裙子。她也把手伸了出来。我拉住了她的裙子。泪水从她的眼睛中滚落下来。

威尔许说："你的名字现在叫作班杰明。①你知道为什么让你叫作班杰明吗？"他们要把你变成一个蓝牙龈的人②。妈咪说你祖父在过去给一个黑小子改过名字。那个黑仔后来变成了牧师。当他们看着他的时候，他的牙龈就变成蓝色的了，而过去他的牙龈并不是蓝色的。要是家中的怀胎妇人在满月下看到他，她们生下的孩子也会是蓝牙龈的。有一天傍晚，十几个蓝牙龈的小孩绕着他家跑来跑去。他就离开了家，再也没回来。打鼹鼠的猎人在树林里发现了他，‘被吃得精光’。你应该知道是谁吃掉了他，就是那些蓝牙龈的小孩子们。”

我们待在客厅里。③凯蒂把一只捂在嘴上，眼睛盯着我。当我看到她的眼睛的时候，我哭了起来。我们走上楼梯。她停下来，靠在

---

①班吉改名的那一天。

②一个美国南部黑人的传说，蓝牙龈的人有魔法，生有毒牙，会咬人致死。

③凯蒂失身的那一天。

墙上，盯着我看。于是我又哭了。她只好继续往前走。我一边走，一边哭泣，她却在不断地向墙壁退缩。当走到她的房间门口的时候，她想打开她的房门，但是却被我拉住了。她靠在门上看了我一会儿，接着就用手掌掩住了面孔。我哭着把她向前推。①

“你把他怎么了？”杰生问，“你为什么不能让他好好的？”

“我没碰他。”勒斯特说，“他每天都是这样子。他就是欠抽。”

“得把他送到杰克逊去了。”小昆丁说，“否则的话，什么人能在这样的一个房子里过活？”

“漂亮的小姐，如果你不喜欢，你可以走啊。”杰生说。

“我就会走的。”小昆丁说，“你不用过于操心。”

威尔许说：“你靠后一点，让我把脚烤干。”②他把我往旁边推了一下。“喂，别穷嚷嚷了，你还是能看见火的。你不是只要看见火就行了吗？你不用像我这样需要在雨里跑。你很幸运，但可惜的是你一点也不知道。”他在炉火面前大咧咧地躺着。

“现在，你知道你为什么要改名叫作班杰明了吗？”威尔许说，“这是因为你妈妈太骄傲了，你让她觉得丢脸。我妈咪是这样说的。”

“别动，让我烤干脚再说。”威尔许说，“不然的话，你应该知道我会怎么做，我会剥掉你的皮。”

我们能听见火的声音、屋顶上的声音和威尔许喘息的声音。

威尔许急遽地收回双腿，站起身来。父亲说：“好了吗，威尔许？”

---

①班吉以为凯蒂还能像以前洗掉身上的香水气味一样，洗掉她身上蒙受的不贞。

②班吉改名的那一天。

"今天晚上我来喂他。"凯蒂说，"威尔许喂他，有时候他会哭。"

"把这个盘子送上楼去。"迪尔西说，"赶紧回来喂班吉。"

"你不想让凯蒂喂你吗？"凯蒂说。

"他要把那只又脏又旧的拖鞋放在餐桌上吗？"小昆丁说，"你为什么不在厨房里喂他？这样好像跟猪一道吃饭一样。"

"如果你看不惯我们吃饭的样子，你最好别出现在这张桌子上。"杰生说。

蒸气从罗斯卡斯的身上蒸腾起来。[1]他坐在火炉前面。火炉的门开着。罗斯卡斯把两脚伸进去了，腕上热气腾腾。凯蒂把汤匙轻巧地放到我的嘴里。碗里面有一个黑点。

"好了，好了。"迪尔西说，"他不会再给你增添别的麻烦了。"

碗里的东西很快落到了黑点下面，碗空了。[2]碗走掉了。"今天晚上他是饿坏了。"凯蒂说。碗又走回来了。我先是没有看到黑点。然后，我又看到了。凯蒂说："你看，他吃了多少！"

"他会的。"小昆丁说，"你们派他出来监视我。我恨这个房子，我会跑掉的。"

罗斯卡斯说："整夜都会下雨。"[3]

"你除了不会错过吃饭的时间，不都是在外面跑吗？"杰生说。

"你看我会不会跑掉。"小昆丁说。

---

①班吉改名的那一天。

②班吉改名的那一天。

③班吉改名的那一天。

“那我就不知道该怎么办才好了。”迪尔西说，[①]“整晚爬上爬下，我浑身的关节痛得要命，几乎都动不了了。”

“哦，我不会惊讶的。”杰生说，“你做什么我都不会惊讶。”

小昆丁把餐巾摔在桌子上。

“杰生，你就少说几句吧。”迪尔西说。她走过去，一把抱住昆丁。“宝贝，坐下来吧，”迪尔西说，“你没错，他却为其他的事责备你，他应该感到羞耻才对。”

“她又生闷气了，是不是？”罗斯卡斯问。[②]

“闭嘴。”迪尔西说。

小昆丁推开了迪尔西。她盯着杰生，嘴唇像血一样红。她端起盛水的玻璃杯，把手臂弯回来，继续盯着杰生。迪尔西抓住了她的手臂。她们打了起来。玻璃杯在桌子上打破了，水流得到处都是。小昆丁跑开了。

“妈妈又生病了。”凯蒂说。[③]

“可不是吗。”迪尔西说，“在这种天气里，任何人都很容易生病的。孩子，你多长时间才能吃完饭？”“该死的，”昆丁说，“你这该死的。”我们能听到她上楼的声音。我们去了图书室。

凯蒂把垫子给我。这样我就可以同时看着垫子、镜子跟炉火。[④]

“昆丁在读书，我们要安静一点。”父亲说，“杰生，你在干什么？”

---

①班吉改名的那一天。

②班吉改名的那一天。

③班吉改名的那一天。

④班吉改名的那一天。

“没干什么。”杰生说。

“那你到这边来吧。”父亲说。

杰生从墙角走过来。

“你在嚼什么？”父亲说。

“没嚼什么。”杰生说。

“他准是在咀嚼纸片。”凯蒂说。

“过来，杰生。”父亲说。

杰生把那团东西扔进火里。那团东西在火中发出嘶嘶的声响，伸展开，变黑，又变成灰色，很快就不见了。凯蒂、父亲和杰生都在母亲的椅子里。杰生闭着眼睛，嘴巴咂摸着，好像在品尝什么滋味。凯蒂仰脸躺在父亲的肩膀上。她的头发像火一样燃烧着，眼睛里有许多火星。我走了过去，父亲把我也抱上了椅子。凯蒂揽住我。她身上有一股树木的香味。

她身上有一股树木的香味。墙角已经变黑了，但是我仍然能够看到窗户。我捧着拖鞋，蹲在那里。我看不见它，但是我的双手能看见它。我能够听见天黑的声音。我的双手能看见拖鞋，但是我却看不到自己，但是我的双手却能看见拖鞋，我蹲在那里，听到天一点一点地黑下去。

“看，”勒斯特说，“这是什么？”他伸开手让我看。“你知道我是从哪里得到的吗？是昆丁小姐给我的。我就知道我不会不去看演出的。你躲在这里做什么呢？我还以为你溜到外面去了呢。你今天还没叫嚷够吗？现在还要躲在这里喃喃自语。你该赶快上床睡觉，这样我才能在演出开始之前赶到那儿。今晚我说什么也不会陪你玩了。只要他们吹响了第一声号角，我的双腿就会飞过去。”

我们没有回到我们自己的房间。[①]

“这是我们出荨麻疹的地方。”凯蒂说，“我们为什么今天晚上要在这儿睡觉呢？”

“你管睡在哪里做什么？”迪尔西说。她关上门，坐下来，开始给我脱衣服。杰生哭了起来。“别哭。”迪尔西说。

“我要跟大嬷娣一起睡。”杰生说。

“她生病了。”凯蒂说，“等她病好之后，你就可以跟她一起睡了。迪尔西，是这样吗？”

“闭嘴。”迪尔西说。杰生就闭上了嘴巴。

“我们的睡衣和其他的东西都在这里。”凯蒂说，“这跟搬家一样。”

“你们都换上睡衣。”迪尔西说，“你帮杰生解开衣服。”

凯蒂帮杰生解衣服。杰生又哭起来。

“你想挨揍了吗？”迪尔西说。杰生安静了下来。

“昆丁。”母亲在楼道里说。

“什么事？”小昆丁在房间里面回答。我们听见母亲锁上了房门。她向我们的房间里看了看，走进来，在床边弯腰吻了一下我的额头。

“等他睡着之后，你去问一下迪尔西，看她反对不反对我使用热水袋。”母亲说，“你可以告诉她，如果她反对的话，我就不用了。你告诉她，我就是想知道她有什么样的意见。”

“好的。”勒斯特说。“来，脱下裤子吧。”

---

①班吉的奶奶去世的那一天。

昆丁和威尔许进来了。[1]昆丁扭着脸。“你怎么哭了？”凯蒂问。

“别说话。”迪尔西说，“你们现在都脱衣服睡觉。威尔许，你回去吧。”

我解开衣服，看看自己，开始哭了起来。[2]“别出声，”勒斯特说，“你找它们有什么用呢？它们已经没有了。你再这样做，我们就不为你庆祝生日了。”他替我穿上睡衣。我安静了下来。勒斯特突然停下，把头扭向窗户。接着他走到窗户旁边，向外看出去，他又走回来，抓起我的手臂。“她出来了，”他说，“现在别出声。”我们走到窗户旁边，向外看出去。那个黑影从昆丁房间的窗户爬出来，爬过去，爬进树里。然后我们看到树木在动摇，一直动摇下去，接着那个黑影从树木当中走出来，穿越过草地，然后就不见了。“好了。”勒斯特说，“你听，他们开始吹号角了。你赶紧上床睡觉，我要飞了。”

房间里有两张床。[3]昆丁爬到另一张床上，面朝墙壁躺着。迪尔西把杰生也放在了那张床上。凯蒂脱下了衣服。

“看看你的内裤。”迪尔西说，“你真该为没有被你妈妈看见而觉得高兴。”“我已经告发过她了。”杰生说。

“你这样做能得到什么？”凯蒂说，“无事生非。”

“我得到了什么啦？”杰生说。

“你为什么不换上睡衣？”迪尔西说。她走过去帮凯蒂脱下背心

---

①班吉的奶奶去世的那一天。

②回到当前。班吉脱掉衣服之后，看到了自己被阉割的下身。

③班吉的奶奶去世的那一天。

和内裤。“看看你吧。”迪尔西说。她团了团内裤，用来擦拭凯蒂的后背。“全身都弄湿了。”她说，“不过，今天晚上不能洗澡了。穿上。”她给凯蒂穿上了睡衣。凯蒂爬到床上。迪尔西走到门口，把手放在电灯的开关上。“现在不要出声了，都听到没有？”她说。

“好的。”凯蒂说，“今天晚上妈妈不会来了。”她说，“所以你们还要听我的。”

“行。”迪尔西说，“现在赶快睡觉吧。”

“妈妈生病了。”凯蒂说，“她和大嬷娣都生病了。”

“闭嘴。”迪尔西说，“赶快睡觉。”

房间里黑了下来，只有门还没有黑。接着门也黑了。凯蒂说：“别出声，毛莱。”她用手碰碰我，我就安静了下来。我们听得见大家的呼吸声。我们听得见黑暗的声音。

黑暗又离开了。父亲看着我，也看着昆丁和杰生。他走过来吻凯蒂，并抚摸我的头。

“妈妈病得很重吗？”凯蒂说。

“不那么重。”父亲说，“你会照顾好毛莱吗？”

“会的。”

父亲走到门口，再看看我们。接着黑暗又降临了。他也化成一个黑影，站在门口。接着，门也黑下来了。凯蒂搂着我。我能听见大家的呼吸声，能听见黑暗的声音，也能闻到那个东西的气味。我能看见窗户了，听到树枝的沙沙作响声。随后，黑暗一如平常，开始以一张光滑而灿烂的形体移动。这时候，凯蒂说“我们入睡了”。

1910年6月2日

当窗框的光影浮动在窗帘上面的时候，时间是早上七八点钟。这时候我听见了钟表的嘀嘀嗒嗒的声音。这只表是祖父留下来的。父亲把它送给我的时候说：“昆丁，这只表是一切希望和欲望所构成的华丽陵墓。我把它送给你，希望你可以借助它获知人类一切经验都是错误的归谬法。这种归谬法对于你的祖父和父亲并不见得有用，对于你也不见得有用。我把这只表送给你，并不是想让你可以时时记起时间，而是希望你可以偶然忘记时间。不要用你所有的努力想去征服时间，因为人类迄今为止对于时间所发动的每一场战争都是失败的，甚至人类都不敢与时间去打一场战争。这样的战争只能突然显示出人类自身的愚昧和沮丧，而仅有的胜利也是出于哲学家和傻子们的幻想。”

那只表斜靠在盛放硬衣领的盒子上，我躺在床上聆听它发出的嘀嗒声。事实上是它的声音传入了我的耳朵。至少我不认为有人会故意去聆听钟表的声音。你根本就不用。你可能在很长的时间里没有听到它的声音，但是也许在下一秒钟的时候就听到了。这让你觉察到不管你聆听与否，时间都在持续地而且是越来越有气无力地行进着。就像父亲说的那样：沿着这漫长而孤寂的光线，你似乎可以看见耶稣在孤独前行。而那位善良的使徒圣弗朗西斯说，死神是我的小姊妹。尽管他从来并没有哪怕一位姊妹。

透过墙壁，我可以听见施里夫的那张床的弹簧发出的咯咯吱吱的声音，接着就是拖鞋在地板上的摩擦声。我起身来到梳妆台前，伸手在梳妆台上摸索，摸到了那只手表。我把它镜面向下放置，然后自己回到床上。可是窗框的光影仍然浮动在窗帘上。看到这些光影，我差不多可以立刻准确地判断出现在是几点几分。即使我将身体转过去也没有用，我觉得我就像是最古老的动物一样，眼睛长在脑袋后面，因为只要想到光影在我的脑后移动，我的后脑就有痒痒的感觉。你自己所养成的懒散习惯，你必定会为之后悔。父亲曾经这样说。他还说过，耶稣并不是被钉死在十字架上，而是被那些小齿轮的细微的咔嚓声蚕食而死的。耶稣也没有任何姊妹。

所以，只要我看不见那个光影，我就开始猜测现在是几点几分。父亲曾经说过，不断地猜测一个指针在表盘上的位置，这说明人类的心智已经进入一个误区。父亲还说，就像流汗一样，那也是一种排泄。当时我回答说也许是吧。但是说实在的，我的心里是怀疑的，我的心里一直是怀疑的。

今天要是阴天的话，我倒是可以看看窗户的，好好想一想父亲说过的关于懒散习惯的话。当然，要是天气一直这样美好，对于在新伦敦的人也是一件好事。为什么不呢？这是一个女人做新娘的月份。那声音响彻在——从镜子里跑出来，从堆砌的香气当中跑出来。玫瑰，玫瑰。杰生·李奇蒙·康普生先生跟太太为小女举办的婚礼。[①]玫瑰，不是像山茱萸、乳草那样贞洁的花草。我说，我犯了乱伦罪了，父亲。我是这样说的。玫瑰，狡猾而又不乏安详。“如果你在哈佛读了一年书而没有去看过划船比赛，你就到学校退钱回家吧。让杰生读大学吧。让杰生去读一年哈佛大学吧。”

施里夫站在门口，还在动手结着硬领。他的眼镜闪烁着玫瑰般的光彩，好像在洗脸的时候将红润的脸色染在了上面。“你今天上午打算逃课吗？”

“怎么，已经晚了吗？”

他看了看表。“两分钟之内就会摇铃。”

“我不知道已经那么晚了。”他还在看着表，嘴唇嗫嚅着，“我得赶紧啦。我不能再逃课了。上周院长警告过我——”我也不再说话。

“你最好快点穿上裤子，开跑吧。”他说，然后走出去了。

我站起身来，走动了一会儿，透过墙壁听着他的声音。他进入了起居室，走向门口。

“你还没好吗？”

“还没有。你先走吧，我来得及。”

他走了。门被关上了。他的脚步声在走廊里响起。接着我又听到了那只表的声音。我不再来回走动，而是走到窗户旁边，拉开了窗帘，注视着他们跑向小教堂。总是同样的一些人，总是同样费尽

---

①昆丁想到妹妹凯蒂结婚时的情景（1910年4月25日）。

力气地将手臂穿进鼓荡的衣袖中，总是同样的书籍和硬领汇成的洪流，像是洪水上的灰烬一样起伏。其中就有斯波特。他把施里夫称作我的丈夫。“啊，由他去吧，”施里夫说，“要是他认为这样做比去追逐那些放荡无耻的女人更聪明的话，那也是他自己的事情。”在南方，人们每每以自己是处男而觉得羞耻。男孩、男人。他们总在吹牛。“因为童贞对于女人来说并不重要。”父亲说。[1]他说：“发明‘童贞’这个东西的肯定是男人，而不是女人。”父亲说：“那就像是对待死亡的态度一样，只是认为应该由其他人来承受。”我就说：“仅仅相信这些并没有什么意义。”他就说：“这就是任何事情都显得如此悲哀的原因，并非只有童贞这一件事。”我则说：“为什么失去童贞的不是我，而是她呢？”于是他说，“这就是所有的事情都会显得如此悲哀的原因，甚至没有一件事情值得去改变。”而施里夫却说：“要是他认为这样做比去追逐那些放荡无耻的女人更聪明的话。”而我说：“你有妹妹吗？有没有？有没有？”

斯波特夹在他们中间，就像堆积了枯枝败叶的街道当中的一只泥龟。他的硬领还竖立在耳朵旁边，他用一种不急不慢的速度走着。他是一名来自南卡莱罗纳州的四年级学生。他在俱乐部中夸口说，他从来不会跑步去小教堂，也从来没有准时到过那里，但是四年来他没有缺席过。他也从来没有穿着衬衫和袜子到过小教堂或者是去上第一堂课。大约到十点钟的光景，他会到汤普生咖啡馆要上两杯咖啡，在咖啡冷却的时候，坐下来，从口袋里掏出袜子，然后脱下鞋子从容不迫地穿上它们。到中午光景，你就可以看到他和任

①之前，昆丁向父亲承认自己对于凯蒂的不伦之恋的罪恶时父亲对他说的话。

何其他人一样，穿上衬衫和硬领了。其他人都从他身边跑过去，但他依旧是不紧不慢的。一会儿之后，四四方方的院落里就没有人了。

一只麻雀从阳光中掠过，落到了窗台上，歪着脑袋看着我。它的眼睛又圆又亮。开始的时候，它用一只眼睛看着我，接着跳转过去，用另一只眼睛看我。它的喉咙鼓动着，比任何人的脉搏跳动得都要快。钟声敲响了。那只麻雀不再跳动了，而是一直使用一只眼睛注视着我，直到钟声停止，好像它也在聆听似的。接着，它拍打着翅膀飞离窗台，不见了。

过了好一会儿，那最后一记钟声的余音才落下悠长的震颤。余音在空气中回荡了很长时间，但是这与其说是听到的，不如说是感觉到的。就像耶稣和圣弗兰西斯在落日的余晖当中谈到他的妹妹的时候曾经响起的钟声一样，就像所有的现在仍然在作响的钟声一样。如果仅仅是下地狱，如果事情最终不过如此，那么事情也就到此结束了。如果事情能够到此结束。在地狱里，除了她和我之外，再没有别人。如果我们真的做出了如此恐怖的事情，使得除了我们之外，其他人都拼命逃离地狱。“我犯了乱伦罪，”我说，“父亲，是我而不是达顿·艾密兹。”[①]当他把手枪放在——达顿·艾密兹。达顿·艾密兹。达顿·艾密兹。当他把手枪放在我手上时我并没有。这就是我当时并没有的原因。他会下地狱的，她会，我也会。达顿·艾密兹。达顿·艾密兹。达顿·艾密兹。如果我们真的做出了

①当昆丁得知凯蒂和达顿·艾密兹发生了不正当的关系之后，昆丁去找达顿·艾密兹打架。达顿·艾密兹把手枪放到昆丁的手上，但昆丁不敢开枪。之后，昆丁向父亲承认了自己的乱伦罪，企图自杀解脱。

如此恐怖的事情。而父亲说，那也是悲哀的。因为人们不会做出任何那么恐怖的事情，甚至一点也做不出恐怖的事情，今天看起来恐怖的事情，他们甚至明天都记不起来了。我说，你可以逃避一切。他说，啊，你能吗？我会低头俯视自己的潺潺作响的骨头，幽深的河水像风儿一样波动，像是由风儿构成的屋顶。很久之后，也许人们再也不能在孤寂的人迹罕至的沙滩上分辨出骨头了。直到那一天，他说，起来吧。但是也只有熨斗会浮起来。[①]问题并不在于你明白了没有什么——宗教、尊严和其他的一切——能够帮助你，而是你认识到根本不再需要任何帮助。达顿·艾密兹。达顿·艾密兹。达顿·艾密兹。如果我过去是他的母亲，躺在那里打开身体时，我会一面笑着，一面用我的手挡住他父亲，看着、注视着他在成为生命之前死去。她一下子就站在门里了。[②]

我走到梳妆台前，拿起那只表面朝下的表，在梳妆台的台角上磕了一下，用手接住了散落的玻璃碎片，然后将玻璃碎片放在烟灰缸里，把表的指针拧下来，也放在烟灰缸里。表还在嘀嘀嗒嗒地走着。我把表翻转过来，空白的表盘后面的那些小齿轮还在咔嚓运转，不知道有没有发生变化。耶稣在加利利海面上行走，华盛顿从来不说谎。有一次父亲从路易斯市博览会上给杰生带回来一个小玩具：一个小的观剧镜。只要你眯着一只眼睛往里面看去，就会看见一座高楼、一个像蜘蛛网那样的游戏转盘或者是像针尖大小的尼加

---

①昆丁计划投水自杀，并且认为自己的乱伦罪无法让自己解脱，即使是像《圣经》中所描述的，耶稣可以命令海水风平浪静，让“海水交出其中的死人”，并使其复活。

②凯蒂失身那天的情景。

拉瓜大瀑布。表盘上有一些红色的痕迹。我一看见痕迹，拇指就开始痛起来。我放下手表，走到施里夫的房间，在手上涂了一些碘酒。我用毛巾将表盘里的碎玻璃清拭了出去。

我拿出两套内衣，将它们连同袜子、衬衫、硬领和领带放进了皮箱。除了一套新的和一套旧的西装、两双鞋子、两顶帽子还有一些书以外，我把其他的东西都装了进去。我把书抱进起居室，堆放在桌子上。有一些书是我从家里带来的。父亲说过，以前可以从一个人的藏书上判断他是不是绅士，但是现在要从他借了哪些书没有归还来判断。接着我锁上了皮箱，又在上面填写地址。这时，四分之一刻的钟声敲响了。我停下手中的工作开始倾听，直到钟声消歇。

我洗澡、刮脸，水又使我的手指刺痛，因此我又擦了一些碘酒。我穿上了那套新西装，把表放进衣袋，把另外一套西装、西装的纽扣、刮胡子刀、牙刷装进手提袋。我把皮箱的钥匙用一张纸包起来，放在信封里，又在信封上填写了父亲的地址。同时我写了两张便条，也都放在信封里封好。

那个光影还没有完全消失。我站在门里面，停住脚，察看着光影的移动。光影用几乎让人看不到的速度移动着，一点一点地爬动，爬回到门里面。只是我听到那个声音时，她已经在奔跑了。[①]我在镜子里看到她飞快地奔跑着，完全不知道发生了什么。她跑得那样快，她的长裙飞舞过了她的手臂。她像一朵云一样跑出了镜子。她的面纱闪烁着、旋转着，她的鞋跟声非常清脆，她就用一只手紧

①凯蒂结婚那天的情景。

紧地将礼服攥在胸前，一股风似的跑出了镜子。伴随着玫瑰的香气，那声音响彻在伊甸园的上空。她跑过走廊，我就听不见鞋跟声了。在月光里，她就像一朵云一样，那条浮动的面纱像一道白光一样飘过草地，跑进了吼叫声中。她跑得那样快，衣服都飘扬到了她的身后。她紧紧地攥住她的礼服，跑进吼叫声中。在那里，狄比躺在夜露当中说沙士汽水好喝极了，班吉则在木板箱子底下吼叫着。父亲也跑来了，在他的起伏的胸膛上面有一副V字形的银质胸甲。

施里夫说："喔，你还没有……你是要去参加婚礼还是要去守灵？"

"刚才我没来得及。"我说。

"你穿戴这么整齐，当然来不及了。这是怎么回事，你以为今天是星期天？"

"我想警察不会因为我穿了一次新西装就把我抓起来吧？"我说。

"你这是说什么呢，我是说那些在学校广场上招摇的学生，他们会认为你也——你也骄傲得连课都不会去上了吗？"

"我先去吃点东西了。"台阶上的光影消失了。我走到阳光中，找到了自己的影子。我就赶在我的影子的前面，走下了台阶。半点的钟声敲响了，又消沉了。

"执事先生"[①]不在邮局。我把两个信封贴好邮票，一封寄给我的父亲，另一封给施里夫。这时候我想起来我是在哪里最后一次看见"执事先生"的了。那是在内战战士纪念日上，他穿着共和军的军装，走在游行队伍的中间。如果你有足够的时间在一个角落里

①一个老校役。昆丁留在宿舍里的衣物，就是送给他的。

等着，你就能够在游行的队伍当中看见他。再上一次是哥伦布或者加里波第或者另外一个什么人的纪念日上。他走在清洁工的队列里面，戴着一顶大礼帽，手里拿着一面两寸长的意大利旗子，在周围的扫把和铲子当中抽着雪茄。但最后一回肯定是内战战士纪念日，因为施里夫说：

“看啊，看看你祖父当时是怎么对待那位贫困的老黑奴的。”

“一点没错，”我说，“现在他可以天天混在游行的队伍里面。如果不是我的祖父，他恐怕要和白人一样整天辛苦工作呢。”

我在哪里也没有看到他。不过我知道，当你需要一个黑人的时候是永远也不会轻易找到的，更何况是这么一个游手好闲的黑人呢。一辆电车开了过来。我搭乘电车来到了城里，在派克饭店吃了一顿丰盛的早点。在吃早点的时候，我听到了钟声。不过我想一个人至少要用一小时才能够忘记现在是几点钟。人类在进入机械计时的进程，可远远要比人类的历史更长。

吃完早点之后，我买了一根雪茄。卖雪茄的女孩说五毛钱一根的最好，我就买了那一种。我站在那里，胡乱抽了两口雪茄，然后朝街角走去。期间我路过了一间珠宝钟表店的橱窗，但我很快就把眼睛转开了。在街角，两个擦鞋的抓住了我，一个站在一边，像乌鸦那样聒噪，喋喋不休。我把雪茄给了其中的一个，给了另外一个五毛钱，他们才放过我。很快，我就听到在身后，那个拿到雪茄的想把雪茄以五毛钱的价格卖给另一个。

天上也有个高高的钟表。我以为，在你不想做一件事的时候，你的身体会不知不觉地诱使你去做它。我后颈上的肌肉又开始痒痒、抽搐，接着口袋里的那只表的嘀嘀嗒嗒声传入耳朵。我冷静了一下，排除掉其他声响，表声更清晰了。我掉转身体走了回去，来到那间珠宝钟表店的橱窗前。珠宝钟表店老板在橱窗后面的桌子边工作。他的头顶快秃了。他的一只眼睛上戴着一只放大镜——一根几乎钻入他眼眶里的金属管。我走了进去。

那地方满是嘀嗒声，像是九月草地里蟋蟀的振鸣，虫声唧唧。我听得出他的头顶上的挂在墙壁上的那座大钟的声音。他抬起头来，那只眼睛又大又朦胧，好像要从放大镜里冲出来似的。我把我的表拿了出来，递给他。

“我把我的表弄坏了。”

他把表拿在手里，翻动了一下。“不错，一定被你踩了一脚。”

“是的，先生。我在黑暗中不小心把它从梳妆台上打落，又踩上了它。不过现在它仍然能走。”

他把后盖撬开，眯着眼睛观察了一下。“似乎没有那么坏，但是没仔细检查之前我也不能说到底怎么样了。我会在今天下午好好检查一下。”

“我稍后再拿给你吧。”我说，“你能不能告诉我一下，橱窗里的那些表有没有走得准的。”

他把表放在手掌上，用朦胧而快要冲出来的眼睛向上看着我。

“哦，我跟人打赌了，”我说，“但是今天早上出门的时候我忘记了戴眼镜。”

“是吗？好的。”他说。他放下手表，从凳子上欠起身来，眼睛越过栏杆往墙壁上看去。“现在是过二十分——”

“你不用告诉我。”我说，“我只问问有没有走得准的就好了。”

他又看了看我，坐回到板凳上，把放大镜推到额头上。他的脸现在是赤裸裸的了，那只眼睛周围留着一道红印。“你今天在庆祝什么？”他说，“划船比赛不是要到下周才会举行吗？”

“不是的，先生。这只是一个个人的庆祝仪式，生日。那些表有走得准的吗？”

“没有。它们都还没有校过准。但是如果你想买一只的话——”

“哦，不用了。我没有这样的需要，我们的起居室里就有一座钟表。要是我需要表的话，我已经有这一只。”我把手伸了出来。

“现在最好先把它放在这里吧。”

“我稍后再拿给你吧。”他把表递给了我，我将它放在了口袋里。现在，在这一大片的嘀嗒声中，我听不到它的声音了。“太麻烦你了，希望没有浪费你太多的时间。”

“没关系，有空时你再拿过来。你最好等我们赢了这场划船比赛之后再庆祝。”

“好的，先生，我知道了。”

我走了出去，随手将那一片嘀嗒声关在了门里。我回头看了一下橱窗，他的眼睛也正越过栏杆看着我。橱窗里有十几只表，有十几个不同的时间。每只表都和我的那只没有指针的表一样，只认为自己是准确的，而其他的都不准确。但是每一只表的时间都不一样，这很矛盾。我听得见我的表在口袋里的嘀嗒声，但是现在就算是有人看见它，也不能从这只表上看清时间了。不过谁又能看清楚时间呢？

因此，我告诉自己还是用那只大钟的时间吧。因为父亲说钟表会杀死时间。他说只要那些小齿轮嘀嗒嘀嗒地响着，时间便会死亡；而只有在钟表停止时，时间才能恢复生命。那两个指针张开着，微微偏离了水平线，就像斜飞在风中的一只海鸥。我觉得自己有一肚子的苦闷，就像黑人们所说的月牙儿当中蓄满了苦水一样。珠宝钟表店老板再度开始工作，俯身在桌子上，金属管子又钻到他的眼眶里去了。他的头发中分为二，中间的纹路向上延伸到秃顶的地方，就像十二月份的干涸沼泽地。

我看到街对面有一家五金店。之前，我居然不知道熨斗是按磅出售的。

“这些重十磅。”店员介绍说。只是这些看起来比我想象得要大。因此我买了两只六磅重的小一点的熨斗，把它们用纸包起来后拎在手中，看起来像拎着一双鞋子。但是把它们拎在手中还是很重，我又想起了父亲说过的关于人类经验的归谬法的那番话，想到了我差点不能到哈佛读书。也许要到明年，我才能做好那件事；也许要花费两年的时间，你才能学会[①]。

但是把它们拎在手中实在是太重了。一辆电车来了。我上了车。我没看到电车前面的路牌。电车里满满当当的人，大部分看上去是阔绰的，且在读着报纸。车上唯一的空座位在一个黑人的旁边。他戴着一顶圆礼帽，皮鞋擦得锃亮，手里拿着一根已经熄灭了的雪茄。过去的时候，我总以为，南方佬是要常常意识到黑人的存在的。我以为至少北方佬是这样希望的。我刚刚到东部的时候，心

①指自杀这件事。

里常常提醒自己：你得记住，他们只是有色人种，而不是黑鬼。其实要不是我跟他们许多人在一起生活过，我也需要花费更长的时间才能懂得这些。对待所有的人，无论是黑人还是白人，最好的方式就是按照他们自己认为的方式对待他们，悉听尊便。而我也早就知道，与其把黑人当作一种人的存在，不如先把他们看作一种行为方式，是相对于和他生活在一起的白人的一个相对面。开始的时候，我以为没有那些人在我的身边我会非常失落，就像北方佬以为的那样，但其实不然，直到那天早晨在弗吉尼亚，我才真正开始想念罗斯卡斯、迪尔西他们。我醒来的时候，火车已经停了。我拉起窗帘往车窗外面看出去。火车恰好挡在一个路口上，那里有两道白色的栏杆，像牛角一样，从山顶延伸到路口，又从路口延伸下去。在坚硬的道路中间，有个黑人骑在一头骡子的背上，等待着火车的开动。我不知道他等在那里多长时间了，他就那样两腿叉开坐在骡子的背上，头上裹着一条毯子。他跟骡子就好像跟栅栏、道路或者是山丘一样，都是从这座山丘的本身被雕刻出来的，也像摆在那里的一个告示牌，提醒说：你又回家了！他没有鞍具，双腿几乎悬荡到了地面。那头骡子看起来简直就是一只兔子。我把窗户推了上去。

“嘿，舅舅，”我说，“是这样吗？”

“呃？”他看看我，接着松开了毯子，露出耳朵。

“圣诞礼物！”我说。

“是的，先生，是这样的。你抢在我前头，抓住我了[①]，不

①美国南方习俗，圣诞节的时候，谁先说出“圣诞快乐”，对方就要送给他一个礼物。

是吗？”

“我这一次放过你。”我从小吊床上扯下我的裤子，掏出一枚两毛五的硬币。“下回可要注意了。新年过后两天，我再回来时还会经过这里的，那时候可要注意了。”我将硬币扔出车窗。“给你自己买点圣诞老人的礼物吧。”

“好的，先生。”他说。他下来捡起那枚硬币，在腿上蹭了蹭。“谢谢啦，少爷，谢谢啦。”火车又开动了。我将身体探出窗外，探到那寒冷的空气中，扭头向后望去。他就站在那像兔子一样孱弱的骡子旁边。他们两个看上去都是那么可怜兮兮，那么耐心，站在那里一动不动。火车拐弯了，引擎发出一阵阵急促并且强劲的声音。他们两个就平稳地离开了我的视线，保持着那种可怜兮兮、耐心的样子，那种童稚的笨拙和与之相反的稳妥形成的奇怪的混合。这种混合有意地保护着他们，不需要任何理由地爱护着他们，却也持续不断地掠夺着他们。这种混合，甚至可以使他们用不能再露骨的简单到甚至不能称作是诡计的手段去规避责任和义务。他们被掠夺和欺骗，但是却怀着对胜利者的钦佩和赞美，就像是一个绅士对待在一场公平比赛当中打败了自己的对手那样，一种自发的由衷的钦佩和赞美。同时，他们对于白人的狂妄行为又有着一种极度的忍耐、包容，甚至是溺爱，就像是我已经忘记的祖父母对于行为乖戾、招惹是非的孩子的极度忍耐、包容和溺爱一样。那一整天，火车沿着迎面而来的山脉蜿蜒前进。你甚至不再觉察到火车的移动，而只听见车轮和排气管的疲惫、吃力的喘息声。当永恒的山脉渐渐隐入阴暗的天空中时，我不由得想起了家，想起了那凄凉的车站、泥泞的路面，还有那拥挤在广场上慢慢走动的黑人和乡下人。

他们的粗布袋里装着玩具猴子、玩具马车和糖果，还有鼓凸在口袋外面的焰火筒。这时候我觉得我的内脏开始翻滚，就像以前在学校里听到铃声响起时那样翻滚。

我要等到钟敲了三下之后才开始数。从那时我开始数，数到六十，弯起一次手指，同时想着还要弯起十四次手指才行，然后是十三次、十二次……八次、七次，直到突然间，我发觉周围一片静寂，所有人的眼睛都注视着我。我说："什么，老师？""你的名字叫昆丁，是不是？"罗拉小姐问。继而更加沉寂，大家的注意力更集中了，这让我怪难受的，手指都要痉挛起来了。"亨利，告诉昆丁谁发现了密西西比河。""德索托。"接着大家松了一口气。我继续数着，但是担心自己数得太慢，就加快了速度，又弯起一根手指；之后又担心数得太快，又再慢下来；然后担心慢了，再度加快。就这样数下去，但是我总没有办法在钟声敲响的时候数完。刹那间教室里的几十只脚因为获得了自由而开始移动，摩擦在残破的地板上。那一天的感觉就像在窗玻璃上轻轻但尖锐地敲了一下，我的内脏开始翻滚，我却坐在那里一动不动。*翻滚，坐着一动不动。我的内脏因你而翻滚。她一下子站在门口了。*[①]*班吉，大声吼叫着。"班杰明，我晚年生的孩子呀！"*[②]*班吉大声吼叫，"凯蒂，凯蒂。"*[③]

我要跑了。他哭了起来，于是她走过去抚摸他。"别哭。我不

---

①凯蒂失身那天的情景。

②班吉改名的那一天，康普生太太说的话。

③凯蒂结婚那天的情景。

走。”他就真的不哭了。迪尔西。[①]

他如果需要的话，会用鼻子闻出来你跟他说的话。他不用听也不用说。

他能闻到他们给他起的新名字吗？他能闻到坏运气吗？[②]

他干吗还要关心坏运气？运气也不能使他的命运更坏了。

要是运气也帮不了他，他们为什么还要给他改一个新名字呢？

电车走走停停。我注视着窗外的人头攒动，很多人的草帽都还是崭新的，没有被太阳晒黄。现在电车里有了妇女，带着菜篮子，而且穿着工作服的人开始超过了穿着锃亮的皮鞋、戴着硬领的人。

那个黑人碰了碰我的膝盖，“借光。”他说。我把双脚转向一边以让他过去。电车从一面空白的墙边经过，声音铿锵地传回到车中，落在膝盖上放着菜篮子的妇女跟戴着一顶脏帽子、烟斗系在一条带子上的男人的身上。我闻到水的气味了。从墙上的一个断口的地方，我看到了水光、两根帆桅和一只停在空中一动也不动的海鸥。那只海鸥就像落在两根帆桅之间一条看不见的电线上。我抬起手摸了摸衣服口袋里写好的信。电车停了，我走下来。

吊桥打开着，正在让一只帆船通过。它被一条冒烟的拖船拖曳着。帆船本身似乎不依靠任何动力就可以移动。一个光着膀子的男子，在前甲板上缠着绳圈。他的脊背被晒成烟叶的颜色。另一个戴

①班吉的奶奶去世的那一天。

②班吉改名的那一天。

着没有帽檐的草帽的男子，在掌握着船舵。帆船通过了吊桥，光秃秃的桅杆，没有张帆，真像是白日见鬼的样子。船尾上有三只海鸥在追逐盘旋着，像是被无形的线牵着的玩具。

吊桥合拢之后，我过桥来到另一边，靠身在船库上头的栏杆上。码头边空空如也，没有一条帆船，几扇闸门也都关闭着。运动员现在都在休息，他们只有在傍晚才会出来。桥影、成排的栏杆的影子、我平躺在水面上的影子，我如此轻而易举地蒙骗了我的影子，使得它不会离开我。我的影子至少有五十英尺长，但愿我有个什么东西，能把它在水中紧紧按住，直到它被淹死。那包像是鞋子的影子，现在也浮在水面上。黑人说一个要被淹死的男子的影子，会在水里一直注视着他。影子像呼吸一般闪耀不定，船在水面上轻轻飘荡，也像在呼吸。岸边的沙石半浮半沉，渐渐被海水吞没进去，吞没到海底的洞穴之中。水被排出之后的重量等于什么什么，人类一切经验的归谬法。比一个裁缝的熨斗还重的两个六磅重熨斗，迪尔西会说这是多么罪恶的浪费。大嬷娣死的时候，班吉是知道的。他哭了。他闻到了气味，他闻到了。

那条拖船又顺流回来了，河水被拖船划破，形成滚滚波浪。波浪传达到河边，冲击着浮码头，发出扑通扑通的声音。接着传来一声长长的嘎吱声，船库的大门被打开了，两个人带着一只赛艇出来。他们把赛艇放在水里。一会儿之后，吉拉德也拿着短桨出来了。他穿着法兰绒衣服，套一件灰夹克，头戴一顶硬草帽。要不是他母亲的话，就是他曾经说过牛津大学的学生就是穿着法兰绒衣服、戴着硬草帽划船的。因此在三月初的时候，他们便给吉拉德买了一只赛艇。当时他便穿着法兰绒衣服、戴着硬草帽到河上划船了。船库的人威胁着要叫警察[1]，但他还是下河了。他母亲穿着像北极探险家的皮毛衣服，坐着出租汽车来到河边，看着他在二十五英里的风速里顺流而下，赛艇旁边满是肮脏的羊群一般的浮冰。自从那时候起，我便相信上帝不但是绅士和一位运动员，而且也是一名肯塔基州人。当他划船而下时，她便调转车头，车子用低速挡慢慢地走，在河岸上跟他平行前进。他们说你甚至不会觉得他们以前曾经彼此见过面，就像高傲的国王和王后，甚至都不会彼此关注，就像有着平行轨道的一对星星，平行地飞越过整个麻州。

他坐进去，把船划走了。他现在划船划得很好，他就应该这样。他们说他母亲曾经设法要他放弃划船，去做他班上其他同学不能做或不会去做的事情，但这一次他非常固执——如果你可以把这件事称作固执的话。他以那种国王般厌烦的态度坐着，卷曲的黄发，紫罗兰的眼睛，以及他的长长的睫毛和在纽约定做的衣服。此刻他妈妈则在告诉我们关于吉拉德的马、吉拉德的黑奴以及吉拉德的情妇们的事。当她把吉拉德带来坎布里奇时，肯塔基的先生们、父亲们一定高兴万分。她在城里有一间公寓，吉拉德除了大学里的房间以外，在那里也有一间公寓。她赞同吉拉德跟我交往，因为我出生在梅逊—狄克逊线以南[2]，至少有着一种高贵的出身，另外几个被允许和吉拉德交往的人，地理条件也符合起码的标准，或者说至少是可以被容忍的。但自从斯波特在半夜一点钟遇到她从小教堂里出来，便说她不可能是一位贞淑的太太，因为没有一位贞淑的太

①三月的时候，河冰漂在水面上，非常危险，并不允许下河划船。

②美国南北内战之前的南方和北方的分界线。

太会那么晚还出来。她便绝对无法原谅斯波特，因为他的名字是由五个部分组成的，其中还包括目前一个英国公爵府邸的名字。我敢说，她一定是相信这是由于某个放浪的曼哥特或摩特马家族的公子王孙跟房东女儿有染，来安慰自己。但是不管是不是出于她的杜撰，这还是十分可能的。斯波特本来就放荡不羁，毫无顾忌。

那条小艇现在变成了一个小店，船桨泛起阳光，船身闪烁前进。你有妹妹吗？没有，她们都是贱种。你有妹妹吗？她一下子站到了门口。贱种，她一下子站到了门口，那时候还不是。达顿·艾密兹，达顿·艾密兹，达顿牌衬衫，我一直以为这些都是卡其布料的，军用卡其，最后我亲眼看到才知道是用沉甸甸的中国丝绸或是最好的法兰绒做的，因为这些衬托得他的脸如此棕褐、他的眼睛如此蔚蓝。达顿·艾密兹，漂亮还算得上漂亮，但实在是欠缺了文雅。像是在戏台上一般，那些纸糊的道具，如果不相信的话，你可以亲手摸一下。啊，是石棉的，不是真正的青铜。我只是不愿意在家里与他见面。[①]

记住，凯蒂也是个女人。所以她不可避免要做女人做的事。

凯蒂，你为什么不把他带到家里？你为什么必须像黑女人一样，在草原，在水沟，在黑树丛中做这种事呢？

我依靠在栏杆上，听着我的手表嘀塔响了一段时间，也能听得见那些信在我的衣服里折动的声音。我斜靠在栏杆上，注视着我的影子，想着怎样欺骗它。我开始沿着栏杆走动，我的西装也是深色的，我擦擦手，注视着我的影子，想着怎样欺骗它。我带着它走进

---

① 1909年凯蒂失身的那一天。分别是凯蒂、达顿·艾密兹和昆丁说的话。

码头的阴影里，接着向东走去。

哈佛，我的哈佛男孩，哈佛，哈佛。[①]她在运动场遇到的那个得了奖章、脸上长粉刺的小男孩，偷偷地沿着栅栏走动，想用吹口哨像呼唤一条小狗似的把她叫出去。因为他们没法把他哄进餐厅，母亲就相信当他单独和凯蒂在一起的时候，他会向她耍花样[②]。可是换作任何流氓，他躺在窗底下的箱子边大喊大叫。[③]只要在纽扣里插朵花开着轿车前来就行。哈佛。昆丁，这是赫伯。这是我的哈佛男孩。赫伯会成为一位了不起的兄长，他答应给杰生在银行里安排一个位置。

满脸带笑，但是虚情假意，就像一个旅行推销员一样，一脸都是白花花的牙齿，一副皮笑肉不笑的样子。我在那边听说过你[④]。一脸都是白花花的牙齿，一副皮笑肉不笑的样子。你想开车吗？[⑤]

“昆丁，上车吧。”

“你来开车。”

“那是她的车，你不为你小妹妹拥有镇上第一部车子而骄傲吗？赫伯送她的礼物。路易每早给她上驾驶课，你没接到我的信吗？”“杰生·李奇蒙·康普生夫妇宣布他们的女儿跟西德尼·赫

---

①1910年4月23日，凯蒂结婚的前两天，康普生太太将凯蒂的未婚夫赫伯·海德介绍给昆丁的情景。

②凯蒂小时候与一个小男孩接吻的事。

③凯蒂结婚那天，班吉喝醉的事。

④赫伯·海德在哈佛因为打牌作弊被开除出俱乐部，因为考试作弊被开除出学校，声名狼藉。

⑤赫伯·海德讨好凯蒂。

伯·海德先生的婚礼于1910年4月25日在密西西比州杰佛生镇举办，恭请各位光临。[①]”“又，8月1日以后在寒舍会客，地址为印第安纳州南湾市某号某街。[②]”施里夫说，“你连拆开也不拆开吗？”三天，三次。杰生·李奇蒙·康普生夫妇年轻的罗琴法尔[③]骑着马从西方出走也实在太着急了一点，不是吗？

我是南方人。你很有意思，不是吗？

啊，对了，我知道那是在乡下某个地方。

你很有意思，是的，你该加入马戏团。

我加入了。我就是在冲洗大象身上的跳蚤的时候弄坏眼睛的[④]。三次，这些乡下姑娘。根本不能猜透她们的心思，是吧。不过，拜伦无论如何也绝没有如愿以偿，感谢上帝[⑤]。可是别往人家的眼镜上打。你甚至连拆开也不拆开吗？它就在桌子上，每个桌角点燃一支蜡烛，两朵假花用脏的淡红色的袜带绑着。可是别往人家的眼镜上打。

乡下人真可怜，他们大部分人从来没有见过汽车，凯丹斯，按喇叭[①]，她都不愿意用眼睛看我，让他们让开路，她都不愿意用

①康普生夫妇为凯蒂的婚礼所发出的请柬。昆丁收到之后，并没有立即拆开看。

②康普生夫妇发出的请柬上，赫伯·海德附在上面的邀请，表示婚后要带凯蒂回到印第安纳州。

③苏格兰作家华尔特·司各特的著名叙事诗《马米恩》当中，骑士罗琴法尔在他的情人快要跟别人结婚的时候，带着她骑马出走了。

④昆丁没有拆开请柬，反而将请柬看作一具象征着死亡的灵柩。施里夫不断地询问他。在交谈之中，施里夫谈到自己的眼睛不好，昆丁从而又想到了自己和别人打架时打中别人眼镜的情景。

⑤据说拜伦也曾经和自己同父异母的妹妹发生过恋情。

眼睛看我，如果弄伤了他们其中的一个，你父亲是不会高兴的。你父亲也需要去弄一辆汽车了。你带来这辆汽车，赫伯，我当然很喜欢。家里虽然有辆马车，但是每次康普生先生总会让黑人来照料这件事，我要是反驳一下就会惹得他生气。他坚持让罗斯卡斯随时听我使唤，但我知道那是什么意思，我知道有时候人们之所以做一件事只是为了使良心过得去。赫伯，你会那样对待我的女儿吗？但我知道你不会那样做的，赫伯把我们大家全都惯坏了。昆丁，我不是写信和你说了，等到杰生念完高中，赫伯便会让杰生到他的银行去吗？杰生会成为优秀的银行家的，他是我唯一讲究实际的孩子。关于这一点，还要感谢我呢，因为他更像我的族人，而其他的全都是十足的康普生家的脾气。杰生弄了一些面粉，他们在后廊糊风筝，一个五分钱卖出去，他跟派特逊家的男孩，杰生是管钱的。[2]

这辆电车上倒是没有黑人，一顶顶尚未泛黄的草帽从车窗下经过。这辆车是去哈佛的[3]。我们把班吉的卖掉了。他躺在窗下的地面上大喊大叫。我们把班吉的牧场卖掉了，这样昆丁才能上哈佛。你的好弟弟，你的小弟弟。

“你应该有一部车子，这会给你带来很多好处的。昆丁，你想不是嘛？你看，我马上就叫他昆丁了，你知道我从凯丹斯那里听过

---

①康普生太太在坐汽车时说的话。

②杰生从小喜欢做生意，和派特逊家的男孩糊风筝卖，但是后来因为分钱不均而闹翻了。

③从去哈佛的电车上，昆丁想起了正是卖掉了属于班吉的牧场（即后来的那个高尔夫球场），自己才得以到哈佛来上学的。

很多关于他的事。”[①]

“你把他叫作昆丁，这非常好。我就是希望我的孩子们比朋友之间还要亲密。是这样的，凯丹斯和昆丁之间就是比朋友还要亲密。”父亲啊，我犯了过错。“真遗憾你没有兄弟姐妹。”没有妹妹，没有妹妹，没有妹妹。“别询问昆丁，他和康普生先生一样，看到我的身体好一点，有力气走到餐桌旁边吃饭，就像是受到了侮辱。我现在并不害怕，但是等到婚事一结束，我就会为此付出代价的。”而你又从我身边把我的女儿带走了。我的小妹妹尚未长大。母亲，如果我能说就好了。母亲。

“如果不是我按捺不住自己的冲动，向您求婚，而不是向凯蒂求婚，我想康普生先生是不会来追赶这辆汽车的。”

“啊，赫伯。凯丹斯，你听到了没有？”她梗着脖子，甚至不愿意回头看我。“不过你没有必要吃醋，他这不过是在奉承我这个老妇人罢了。如果在他面前的是一位结过婚的成熟的女人，那我就不会容许了。”

“您这说的是哪里的话呢？您现在看上去就像一个小姑娘，甚至比凯丹斯看上去还要年轻得多。您的脸红扑扑的，就像是一个豆蔻少女。”一张责备的脸上挂满泪水，一股樟脑味儿和着泪水的气味，门外传来隐约的不停的啜泣声，还有灰色的忍冬的香味。[②]把一只只空箱子从阁楼上搬下来，发出棺材一样的空洞的声音。这是要

①昆丁跟赫伯·海德见面时，赫伯·海德说的话。

②1909年，凯蒂失身于达顿·艾密兹。家里得知之后，康普生太太在哭泣，康普生先生则让凯蒂到弗兰区·里克去改变环境、忘记过去。里克（Lick）的发音，让昆丁又联想到了盐碱地（Salt Lick）。

去弗兰区·里克。盐碱地上没有死亡。

电车下的人，有一些戴着尚未泛黄的新草帽，有一些没有戴帽子。三年之后，我也就不用戴帽子了，那时候我也没有办法戴帽子了。过去是戴过的。爸爸曾经说过，在哈佛，最好的思想像是枯藤攀缠上古老死寂的旧砖墙那样攀缠着。不过那时候也没有哈佛了，至少对我来说是没有了。再一次，比过去更加悲伤。再一次，现在是最悲伤的时候。再一次。

斯波亚穿上了衬衫，这一定是到中午了。一会儿之后，我会重新看到我的影子，我要当心不要踩到影子上去，它刚才已经被我哄骗到水里了，不过它是不会被浸坏的。可是，不，妹妹，我是不会这么做的。我不会让我的女儿受到别人的监视。[①]我是决不会的。

你老是叫他们不尊敬我和我的意愿，这样我还怎么管教我的孩子们呢？我知道你看不起我们姓巴斯康的人，但就是因为这个，你就让我的孩子——我辛辛苦苦生育的孩子不尊敬我吗？接着，我用坚硬的皮鞋将我的影子踩入水泥地里。这时候我又听见了表的嘀嗒声，同时隔着外套，我摸了一下那两封信。

"不管你认为我的女儿做了什么样的事情，我都不会让你或者是昆丁监视她的。"

"那么至少你也认为，她有受到监视的理由吧。"

"我是不会这样做的，绝对不会。""我知道你不会这样做。

---

①凯蒂失身之后，康普生太太让杰生去监视凯蒂。康普生先生为之勃然大怒。"可是，不，妹妹""我是不会这样做的"，诸如此类的语言，是凯蒂失身那天，昆丁对凯蒂说的话。

其实本来我也不愿意这样尖刻地说话，只是女人之间如果都不互相尊重了，那么也就是不尊重自己。”[①]

可是她为什么要——我刚把脚踩在影子上的时候，钟声敲响了，那是报刻的钟声。我在哪里都看不到执事的身影。以为我会的，以为我可以。

她的意思不是这样的，这只不过是女人的行为方式，这只不过是因为他爱凯蒂。

街灯从山丘上蜿蜒而下，然后又上升到镇子上。我踩在我的影子的腹部上，但是仍然可以将手臂伸展在影子的外面。只是觉得父亲就在我的背后，就在那个夏天和八月份的令人躁动的街灯外面的黑暗里。父亲和我保护着我们家的女人，不让她们互相伤害。女人就是这样，她们不具备我们所通晓的生活常识，而是天生擅长猜疑。就像是给土地施肥，过不多久就会有一次收成。而且往往她们的猜疑还是正确的。或者说她们天生对罪恶有一种亲和力，罪恶缺少什么，她们就能提供什么。她们有将罪恶拉到身上的本能，好像你在睡熟的时候本能地将被子拉到身上一样。她们在滋养着罪恶，一直到罪恶成熟或者是达成目的，而不管这到底是不是罪恶或者这罪恶存在还是不存在。执事夹在两个大学一年级学生的中间走了过来。他还没有从游行的气氛当中恢复过来，因为一见面他就向我敬礼，一个高级军官派头十足的军礼。

“我有事要找你说一下。”我说，然后停下脚步。

---

①这一段以及下面三段的楷体部分，皆是凯蒂失身那天，康普生先生和昆丁的对话。

“找我说话？很好。伙计们，再见。”他说着停下脚步，转过身来，“很高兴能够和你说话。”这就是执事，从头到脚都是一个执事。他们说执事四十年来从来没有在学期开始的时候漏接过一班火车，还说他一眼就能认出来谁是南方人，一次都没有搞错过。只要你开口说一句话，他就能说出你居住的州名。他有一套制服，专门接火车用的，完全是《汤姆大伯的小屋》里的行头，上面几乎打满了补丁，诸如此类。

“是的，先生。请这边走。先生，我们这不是已经来了吗？”他这样说着，接过你的行李。“嘿，孩子，拿好这个手提包。”于是，这个由行李堆成的小山丘慢慢移动，显现出后面的一个大约十五岁的白人男孩来。执事会很巧妙地在他的身上再挂上一只手提包，同时催促他前进。“好，小心一点，别把什么掉在地上。好的，这就算对了。你要把你的房间号告诉我这个黑人老头，保管等到你到达的时候，这些行李也会和你一块儿在那里休息了。”

从那时候起，直到他完全将你征服，他总是在你的房间里出出入入，简直是无所不在，喋喋不休。可是随着他的服装不断改善，他的态度也越来越像一个北方人。等到他几乎把你榨光了，你才会明白过来。不过这时候他已经直呼你的名字，叫你昆丁或者什么的。等到你再看到他时，他会穿着一身别人扔掉的布鲁克斯西装，戴着一顶有普林斯顿纹饰的绸带的帽子。那条绸带是谁送给他的，我忘记了。不过他自己倒是相信这是从亚伯·林肯的军事饰带上剪裁下来的。几年前还流传着这么一个故事，说他刚从家乡来到大学的那一会儿的事，有人说他是神学院的毕业生。等到他明白了这是什么意思之后，他简直是喜不自胜，也因此到处给别人讲述这个故事，直到后来他自己都深信不疑。他给别人讲了很多关于他的大学时代的那些漫无边际又毫无意思的轶事，很亲切地谈论着那些已经去世的教授们，称呼着他们的名字，虽然通常都弄错了。尽管如此，对于每年到来的那些天真无邪又孤独寂寞的新生来说，他倒不失为一个最好的导师和朋友。而且我也一直认为，尽管他耍了很多花招，有着伪善的本领，但是在天堂的主人的鼻孔里面，他的气味并不比别人更臭。

“我有三四天没有看到您了。”他说，用那种军人的深沉冷静的目光盯着我，“您生病了吗？”

“没有。我很好。瞎忙罢了。不过我倒是看见过你的。”

“真的吗？”

“就在前几天的游行队伍里。”

“啊，是了。是了，我是在那个队伍里。其实我并不太热衷于这种事，不过您知道的，孩子们喜欢我和他们在一块儿，老兵嘛。女生们都希望老兵能够露面，您应该知道的。我只能答应她们。”

“纪念哥伦布的那一回你也参加了。”我说，“我想你那是在帮基督教妇女禁酒会的忙吧？”

“那回吗？那是我为了我女婿才参加的。他想在市政府里找个工作——清道夫，我告诉他，他只要躺在扫把上睡大觉就可以。你看到我了，是吗？”

“两回我都看到了。”

“我是说，我穿制服的样子，看起来怎么样？”

“非常神气。你看起来比游行队伍当中的其他所有人都要神气。他们应当推举你做将军，执事先生。”

他轻轻地捏了一下我的胳膊，用他的黑人的衰疲而柔软的手。“我告诉你，这件事不要外传。不过告诉你倒是不怕的，无论如何，我们都是自己人嘛。”他靠近我一下，很快地说话，没有用眼睛看我。“我现在开始这样做了。等到明年，您就瞧好吧。等到明年，您就会看到我在什么游行队伍里了。我不用告诉您我是怎么做的，但是我会说，您就瞧好吧，孩子。”到了这时，他才瞅了我一眼，又在我的肩膀上轻轻地拍了拍，接着把身体的重心放在脚后跟上，身体往后仰过去，同时还不断地向我点头。“是的，先生。我在三年前转向支持民主党并不是没有目的的。我的女婿要到市政府了，而我呢——是的，先生。如果转向支持民主党能够让那个兔崽子得到一份工作……至于我呢，再过一年，也就是前天那个日子，你就还站在那个街角上瞧着吧。”

“我希望是这样，您配得上这样，执事先生。对了，我想起了一件事——”我从口袋里掏出信，“明天你拿着这封信到我的房间交给施里夫，他会给你点什么的。不过一定要等到明天才行，记住了吗？”

他接过信，认真察看了一遍。“是封好了的。”

“是的。里面有我写好的字条。等到明天，就可以了。”

“哦，”他嚷了一声，又看看信，撅起嘴来，“你是说会有东西给我？”

“是的。有我要给你的一份礼物。”

他现在看着我了。那封信在他的黑手上，经过阳光的照耀，越发显得洁白。他的棕褐色的眼睛非常柔和，几乎分不出虹膜。突然间，在这套白人制服的噱头后面，在他的白人政治和白人哈佛的派头后面，我看到了罗斯卡斯在看着我，羞涩、神秘、说话含糊而悲哀的罗斯卡斯。"你不是在和一个黑人老头开玩笑吧？"

"你知道我没有，难道有南方人会跟你开玩笑吗？"

"你说得对。南方人都是好人，只要你不跟他们在一起生活。"

"你经历过这种生活吗？"我说。这时候罗斯卡斯就消失了。他又变成了平常示人的那副形象：虚荣、伪善，但是还不算粗俗。

"我会按照你的吩咐去做的，孩子。"

"不过你要记住，一定要等到明天。"

"当然，"他说，"我懂。嗯——"

"我希望——"我说。他从高处看着我，慈祥而深沉。我突然伸出手去，我们就握了握手。他严肃而庄严，站在他的市政府和军队的梦想的高度上。"执事，你是个好人。我希望……你帮助过不少年轻人。"

"我善待所有的人。"他说，"我从来没有那种卑鄙的阶级观念。对我来说，一个人就是一个人，不管我是在哪里认识他的。"

"我希望你所认识的人，会真的成为你的朋友。"

"我和年轻人的关系不错，他们也不会忘记我。"他说，扬了扬手中的信封。他把信放进口袋里，扣上上衣。"是的，先生。"他说，"我的好朋友很多。"

钟声又敲响了，是半点的钟声。我踩在我的影子的肚子上，听到那钟声从阳光中，从稀疏的静止的小叶片中传过来，一声接着一声，静谧而安宁。一声接着一声，静谧而安宁。即使在女人做新娘的月份里，钟声中也总带着一股秋天的味道。躺在窗户底下大吼大叫。[①]他看了她一眼就明白了。从婴儿的口中[②]。街灯。[③]钟声停止了。我走回邮局，把影子留在了人行道上。从山丘上延绵下去又上升到对面的镇子上，就像挂在墙壁上的一盏比一盏高的灯笼。父亲说，那是因为她爱凯蒂，而她是因为人们的缺点而爱他们。毛莱舅舅两腿叉开站在壁炉前面，他要不得不把手伸出来，以举杯庆祝圣诞。杰生两手插在裤袋里面，向前奔跑，跌倒了之后就像被捆缚了的鸡一样趴在那里，直到威尔许走过去把他扶起来。你能不能奔跑的时候不要把双手插在裤袋里面？这样你就不会摔倒了。如果躺在摇篮里的时候脑袋还滚来滚去的，就会把后脑勺滚扁了。凯蒂告诉杰生，威尔许说毛莱舅舅之所以不用干活就是因为他小时候躺在摇篮里面还滚来滚去把脑袋滚扁了的缘故。

施里夫蹒蹒跚跚地从人行道上走过来，胖墩墩的，显得非常正经。他的眼镜在树叶的摇动之间闪着反光，像是小水池在闪耀。

“我给执事写了一张便条，让他去取一些东西，我今天下午可能就不回去了，因此你要等到明天才能把那些东西给他，可以吗？”

“好的。”他看着我，“嘿，你今天到底在做什么啊？穿得整整齐齐的，到处逛来逛去，就像要看印度寡妇自焚殉夫一样。今天早上你去上心理学课了吗？”

“我今天什么也不做，明天再说。”

---

①凯蒂结婚的那一天，班吉的举动。

②《圣经·马太福音》：“你要从婴儿和吃奶的口中，完全了赞美的话。”

③凯蒂失身的那一天，康普生先生和昆丁谈话时的情景。

“你手里拿着什么？”

“没什么。一双我拿去补前脚掌的皮鞋。要等明天再给他，听到了吗？”

“好了，当然听到了。哦，对了，你今天上午从桌子上拿了一封信吗？”

“没有。”

“信在桌子上。是赛米拉米斯[①]写来的。车夫在十点钟之前送过来的。”

“好吧。我会去拿的。不知道她这次又要搞什么。”

“我猜又是想搞一个军乐演奏会。嘀啦独独吉拉德独独。‘把鼓敲响一点，昆丁。’上帝啊，幸亏我不是什么世家子弟。”他继续往前走了，手上捧着一本书。他的身体有些臃肿，胖墩墩的，但这并不妨碍他的一本正经。街灯。你是这样认为的吗？就因为我们的祖先当中有一位州长和三位将军，但是母亲的家族中没有。

活着的人总要比死去的人好，但是任何一个活着的人或者死去的人并不比另外一个活着的人或者死去的人好。然而母亲已经有了成见。完了，完了。我们都深受其毒。“你把罪恶和道德混淆在一起了。你母亲想的是道德问题，只是没有想到这是不是罪恶。”[②]

“杰生[③]，我要走了。其他的孩子就由你来照顾，我只带走杰

---

①古代的亚述女王，高傲、智慧而无情。这里指布兰特太太。

②凯蒂失身那一天，康普生先生对昆丁说的话。

③这里的杰生指康普生先生。其他地方的杰生则指他们的次子。这一段以及后面的话，是凯蒂失身之后，康普生太太和康普生先生的对话。原文当中这一段文字没有标点符号，为了方便阅读，译文当中将全书没有标点符号的地方都加上了标点。

生。我们到一个陌生的地方，这样他才可以忘掉发生过的一切，顺顺利利地成长。反正别的孩子也不爱我，他们不爱任何人，身上都带着康普生家族的那种自私和狂妄。而杰生是我唯一不用害怕的孩子。”

“废话。杰生是个好孩子。我只是在想，你能不能等身体好一些之后，带着凯蒂到弗兰区·里克？”

“难道要我把杰生留下来，让你和那些黑人看管？”

“在那里，她会把他忘记的。那时候一切的流言蜚语都会销声匿迹。”盐碱地上没有死亡。

“也许我还可以给他找一个丈夫。”盐碱地上没有死亡。

电车开过来，停了下来。半点的钟声还在空中回荡。我上了电车，电车就继续行驶了。电车的声音掩盖了钟声。哦，那不是半点的钟声，而是三刻的钟声。这样的话，距离十二点钟只有十分钟左右的时间了。要离开哈佛了。[①]为了读哈佛，卖掉了班吉的牧场，这是你母亲的梦想啊。

我到底做错了什么，上帝竟然让我生下来这样的一些孩子，难道一个班杰明还不够惩罚我的吗？现在她又发生了这样的事情。她对她的母亲有一点顾虑和感情吗？我为她付出了多少牺牲，甚至不怕独自走到死亡的山谷。可是自从她一生下来，睁开眼睛，就没有放弃私心地为我着想过一次。有时候我看着她，甚至要怀疑她是不是真的是在我的肚子里孕育的。杰生才是我的亲生子呢。从我第一次抱起他来，他就没有让我伤心过。那时候我就知道他是我的救赎

①昆丁离开哈佛，前往坎布里奇郊外的阿尔斯顿。

和喜悦。我本来以为班杰明的出生，对我的惩罚就已经足够了。他是来惩罚我的，这都是因为我自甘卑贱嫁给了一个自视高我一等的男人。但是我也不会因此而怨尤什么，事实上我爱班杰明，超过其他的所有孩子。原因就是，这是我应该承担的罪愆。虽然杰生也常常让我揪心，但是我知道我的痛苦还不会结束。但是现在我知道了，我不但要为我自己的罪过接受惩罚，还要为你们的罪过接受惩罚，为你们的一些所作所为。你们都是一些居高位的伟大人物，但是留给我的只有罪愆。你本来应该要为这些事情承担责任的，但是你只会为你的孩子们的过错寻找借口，而认为只有杰生一个人是真真实实地犯错。这是因为杰生根本就是我们巴斯康家族的人的性格，而不是你们康普生家族的。但是我说呢，其实你的女儿，当然也是我的女儿，我的宝贝小妞，实在也不见得高明。当我是一个姑娘的时候，当然我没有你那样的福气养尊处优，我只是巴斯康家的，但是我还是受到了这样的家教，就是对于一个女人来说，要么是规规矩矩的，要么就是一点也不，没有什么中间道路。可是当凯蒂只有一丁点小的时候，我把她抱在怀里，我是做梦也不会想到她长大之后会这样自轻自贱的。难道你还不知道吗？只要我看着她的眼睛，我就知道发生了什么。你以为她会和你实话实说的，事实上她什么都不会告诉你。她很擅长掩盖自己的秘密，这一点你们都不了解。她所做的好事，与其让我告诉你，还不如让我死了呢。这就是真实的情况。你可以责怪杰生，责怪我派遣杰生去监视凯蒂，好像我们这样做是不对的似的。可是难道你就准备放任你的女儿继续堕落下去吗？我知道你不喜欢杰生，别人说他的坏话你也总会相信。是的，你还没有像以前嘲笑毛莱那样嘲笑杰生。但是你再也不能伤害到我了，因为你的孩子们已经把我伤够了，我就快要离开人世了。只是我担心，那样的话，就再没有人会爱杰生了。我现在每天看着杰生，就担心终有一天在他身上也会显露出你们康普生家族的特征。这期间，他的姐姐就去幽会她的那个什么，你们把那个叫作什么来着？你见到过那个人吗？你居然都不让我去查明那个人是谁。这难道是为了我吗？说实话，我是连看都不愿意看那个人一眼的。我这都是为了你，为了保护你的名誉，可是你都不让我去做，那么谁还会保护你们家的高贵纯洁的血统呢？我们就这样坐视不管，可是她呢，她不但侮辱了你的名字，也败坏了孩子们所呼吸的空气。你必须让我走，我再也受不了了。你让我带着杰生走吧，其他的孩子就留在你的身边。他们并不像杰生一样是我的亲骨肉，陌生到让我害怕。我会带杰生去一个谁都不认识我们的地方，然后我会跪下来祈求上帝赦免我的罪愆，祈祷杰生能够逃脱这种灾难，并且上帝能够忘掉其他的孩子曾经犯下的罪过。

如果刚才是三刻的钟声，那么现在离十二点钟就不到十分钟了。一辆电车刚刚开走，有人在等待下一辆。我就询问那个人，可是他也不知道在中午之前是不是会开来一辆公共汽车，因为那是区间车，没有那么多。又有一辆无轨电车要离站了，我就跳了上去。[①]你可以感觉到马上就要到中午了。我不知道身在底下的矿工会不会听到汽笛声。这就是要拉汽笛的原因：因为那些流汗的人如果不流汗，

---

①昆丁本来是要到坎布里奇郊外的阿尔斯顿。但是中午之前，到达那里的区间车可能不会开来，而昆丁又不想听到中午的汽笛声，于是就搭乘一辆无轨电车离开了。

你就不会听到汽笛声，而同时你在八分钟之内就会到达不流汗的波士顿。父亲说，人就是种种不幸的总和。也许有一天你认为你会对不幸感到厌倦了，可是那时，时间又会变成你的不幸。父亲这样说。一只站在无形的线上的海鸥被天空裹卷上去，而你则会裹卷着你的全部的幻灭的象征跌进永恒。那双翅膀会越来越大。父亲说，只有这样的人才能弹奏那只竖琴[①]。

电车每次停站的时候，我都会听见我的表的声音。但是停站的次数并不算多。人们已经开始吃午饭了。谁要弹奏那只——吃饭是腹腔中存在空间，但也是一种时间和空间上的混乱。腹腔说中午已经到了，而大脑则说是已经到了吃饭的时间。那就这样吧。我现在都不知道是什么时间了，这些又有什么关系呢？人们都从办公室出来了。电车停站的次数越来越少，人们都下车吃饭了，电车里越发空荡。

十二点钟肯定已经过去了。我下了电车，在我的影子上站了一会儿。又有辆电车开过来了，我跳上去坐回区间车站。正好有一辆区间车要开走，我跳了上去，在车窗边找了一个座位。我看着公共汽车略有些疲惫地经过一排排退潮时露出来的沙洲，驶进了树林里，我偶尔也能看到那条河流，就想那些居住在河流的下游新伦敦的人该多好。如果天气很好，而吉拉德的赛艇又在午前的太阳光中闪闪发亮、庄严地前进。这时我又开始疑惑那位老太婆又想搞什么呢，居然会在上午十点钟的时候给我送来一封信。吉拉德是什么形象，而我居然成了—达顿·艾密兹—哦，石棉做成的，昆丁开枪

①竖琴在福克纳的笔下象征死亡。

了。他圈子里的人物。反正应该是和女孩子有关系的事。女人们的确是（他的声音急促不清，那声音响彻在）对罪恶有一种亲和力，她们既不相信女人，而有些男人又因为过分天真没有保护力。那些不过都是一些平凡无奇的女孩子，都是一些世交和远亲，不过就是和她们来往一下罢了，但是地位高贵的人就似乎被认为欠着她们很多情分。布兰特太太就坐在那里，当着她们的面说，吉拉德的面孔具备了他们家族的全部特征，一方面是得天独厚，另一方面是上天的安排过分了，因为事实上一个男子不需要那么漂亮的面孔，而女孩子则相反，不漂亮就完啦。她的那种扬扬得意的声调。昆丁向赫伯特开了一枪。他的声音穿过凯蒂房间的地板。①给我们讲讲吉拉德情妇的事吧。在他十七岁的时候，有一天我对他说，这样一张嘴长在你的脸上未免是太可惜了，它应该长在一个姑娘的脸上才对呢，你们能想象到：在朦胧的暮色当中，窗帘和苹果花的香味一起飘浮进来。她的头就稍稍后仰着，两只手臂反枕在头的后面。那声音响彻在伊甸园的上空。新娘的礼服就放在床上，她的鼻子旁边。往苹果树上看去。②他是怎么回答的吗？那一年他才十七岁。“妈妈，”他说，“事情经常就是这样。”他像一个国王一样坐在那里，透过眼睫毛望着其中的两三个姑娘。而那几个姑娘的眼光则像燕子一样飞逐在他的眼睫毛旁边。施里夫说，他一直猜不出，“你能照顾班吉和父亲吗？”

“你最好少说班吉和父亲。你什么时候关心过他们，凯蒂。”

“答应我。”

---

①昆丁想起去年夏天和达顿·艾密兹在桥上打斗的事。

②凯蒂结婚前，昆丁和凯蒂在她的卧室的一次谈话。

“你不用为他们操心。这次你干得不错！”

“答应我。我身体不舒服。你一定要答应我。”

是谁杜撰了这个笑话，不过他一直认为布兰特太太还是有所保留的，因为她正在培养布兰特在某个时间去勾引一位女公爵。而她呢，就把施里夫叫作“那个加拿大的小胖子”。有两次她要对我的舍友做出调整，一次是要我搬出去住，一次是施里夫在薄暮的时候打开门进来，他的脸看上去像一张南瓜饼。

“好的，我们会好好道别的。残酷的命运要拆散我们，但是我绝对不会再去爱别人了，绝对不会。”

“你在说什么呀？”

“我说的就是那位残酷的命运之神。那位身上裹着足有八码长的黄色丝绸，戴着比罗马划船奴隶的枷锁还沉重的首饰，‘南方诸州联盟’的思想领袖以及他的儿子的唯一拥有者和产业主。”他接着告诉我，她是如何找到舍监，要求舍监将他轰走。而那个舍监又是如何顽固，一定要坚持这件事要和施里夫商量。她随后又要求马上找来施里夫解决这件事，结果也被舍监拒绝。因为这件事，之后她就对施里夫毫不客气。“我一向的宗旨是从不尖刻地批评女人，”施里夫说，“但是这个女人却是你们合众国和我们自治领上最不要脸的母狗。”那封信现在就放在桌子上，有着兰花的芳香和色泽。如果她知道我几乎就从房间的窗户下面经过，知道那封信就在那里，而没有——亲爱的夫人，我至今还没有阅读您的书信，所以请求您致以原谅，因为我今天晚上或者是昨天或者是明天，也或者是任何一天——我又想起了吉拉德把他的黑奴推下楼梯的事，因为那个黑奴苦苦哀求着希望能到神学院注册，这样他就能一直跟在他的主人身边了，以及当吉拉德离开的时候，那个黑奴是如何饱含热泪跟在马车后面跑到火车站，直到火车开动的。我还要等到他们再讲一讲那个故事，是关于一个锯木厂的工人的。那个带了绿头巾的丈夫拿着猎枪走到厨房门口，吉拉德走过来把枪一下子折成两半，又还给了那个丈夫。然后吉拉德掏出一条手帕来擦擦手，再把手帕丢到火炉里。这个故事我只听过两次。“那声音穿过，我看到你到这里了，我想这是个机会。我们认识一下吧，来支雪茄吗？”①

“谢谢，我不抽烟。”

“不抽吗？我走了之后，哈佛变化很大吧？我要点烟了，你不介意吧？”

“不用太过于客气。”

“谢谢。我听说过你很多事。我想我把这根火柴丢在帘子后面，你母亲大概不会介意吧，是不是？凯丹斯在里克的时候，几乎每天都在说你的事。这弄得我非常嫉妒你。我就对自己说，这个昆丁到底是什么人呢，我一定要看看这个畜生长着一副什么模样。因为我一见到那个小妞就动情了。你不介意我这样说吧？但是我怎么也没有想到她不断提起的那个男人原来就是他的哥哥啊。但是她还是不断提起你，就好像你是世界上唯一的男人，而即使她的丈夫也不能胜过你。怎么，改变一下你的主意，抽一根烟吧？”

“我不会抽烟。”

“好，那我就不再勉强你了。虽然这些都是好雪茄，一百根要卖二十五块钱，而且这还是我从哈瓦那的熟人那里用批发价格拿

①昆丁与赫伯特·海德见面时的对话。

到的。我想学校里肯定有很多变化。我一直告诉自己要找个时间回去看看，但是一点时间也抽不出来，因为这十年来我一直在银行打拼。也许你在学校的时候，有些学生会按照过去的标准，告诉你一些他们认为非常不体面的事[①]。我这样说你懂吧。来，告诉我一些学校的事吧。"

"我是不会告诉父亲和母亲的，如果你担心的就是这个的话。"

"不会吗？不会告诉，这可是你说的。但是你知道吗，其实我才不在乎你会不会告诉呢。你要明白，这样的事是很倒霉，但这却不是犯罪。我不是头一个这样做的，也不是最后一个。我只是运气不好罢了。也许你的运气就比我的好。"

"你胡说八道。"

"也用不着恼羞成怒啊。我没有让你说一些你不情愿说的话，也没有冒犯你的意思。当然啦，也许像你们这样的年轻人自然会把这样的事看得太严重，但是五年之后你们就会——"

"但是对于欺诈行为我没有别的看法，在哈佛我也没有学会别的看法。"

"我们这样对话，简直比演戏还要精彩，你准是一个出色的编剧。不过，你说得很好，我们实在没有必要将这些事情告诉他们。过去的事，就让它过去吧。你和我没有必要因为这些小事闹得不愉快。我喜欢你，昆丁。我喜欢你的样子，你和那些乡巴佬大不一样。我很高兴，我们能够这样巧妙地说话。我答应过你母亲，要为

①赫伯特·海德在哈佛的时候曾经打牌作弊和考试作弊，所以他担心昆丁已经知道这些事，并会告诉康普生先生和太太。

杰生做点事情，但是我也很想帮你一个忙。在这里自然也有发达的机会，但是对于像你这样的年轻才俊来说，这个地方还是太小了，你不会有未来的。”

“多谢了。不过你还是多关照杰生吧，他比我适合你。”

“我也很为我以前的所作所为后悔，但是那时候我还是个孩子，而且又没有一位像您的母亲那样的母亲来教导我。这件事如果让她知道了，她一定会伤心的。当然，凯丹斯也包括在内。”

“我们只说父亲和母亲就好了。”

“喂，你就不能好好看着我吗？你以为你要是和我打架的话，你能坚持多长时间？”

“确实不用太长时间。要是你在学校里面也练习过拳击的话，你就应该试试我需要多长时间。”

“该死的，你知道你在做什么吗？”

“你倒是试试看啊。”

“天啊，要是你母亲发现这根雪茄在她的壁炉架上烫起一个泡，她会怎么说呢？幸亏被我及时发现了。昆丁，这样我们就会做出让我们两个人都会后悔的事了。事实上，我喜欢你。我看你第一眼的时候就确定了。我对自己说，嘀，这是个不错的小伙子，要不然凯丹斯怎么可能常常挂在嘴上呢。你得听我说，我在社会上已经闯荡十年了。现在的人们已经不会把那件事看得那么严重了，这一点你自己也会发现的。还是让我们的步调变得一致点吧，咱们都是老哈佛了嘛。也许我现在已经不能够再认出哈佛了，但是我知道那是一个对于年轻人最好的地方。我以后也要送我的孩子到那里去，给他们提供更好的条件。等一下，你先别走，咱们先把这件事说完。一个年轻人有这样良好的道德原则，我是完全赞成的。当他在学校的时候，这对他有好处，可以塑造他的人格，而且对于保持学校的传统也有好处。但是等到他踏上社会之后，他就得为自己打拼出一条血路来，他就会发现这里的每个人都是这么干的，那些道德原则就是该死。看在你母亲的份上，让我们握手言和吧。过去的事就算过去啦。你别忘了她的身体并不太好。来吧，把手给我。看看，你的手简直和刚才从修道院中出来的修女的手一样，没有一点瑕疵，也没有皱纹。拿着吧。”

“去你妈的钱！”

“别这样。我了解现在的年轻人，他们也有自己的私事，而从父母那里拿到钱是很不容易的。我也念过哈佛，而且还是不久前的事，我能不知道这些吗？只是我很快就要结婚了，要有一笔比较大的花销，还得打发楼上的那些人。别跟傻瓜似的，拿着吧。等到我们再有机会畅谈的时候，我会告诉你那个镇上的小寡妇的事。”

“我知道那件事。把你该死的钱拿回去。”

“就算我借给你的好了。光阴易度，只要你闭上眼睛，你就会发现五十年会和一分钟一样快。”

“别用手碰我。你最好把壁炉架上的那根雪茄拿开。”

“你要是说出去的话，你也不会得到什么的。要是你不是一个傻瓜的话，你就会知道，对他们，我都应对得很好，就算有一个‘迦拉赫’式的小舅子来说我的坏话也没有太大的关系。你母亲告诉过我，你们康普生家族的人身上本来就有一股自命不凡的脾气。进来啊，进来呀，亲爱的，昆丁和我一见如故，我们正在聊哈佛的事呢。你在找我吗？你看，她一刻也离不开我这个亲密爱人。是这样吧？”

“你先出去一会儿，赫伯特。我有话和昆丁说。”

“进来啊，进来啊。咱们一块儿聊聊，我刚才跟昆丁说——”

“走吧，赫伯特，你出去吧。”

“好，好。我想你也要和你的哥哥好好说说话了。”

“你最好把壁炉架上的雪茄拿走。”

“遵命，我的孩子。那我可要到外面去逛了。现在就先让她们再得意一次吧，等到明天过后可就要听我的了。是不是，亲爱的，吻我一下吧。”

“你别这样，等后天再说吧。”

“那可要加倍偿还的。别难为昆丁什么事情。哦，对了，我还没有把那个人的鹦鹉的遭遇和昆丁说完呢，真是个悲惨的故事。是你让我想起那个故事的，你自己也想一下吧。好了，回头见。”

“好吧。”

“好吧。”

“你在做什么？”

“没什么。”

“你又在管我的事了吧，你去年夏天的时候管得还少吗？”

“凯蒂，你发烧了。”

（你生病了，你怎么生病了？

我是生病了。我不能说。[1]

他的声音穿过——）

“凯蒂，别嫁给这个混蛋。”

---

①凯蒂结婚的前一天。昆丁以为凯蒂生病了，实则是凯蒂有了两个月的身孕。

那条河偶尔会透过遮挡闪烁出光芒，穿越正午或者是午后的空气，扑面而来。嗯，现在应该已经是午后了。我们已经驶过了他在努力划船溯水而上的地方，而他则依旧在那里面对着神，不，是面对着众神。众神到了马萨诸塞州、波士顿，也会变成一个普通人的。也许仅仅算不上一个丈夫罢了。水花淋漓的桨板上光线闪动，像是女人的手在挥动。谄媚者。一个谄媚者是不能算作丈夫的，他会漠视上帝。那个混蛋，凯蒂。那条河在猝然转弯的地方闪烁出金光。

“我生病了。你要答应我。”

“病了，你怎么病了？”

“我就是病了。我不能去找别人，但是你要答应我，你会照顾——”“如果他们需要照顾，那是因为你走了。你怎么病了？”在窗子底下，我们听到了汽车开往火车站的声音，去接八点十分的火车。所有亲戚，就连远方的表兄也接来了，到处人头攒动，只是没有理发师和修指甲的姑娘。①我们曾经有一匹纯种马，在马厩里，是的，可是皮带上面拴着的却是一只杂种狗。昆丁的声音穿透所有的声音。穿过凯蒂房间的地板。

公共汽车停下了。我下了车，站在我的影子上。有条路越过电车轨道。这里有一个木头的候车厅，里面有个老头在吃着纸袋里的东西。接着，公共汽车就走远了，听不见了。那条路伸到树林里去，到那里就有树荫了。只是新英格兰的六月份的树荫也没有老家

①凯蒂结婚的前一天，家里用汽车到火车站接亲友。但是不能再像以前鼎盛的时候那样，将理发师和美容师一起接来。

的四月份的树荫更浓密。我可以看见一个大烟囱。我背对着烟囱，把我的影子踩到尘土里。“我的身体里就有一个可怕的东西，夜晚的时候，我就能够看到它狰狞的样子。它透过人们的脸，对我狞笑。它现在看不见。可是我病了。”

“凯蒂。”

“别碰我。你要答应我。”

“要是你病了，你就不能——”

“不，我结完婚之后就会好的。你不能让别人把他送到杰克逊去，你答应我。”

“我答应你，凯蒂。凯蒂。”

“你别碰我，你别碰我。”

“你说的那东西什么样？凯蒂。”

“什么东西？”

“那个透过人们的脸向你狞笑的东西。”

我现在还能看见那个烟囱。河流应该就在那个地方。它流动着，就像在舔舐自己的创伤。流向大海的宁静的岩穴。它们会平静地落到水中，当他说“起来吧”的时候，只有那两只熨斗会浮起来。以前我和威尔许外出打猎的时候，我们出去一整天，但是不带午饭，到十二点钟的时候我的肚子就会饿了。饥饿的感觉保持到下午一点钟，但是后来就消失了，我不再觉得饥饿。街灯延绵到山坡下面。接着我们听到汽车驶下山坡的声音。椅背冰冷地贴在我的额头上，形成了椅背的形状。苹果树覆压在我的头发上。伊甸园的上空。从她鼻子的旁边看见。“你的额头很热，我昨天就觉得它像火炉一样热。”

“别动我。”

“凯蒂，你不能结婚，你有病啊。那个混蛋。”

“但是我非得嫁人不可啊。”

他们告诉我，还要把骨头再弄断一次。

最后我看不见烟囱了。道路一直向前延伸，旁边是一堵墙。树木就倾压在墙头上，树冠上落满阳光。石头看上去倒是阴冷的，只要你靠近的时候就会觉得凉气森森。不过我们那里和这里还是不一样，只要你在田野里走一遭就会感觉得到。在你身边充溢着的是一种安静但是却猛烈地孕育万物的力量，可以让所有的饥饿感到满足。它在你身边流转，却不会为每一块贫瘠的石头停留。但是每一棵树木因此更加苍翠，每一处远方的蓝天更加蔚蓝，但是对于实力强大的旱魃却毫无办法。他们告诉我，还要再把骨头弄断一次。[①]但是那东西已经在我的心中叫喊了，浑身开始冒汗。我才不在乎把腿再弄断一次呢，我已经尝过那种滋味了，无非是在家里再多待一段时间。但是我的下颚肌肉开始酸麻，我嘴里说，再等一会儿，就等一会儿，一边说一边开始冒汗。父亲说:“那匹该死的马，那匹该死的马。”我说：“再等一下，这是我自己的过错。”他每天早晨提着篮子，沿着栅栏走向厨房，用一根棍子在栅栏上刮出声音。我每天早晨会拖着那条绑着石膏和绷带的腿，来到窗户前面，就为了给他拿一块炭。迪尔西说：“你要毁掉自己吗？你的腿断了不过才四天。”我很快就会习惯的，你会看到我很快就会习惯的。

空气非常宁静，一点声音也没有，似乎空气也已经疲惫了，任

①昆丁小时候骑马摔断了腿时的情景。

何声音都不愿意传播。在黑暗里，一条狗的吠声甚至会比火车的鸣笛传播得更远。而有些人的声音也会传得更远，那些黑人的。路易斯·赫彻尔[①]虽然每次都会携带着号角和那盏老油灯，但是他从来不会使用那只号角。我说："路易斯，你到底有多长时间没有擦拭你的灯了？"

"我不久前还擦过的。你还记得那场要把人们都冲走的大水吗？就是那天我擦的。那天晚上，老太婆和我坐在火炉的旁边。她说：'路易斯，要是大水来了，我们该怎么办呢？'我就说：'还真是这么回事，我看我应该把灯擦一下了。'于是，那天晚上我就擦了油灯。"

"那场大水不是在遥远的宾夕法尼亚州吗？"我说，"怎么会淹到我们这里呢？"

"那是你的看法。"路易斯说，"不过以我看，无论是宾夕法尼亚州还是杰弗生，在哪里都一样。不就是那些说大水不会淹得那么远的人，到头来要抱着一根梁木在水中漂着吗?"

"你和玛莎那天晚上逃走了吗？"

"我们刚刚逃出去，大水就冲到了屋子里。但是我已经擦好了灯，我就和她在小山顶上的墓地那里蹲了一夜。不过要是我们还知道更高的地方，我们也会去的。"

"从那时候起，你就没有擦过油灯了？"

①路易斯·赫彻尔，一位老猎人。下文当中的号角和油灯是他打负鼠的工具。号角是为了呼唤猎狗，油灯则是为了照射悬挂在树上的负鼠的眼睛，以便将它晃下树来。

“用不着的时候，我擦它做什么？”

“那你的意思是，要等到下一次发大水，你才会再擦它？”

“它会帮我们逃命的。”

“别来你这一套了，路易斯叔叔。”

“好的，少爷。你按照你的做，我按照我的做。既然我擦灯帮我躲过了大水，我干嘛还要和别人争辩呢？”

“路易斯叔叔不愿意用点亮油灯来捕捉猎物。”威尔许说。

“孩子，你要知道，当你爸爸还在用煤油洗头上的虱子的时候，我就已经在这里捉负鼠了。”路易斯说。

“这倒是真的。”威尔许说，“我敢说，在这里，路易斯叔叔抓到的负鼠比任何人都多。”

“是的，少爷。”路易斯说，“我可没少用油灯来照过负鼠，一点也没错。而且我也没有听它们抱怨过我的油灯不够亮。嘘，别出声。那儿有一只负鼠。呜——喂。怎么没有动静，那条臭狗呢？”于是我们就坐到了枯叶丛中，在我们等待着的时候所发出的缓慢的呼吸声，以及土地和无风的十月的悠长的呼吸声中，落叶也发出窸窸窣窣的声音。煤油灯的恶臭味污染着清新的空气。我们倾听着狗的吠叫声和路易斯的叫骂声渐渐远去。他虽然从来不用大嗓门说话，但是在寂静的夜晚，我们在前廊里就能够听见他的声音。他在呼唤他的狗回家的时候，他的声音就像他的肩膀上那只从来也不用的号角一样，但是更嘹亮更圆润，就像是沉寂的黑夜的一部分。呜——喂，呜——喂。“我总得嫁人啊。”

“你有过很多情人吗，凯蒂？”

“很多，我都记不清了。你能照顾好班吉和父亲吗？”

“你都不知道那是谁的，那他知道吗？”

“别碰我。你能照顾好班吉和父亲吗？”

我还没有到河边，但是我已经觉察到河水的存在了。桥是用灰色的石头建造的，上面长满苔藓。在河水浸上来的斑驳的地方，菌类植物疯长着。桥下的河水清澈平静，静静地躺在阴影当中。河水打着缓慢的旋涡，映射着旋转的天空，冲刷着桥墩发出汩汩的声音。凯蒂，那个……

“我总得嫁人啊。”威尔许告诉过我，有个男人怎么把自己弄残废了。他是走进树林，坐在一条水沟里，用剃刀干的这件事。那把破剃刀划空挥舞了那么一下，就看见有两团东西向后飞去，同时这个动作也使得一股血向后喷洒，但并不是打着旋儿的。但是事实上问题并不在这里，即使你把它们割掉了还是不能解决问题。要想解决问题，需要从一开始就没有它们才行，然后我才可以说，啊，是那样的，中国人会那样做，但是我并不认识任何中国人。父亲说：“你之所以这样想，是因为你是一个处男，难道你不明白吗？女人是不存在童贞的，纯洁是一种否定状态，因为这是违反自然的。而伤害你的也并不是凯蒂，而是自然。”于是我说：“这些话也就只能用来说说。”于是父亲说：“那么所谓的童贞也只是用来说说的。”于是我说：“你并不理解，你是不可能理解的。”于是父亲说：“是，是这样的。但是我们一旦认识到那是悲剧的时候，就已经没有新鲜感了。”

落下了桥的影子的河面，我可以看到很深的地方，但是不能一眼到底。你把一片叶子浸到水里，一段时间之后叶肉就会腐烂掉，但是叶片的纤细的叶脉仍然会像在睡梦中一样浮沉。无论这些叶脉是怎样地千丝万缕地生长在主脉上，但是现在它们却绝不碰触。也许等到他说“起来吧”的时候，那双眼睛就会从深邃安静的睡梦当中醒来，浮起在水面上，仰望荣耀。继而，那两只熨斗也会浮上水面。我把熨斗藏在桥下的一边，然后走回来，仍旧倚在栏杆上。

河水不能一眼见底，但是我可以看到水下很深的地方，看到河水的缓慢流动，但是再往下，就什么也看不出来了。接着我就看到了那个影子，就像一支短促的箭一样，刺在水流里。蜉蝣贴着水面飞行，在桥影里飞进飞出。要是在这个世界的那边真存在一个地狱就好了，我们可以在纯洁的火焰当中得以从死亡中超越和解脱。到那时候，你只有我，只有我一个人。到那时候，我们两个人将身处纯洁的火焰之外，在那无限的恐怖当中。那支箭没有被水流漂开，只是逐渐变得粗重。接着水流出现了一个旋涡，一条鳟鱼蹿出水面吞掉了一只蜉蝣，就像大象卷起来一粒花生米那样轻巧。旋涡消退下去，被水流带走了。那支箭又出现了，在水流当中轻轻摇摆，蜉蝣在上面聚拢翻飞。那时只有我和你两个人，身处无限恐怖之中，四周是纯洁的火焰。

那条鳟鱼悬浮着，在摇曳的阴影当中一动不动，姿态优美。三个男孩扛着钓竿来到桥上，我们便一起伏在桥栏上看那条鳟鱼。他们都认识那条鳟鱼，那条鳟鱼在这里大名鼎鼎、无人不知。

“二十五年来，他们一直想抓住那条鳟鱼。甚至波士顿的一家铺子进行奖赏，答应会给任何抓住那条鳟鱼的人一根价值二十五美元的钓竿。”

“那你们为什么不钓它上来呢？难道你们不想要那根二十五美元的钓竿吗？”

“想。”他们说。他们靠在栏杆上，看着水中的鳟鱼。“我当然想要。”一个说。

“我不想要钓竿。”另一个说，“我更愿意要那二十五美元。”

“也许店里的人不会那么干。”第一个说，“我敢说，他们只愿意给你钓竿。”

“那我就把钓竿卖掉。”

“那你也不会卖到二十五美元的。”

“能卖多少就卖多少呗。反正我用自己的钓竿，照样可以钓到和二十五美元的钓竿一样多的鱼。”接着他们就商量起来怎样去花掉那二十五美元。他们同时争着说话，互不相让，自以为是。先是一件没影的事，渐渐地有了影子，然后成为一种可能，最后化为现实。其实人们在发表自己的愿望的时候，往往都会这样。

“我要买一匹马和一辆马车。”第二个孩子说。

“是的，你能买得到的，你真有意思。”另外两个孩子说。

“我能买得到。我知道到哪里能用二十五美元买到一匹马和一辆车。我认识那个人。”

“那个人是谁？”

“你们不用管是谁，反正我能用二十五美元买到。”

“哼，”另外两个说，“事实上他什么都不懂。他只是在胡说八道。”

“你们是这样认为的吗？”那个男孩说。他们继续嘲笑他，但他不说什么了。他靠在栏杆上，向下看着那条他已经“花费”掉的鳟鱼。突然间，他们的嘲笑和争吵都消沉了，好像他们已经觉得他真的钓到了那条鳟鱼，并拿它换来了马和马车。他们也学会了大人们的那种手段，用沉默保持优越感，就会让别人信以为真。我觉得，那些常拿语言来欺骗自己和别人的人，在这一点上是一样的，就是认为保持沉默是最高的智慧。因为在接下来的时间里，我发现另外那两个孩子正在寻找一个办法，来抢走他的马和马车。

“你不能用那根钓竿换二十五美元的，”第一个孩子说，“我敢打赌，赌什么都行，你做不到的。”

“他根本就没有钓到那条鳟鱼啊！”第三个孩子恍然大悟地说，于是两个孩子又一起叫起来：

“对啊，我说过什么了？那个人叫什么名字？我敢打赌你说不出来，因为根本就没有这么一个人。”

“哼，闭嘴。”第二个孩子说，“看，它又浮上来了。”他们伏在栏杆上，一动不动，看起来一模一样。三根钓竿也一般无二地倾斜着。那条鳟鱼慢慢悠悠地浮了上来，摇曳的影子逐渐变大，划了一个旋涡又向下游游去。“真厉害。”第一个孩子呢喃着。

“我们毫无希望，是抓不到它的。”他说，“我们只能看波士顿人有什么能耐了。”

“它是这片水域里唯一的鱼吗？”

“是的。它把其他的鱼都赶跑了。这一带最好的钓鱼的地方是下游那个大旋涡。”

“不是的，”第二个说，“皮吉罗磨坊要好上一倍。”接着他们又开始争论哪里才是钓鱼的最好的地方，然后又突然一起安静下来，注视着那条鳟鱼再度浮上水面，以及被它所搅动的水涡怎样吞噬一小块天空。我询问离这里最近的镇子有多远。他们告诉了我。

“不过最近的电车线是在那里。”第二个孩子指了指我来的方向，“你要到哪里去？”

“不去哪里，就是随便走走。”

“你是从大学来的吗？”

“是的。镇子上有什么工厂吗？”

“工厂？”他们瞪着我。

“没有。”第二个说，“没有什么工厂。”他们看了看我的衣服，“你要找工作？”

“皮吉罗磨坊怎么样？”第三个说，“那是一家工厂。”

“工厂个鬼。他说的是正式的工厂。”

“有汽笛的工厂，”我说，“我没有听到哪里传来一点钟的汽笛声。”

“哦，”第二个孩子说，“在唯一神教派的教堂尖塔上面有一只钟。你可以从那里看到时间。怎么，你没有在你的那条表链上弄上一只表吗？”

“今天早上我把它打碎了。”我把表拿出来给他们看。他们严肃地检查着。

“表还在走呢。”第一个说，“这只表值多少钱？”

“是一份礼物，”我说，“我高中毕业的时候父亲送给我的。”

“你是加拿大人吗？”第三个孩子问。他长着红头发。

“加拿大人？”

“他说话不像加拿大人，”第二个说，“我听过加拿大人说话。他说话和黑人滑稽戏班子里的演员差不多。”

“嘿，”第三个说，“你这样说话，不怕他打你吗？”

“为什么要打我？”

“你说他说话像黑人。”

“嗨，闭嘴。”第二个说，“你翻过那座山丘，就可以看到那个尖塔了。”

我向他们道了谢。“祝你们好运。不过你们最好不要再钓那条老鳟鱼了。应该让它自由自在的。”

“谁也抓不到那条鱼的。”第一个孩子说。他们伏在栏杆上，向水中看去。那三条钓竿在阳光中像三道火焰的斜线。我踩上我的影子，又把它踩进斑驳的树荫里。道路弯弯曲曲的，从河边升上去。它翻越山丘，再次向下蜿蜒，就把人的目光和思绪都带进了一个宁静的绿色通道里，带往矗立在树丛当中的那个方形尖塔和圆圆的眼睛一样的钟面上，但是也够远的了。我在路边坐了下来。草叶没过脚踝，非常茂盛。一束束阳光斜射在道路上，阴影一动不动，就像是用金属版印刷在上面的一样。那只是一列火车，一会儿之后就和它的悠长的声音一起消失在树的后面。随后我听到了我的表的声音以及火车远去的声音。火车在空中那安静的海鸥下面疾驰而去，就好像从什么地方疾驰而来，穿过另外一个月份，另外一个夏天。除了吉拉德。吉拉德也算得上是很了不起了。他在孤独之中划船，划到中午，又划过中午，在那漫漫而耀眼的空气当中好像是一位神，进入浑浑噩噩没有边际的时间里面。在那里，只有他和海鸥，一个纹丝不动、令人恐惧，另外一个则有规律地划着桨板，也像是纹丝不动。整个世界都虚弱地躺在他们的太阳中的影子下面。“凯蒂，那个混蛋，凯蒂，那个混蛋。”

他们的声音从山坡上传过来，三根钓竿就像是流动着火焰的三条平行线。他们走过来的时候看到了我，但是没有放慢脚步。

“喂，”我说，“我看你们没有钓到它。”

“我们本来就没想抓住它，”第一个孩子说，“没有人能够抓住它。”

“钟在那里。”第二个孩子指着说，“你再走近一点就能看到时间了。”

“你说得对，”我说，“很好。”我站起来，“你们都要到镇子上去吗？”

“我们到大旋涡那里去钓鳟鱼。”第一个孩子说。

“你在大旋涡那里也钓不到什么的。”第二个说。

“我知道你是想到磨坊那边去，可是那里有那么多人在玩水，有鱼也早被吓跑了。”

“你在大旋涡那里也钓不到什么的。”

“不过我们不去，更不会钓到什么鱼。”第三个说。

“我就不明白你们为什么总在说大旋涡。”第二个孩子说，“你们在那里什么也不会钓到的。”

“没有人逼着你去。”第一个孩子说，“我也没有把你绑在我的身上。”

“我们还是到磨坊去游泳吧。”第三个孩子说。

“我要到大旋涡钓鱼。”第一个说，“你愿意怎么样就怎么样好了。”

"好，那我就要问问你，你什么时候听说过有人在大旋涡钓到过鱼？"第二个孩子对第三个孩子说。

"那我们到磨坊那里去游泳吧。"第三个孩子说。

钟楼慢慢地沉到了树林里面，那个圆形的钟面看上去还很遥远。我们在斑驳的树荫下继续走着。我们来到了一片果园的前面，果园是一片白里透红的颜色。果园里的蜜蜂喧喧嚷嚷的，很远我们就能够听到它们的嗡鸣声了。

"我们还是到磨坊那里去游泳吧。"第三个孩子说。有一条小路从果园旁边岔开了。第三个孩子放慢脚步，然后站住了。第一个孩子还在继续走着，一道道阳光沿着钓鱼竿滑下来，滑过他的肩膀，滑到他的衬衫上。"去吧。"第三个孩子说。第二个孩子也就停下了脚步。"你为什么要嫁人呢，凯蒂？"

"你一定要我说吗？你以为我说了之后，就不会有这种事了吗？"

"我们到磨坊去，"他说，"走吧。"

第一个孩子还在往前走着。他光着的脚，比树叶还要轻柔地落在尘埃当中，不发出一点声音。果园里蜜蜂的嗡鸣声像是大风将要在天上刮起，但是却被某种法术抑制住，刚好稳定在一个渐强音上，持续不断。小路绕着园墙向前，延伸到树林之中，我们的头上繁花满树，我们的脚下落英缤纷。阳光倾斜着照射进来，光线虽然稀疏，但是看上去像非常急切地要挤进来。黄色的蝴蝶像太阳的斑点，在花荫之间飞舞。

"你到大旋涡那里做什么？"第二个男孩说，"要是你想钓鱼的话，在磨坊附近不是也可以钓吗？"

"啊，让他去吧。"第三个孩子说。他们注视着第一个男孩走远了。阳光一片一片地落在他的移动的肩膀上，又像一只只黄蚂蚁一样在钓竿上闪烁。

“肯尼。”第二个孩子叫喊着。“你会跟父亲说吗？”“我会说的。”“我会成为生殖的神祇，发明了他，创造了他。去和他说吧。这样不行。因为他会说这不是我，而是你和我。因为要爱自己的子女。”①

“啊，我们走吧。”男孩说，“别人已经开始玩儿了。”他们又向第一个孩子的背影看了看。“好吧。”他们突然说，“你愿意自己走就自己走吧，娇气鬼。要是他去游泳的话，把头发弄湿，他就要挨打了。”他们转入岔开的小路上，向前走了。黄蝴蝶在他们身后的树荫之中斜飞。

“那是因为没有什么我能够相信的，唯一能够相信的就是没有什么可以相信。”于是我说：“你会发现的。你这样说不公平，事实上这样说还不够有分量呢。”他不理我，梗着脖子，他的脸在破帽子下面向一边稍微转过去。

“你为什么不和他们一起去游泳呢？”我说。“那个混蛋，凯蒂。”②

“你昨天是想和他打架吧？”

“他是个骗子，吹牛大王。因为在玩牌的时候作弊被俱乐部开除了，没有人再愿意和他交往，期中考试的时候他又作弊，这一次被学校开除了学籍。”

---

①凯蒂第一次失身时，昆丁和凯蒂的对话。

②凯蒂结婚前夕，昆丁和凯蒂的对话。

"哦，是吗？那又怎么样？我又不跟他打牌。"

"和游泳相比，你更喜欢钓鱼吧？"我说。蜜蜂的嗡鸣声渐趋变弱，但是仍然不绝于耳。仿佛不是我们走入寂静当中，而是寂静像潮水一样，在我们之间上涨起来。小路拐了一个弯，变成了街道，两边是有着绿树草坪的白色楼房。"凯蒂，那个混蛋。你应该为班吉和父亲着想一下，和他分开吧。这么说并不是出于我的原因。"

"除了他们，我还有什么可以担心的呢，我不是一直就为他们着想吗？"那个男孩从街道上走开。他头也不回地爬过一道尖桩栅栏，穿过草坪到了一棵树下，然后把钓竿放在草坪上，自己则爬到树的枝桠上，坐在那里，背对着街道。这样，斑驳的阳光终于可以一动不动地照在他的衬衫上了。"除了为他们着想，我还有什么可以担心的呢？我现在哭都哭不出来，就像死了一样。去年的时候我跟你说过，我已经死了。可是那时候我还不明白这是什么意思，还不知道我在说什么。"老家八月底的一些日子也是这样的，空气也是这样稀薄而热烈，这倒让人觉得空气中含有一种悲伤、怀旧和熟悉的成分了。父亲曾经说过，人不过就是他的种种气候经验之总和罢了。人是自己的毕其所有的总和。不义之财总会把人引导到两个可憎的境地：一个是欲望；一个是虚无。两者共同又会形成一种困顿。"但是现在我已经明白了，我是真的死了。我告诉你。"

"那你为什么还要嫁人呢？你听我说，我们可以走的，你、班吉和我是可以走的，我们到一个谁也不认识我们的地方，到——"那辆马车是由一匹白马拉着的，马蹄在稀薄的尘埃当中哒哒作响，有着网状细轮辐的车轮发出尖厉的干涩的嘎吱声，马车在绿色的涟漪一样的青枝绿叶下爬上山坡。“elm。不，是 ellum。Ellum。”[①]

“我们有钱吗？就用你的学费吗？他们为了你的学费，卖掉了牧场，好让你能够去读哈佛，你不知道吗？现在你一定要读完，否则的话，他们就什么也没有了。”

卖掉了牧场。他的白衬衫在树的枝桠的闪烁的光影当中一动也不动。车的轮辐像蜘蛛网一样细密。马车非常沉重，但是马蹄敲打着地面却像女人绣花一样轻巧利落。虽然马车看上去并没有动，但是却在逐渐缩小，就跟一个踩踏车的被迅速拖下舞台的角色一样。街道又拐了一个弯，现在我可以看到那白色的尖塔和那圆圆的笨头笨脑的却明白无误地表示着时间的钟面了。卖掉了牧场。

“他们说如果父亲不戒掉酒的话，一年之内就会死掉的。但是父亲是不会戒酒的，他也不可能戒掉，自从我去年夏天——那样他们就会把班吉送到杰克逊去，我哭不出来，我连一分钟也哭不出来。”她一下子就站在门口了。没过多一会儿，班吉就拉着她的衣服大吼大叫起来。他的声音就像波浪一样，在几堵墙壁之间撞击着。而她则退缩到墙边，那张苍白的面孔越来越小，眼睛凸了起来，就像是有人要用大拇指抠出来似的，直到他把她推出房间。他的声音来回撞击着，好像是声音本身的力量在推动着前进，而不能停止，好像四周的沉寂已经不能够容纳下这样的声音，还在大吼大叫着——

当你一推开门，铃铛就响了起来，但只响了一次，隐藏在头顶

①昆丁先是用南方口音在思想，在南方，“榆树”（elm）的发音是和标准英语的发音一样的。接着他想到自己身在新英格兰乡下，人们是把它念成ellum的，便“纠正”了自己。

的一个巧妙的角落里，尖细、清脆而细微，就好像在制造铃铛的时候就已经计算好了让它只发出一道声音，这样才可以不至于磨损铃铛，而且也可不用花费更长的时间就可以恢复到寂静的统治当中。开门之后，迎面扑来一股新鲜的烘烤面包的香味。店里面只有一个长着一双玩具熊一样的眼睛、扎着两根漆皮一样又黑又亮的小辫的脏兮兮的小女孩。

“嘿，小妹妹。”在这温暖香甜的空洞洞的店里，她的脸看上去像是正在消没的牛奶中的咖啡。“这里有人吗？”

可是她只顾看着我，直到老板娘从里面的门中走出来。柜台的玻璃橱窗里整整齐齐地摆放着一排排酥脆的甜点，也映照出她那干干净净的灰白色的面孔。在那张干干净净的灰白色的头上，紧紧贴着稀疏的头发，脸上戴着一副也是灰白色的光洁的眼镜。两个镜片离得很近，好像是电线杆上的绝缘器或者是商店里的现金箱。她看上去更像是一个图书管理员，或者是落满灰尘的书架上的码放得整整齐齐，但是已经超过期限，从而和现实不再有任何关系的文件，静静地干枯着，仿佛是一缕历经岁月的并不甘心的空气。

“请给我两个这种的面包，大妈。”

她从柜台下面取出已经裁好的方方正正的报纸，铺在柜台上，然后将两个圆的甜面包放上去。小女孩静静地、目不转睛地看着小圆面包，两只眼睛像是漂在咖啡上面的两颗葡萄干。犹太人的国土，意大利人的家乡。[1]看着面包，看着那双干净而灰白的手，左手

①美国国歌当中有一句：“自由人的国土，勇士们的家乡。”昆丁在这里化用了一下，犹太人是指老板娘，意大利人则指那个小姑娘。

的食指上面带着一个很宽的金戒指，就在指关节那里，指关节是青色的。

“这面包是自己烤的吧，大妈？”

“先生，”她说，就用那样的口气。先生？舞台上的口气的感觉。先生？“五分钱。你还要点别的什么吗？”

“不了，大妈。我不需要了。不过这位小姐想要点什么。”老板娘没有那么高，不能越过面包架子看到外面，于是她走到柜台边来看那个小女孩。

“是你带她进来的吗？”

“不是，大妈。我进来的时候她已经在这里了。”

“你这个小坏蛋，”她一边说着，一边从柜台后面绕出来，但是她并没有碰那个小女孩，“你有没有往口袋里面装东西？”

“她根本就没有口袋。”我说，“她什么也没有做，就站在这里等你。”

“那么，门铃为什么没有响呢？”她直视着我。她真应该有一块电闸板的，一块装在她的脑子后面的2×2=5的黑板。“她会把东西藏在衣服下面，没有人会知道的。喂，孩子，你是怎么进来的？”

那个小女孩一言不发。她看着老板娘，接着阴沉地扫视了我一眼，然后又看老板娘了。“这些外国人，”老板娘说，“门铃没响，她是怎么进来的呢？”

“我开门的时候，她进来的，”我说，“两个人一起进来，所以门铃只响了一次。而且，无论如何，她从柜台外面是够不到任何东西的。此外，我也不认为她会这样做。你会这样做吗，小妹妹？”小女孩诡异地、若有所思地看了看我。“你想要点什么？面包？”

她伸出拳头来。拳头慢慢打开，露出了一枚五分钱的硬币。硬币看上去潮湿而肮脏，上面的污垢都要嵌到手心的肉里了。硬币潮湿，带着体温，我都闻到了淡淡的金属的味道。

“你这里有五分钱一个的长面包吗，大妈？”

她又从柜台下面拿出一张裁好的正方形的报纸，放在柜台上，然后在里面包上了一个面包。我把那枚硬币放在柜台上，又另外放了一枚。“请你再拿一个那样的圆面包，大妈。”

她从橱柜里面拿出一个圆面包。“把那个纸包递给我。”她说。我递了过去，她打开纸包，将第三个圆面包放进去，然后包好。她收了硬币，从围裙里面找到两枚铜币交给我。我把它们给了小女孩。小女孩的手指又湿又热，像是毛毛虫，她攥住了铜币。

“你要把那个圆面包送给她吗？”

“是的，”我说，“我以为你烤制的面包，她吃起来会和我一样香甜。”

我拿起两个纸包，将长面包的那一个递给小女孩。那个浑身上下都是冷灰色的老板娘，冷冰冰地看着我们。“你等一下，”她说。她走进后面的房间。那扇门被打开了，又被关上了。小女孩看着我，把面包抱在脏衣服上。

“你叫什么名字？”我说。她不看我了，但是仍旧一动不动，好像连呼吸也不再呼吸。老板娘又回来了，手里拿着什么怪模怪样的东西。从她的样子看来，好像她手中拿的是死掉的宠物老鼠。

“给你。”她说。小女孩看看她。“拿去吧，”老板娘一边说，一边将那包东西塞到小女孩的怀里，“样子看起来不好看。但是我想你在吃的时候是没有什么不同的。拿着呀，要知道我也不能每天都站在这里。”小女孩接住了那包东西，但是仍然盯着她看。老板娘在围裙上擦了擦手。“我得请人修一下门铃了。”她说。她走到门边，把门仍然拉开，那个不知道隐藏在哪里的小铃铛又发出了一声微弱但是清脆的声音。我们向门外走去，老板娘回过头来看了看我们。

“谢谢你给她面包。”我说。

“这些外国人，”她说，同时向上仰望着那发出铃声的阴暗的角落，“年轻人，听我的劝告，不要和他们纠缠在一起。”

“好的，大妈。”我说，“小妹妹，我们走吧。”我们走了出去。“谢谢你，大妈。”

她把门嘭地关上，又使劲拉开，使那个小铃铛发出一声微弱的响声。“外国人。”她说着，同时向上仰望着铃铛。

我们往前走着。“喂，”我说，“你想吃冰激凌吗？”她正在吃那块烤得乱七八糟的粗面包。“你喜欢吃冰激凌吗？”她一边咀嚼，一边阴沉地看了我一眼。“走吧。”

我们来到一家商店，买了一些冰激凌。她不愿意放下长面包。“你为什么不把它放下来，好好地吃冰激凌呢？”我边说边伸出手去拿她的面包。但是她把面包抓得紧紧的，同时像咀嚼糖果一样咀嚼着冰激凌。那块她咬过的粗面包倒是放在了桌子上。她不停地吃着冰激凌，然后再吃那块粗面包，眼睛盯着玻璃橱窗。等到我也吃完了我的那一份冰激凌，我们就又走回到街上。

“你家住在哪里？”我问她。

一辆马车，由一匹白马拉着的那一种。只是皮保迪大夫是个胖子，足足有三百磅重。他在上坡的时候，我们就攀在他的马车后面。“孩子们。你们这样攀在马车后面，比自己走路上坡都要累呢。”[①]“你去看医生了吗？你去了没有？凯蒂。”

“没有必要。我现在不好去看什么医生的，以后就会没事了。”

父亲说，女人是那么娇弱那么神秘。在两次月圆之间，就会有一次周期性的污物排泄，以保持某种微妙的平衡。他说，月亮又满又黄，她的臀部她的大腿就像是丰收时节的月亮。流淌出来，流淌出来，总是这样子。黄黄的，就像走路的翻扬上来的脚掌。接着知道，有个男人就把这一切的神秘而紧要的事情隐藏起来。她们的内心是这样的，但是她们的外表仍然是温柔的，等待着人们的抚摸。那腐败的液体像是淹过东西又漂浮起来，又像是没有充满气体的灰白色的橡皮，忍冬花和什么混合起来的气味。

“你最好把面包带回家去，好吗？”

她看着我，只顾默不作声地咀嚼着。每隔一小会儿，就会有一块凸起来的东西从她的咽喉滑下去。我打开我手中的纸包，从里面拿出一个圆面包递给他。“再见了。”我说。

我往前走了，但是回过头来的时候，她还跟在我的后面。“你住在这里吗？”她仍旧一声不吭地走在我的旁边，好像在我的胳膊肘下，嘴里吃着东西。我们又继续往前走了。街上行人甚少，非常安静。忍冬花和什么混合在一起的气味。她本来会告诉我的。不要坐在台阶上。听到她在薄暮之中，将门砰的一声关上了。听到班吉

---

①走在街上，昆丁看到了马车，想起了小时候自己爬皮保迪大夫的马车的事。然后又由皮保迪大夫想起了自己让凯蒂去看病（怀孕）的事。

仍然在哭喊。晚饭的时候她会下楼的。忍冬花和什么混合在一起的气味。我们走到了街道的拐角。

“哦，我要往这边走了，”我说，“再见。”“她也停下脚步，吞下最后一口粗面包，开始吃圆面包。目光就从圆面包上向我看过来。“再见了。”我说。我拐到另外一条街道上继续前行，直到走到另外一个街道拐角才停下来。

“你家住在哪条街上？”我说，“是这一条吗？”我指了指前面。但她只是看着我。“你是住在那条街上吧？我猜你应该是住在火车站附近，就是火车停靠的地方，是不是这样？”但是她只看着我，眼神宁静、神秘，嘴巴里面则大嚼着。街道两头空荡荡的，在树木之间露出幽静的草坪和整齐的房屋，在我们来的路上没有看到一个人影。我们转身往回走。有两个男人坐在一家商铺前面的椅子上。

“你们认识这个小女孩吗？不知什么原因，她一直跟着我，但是我没有办法问出她住在哪里。”

他们把目光从我的身上转移到小女孩的身上。

“一定是新来的意大利人家的小孩，”其中一个说，他穿着一件旧礼服，“我见过她。你叫什么名字，小女孩？”她阴沉地看了他们一会儿，两颚不停地动着，一边吞咽一边咀嚼着面包。

“说不定她不会说英语。”另外一个说。

“她家让她出来买面包，”我说，“她肯定会说几句的。”

“你爸爸叫什么名字？”第一个说，“皮特，乔，还是约翰什么的？”她又咬了一口面包。

“我不知道该拿她怎么办了。”我说，“她总跟着我，但我要回波士顿了。”

“你是个大学生吧？”

“是的，先生。我要回去了。”

“你可以把她带到街的那头交给安斯。他是一位警官，应该在马车行里。”

“看来我只能这样做了，”我说，“我必须把她安置下来。多谢了。我们走吧，小妹妹。”

我们沿着有树荫的那一边，往街道的那一头走去。一栋栋高低起伏的房屋将长短不一的影子投射到街道上。我们到了马车行，但是警官不在那里。在宽阔而低矮的门道里，有个坐在翘起来的椅子上的男人说他也不认识这个小姑娘，还说我们可以到邮局去看看。微风从门道里面带出来一股马尿的气味。

“这些外国人，我根本没有办法分辨出来谁是谁。你要是把她带到铁路的那边，他们居住的地方，或许会有人认领她的。”

我们又到邮局去。邮局在街道的相反一头。刚才那个穿旧礼服的人正在翻阅报纸。

“安斯刚刚坐车出城了，”他说，“我想你还是带她到车站后面的聚居区看看，那里应该会有人认识她的。”

“我想也只能这样了，”我说，“我们走吧，小妹妹。”她把最后一块圆面包塞到口里，咽了下去。“再来一个吗？”我说。她边吃边用乌溜溜的眼珠看我，一眨也不眨，但是很友善了。我把纸包里的另外两个圆面包拿出来，给她一个，自己则吃另一个。我向一个行人问去火车站的路，他指给我看了。“走吧，小妹妹。”

我们到了火车站，越过铁轨，河流就在那边了。一座桥跨越河流。河岸上有一排凌乱的木架房子，下面形成了一条街道。这条街道潮湿肮脏，但是却带有一种勃勃的生气。在一块残缺的栅栏包围的空地当中，停放着一辆古老的歪歪斜斜的破烂的四轮马车，除此之外还有一栋风雨侵蚀的老房子，房子的窗户上悬挂着一件有着鲜艳的红色的外套。

“这里看上去像你的家吗？”我说。她仍旧眼睛越过圆面包看我。“就是这里吗？”我指着那栋房子说。她只顾咬着面包，但是我似乎可以觉察到，她的目光虽然并非不热切，但是至少也有着肯定和默认的成分。“是这里吗？”我说，“那么我们进去吧。”我从那个破破烂烂的栅栏门走进去。我回头看看她。“是这里吗？”我说，“这里看上去像你的家吗？”

她看看我，匆忙地点了点头，又开始咬那个已经濡湿了的半月形的面包了。我们继续往前走，沿着一条凌乱的碎石铺成的小路走到快要坍塌了的台阶之前。碎石的隙缝当中生长着新鲜而茁壮的杂草。房子里面毫无动静，也没有风，窗户上悬挂着的红色外套就那么垂头丧气地耷拉着。门上面有个门铃拉手，下面是一段约六尺长的电线。我没有拉门铃，而是改作敲门。小女孩则咬着面包，一块面包皮露在嘴角外面。

一个妇女打开了门。她先是看了看我，然后就用意大利语和小女孩叽里呱啦地说起话来，语调不断提高，然后停顿一下，似乎在质问什么。她又和小女孩说话了。小女孩的眼睛越过那片面包皮看看她，然后用手把面包皮塞到了嘴里。

“她说她就住在这里，”我说，“我是在大街上碰到她的。是你让她去买面包的吗？”

“英语我不会说。”那个妇女说。她在和小女孩说话。但是小女孩只是看着她。

“她不住在这里吗？”我指指小女孩，指指她，又指指门。那个妇女摇摇头。她叽里呱啦地说着话，走到门廊旁边，用手指着街道的那边。

我连忙点头。“你来给我指示一下吧。”我说。我一只手拉着她的胳膊，一只手向着街道挥动，“你来指示一下吧。”我说，想让她走下台阶。

“Si，si，[①]”她一边说着，一边将身子向后收缩，同时伸手向街道那边指示了一下。但是我完全搞不懂她到底是往哪个方向指点的，我只好点点头。

“谢谢，谢谢，谢谢你了。”我走下台阶，又向栅栏门走去，虽然我不是跑过去的，但是走得已经足够迅速了。我走到栅栏门的时候，停下来看那个小姑娘。面包皮现在看不见了，她用乌溜溜的大眼睛友善地看着我。那个妇女则站在台阶上注视着我们。

“那么，我们走吧。”我说，“早晚我们会找到你真正的家的。”

她只有我的胳膊肘那么高，就贴着我的胳膊走着。我们一直往前走。街道边的房子似乎都是空的，连一个人影也看不到。这让人有些透不过气来。但是这些房子不可能是空的。如果你突然把房子的墙壁拆掉，就会显示出个个不同的家庭。这是您的女儿吧，太太？那么就请您把她带回去吧。不，太太，看在上帝的份上，就带走您的女儿吧。她贴着我的胳膊肘往前走着，扎得紧紧的两个小辫子泛着亮光。

---

①意大利语：好的，好的。

但是这时候我们已经走过了最后一栋房子，街道沿着河边弯曲一下，在一堵墙后面消失了。那个妇女现在已经走出了院门，在头上包着一条头巾，并用一只手在颌下抓着头巾的两角。那条路继续往前面蜿蜒，空无一人。我找出一枚硬币给了小女孩。那是一枚两毛五的硬币。“再见了，小妹妹。”我说完之后就跑开了。

我飞快地跑着，头也不回。但是到了道路拐弯的地方，我回过头去。她，一个小小的人影，就站在道路的中间，把一个长面包紧紧地抱在衣服的前面。她的眼睛一眨也不眨，乌溜溜的。我继续向前跑了。

前面有条小径从道路上岔出去。我就跑上了那条小径，一会儿之后，变成快速行走。这条小径是在人家的后院中间延伸——没有油漆的房子，晾衣绳上搭着很多鲜艳醒目的衣服。有一座谷仓倒塌了，就在没有修剪过的、杂草丛生的果树之间静静腐烂。果树上的粉色和白色的花朵，在阳光之中，被蜜蜂嗡嗡环绕。放眼到小径的终点，并没有人踪。我再度放慢脚步，这样我的影子也就慢了下来，它超过了我，头部在几乎遮没了栅栏的野草丛上移动。

小径在一道插着门闸的栅门前断开了，然后在闸门后面的草丛中消失，又在新生的草丛中忽隐忽现。我翻越栅门，穿过树木茂盛的园子，来到另外一堵墙之前。我沿着墙走，现在影子落在我的后面了。墙上攀附着藤蔓，要是在家乡的话，应该是忍冬。香味一阵阵地袭来，特别是飘雨的黄昏，空气里全是忍冬混合着什么的香味，像是还无法忍受似的。“你让他做什么了？接吻，接吻？”[1]

“我没有让他吻我。我只是让他看着我，然后他就发疯了。你

①凯蒂小时候与人接吻的事。

认为是怎样呢？”我给了她一巴掌，在她的脸上留下一个红印。就好像打开了一盏电灯，顿时她的眼睛发亮了。

我并不是因为你跟别人接吻才打你的。十五岁的女孩子了，吃饭的时候还把胳膊肘支撑在饭桌上。父亲说：“你在咽东西，嗓子里面卡了一根鱼刺还是怎么的？你和凯蒂怎么了？”她就坐在我的对面吃饭，却不抬起头来看我。我打你是因为你跟城里的一个流里流气的小流氓接吻。你现在该向我求饶了吧？你求饶不求饶？她的脸上留下了我的红色的手印。你认为是怎么样呢？我把她的头按进草丛。草丛中的横七竖八的草梗刺入她的肉里，使她感到无比疼痛。求饶啊你，你求饶不求饶？

我根本没有吻过娜塔莉那样下流的女孩子。墙被笼罩在一片阴影之中，接着我的影子也消失了，我又欺骗了它一次。我忘了道路是和河岸一起蜿蜒的。我爬上墙，跳下来的时候，她就在那里看着我，那个长面包还被她抱在衣服前。

我站在草丛当中，和她对视了一会儿。

“你刚才为什么不告诉我你就住在这里呢？小妹妹。”那张包面包的报纸已经磨破了，需要新换一张。“好吧，走吧，把你家的房子指给我看。”我没有吻过娜塔莉这样下流的女孩子。天下着雨，我们能听见屋顶上的声音，就像叹息一样，在空阔的香甜的谷仓中回荡。[①]

“是这里吗？”她碰了一下。

“不是这里。”

---

①昆丁小时候与邻居家的女孩娜塔莉玩耍的事。

“那是这里吗？”雨下得不是很大，但是我们只能听见屋顶上的声音，就像是我的血或者她的血在流动。

她把我推下梯子，自己一溜烟跑走了。凯蒂跑走了。

是这里疼吗？凯蒂跑走的时候，是到你这里了吗？

“哦。”她紧紧贴着我的胳膊肘，向前走着。在她的漆黑的头发的上方，是那个纸包已经破了的长面包。

“如果你不及时回家的话，面包纸就会全破了。这样，你妈妈会怎么说你呢？”“我敢说，我能把你抱起来。”

“你不能，我太重了。”

“凯蒂走了吗？她回家了吗？你从我们家是看不到谷仓的，你从那里看过谷仓吗？”

“那是她的错。”她推开我，然后跑掉了。

“我能把你抱起来。你看，我能的。”

哦，是她的血还是我的血？我们走在薄薄的尘埃里，一道道阳光从树林当中透进来照射在尘埃上，我们的脚就像是橡皮做成的一样，不发出一点声音。我能感觉到河水在隐秘的树荫里快速而平静地流动着。

“你家住得很远，是吗？你自己能走这么远到镇上去买面包，太棒了！”这就好像是坐着跳舞，你坐着跳过舞吗？我们听得见雨声。有一只耗子从谷仓中穿过，马栏里空荡荡的，没有马匹。你们跳舞的时候是怎么抱着的，你们是这样抱着的吗？

哦。

我一向是这样抱着的。你以为我的力气没有那么大，是吗？

哦，哦，哦，哦。

我是说我一向是这么抱着的。你有没有听到我刚才说的是什么，我是说——

哦，哦，哦，哦。

路一直往前延伸着，寂静而空荡，透进来的阳光越来越倾斜了。她的倔强的小辫子的辫梢用深红色的布片系着。包面包的纸的一个纸角随着她的走动轻轻摆动着，面包的一段就露了出来。我停下脚步。

“看看这里。你就住在这边吗？我们已经走出了足足有一英里，但是一栋房子也没有看见过。”

她看看我，眼睛乌黑、安静而友好。

“你到底住在哪里啊？小妹妹。难道你不住在镇上吗？”

树林里有只鸟在鸣叫，在断断续续的偶尔出现的斜阳光线之外。

“你爸爸正在为你担心呢。你难道不知道你买了面包之后没有直接回家，会挨揍吗？”

那只鸟又鸣叫起来，用没有意义、深沉，但是也没有任何高低变化的声音鸣叫着，但是你不知道它在哪里。它突然又停止了鸣叫，仿佛声音被刀子一下子切断了，之后又继续鸣叫。河水在隐秘的地方快速而平静地流动着，这不是看到的，也不是听到的，而是感觉到的。

“啊，该死，小妹妹。”面包上的半张报纸都已经耷拉下来了。“这张纸已经没用了。”我把报纸扯了下来，丢在路边。“走吧。我们要回到镇上去，就沿着河边回去。”

我们离开了道路。一些生长在青苔之间的白色小花，我能感觉到那看不见也听不见的水的流动。我一向是这么抱的。我是说我一向是这么抱的。她把双手插在后腰上，站在门口看着我们。

“你推了我，这是你的错。你把我弄得很疼。”

“我们刚才坐着跳舞了。我敢说，凯蒂你不会坐着跳舞。”

“别这样了，别这样。”

“我就是想把你衣服后面的草屑弄掉。”

“把你的脏手拿开，别碰我。你把我推倒了，这是你的错。我恨死你了。”

“我不在乎。”她看了看我们，仍然气呼呼的。她走掉了[①]。我们开始听到叫喊声和泼水声，接着我看见一个棕褐色的身体闪了一下。

仍然气呼呼的。我的衬衫和头发都湿了。雨点击打着屋顶，能听见屋顶上的雨声。我看见娜塔莉在雨中穿过了花园，全身都湿透了。我真希望你就此得肺炎，牛脸小丫头，回你的家去吧。我用尽力气，跳进了平时猪用来打滚的泥沼，黄泥汤一下子就没到了我的腰际，臭不可闻。我不断地乱蹦乱跳，直到我倒了下去，在里面打滚。“小妹妹，你听见他们在河里游泳了吗？其实我也会到河里游泳的。”只要我还有时间，在我还有时间的时候。我又听见我的表发出的嘀嗒声了。黄泥汤比雨水温暖，但是奇臭无比。她转过身去背对着我，我就绕到她的身前。“你知道我刚才在做什么吗？”她转过身去，我绕到她的身前。雨水混入泥沼当中，打湿了她的衣服，使得她的小背心紧紧地贴在身上。泥沼臭不可闻。“我刚才就是抱了抱她，我只不过就做了这些。”她转过身去，我又绕到她的

①这里是娜塔莉走掉了。

身前。我跟你说，“我刚才就是抱了抱她。”

“我才不在乎你刚才做了什么呢。”

“你不在乎，你不在乎，我要让你在乎。”她把我的两只手拨开，我就用一只手把稀泥涂抹到了她的身上。她用那只潮湿的手打了我一巴掌，但是我感觉不出来。我又蹭了一把裤子上的稀泥，涂抹到她那被淋湿的僵硬的仍在转动的身体上。我能听见她的手指抓进我的脸的声音，但是我也感觉不出来。即使我的嘴唇舔到雨水，也能尝出是甜甜的。

那些头和肩膀露在水面上的人首先看到了我们，嚷了起来，另外一个蹲着的人，就跳起来，跳到他们当中。现在河水拍打着他们的下巴，使他们看上去就像一只只海狸。他们叫嚷着：

“把那个女孩带走！你带她来这里做什么？走开呀！”

“她不会妨碍你们的。我们就是看一会儿。”

他们蹲在水里，把头凑在一起，盯着我们。接着，他们散开了，向我们冲过来，用水泼我们。我们连忙躲开了。

“小心点儿，孩子们；她是不会妨碍你们的。”

“哈佛学生，滚开！”那是第二个男孩，就是刚才在桥上想要得到马和马车的那一个。“伙伴们，用水泼他们！”

“我们出去，把他们扔到水里面，”另外一个说，“我才不怕什么女孩子呢！”

“泼他们，泼他们！”他们一边泼水，一边向我们冲过来。我们后退着。“滚开！”他们喊着，“滚开！”

我们于是走开了。他们就在河岸边的水里蹲着，光滑顺贴的脑袋在水面上整齐地闪耀着。我们继续往前走。“那不是我们该去的地方，不是吗？”阳光斜射在点点青苔上。“可怜的孩子，你只不过是个小女孩罢了。”有一条小径沿着河岸蜿蜒前进。现在水面恢复了平静，河水变得黑暗而湍急。“可怜的小妹妹，你只不过是个小女孩罢了。”我们喘着气，躺在水淋淋的草地上。雨水像冰冷的子弹一样打在我的背上。你现在在乎了吗，在乎了吗，在乎了吗？

“天哪，现在我们简直一团糟，快起来。”雨水打在我前额的什么地方都会带来一阵疼痛。我的手上有红色的血，让雨水一淋，就变成淡红色的了。“你疼吗？”

“当然会疼，你认为会怎么样呢？”

“我刚才甚至想把你的眼睛挖出来。天哪，我们现在简直臭得不能闻了。我们最好到小河沟里冲洗一下。”“我们又到镇子上来了，小妹妹。现在你必须要回家了，而我也要回到学校里去。你看天已经很晚了。你现在需要回家了，不是吗？”可是她只是用那双乌黑、平静而友好的眼睛看着我，把那只露出一半的面包紧紧地抱在怀里。“面包都湿了。我还以为我们躲得很快而没有被水泼到呢。”我拿出手帕想把水擦干，可是这样做使得面包皮掉了下来，我只好停止了。“我们就让它自己变干吧。你这样拿着。”她就按照我教她的方法拿着面包。面包看上去就像是被老鼠啃过一样。我们在小河沟里蹲下，河水沿着脊背一点一点上升。那层泥巴脱落了，散发出恶臭。雨水打在河面上，密密麻麻的水洼，就像是火炉上煎熬的油脂一样。“我告诉过你，我会让你在乎我的。”

“我才不在乎你做了什么呢。”

这时候我们听到了跑步声，我们停下来回过头去看，看见那个人沿着小径向我们跑来，水平的树影在他的大腿上明灭。

“他这么着急。我们——”接着我看到了另外一个人，是一个老头子，手中拎着一根棍子吃力地跑着，还有一个赤膊的男孩，一边跑一边提着他的短裤。

“朱里奥来了。”小女孩开口说话了，但是她的话还没有说完，那个人就向我扑了过来，我只看到了一张意大利人的脸和一双意大利人的眼睛。我们一起跌倒在地。他用双手使劲戳我的脸，嘴巴里骂骂咧咧的，看样子想咬我。接着，人们把他拖开了，但他还是不断地喘着粗气，挥舞着拳头，又喊又叫的。他们要是抓住了他的胳膊，他就用脚踢我，他们只好又把他往后拉了一些。小女孩大哭起来，两只胳膊紧紧地抱住那个长面包。而那个小男孩则还在一蹦一跳地往这跑着，手里面提着短裤。这时，不知道是谁把我也拉了起来。我起身的时候看到了另外一个光着身子的小男孩，绕过小径的幽静的拐弯处，向这边跑过来，但是跑到一半的时候，突然改变方向，跳进了树林里面，后面两件像木板一样僵硬的衣服也跟着消失在了树林之中。朱里奥还在挣扎挥舞。那个把我拉起来的人说：“瞧，我们抓到你了。”他穿着背心而没有穿外套，背心上缀着一个金属徽章。他的另一只手里拿着一根有许多瘤节但是却很光滑的棍子。

“你是安斯吧？”我说，“我正在找你。这到底是怎么回事？”

“我警告你，你所说的每一句话，都会成为呈堂证供。”他说，“你被逮捕了。”

“我要杀了他，”朱里奥说。他还在挣扎挥舞。两个人紧紧地抓住他。“你拐走了我妹妹，”朱里奥说，“先生们，放开我。”

“拐走了你妹妹？”我说，“这说的是什么呀，我一直……”

“闭嘴，”安斯说，“这些话你可以说给法官听。”

“拐走了他妹妹？”我说。朱里奥从那两个人手中挣脱了，又向我扑过来。但警官挡住了他，两个人扭在一起，直到另外两个人将他重新抓住为止。这时候安斯放开了他，气喘吁吁地。

“你这该死的外国佬，”他说，“你要是再敢进行人身侵犯的话，我把你也抓起来。”他又转向我：“你愿意规规矩矩地跟着我走，还是愿意让我将你铐起来？”

“我跟着你就行了。”我说，“无论怎么都行。现在只需要找一个人——来弄清楚这件事——说什么我拐走了他妹妹，”我说，“拐走他——”

“我警告你，”安斯说，“他准备指控你诱奸幼女。喂，你先让那个丫头别吵了。”

“啊哈，”我说，禁不住笑了起来。又有两个石膏像一样的头发贴在脑袋上、眼睛鼓凸的男孩从树林里钻了出来，一边扣着身上已经湿透了的衬衫的纽扣，衬衫就贴在他们的肩膀和胳膊上。我想忍住不笑，但是做不到。

“看好他，安斯，我觉得他已经疯了。”

“我能——能停下来的，”我说，“给我一——一分钟的时间我就会停下来的。那一次我也是忍不住要说啊——啊——啊，”我一边说，一边还在大笑。“让我坐一会儿。”我就坐下来，他们都盯着我，那个小女孩脸上满是泪痕，怀里还抱着那个好像是被啃过的长面包。而河水则在小径的表面快速而寂静地流淌着。一会儿之后，我不想笑了。但是我的喉咙并不是这样想的，还在发出笑的声音，就像是呕吐一样，都已经将肚子里吐空了，但是还要在那里干呕。

“喂，”安斯说，“你忍着点吧。”

“好的。”我说，然后憋住了气息。一只蝴蝶在天上飞舞，就像是逃逸掉的一小片阳光。又过了一会儿，我不用再那样憋住气息了。我站起身来。“我现在好了。往哪边走？”

我们沿着小径前进。那两个看管朱里奥的人、小女孩以及小男孩们跟在后面。小径沿着河岸通到了桥边，我们跨过了桥和铁轨，人们都走出门口来观看我们，还有从别的地方赶过来的男孩，所以等我们走上大街的时候，我们已经有了一支浩浩荡荡的队伍。药房门口停着一辆大汽车，等我听到布兰特太太喊“咦，昆丁，昆丁·康普生”的时候，我才认出他们是谁，接着我看到了坐在吉拉德后面的斯波特，还有施里夫以及两个我不认识的女孩子。

“昆丁·康普生！”布兰特太太喊道。

“午安！”我一面说，一面举起帽子致意，“我被逮捕了。我很遗憾没有看到你的来信。施里夫告诉你了吗？”

“被逮捕？”施里夫说。“对不起。”他说。他努力地直起身来，从那些人的腿上跨过来，然后下了汽车。他穿的那条法兰绒裤子原本是我的，穿在身上就像手套一样紧。其实我都已经记不清楚我曾经有过这么一条裤子了，就像我也记不清楚布兰特太太有几层下巴。最漂亮的那个女孩和吉拉德一起坐在前面。女孩们用敏感的惊恐的神气透过面纱看着我。“谁被逮捕了？”施里夫说，“这是怎么回事？先生。”

“吉拉德，”布兰特太太说，“你把这些人打发掉。上车吧，昆丁。”

吉拉德下了车。斯波特坐在车上没有动弹。

“他做了什么事？警官。”他说，“是抢劫了鸡笼子啊？”

“我警告你，”安斯说，“你认识这个犯人吗？”

“认识，”施里夫说，“不过你不要急于——”

“那么你也一起到法官那里去吧。因为你妨碍了司法执行。走吧。”他推搡了一下我的肩膀。

“得了，再见了，”我说，“很高兴看到大家，但是抱歉不能和你们在一起了。”

“你想想办法，吉拉德。”布兰特太太说。

“你听我说，警官。”吉拉德说。

“我警告你，你干涉了一位警官执行法律，”安斯说，“如果你有什么话要说，可以到法官那里说去，同时表明你和犯人的关系。”我们继续往前走了。现在我们的队伍越发壮大了，安斯和我在前面领队。我听到一些人在告诉另一些人是怎么回事。斯波特问了一些问题，于是朱里奥又用意大利语恶狠狠地说了一通。我回过头去，看见那个小女孩站在路栏旁边，用友好、关怀的目光看着我。

“回家去，”朱里奥向她喊着，“看我不打死你。”

我们沿着大街走了一段路，然后拐上了一片草坪。那里，在离街道比较远的地方有一座砖造的平房，镶着一圈白边。我们踏着碎石小径来到门口。除了我们几个人之外，安斯将其他人都挡在了门外。我们走进一间带有发霉的烟草气味的空旷房间。一个木栅中间是铁皮炉子，四周撒着沙子。墙上挂着一张褪了色的地图，那是破旧了的镇子布局图。一位满头铁灰色乱发的人坐在一张疤痕遍布的凌乱的桌子后面，透过钢架眼睛瞄着我们。

“抓到他了没有？安斯。”他说。

“抓到了，法官。”

他打开一本布满尘土的本子，拉到近前，同时把一支脏笔在墨水瓶里面蘸了蘸，看上去就好像蘸的是炭末。

“等一下，先生。”施里夫说。

“犯人的名字。”法官说。我告诉了他。他慢慢地写在本子上，就像是在特意刻画。

“等一下，先生，”施里夫说，“我们认识这个人，我们——”

“遵守法庭秩序。”安斯说。

“别多说话了，老弟，”斯波特说，“听法官的。他需要这么做。”

“年龄。”法官说。我告诉了他。他写下来，嘴在嚅动着。“职业。”我告诉了他。“你是哈佛学生？”他一边说，一边弯下脖子，抬起眼睛，从眼镜的上边瞅我。他的眼睛明亮、冰冷，就像是山羊的眼睛。“你到这里来要干什么，是要拐骗小孩吗？”

“他们疯掉了，法官，”施里夫说，“要是说这个年轻人拐骗小孩——”

朱里奥一蹦多高。“疯掉了？”他说，“难道我没有抓到他吗？难道我没有亲眼看见吗——”

“你是个骗子，”施里夫说，“你根本就没有——”

“安静，安静。”安斯提高声音说

“你们这些家伙都给我闭嘴，”法官说，“安斯，如果他们不肯安静，就把他们都赶出去。”他们安静下来了。法官首先看看施里夫，又看看斯波特，再看看吉拉德。“你们认识这个年轻人？”他问斯波特。

“认识，法官先生，”斯波特说，“他只是一个来哈佛读书的乡下年轻人。他没有伤害别人的意思。我想警官一定是弄错了。他的父亲是一位安理会的牧师呢。”

“哦，”法官说，“你到底做了什么？”我告诉了他。他用灰冷的眼睛看着我。“你怎么认为，安斯？”

“可能是这样的，”安斯说，“那些该死的外国人没有准话。”

“我是美国人，”朱里奥说，“我拿到了护照。”

“那个小女孩哪里去了？”

“他叫她回家了。”

“她有没有神色慌张，或者其他什么的？”

“在朱里奥扑向犯人的时候，她才神色慌张的。当时他们正沿着河边小径往镇上走。有一些男孩告诉我们他们走的是哪条路径。”

“肯定是弄错了，法官，”斯波特说，“孩子们和狗一样，看到他都会喜欢，这也是一件没有办法的事。”

“哦，”法官答应了一声。他向窗外看了片刻。我们都把目光注视在他的身上。我听得见朱里奥挠痒的声音。法官收回了目光。

“那个小女孩没有受到什么损伤吧？喂，问你呢！”

“算是没有吧。”朱里奥闷闷不乐地说。

“你是停下工作去追她的吧？”

“的确是这样。我是跑去的，飞快地跑。这里找找，那里找找，直到有人告诉我是他给了她吃的，她跟着他走了。”

“嗯，”法官说，“好吧，年轻人，我认为你把朱里奥从他的工作上带走了，你应该给他赔一点钱。”

“好的，先生，”我说，“赔多少钱？”

“就算一块钱吧。”

我给了朱里奥一块钱。

“好了，”斯波特说，“既然已经没事了——法官先生，我想他可以走了吧？”

法官并没有搭理他。“你追他追出去多远？”

“至少有两英里。我大约花费了两小时才抓住他的。”

“嗯。”法官说。他开始思索。我们看着他。看着他的硬直的头发和低低架在鼻子上的眼镜。从窗户上投射下来的光影，在地板上静静地移动，移动到墙壁角上，爬了上去。微尘在光线当中浮动、旋转，形成一道道倾斜的光柱。“六块钱。”法官说。

“什么六块钱？”施里夫说，“要干什么？”

“六块钱，”法官说。他看了施里夫一会儿，又把眼睛转到我的身上。

“等一下——”施里夫说。

“别啰唆了，”斯波特说，“给他六块钱，老弟，然后我们离开这里吧。女士们都在等我们呢。你有没有六块钱？”

“有。”我说，然后给了法官六块钱。

“审判结束。”他说。

“你得要一张收据，”施里夫说，“你给了钱就应该要一张收据。”

法官平静地看看施里夫。“审判已经结束。”他说，并没有提高嗓音。

“完全不成体统——”施里夫说。

“走吧，”斯波特说，拉起他的胳膊，“再见了，法官。打扰到你了。”等我们出门后，朱里奥又嚷了起来，开始的时候慷慨激烈，但是渐渐地就平息下去了。斯波特打量了我一下，那双棕色的眼睛带着嘲弄的意味，冷冰冰的。“哦，老弟，我看你回到波士顿之后还会不会玩这种追女孩子的游戏。”

“你这个笨蛋，”施里夫说，“你到底想做什么，在这里游荡，跟那些该死的意大利人混在一起。”

布兰特太太正在和那两个女孩子说话。她们一个是霍尔姆斯小姐，一个是丹吉菲尔小姐。看到我之后，她们不再说话，又开始用那种微妙好奇的惊恐的目光看着我。她们的面纱现在已经折回到白色的鼻子上面，目光在面纱之下显得飘荡而神秘。

“昆丁·康普生，”布兰特太太说，“你母亲要是知道的话，会怎么说呢？年轻人遇上点麻烦事，这不足为奇，但是在走路的时候被乡下的巡警抓到，这就有点太差劲了。他们认为他做了什么？吉拉德。”

“没什么。”吉拉德说。

“撒谎。你说这是怎么回事，斯波特。”

“他想拐走那个脏里脏气的小女孩，被他们及时抓到了。”斯波特说。

“这纯粹是胡扯！”布兰特太太说，但是声音却小了下去。她盯着我看了一会儿，那两个姑娘也不约而同轻轻地倒吸了一口气。

“太不像话了，”布兰特太太急遽地说，“这就是那些粗俗的北方佬干的事。上车吧，昆丁。”

施里夫和我坐在可折叠的小座位上。吉拉德用曲柄摇把发动了车子，随后也上了车。我们便出发了。

“昆丁，现在你可以告诉我这件蠢事的原委了，”布兰特太太说。施里夫在他的那个小座位上，弓起背来生气。斯波特则靠在椅背上，贴在丹吉菲尔小姐的身旁。

“可笑的是，昆丁一直以来都把我们骗了，”斯波特说，“我们都以为他是一位模范青年，任何人都可以把自己的女儿托付给他，但直到今天，警察才把他的暗地里目无王法的勾当揭发出来。”

“住嘴，斯波特。”布兰特太太说。我们沿街开着，越过了桥，经过了那栋窗户上挂着红色衣服的房子。“这就是你没有看我给你的信的结果。你为什么不去拿来看？麦肯齐[①]先生告诉过你那封信就在房间里。”

“是的，我本来打算去拿的，但是我还没来得及回房间。”

“要不是麦肯齐先生，我们还不知道要等多久。他说你还没有回来，正好还有一个位置，因此我们便把他也叫上了。不过麦肯齐先生能来，我们还是很欢迎的。”施里夫默不作声，目光越过吉拉德的帽子往前方望去。按照布兰特太太的说法，这种帽子在英国就是专门在开车时戴的。我们经过那栋房子之后，又经过了另外的三栋。那个小女孩就站在一个院子前面。现在她的手里没有面包

①施里夫的姓。

了，脸上横竖一道道的，好像是用碳粉画过。我向她挥了挥手，但是她没有反应，只是随着车子的移动慢慢地转过头来，目不转睛地看着我们。随后我们的车子沿着一堵墙行驶，我们的影子也在墙上飞快地滑过。片刻之后，我们从路边的一张破报纸的旁边经过，我又忍不住大笑起来。我的喉咙能感觉到那笑声，我就透过车窗向树林里面看去。下午的阳光斜射在树林上，我想起了这个下午的经历，想起了那只鸟和游泳的男孩。但即使是这样，我也不能够忍住发出笑声。这时候我就明白了，如果我真的能够忍住笑声，我就会哭起来。我想起了我曾经想的：我不能够做一个处男了，因为有那么多的女孩在阴影里走来走去，用柔和的声音在窃窃私语，那声音就从暗处传出来，同时传出来的还有香味，这时候你看不到她们的眼睛，但是你却能感觉出来她们正在看着你。如果事情仅仅那么简单，那就不算什么了。可是如果那都不算什么，我这样做又算什么呢？这时候布兰特太太说："昆丁，你怎么了？他生病了吗？麦肯齐先生。"于是施里夫用他胖乎乎的手碰了碰我的膝盖。这话之后斯波特开始说话了，于是我就再也不想方设法忍住我的笑声了。

"麦肯齐先生，如果说是那只篮子妨碍了他的话，那么就把它搬放到你那边吧。我带了一篮子葡萄酒，是因为我认为年轻的绅士们就应该喝一些酒，虽然我的父亲，也就是吉拉德的外祖父——""做过这样的事吗，你做过这样的事吗？"周围一片黯淡，在极微弱的光线中，她的双手交叉在——[1]

"年轻人会喝的，要是能弄到酒的话，"斯波特说，"是吧，

---

[1]昆丁想起了凯蒂失贞时，自己和凯蒂的谈话。

施里夫？”她的膝盖上。她仰着脸看着天空，从她的脸上和脖颈处都散发出忍冬花的香味。

“我可以喝一点啤酒。”施里夫说。他再用手碰碰我的膝盖。于是我挪动了一下双膝。像一层薄薄的紫丁香色。只要说起他来，就会——

“所以说你并不是绅士。”斯波特说。他就会出现在我们中间。直到她的身影在黑暗中清晰可辨。

“是的，我只是个加拿大人。”施里夫说。只要一说起他。[①]一路上，船桨就在他的身边闪着光。那种帽子在英国就是专门用来开车戴的。一路上，他就那样不停地起伏着。这两个人似乎合二为一了，没有办法分辨清楚。他曾经在部队里杀过人。

“我很喜欢加拿大，”丹吉菲尔小姐说，“我认为那里很美。”

“你喝过香水吗？”斯波特说。他一只手就可以把她举到肩膀上，带着她跑，跑，跑着。

“没有。”施里夫说。那畜生跑着。两个人交叠在一起。她在摇荡的桨影之中消失不见了。优波流斯[②]的猪一边跑着一边交配。凯蒂，你和多少个——

“我也没有，”斯波特说。我也不知道，有很多个。我心里有一件可怕的事情，心里有一件可怕的事情。父亲，我犯了罪。你做过那样的事情吗？我们没有，我们没有做过那样的事情。我们做过

①昆丁在回忆的时候，不自觉地将凯蒂的情人达顿·艾密兹和眼前的吉拉德混淆在了一起。

②希腊神话中冥府的管理者之一，常以牧猪人的形象出现。

那样的事情吗？

“吉拉德的外祖父总是在早饭之前去采摘自己的薄荷，那上面还挂着露水呢。你还记得吗，吉拉德？他甚至不会让老威尔基去碰那些薄荷。他总是自己来采摘，自己调制薄荷酒。他对薄荷酒非常挑剔，就像一个老女仆珍爱着她的丝织物一样，他要用自己的调制方法来苛求。那种调制方法他只告诉过一个人，就是——”我们做过了，你怎么会不知道呢？你稍等片刻，我就会告诉你那是怎么回事。那是一桩罪行。我们犯了一桩可怕的罪行，这是无法隐瞒的。你认为那是可以的，不过你听我说——可怜的昆丁，你从来都没有做过这样的事情，对吗——我会告诉你那是怎么回事，我会告诉父亲的，必须这样。因为你爱父亲。这样一来，我们就置身在可怕的恐怖之中。在纯洁的火焰里，我会让你说出我们做过的，因为我比你强壮。我会让你说这是我们做的，过去的时候你以为这是他们做的，其实不是，而是我做的。让我说呀，我一直在欺骗你，其实是我做的。你当时以为我在屋子里。那里弥漫着该死的忍冬花的香味。尽量不去想那秋千，那雪杉，那神秘的浪潮一样的起伏，那放肆的喘息和狂野的呼吸，那声音——是的，是的，是的，是的……“他自己从来不喝葡萄酒，但是他却说——”“你上回读的是本什么书？就是在吉拉德的划船服里的那一本。”“一篮子葡萄酒，是任何绅士在郊游时候的必备品。”“凯蒂，你爱他们吗，你爱他们吗？”“当他们和我接触的时候，我就死了。”

她一下子就站在那里了。[①]在接下来的一分钟里，他就大哭起

①昆丁和吉拉德打了一架，进入昏迷之中，在潜意识里想到了凯蒂失贞的那一晚。

来，同时紧紧拉着她的衣服。他们走过客厅，走上楼梯。他一边大哭着一边推她上楼，将她推到浴室门口。她背靠着门口站着，举起一只胳膊挡住了脸。他大哭着，要把她推到浴室里去。后来她下楼吃饭的时候，狄比正在给他喂饭，他又开始发作了。他先是低声哼哼，等到她摸了他一下之后，他就大声哭喊起来。她站在那里，惊慌失措，就像一只被猫逼到了墙角的无路可逃的老鼠。后来我就跑到了外面的薄暮的灰暗之中，闻到了雨水的气味和潮湿温暖的空气中的各种花朵散发出来的香味。蟋蟀在花丛中鸣叫着，就像是一个跟着我一起移动的沉寂的背景。"幻想"从栅栏后面看着我跑过去，它的黑乎乎的形体就像是晾在绳子上的一床被子。我想起来，也许是那个混蛋黑鬼又忘记喂它了。我就在蟋蟀鸣叫的那种空白之中爬下山坡，就像是一股气流掠过了一面镜子。她就躺在小河里，头枕在河岸的沙丘上。河水在她的腰腿之间拍动，还泛着一丝微光。她的裙子已经湿透了一半，随着水流的拍动在她的身体两侧鼓荡。河水并不会流走，而只是在那里兀自拍打个不停。我站在岸上，闻到了忍冬花的香味。忍冬花的香味和蟋蟀的鸣叫充斥在空气之中，就好像变成了什么实实在在的东西，落在你的身上。

"班吉还在哭吗？"

"我不知道，是的，我不知道。"

"可怜的班吉。"

我坐在河沟岸边。草地被雨淋湿了，过了没多久，我觉得我的鞋子也已经湿了。

"你不要再躺在水里了。你疯了吗？"

但是她并没有动。她的脸朦朦胧胧的白茫茫的，只有从头发上，才能跟朦朦胧胧、白茫茫的沙滩区分开。

“现在上来吧。”

她坐起来，然后站起身来。她的裙子沉重地垂在身上，噼里啪啦地滴着水。她爬上了岸，衣服就那么低垂着。她坐了下来。

“你为什么不把裙子拧干一下？那样会着凉的。”

“是的。”

河水潺缓地流动着，穿过柳树丛中的黑暗处，在流经浅滩的时候，被吸纳了进去。水面像布匹一样起伏着，但还是泛起一丝亮光。

“他航行过每一个海洋，周游了整个世界。”

这时她谈论起他来了，双手交叉环抱在湿漉漉的膝盖上。在黯淡的天光中，她的头向后仰着。忍冬花的香味又弥漫上来了。母亲的房间和班吉的房间里面都有灯光。狄比正在安置班吉入睡。

“你爱他吗？”

她的手伸了出来，但是我没有动。她的手落在我的手臂上，然后抓起我的手，将它放在她的胸前。她的心脏激烈地怦怦跳动着。

“不，不。”

“那么是他逼迫你的吧，是他逼迫你做那件事的吧。他要比你强壮，所以——明天我就会杀了他，我发誓我会这样做的。在做这件事之前，没有必要让父亲知道。这件事，除了你和我之外，谁都不用知道。我们可以拿着我缴学费的钱走掉，放弃我的入学注册。凯蒂，你恨他，是不是，是不是？”

她把我的手放在她的胸前。她的心脏在怦怦跳动着。我转过身来，抓住她的胳膊。

“凯蒂，你恨他，是不是？”

她把我的手举起来，放在我的喉咙上。她的心脏也在那里怦怦跳动。

“可怜的昆丁。”

她的脸仰望着天空。天空是那么矮，致使夜晚里所有的气味和声音都汇聚在一起，不能够散发出去，就好像在一顶低矮的帐篷里面。尤其是忍冬花的香味，渗入我的呼吸之中，又仿佛在她的脸上和喉咙上涂了一层染料。她的血液在我的手底下奔突。我全身的重量都压在了支撑着的那只手臂上，使得那只手臂开始痉挛。忍冬花的香味浓郁得像不能融化，我要使劲呼吸，才能将空气吸入到肺里。

“是的，我恨他。我愿意和他一起死掉。因为我已经为他死掉了，每当这种时候，我就会为他死过一次。”

我把那只手抽了出来，但是仍然能够感觉到那些交叉的树枝和草茎刺入手掌之中，就像是火烧一样。

“可怜的昆丁。”

她双手交叉环抱在膝盖上，身体向后仰去，把身体的重量放在手臂上。

“你从来都没有做过那种事吗？”

“做过什么事？”

“就是我做过的事，我做过的事。”

“做过，做过，无数次和无数个女孩子。”

接着我哭了起来。她的手又开始抚摸我。我伏在她的潮湿的胸前哭泣。她就躺了下去，眼睛越过我的头仰望夜空。我能够看见她的眼球的虹膜下面有一圈白色。我打开我的小刀。

“你还记得大嬷娣死的那一天，你坐在水里弄湿了内裤的事吗？”

“记得。”

我把小刀尖对准了她的喉咙。

“只需要一秒钟的时间，我就可以刺死我自己，刺我自己。是的，是这样的，然后你来刺你自己，可以吗？”

“可以，刀身很长。班吉现在已经在床上了。”

“是的。”

“用不了一秒钟，我会尽可能不弄痛你的。”

“好的。”

“你闭上眼睛，好吗？”

“不用，这样就很好。你得用力刺下去。”

“你用手摸一下吧。”

但是她并没有动。她的眼睛睁得大大的，越过我的头，仰望着夜空。

“凯蒂，你还记得因为你的内裤上沾上了泥巴，迪尔西是怎样责怪你的吗？”

“别哭。”

“凯蒂，我没哭。”

“你刺啊，你不是要刺下去吗？”

“你希望我刺下去吗？”

“是的，你刺下去啊。”

“你用手摸一下。”

“可怜的昆丁，别哭了。”

但是我忍不住。她把我的头抱在她的潮湿而坚挺的胸膛上。我听见现在她的心跳已经缓慢下来，不再是怦怦跳动了。河水在黑暗的柳树丛中潺缓地流动着，而忍冬花的香味也像水波一样在空中流动。我的手臂和肩膀在我的身体下面扭曲着。

“到底怎么回事，你在做什么？”

她的肌肉紧张起来。我坐了起来。

“我把小刀弄丢了。”

她也坐了起来。

“现在什么时间了？”

“不知道。”

她站起身来。我还在地上摸索。

“我要走了。不用管它了。”

我能感觉到她站在那里。我闻得到她身上的潮湿的衣服的气味，感觉得到她就站在那里。

“它就在这里的什么地方。”

“不用管它了。你可以明天再找嘛。”

“等一下嘛，我一定要现在找到它。”

“你怕了吗？”

“找到了，它就在这里。”

“是吗，那我们走吧。”

我站起来，跟着她走。当我们走上山坡的时候，蟋蟀都不再鸣叫了。

“你就坐在那里，怎么会把它丢了呢？还不得不四处寻找，这真可笑。”

草地是灰色的，带着露水的灰色倾斜着一直延伸到天空，延伸到远处的树林。

“该死的，这忍冬花的气味。但愿没有这种气味。”

“你过去不是很喜欢这种气味吗？”

我们越过了山顶，再朝着树林里走去。她撞了我一下，又闪开了。在灰色的草地上，那条山涧就像是一道黑色的伤疤。她又撞了我一下。她看了看我，又闪开身体。我们就站到了山涧的旁边。

“我们从这里走吧。”

“做什么？”

“让我们看看，还能不能看见南丝的尸骨。我很长时间都没有想到来看一下了。你想到过吗？”

山涧里长满了藤萝和荆棘，黑乎乎的。

“它就在那里。但是现在很难说能不能看到。你能吗？”

“停下吧，昆丁。”

“我们走吧。”

山涧越来越窄。她转身向树林走去。

“停下吧，昆丁。”

“凯蒂。”

我绕到了她的前面。

“凯蒂。”

“停下来。”

我抓住了她。

“我比你强壮。”

她一动也不动，身体僵硬，但是并不屈服。

“我不会和你打架的。你停下来，你最好停下来。”

“凯蒂，别这样，凯蒂。”

"你这样做是没有什么好处的，难道你不知道吗？这样做没有什么好处，你放开我。"

忍冬花的香味在周围飘荡着。我听得见蟋蟀在我们周围围成一圈，注视着我们。她后退了几步，从我身边绕过去，向树林走去。

"你回到你的房间去，不要再跟着我了。"

我继续往前走着。

"你为什么不回到你的房间？"

该死的忍冬花香味。

我们走到栅栏旁边。她钻了过去，我也钻了过去。我弯着腰站起来时，就看见他从树林里走出来，走到灰蒙蒙的夜色之中。他向我们走来，身材高大，身子笔挺，好像一动不动的。虽然他正在走过来，但是身体好像一动不动似的。她向他走去。

"这是昆丁。我把自己弄湿了，全身都湿透了。如果你不想这样的话，你可以不来的。"

他们的影子重叠了。在天空的衬托之下，她的头看上去比他的还要高。两个人的头——

"如果你不想这样做的话，你可以不来的。"

接着两个人的头都不见了。黑暗中，我能闻得见雨水的气味，被淋湿的青草和树叶的气味。灰茫茫的光线就像是细雨在降落着。忍冬花的香味就像是潮湿的气流一样不断袭来。我模模糊糊地看见她的白茫茫的脸靠在他的肩膀上。他把她挟在手臂下面，好像她比一个婴儿并大不了多少。他伸出一只手来——

"很高兴看见你。"

我们握了握手，接着我们站在那里，她的影子比他的还要高，两个影子重叠在一起。

“你打算怎么做？昆丁。”

“散一会儿步。我打算穿过树林，到那条路上，然后从镇子上回来。”

我转身走了。

“再见。”

“昆丁。”

我停下来。

“什么事？”

树蛙在树林里鸣叫，它们闻到了空气中的雨水的气味。它们的叫声就像是被锈住了的八音琴所发出的声音。忍冬花的香味。

“过来啊。”

“什么事？”

“过来啊，昆丁。”

我走过去。她摸摸我的肩膀，身影倾斜过来。这样她的白茫茫的脸孔就从他那高大的影子当中移了出来。我后退了一下。

“你要当心。”

“你回家吧。”

“我不困，我要去散散步。”

“你到小河边等着我。”

“我要去散散步。”

“我一会儿就过去，你等着我，你等着我。”

“不，我要穿过树林，到那边去。”

我头也不回地走开了。那些树蛙无动于衷。灰茫茫的光线就像是苔藓散发到空气中的水分，迷迷茫茫地像是下雨，但是并非真的下雨。一会儿之后，我转过身来，走到树林的边缘。一走到那里，我就闻见了忍冬花的香味。这时候能看见法院的顶楼上那只大钟的灯光和镇子上的广场上的灯映在天空中的微光，我看得见河岸上的那些柳树，看得见母亲房间里的灯光和班吉房间里的灯光仍然在亮着。我弯腰钻过栅栏，跑过牧场。我在灰色的牧场上跑着，在蟋蟀之间跑着。忍冬花的香味越来越浓郁，这时候我看见灰色的如同忍冬花的颜色的水光了。我躺在河岸上，脸贴近地面，这样我就闻不到忍冬花的香味了。我躺在那里，感觉土壤正在穿透我的衣服。我听着潺潺的水声，一会儿之后觉得我的呼吸没有那么困难了。我就躺在那里，想着只要我不移动面孔，我就可以不用那样困难地呼吸了，也就不会闻到那种气味了，接着我什么也不想了。这时她沿着河岸走过来，停下站在那里。我躺着一动也不动。

“已经很晚了，你回家吧。”

“什么？”

“已经很晚了，你回家吧。”

“好的。”

她的衣服沙沙作响。我躺着一动也不动，她的衣服不再响了。

“你会像我说的那样回家吗？”

我什么也没有听到。

“凯蒂。”

“我会的。如果你要我那样做，我会的。”

我坐起来。她也坐下来，两手抱住膝盖。

“照我说的，回到你的房间吧。”

“好吧。你让我做什么，我就会做什么。我愿意这样做。”

她都没有看我一眼。我抓住她的肩膀，使劲地摇晃着她。

“你闭嘴。”

我摇晃着她。

“你闭嘴，你闭嘴。”

“好吧。”

她扬起脸来。我看到她都没有看我一眼。我能看见她的眼白。

“起来。”

我拉着她。她全身软弱无力。我把她拉了起来。

“现在走吧。”

“你出来的时候，班吉还在哭吗？”

“走吧。”

我们越过小河沟，看见了家里的房顶，接着又看见了楼上的窗户。

他现在睡了。

我停下来，把院门关上。她在灰茫茫的光线中继续往前走。空气中有雨水的气味，但是没有下雨。忍冬花的香味从花园的栅栏传过来。她走到阴影里面了，我能听到她的脚步声。这时候——

“凯蒂。”

我在台阶前停下来。我听不见她的脚步声了。

“凯蒂。”

这时我又能听见她的脚步声了。我伸手摸摸她的衣服，不温暖但是也不冰冷。她的衣服仍然有些潮湿。

“凯蒂，现在你爱他吗？”

“我不知道。”

在灰茫茫的空气之中，灯光之外的黑影看上去就像是死水里面浸泡的什么死尸。

“我希望你去死。”

“你就是这么希望的吗？你现在还不进房间吗？”

“你现在还想着他吗？”

“我不知道。”

“你告诉我你现在在想什么，告诉我——”

“别这样，昆丁，别这样。”

“你闭嘴，你闭嘴，你听见了吗？我要你闭嘴，你闭不闭嘴？”

“好吧，我闭嘴，要不然我们会把大家都吵醒的。”

“我要杀了你，你听到了吗？”

“我们到秋千架那里去吧。在这里，他们能听见你的声音。”

“我又没有大声喊叫，你说我大声喊叫了吗？”

“你没有。别说话了，我们会把班吉吵醒的。”

“你进屋吧，现在就进屋吧。”

“我是要进屋去的。你别喊叫了，反正我是个坏女孩，这是一件你也没有办法的事。”

“我们被诅咒了。这并不是我们的过错，这难道是我们的过错吗？”

“别说话了，现在去上床睡觉吧。”

“你没有办法让我去上床睡觉。我们被诅咒了。”

最后我还是看见他了。他正要走进理发店，目光向外看出来。

我就走过去，等待着。①

“这两三天来我一直在找你。”

“你想见我吗？”

“我正是想见见你。”

他很快动手卷了一支香烟，又捻动拇指划着了火柴。

“我们不能在这里说话。我到另外一个地方等你如何？”

“那我就到你的房间里去吧，你不是住在旅馆里面吗？”

“不行，那里也不合适。你知道小溪上的那座桥吗？就藏在什么东西的后头。”

“知道。好的。”

“一点钟可以吗？”

“可以。”

我转过身走了。

“打扰你了。”

“瞧你说的。”

我停了下来，回头看看。

“她还好吗？”

他看起来就像是青铜做成的一件卡其衬衫。

“是她有什么事要找我吗？”

“我一点钟在那里等你。”

她听到了我吩咐狄比在一点钟的时候给“王子”套好鞍鞯，就一直盯着我看，连饭也吃不下，跑了过来。

---

①几天之后，昆丁找达顿·艾密兹打架。

"你要去做什么?"

"不做什么。难道我不能骑马出去溜溜吗?"

"你肯定是要去做什么。你要去做什么呀?"

"不干你的事。你这娼妇,娼妇。"

狄比把"王子"牵到了侧门的门口。

"我不骑马了,我自己走走。"

我沿着车道走出了大门,转到小路上,就开始奔跑起来。我还没跑到桥头,就看见他倚在栏杆上,他的那匹马拴在树林里。他侧过头来看了看,接着就连身子也转了过来。但直到我走上桥时,他才抬起眼睛来。他手中拿着一块树皮,正从上面一片片掰下来,扔到水里去。

"我是来告诉你,你必须离开镇子。"

他又不紧不慢地掰下一片树皮,动作缓慢地扔到河里,然后看着它随水漂走。

"我说,你必须离开镇子。"

他打量了我一下。

"是她派你来的吗?"

我说:"你必须离开。这不是我父亲说的,也不是任何人说的,就是我说的。"

"听着,这个过一会儿再谈。我现在想知道她还好吗,有没有人和她过不去。"

"这个不用你费心。"

接着我就听到自己说:"你必须在太阳落山之前离开镇子。"

他又掰了一块树皮,扔到水里,然后把整块树皮放在桥栏上,接着他用那两个麻利的动作卷了一根烟，又将火柴弹飞，让它旋转着落到桥栏外面。

“如果我不走，你会怎么办？”

“我会杀了你。你不要以为我又瘦又小，看起来像一个孩子。”

烟气分成两股从他的鼻孔当中喷出来，然后飘浮在他的面前。

“你多大了？”

我的双手开始颤抖，我不得不把它们都按在桥栏上。我觉得要是我把手藏在身后，他会猜到是要做什么。

“我要求你在晚上之前必须离开。”

“听着，小子，你叫什么名字？班吉是那个傻子的名字吧，那么你呢？”

“昆丁。”

这个名字从我的嘴里面溜出来了，尽管我根本就没想说。

“我要你在太阳落山之前必须离开。”

“昆丁。”

他对着桥栏，慢条斯理地弹了弹烟灰，他那样小心细致，看上去好像在削一支铅笔。我的手不再颤抖了。

“你有妹妹吗，你有没有？”

“没有，不过女人都是贱种。”

我伸手打他了。我就摊开着手掌，向他的脸上打去。他手上的动作和我一般快，先是将香烟扔到了桥栏外面。我又挥动另外一只手，但是也被他抓住了。这时候，那根香烟还没有落到水里呢。他就用一只手抓住我的两只手，然后另一只手插到外衣里面，伸到腋下。在他的身后，在阳光中，有只鸟儿不知道在什么地方鸣叫。我们对视了一会，他松开了我的两只手。

“你看着。”

他从桥栏上拿起树皮，扔到水里。树皮在水里沉下去，又浮了上来，随水漂去。他的手放在桥栏上，松弛地拿着手枪。我们等待着。

“你现在可以开枪了。”

“不用着急。”

树皮随着水流继续向下漂去。树林里一片静寂，我又听到了鸟叫和水流的潺潺声。这时候枪声响了。看上去他都没有瞄准，那块树皮消失了，接着一小片一小片的树皮浮了上来，在水面上散开。随后他又开枪击中了两块比银币大不了多少的树皮碎片。

“我看这样就够了吧。”

他将转轮枪膛打开，吹散了枪管里的青烟，然后在那三个空枪膛里面填上子弹，卡上转轮枪膛。再之后，他把手枪的枪口朝向自己，把枪递给我。

“做什么？我不会和你比试枪法的。”

“根据你刚才说的，我觉得你需要这个东西。我现在把它给你，你刚才不是也看到过它很管用吗？”

“去你妈的手枪。”

我又企图打他，在他抓住我的手腕之后，我仍然尝试着去打他。这样一段时间之后，我好像是在透过一块有色玻璃看他。我能够听见自己的血液流动的声音。接着，我又看到了天空，看到了横亘在天空上的树枝，以及斜射过树枝的阳光。他正在抱着我，想让我站直了。

“你刚才打到我了。”

“我听不见你在说什么。”

“什么？”

“是的，我打到你了。你现在怎么样？”

“很好，放开我。”

他放开了我，我靠在桥栏上。

“你没事吧？”

“别管我，我很好。”

“你能自己回家吗？”

“你走，让我单独待一会儿。”

“你最好还是骑我的马回家。”

“不了，你走吧。”

“你到家之后，只要把缰绳搭在鞍子上，它自己就会回到马房的。”

“你别管我，你走吧，你不用管我。”

我倚在桥栏上，看着水面。我听到他解下马，骑上去跑开了。这样过了一会儿，我除了水声之外再了听不到任何声音了，再接着我就能听到鸟叫声了。我下了桥，走到一棵树下背靠着树干坐了下来，把头也倚在树干上，闭上眼睛。一道阳光射过来，落在了我的眼帘上。我往前挪动一下身子，但是依旧倚靠在树干上。我又听见了流水的潺潺声和鸟的鸣叫声，但是这些仿佛都离我很远，我感觉不到它们了。在经过了好几个备受煎熬的日夜之后，我现在反而感觉到了轻松。忍冬花的香味从黑暗中侵入我的空间，我试图睡一会儿。但是过了一会儿之后，我就知道了，他根本没有打我。他之所以撒谎说他打到了我，那也是为了她的缘故。而我却像一个女孩子一样晕倒了。不过这些现在都已经无所谓了。我靠在树干上，一点一点的阳光就像树枝上的荒野片一样，拂过我的面孔。我就倾听着流水的声音，什么也不想，即使我听到了马匹飞驰的声音，也不愿意睁开眼睛。那匹马飞驰而来，停下来，马蹄在沙地上踩踏出沙沙声。接着我听到了奔跑的声音，然后就感觉到了她地焦急地在我身上摸索的手。

“傻瓜，傻瓜啊。你受伤了吗？”

我睁开了眼睛。她的手在我的脸上焦急地摸着。

“我不知道你们在哪里，等到我听到了枪声才知道。我怎么也想不到你会溜出来和他较劲，我想不到他竟然会这样。”

她双手捧着我的脑袋，用力地晃荡我，推着我的头去撞树干。

“别，别，别这样。”

我抓住了她的手腕。

“别，别这样。”

“我知道他不会的，我知道他不会打你的。”

她又想推我的头去撞树干。

“我告诉他了，再也不要来找我。我告诉他了。”

她想挣脱我的手腕。

“放开我。”

“别这样，我比你强壮，现在你别这样。”

“放开我。我得去追上他，让他放弃我。昆丁，放开我，你放开我。”

突然间，她停了下来，我的手腕松弛了。

“是的，我可以这样告诉他。他会听我的，每次我都会让他听我的。”

“凯蒂。”

她没拴住马。那匹马如果愿意的话，随时都可以自己跑回马房。

“他每次都会听我的。”

“凯蒂，你爱他吗？”

“我什么？”

她看着我，接着她的眼睛失去了神采，像雕像的眼睛那样空洞而宁静。

“把你的手放在我的喉咙上。”

她拉起我的手，放在她的喉咙上。

“现在你说出他的名字来。”

“达顿·艾密兹。”

我感觉到一股血流奔涌到她的喉咙，在那里跳动澎湃。

“再说一遍。”

她把脸转向树林。阳光在那里斜射着，鸟儿在——

“再说一遍。”

“达顿·艾密兹。”

她的血液在我的手掌下跳动澎湃，撞击着我的手掌。

血还在不停地流淌，很长时间地流淌着。我的脸冷冰冰的，像死去了一样。我的眼睛和手指头上的伤口都在刺痛。我听到了施里夫压水的声音，接着他端着脸盆回来了。脸盆的水里面荡漾着一片黯淡的天光，周围是一圈黄边，就像是一只泄了气的气球。我想从水盆的倒影里面看到自己的脸。

“停止流血了吗？”施里夫说，“把那块布给我吧。”他要从我的手中拿走那块布。

“不用，”我说，“我自己可以做这些。是的，流血快止住了。”我把那块布放进了脸盆之中，那只气球就被戳破了，血痕散布到水中。“要是有一块干净的布才好呢。”

“看看你的那只眼睛，要是有一片生牛肉就好了。”施里夫说，“要是你那只眼睛明天不变得青肿起来，那才怪呢。那个该死的杂种！”他说。

“我打到他了吗？”我用手扭着手帕，想把背心上的血迹清理一下。

“你是清理不掉的，”施里夫说，“你得把它送到干洗店去才行。来吧，还是把手帕敷在眼睛上吧，你为什么不这样做呢？”

“我可以擦掉一点的。”我说，不过看起来没有什么效果。“我的硬领变成什么样了？”

“我实在不能说出来它是什么样子了，”施里夫说，“还是把手帕敷在眼睛上吧。这样做。”

“当心一点，”我说，“我自己能够做到。我打到他了吗？”

“你可能打到他一两下。不过那时候我一定是在看别的地方，或者是在眨眼睛。他狠狠把你打了一顿，把你打得无处躲藏。你为什么用拳头和他打架呢？你这个傻瓜。你现在觉得怎么样了？”

“我还好。”我说。周围的一切现在变成了带有一些蓝紫的颜色，静悄悄的。在房子的山墙上面，天空从蔚蓝色变成金灿灿的了。没有一丝风，烟囱上的轻烟笔直上升。我又听到了压水的声音。一个男人正在一边压水，一边从耸动的肩膀上方看我们。有个女人走出房门，但是她并没有向外张望。我听到不知什么地方有只母牛正在哞叫。

“行了，”施里夫说，“别管你的衣服了，先把手帕敷在眼睛上吧。明天我会把你的衣服送到干洗店去的。”

“好的。我很遗憾，因为至少我应该把血溅在他的衣服上的。”

“杂种。”施里夫说。斯波特从房子里面走出来，穿过院子，一边和那个妇人说话。他用怪异而冷漠的眼神看着我。

“喂，小子。”他打量一下我，说，“你为了开玩笑，还真不要命了吗？先是去拐骗一个小女孩，然后又是打架。要是换作周末的话你又该去做什么呢，是要放火烧房子吗？”

“我很好，”我说，“布兰特太太怎么说？”

“她正在因为吉拉德把你打出血来而破口大骂呢。不过等她看到你之后，也会因为你被打出血来而把你也臭骂一顿的。她不反对打架，但是讨厌有人流血。我想你既然没有让自己不流血，那么一定会在她的心目中降低地位的。你感觉还不错？”

“当然啦。”施里夫说，“既然你生下来不是一位布兰特家族的人，那么其次的办法，只有跟布兰特家族的人通奸，或者是喝醉了酒之后和一位布兰特家族的人打架。这也是需要视情况而定的。”

“你说得不错。”斯波特说，“但是我觉得昆丁没有喝醉。”

“他是没有喝醉，”施里夫说，“难道你只有喝醉了酒才敢和那个杂种打架吗？”

“说得对。看到昆丁被打得那么惨，我想我是一定要喝得烂醉才敢这么干的。吉拉德的拳击是从哪里学的？”

“他每天都会到镇上麦克教练那里学拳击。”

“是吗？”斯波特说，“难道在你挑战他之前你就知道这件事了吗？”

“我不知道你说的是什么。”我说，“是的，我想是这样的。”

“把手帕再弄湿一下，”施里夫说，“我去打一点清水来？”

“这样就行了，”我说，把手帕又在水里湿了一下，然后敷在眼睛上，“要是有什么东西能把背心清理干净就好了。”斯波特还在打量着我。

“喂，”他说，“你为什么要打他？他说了什么惹得你勃然大怒？”

“我不知道。我不知道为什么要打他。”

“我只知道你突然跳起来，问‘你有妹妹吗？有吗？’他回答没有，你就打他。我注意到你一直看着他，在你跳起来问他有没有妹妹之前，你似乎毫不关注别人在说什么话。”

“嗬，他在跟以前一样信口开河，”施里夫说，“吹嘘自己如何情场得意。你是知道的，只要有女孩子在场，他一向就是如此，让那些女孩子晕头转向。含沙射影，无耻谰言，以及一大堆天花乱坠、不着边际的话。他告诉我们说，他在大西洋城约了一个女孩到舞厅跳舞，但是到了约定的时间，他却回到旅馆躺在床上睡大觉，只为了让那个女孩空等和难过。之后他又开始大谈女性肉体的美丽，而这就会产生烦恼。因为女人是如何的难缠，她们除了仰卧着之外便无所事事。丽达躲藏在树丛之中，为了等待那只天鹅的出现而低泣。[①]明白了吗？那个杂种，就算是我也会动手揍他的。不过要是我的话，我会直接抓起那只盛酒的篮子，往他的头上砸下去。”

“嘿，”斯波特说，“女人们的英雄。小子，你不仅仅得到了赞美，而且还带来了恐怖。”他嘲讽地看着我。“我的上帝！”他说。

“我很抱歉，我向他动手了，”我说，“我现在的样子很糟糕，是没有办法回去向他道歉的。”

“该死的道歉，”施里夫说，“让他们都下地狱吧。我们回城去。”

“他是应该回去。这样，他们才会知道他在打架的时候也很有绅士风度，”斯波特说，“我是说挨打的时候也很有绅士风度。”

“就像这副模样吗？”施里夫说，“浑身上下血糊糊的？”

“怎么，是吗？”斯波特说，“你们自己最清楚应该怎么做。”

“他不能穿着衬衣到处跑，”施里夫说，“毕竟他还不是大四的学生。走吧，我们回城去。”

“你不用跟着我，”我说，“你去野餐吧。”

“去他的野餐，”施里夫说，“我们走。”

“那我怎么跟他们说，”斯波特说，“就告诉他们，你和昆丁

①希腊神话中，主神宙斯化形为天鹅，同斯巴达王廷达瑞俄斯之妻丽达结合，之后丽达生下了美女海伦。

也打了一架，这样吗？”

“告诉他们什么，”施里夫说，“就告诉她，她作为东道主在太阳下山的时候就会结束了。昆丁，我们走吧。我去向那个女人问问，最近的区间车站在哪里——”

“不，”我说，“我不回城。”

施里夫停下脚步来看我。他回头的时候，他的眼镜看起来就像是黄色的小月亮。

“你要做什么？”

“我现在还不回城。你回去野餐吧。告诉他们我之所以不回去是因为我把衣服弄脏了。”

“等一下，”他说，“你到底怎么了？”

“没什么。我很好。你跟斯波特回去吧。明天见。”我穿过院子，往大路走去。

“你知道区间车站在哪里吗？”施里夫说。

“我能找到的。明天见。请转告一下布兰特太太，我为破坏了她的野餐而深感抱歉。”他们两个就站在那里注视着我。我绕过了屋角。一条石头铺成的小径通往大路，小径的两边盛开着玫瑰花。大路向下延伸，通往树林，我能看见停在路边的那辆汽车。我往山上走去。我往山上走的时候，光线越来越亮。就在我快要到达山顶的时候，我听到了一辆汽车的声音。车声从苍茫的暮色之中传过来，仿佛它距离我非常遥远，我就停下来倾听。这时候我已经看不见那辆汽车了，而施里夫仍旧站在房门前的大路旁边，往这边的小山上眺望。我向他挥挥手，然后就翻越了山顶，一边还继续倾听着汽车的声音，继而那栋房子已经看不见了，我就站在一片黄色和绿色的光线之中，听到车声越来越大，直到快听不见的时候它突然宣告停止。我听着它再次响了起来，接着我就继续往前走了。

在我下山的时候，光线越来越黯淡，可是在这期间，光线的质地并没有发生变化，这就使得好像是我而不是光线在变化和减弱。虽然道路已经延伸到了树林里面，但是在路上仍然能够看清报纸。不一会儿，我就来到了一条小巷子的巷口。我拐了进去。小巷子里比大路上更窄、更幽暗，但是等到它到达电车站台的时候——这里又有一个大的候车亭——光线仍然没有发生变化。不过因为在小巷子里走过，车站就显得豁达敞亮了，好像我是穿过黑夜来到了白天。不一会儿，电车就来了。我上了电车，人们都转过头来看我的眼睛，我就在左边找了一个座位。[①]

电车上的灯亮着，因为我们在穿过树林的时候，除了我自己的脸和对面座位上的女人之外，我什么也看不见。[②]那个女人的头上端端正正地戴着一顶帽子，上面插着一支断掉的羽毛。当我们驶出树林的时候，我又能看到外面微弱的光线了。光线的质地仍旧没有发生变化，仿佛时间在这一刻真正地停止了，太阳就一直悬挂在地平线的下面。接着我们经过了那位老人在那里吃纸袋里的东西的木亭，道路在暮色之中往前延伸，进入更沉重的暮色，我又听见了河水在很远的地方平静而迅疾地流动。电车继续前进，从打开的车门吹进来的冷风越来越大，夏季和黑夜的气息弥漫了整个车厢，但是没有忍冬花的香味。我想，忍冬花有着最令人悲哀的香味。我记得

①昆丁的左眼受伤了，不想让别人看到，所以坐到左边的座位上去。

②车窗里的倒影。

很多很多花的香味。紫藤花就是其中的一种。下雨天里，只要母亲的身体没有感到不舒服，她坐在窗前，我们就会常常在紫藤花架下玩耍。但是要是母亲躺在床上，迪尔西就会给我们穿上旧衣服，让我们到外面的雨中去玩，因为她说淋雨对小孩子们来说并没有什么坏处。但是如果母亲没有卧床，我们便在走廊里玩，直到她说我们太吵了，我们就会到紫藤花架下玩。

这里就是今天上午我最后一次看到河流的地方，大概就是这里。我能感觉到暮色之外的河水，它有它的气味。紫藤在春天开花的时候，天就会下雨，于是到处都弥漫着紫藤花的香味。在别的时候，你是不会注意到它的香味是这么浓郁的。只要一下雨，那种香味就会飘到房间里，如果不是因为下雨太多，就是那种光线里面本身就有着一种什么东西，那种香味潮湿而浓郁。我躺在床上，心里面想着它到底会在什么时候停止，什么时候才会停止。从车门吹进来的冷风里有河水的气息，一种潮湿而安静的气息。有时候我躺在那里，一遍又一遍地重复着这句话，就能够入睡，直到忍冬花的香味和别的气息都混入其中，成为一种黑夜和不安的象征。这时候我就觉得，我躺在那里既没有入睡也没有清醒，而是眼睛顺着一条半明半暗的长廊看下去，在那里，所有的稳定的事物也都像阴影一样影影绰绰、神秘诡异。而我的一切所作所为也都变成了影子，只有我所感受到的痛苦以一种滑稽而邪恶的外形呈现出来，嘲弄着我，否定着对于应该肯定但没有肯定意义的事物。这时候我就不断地想，我是我，不是谁，不是不是谁。

透过苍茫的暮色，我能够闻见河流的曲折和弯洄，我也看到了最后的光线慵懒而平静地投射到沙洲上，那些沙洲就像被打碎的镜子的碎片。在沙洲之外，光线融化在苍白澄澈的空气之中，就像蝴蝶的翅膀一样震颤着。班杰明——那个孩子，他过去是如何喜欢坐在镜子的前面。不屈的流亡者，不断地冲突着，然后得到平息和沉寂。班杰明，我晚年所生的，被带到埃及作为人质的儿子。[①]啊，班杰明。迪尔西说这个是因为母亲太骄傲了。他们就像黑色激流一样突然地冲击进白人们的生活当中，一瞬之间就像在显微镜下将白人们的生活真实放大为一种不容置疑的真理；但是其余的时候，他们只是一种声音，一些你并不觉得可笑的时候他们发出的笑声，以及你并不觉得悲哀的时候他们发出的哭声。他们甚至会为送葬者的人数是奇数还是偶数而打赌。在孟菲斯的一家妓院里，一群黑人突然像神魂附体一样赤裸裸地跑到大街上。他们之中的每一个都需要三名警察来对付。是的，耶稣啊，好人，耶稣啊，那个好人。

电车停了下来。我下车的时候，人们又一齐对着我的眼睛看。又开过来一辆无轨电车[②]，里面坐了很多人。我上去后就站在车厢门口后面的平台上。

“前面有空座位。”售票员说。我往里面看了看，并没有左边的座位。

“我不用坐多远，”我说，“我就站在这里吧。”

我们经过了河流。那座桥并不陡峭，但是却高高地耸立在空中，耸立在寂静和虚无之间，只有黄色、红色和绿色的电光在空气中一再颤抖着。

①在《圣经》中，便雅悯（本杰明）和约瑟都是雅各的儿子。其中便雅悯是雅各晚年生的儿子（小儿子），而约瑟则被一个商人带到了埃及。

②这是开往哈佛的电车。

“你最好到前面找一个座位。”售票员说。

“我很快就要下车了，”我说，“再过两条街。”

在电车到达邮局之前我就下了车。他们现在一定围坐在一起进行野餐，接着我就听到了我的手表的声音，这提醒我要注意聆听邮局的钟声。我隔着外套摸了摸要给施里夫的信，榆树的像是被咬碎的阴影落在了我的手背上。当我走进宿舍楼的四方院子里的时候，钟声就真的敲响了。我继续往前走着，那钟声就像池中水波的涟漪一样在我的身边往前传播，并传达着时间：还有一刻钟就几点了？好的，还有一刻钟就几点了吧。

我们房间的窗户是黑漆漆的，宿舍楼的入口也空寂无人。我进门的时候是紧贴着左面的墙壁走的，尽管那里也是空荡荡的：只有一道螺旋状的楼梯向上伸进阴影之中，这阴影里便回荡着几代人悲伤的脚步声，像是灰尘一样落在阴影上。我的双脚把那些灰尘样的东西都叫醒了，之后它们再轻轻落下。

我还没有开灯就看见那封信了，它就站在桌子上的一本书的旁边，为的就是让我能够一眼看见。把他[①]叫作我的丈夫。斯波特随后说他们要到某一个地方举行野餐，很晚才能够回来，但是布兰特太太还需要一位骑士。不过我不会很快就见到他的，他不会在一小时之内回来，因为现在已经过了六点了。我把表掏了出来，听了一会儿它的嘀嗒声，然后把它表面朝上放在桌子上，拿起了布兰特太太的信。我把信从中间一扯两半，把纸片扔进了字纸篓里，然后脱下外套、背心、硬领、领带和衬衫。领带上也沾上了血迹，不过这对

①指施里夫。

黑人来说是不要紧的，因为他们也许可以因为这些血迹声称这是耶稣曾经戴过的。我到施里夫的房间里面找来了汽油，把背心平摊在桌子上，打开了汽油瓶。

镇子上的第一辆汽车。女孩，女孩。汽油的味道正是杰生所无法忍受的，他会因此而呕吐，并且脾气暴躁。因为一个女孩，女孩。班杰明，班杰明，我的苦难之子。[①]如果我有母亲，我就可以呼唤母亲母亲啊。我用掉了不少汽油，但是我仍突然分不清那些污渍到底是血迹还是汽油。汽油使得我手上的伤口又刺痛起来，因此我要去洗一下手，在这之前我把电灯拉下来让它来烤干污渍。我洗了脸和手，但即使在这时候我仍然能够从肥皂的气味当中闻到汽油那股刺鼻的味道。我打开旅行袋，把里面的衬衫、硬领和领带拿出来，又把带有血渍的那一套放进去，然后合上袋子，重新穿上衣服。我梳头的时候，半点的钟声就敲响了。不过我可以等到敲三刻钟的时候，除了如果——在疾驰而过的黑暗当中，只看见他自己的脸而看不见那根折断的羽毛，如果他们两个不是在同一天晚上到达波士顿的话。在黑暗当中，两扇亮着灯光的窗户一掠而过，在这一瞬间他的脸和我的脸打了一个照面，但是我刚看见就已经成为过去。我甚至怀疑刚才有没有看见，甚至来不及道别。那个候车厅里面现在空荡荡的，再也没有那个在里面吃东西的人了。道路在黑暗和寂静当中也是空荡荡的，只有那座桥还兀立在黑暗和寂静当中，沉入了睡眠。河水平静而迅疾。甚至来不及道别。

---

①《圣经》中，拉结在生本杰明（便雅悯）的时候难产而死，她给本杰明取的名字就是便俄尼，意思是“苦难之子”。

我关了灯走进卧室。这里没有汽油，但是我仍然能够闻到汽油的味道。我站在窗户前，窗帘在黑暗中被风微微吹拂，触动我的面孔，仿佛有人在睡梦中吐出的一口气，但是随着吸气，窗帘又回到黑暗当中，不再触动我了。他们上楼之后，母亲向后靠在椅子上，把带有樟脑气味的手帕捂在鼻子上。父亲没有移动位置，仍然坐在她的旁边，握着她的手。吼叫声一声连着一声，好像这片寂静再也容纳不下了。[①]在我小的时候，家里面一本书的插图上画着一片黑暗，只有一道微弱的光线照射进去，照在从阴影当中抬起的两张脸上。“你知道如果我当了国王会做什么吗？”她从来不想当王后或者是仙女，只想当国王、巨人或者将军。“我会打开那个地方，把他们拖出来，好好打一顿。”那幅插图被撕了下来，撕破了。为此我很高兴。但是现在如果让我重新看到那幅插图，我就会知道那个牢狱就是母亲制造的，而母亲本人和父亲一起拉着手在微光当中往上走，而我们则坠入连一丝光线也没有的下面的什么地方。接着就是忍冬花的香味。我一关上灯想睡觉的时候，它就会像波浪一样越来越浓郁地侵入房间当中，直到我呼吸困难，不得不从床上站起来，摸索着，像我小时候一样蹒跚走路。手能够看见的，那道在头脑中形成的看不见形状的门，门，现在成了手也不能看见的。我的鼻子能够看见汽油、桌子上的背心和门。走廊里面仍然空荡荡的，并没有一代代悲伤的人的双脚前去寻找水。然而看不见的眼睛就像是咬紧的牙齿一样，不但没有不相信甚至怀疑到底有没有痛苦。胫骨、脚踝和膝盖，沿着那一道长长的看不见的楼梯栏杆，一个失

①凯蒂失贞的那一天。

足——母亲、父亲、凯蒂、杰生、毛莱所沉睡其中的黑暗——一个失足——门——我并不害怕，只是母亲、父亲、凯蒂、杰生、毛莱在睡梦中已经远去了。我会很快入睡的，当我——门，门，门　卫生间里面也是空荡荡的，水管，白瓷盥洗盆，污秽而静寂的墙壁，以及那沉思的宝座[①]。

我忘了拿玻璃杯了，但是我可以——手能看见。渐渐冷下去的手指。看不见的天鹅脖颈，比摩西的权杖还要细。玻璃杯若有所思地叩击着的不是天鹅的脖颈，而是冰冷的金属。玻璃杯满了，溢出来了。渐渐冷下去，手指泛红。睡眠，把潮湿的睡眠的味道留在脖颈上的那漫长的寂静里。我回到走廊里面，又叫醒了一代代的失落在那里的脚步，回到了汽油的味道中。在黑暗中，那只表还躺在桌子上肆意散播着谎言。随后窗帘又在黑暗中呼了一口气，触碰到了我的脸。再过一刻钟，我就会与世长辞了。最平静不过的字眼，最平静不过的字眼了。我过去不是，我现在是；我过去是，我现在不是。[②]我在什么地方听到过一次钟声，密西西比或者是马萨诸塞。我过去是，我现在不是。马萨诸塞或者是密西西比。施里夫的皮箱里面还有一瓶。

你连拆开都不拆开这封信吗？杰生·李奇蒙·康普生夫妇宣布。三次。很多天。你连拆开都不拆开吗？他们女儿的婚礼。那种就会让你把方式和目的弄混淆的。我现在是。喝吧。我过去不是。我们把班吉的牧场卖掉，以让昆丁去上哈佛，这样我就算死了也可

①即抽水马桶。

②原文为拉丁文，是拉丁语的时态练习例句。

以瞑目了。我会死在哈佛。凯蒂说那是一年吗？施里夫的皮箱里面就有一瓶。先生，我不需要。施里夫的。我已经卖掉了班吉的牧场，我死在哈佛了。凯蒂说的。死在大海的巢穴和岩隙里，随着波浪的吞吐而荡漾。因为哈佛有着好的名声，用四十英亩的牧场来换取这样的名声绝对不贵。一个很好的但是死去的名声，用班吉的牧场换来的一个很好的但是死去的名声。这本来是可以维持他很长一段时间的生活的。因为他听不到，除非他能够闻到。她一进门，他就哭喊起来。我本来以为那不过是父亲用来揶揄她的镇子上的一个小无赖，直到后来。我没有关注过他，就像我没有关注过任何一位陌生的旅行推销员或者是和别人一样穿着军用衬衫的，直到我突然间明白了他甚至没有把我作为一个破坏者，而在他看着我的时候想着的却是她，是在透过她来看我，正像是透过一块彩色玻璃。“你为什么要干涉我，难道你不知道这样做没有任何好处吗？我还以为你会把这种事都留给母亲和杰生来做呢。”

“是母亲让杰生来监视你吗？我是不会这样做的。”

女人只是拿别人作为自己的荣誉典范罢了。这是因为她爱凯蒂。即使她生病了也会待在楼下，避免父亲在杰生的面前嘲笑毛莱舅舅。父亲说毛莱舅舅就是看了几本旧书，才会犯那样的错误的。居然把这么重要的事情交给旧小说里的一个必不可少的瞎眼男孩来做。他应该选择让杰生来做的，因为杰生就算是也会和他一样鲁莽犯错，但至少不会让他的眼睛乌青。派特逊家的男孩比杰生要小。他们就一起合伙糊风筝卖，五分钱一只。直到后来他们在账目上发生了纠纷。杰生就找了一个新的年龄更小的合作伙伴，不管怎么说年龄都是够小的了。因为狄比说这样杰生就可以继续管账了。但是父亲说，既然自己可以白养活五六个无所事事、只会把脚放在炉架上烤火的黑人，那么毛莱舅舅又何必干活呢？他自然可以照管毛莱舅舅的吃住并同时借给他一点钱。何况这样做也是出于父亲的信念：在这个炎热的地方，他的家族天生就要比其他的家族更加高贵。母亲就哭着说父亲总是自认为他的家族比她的要高贵，不断地嘲笑着毛莱舅舅，而且也同时将我们教坏。但是她并不明白，父亲教我们的是：所有的人都只是一个个肚子里装满了锯木屑的玩偶，而这锯木屑则是从以前扔掉的玩偶的肋旁的伤口——并非让我死去的那个伤口——里流出并被扫拢起来的。我过去常常把死亡想成我祖父那样的人或者是祖父的一个朋友，一个私交甚密的朋友，就像是我们过去认为祖父的写字桌也极其神圣，我们不能碰它，甚至不能在摆放那张桌子的房间里面大声说话。在我的想象当中，祖父总是和那张写字桌在一起的。他们一起在等待老沙多里斯上校的到来。他们就在那些杉树后面的一个高地上等着，而老沙多里斯上校则站在一个更高的地方向着什么地方眺望。他们等着他眺望完，然后走下来。祖父就穿着军装。我们可以听见他们从杉树后面传来的喃喃低语。他们总在一起说话，而祖父则总是正确的。

三刻的钟声敲响了。第一记钟声，准确而平稳，庄重而清脆，为下一记钟声的敲响赶走了之前无穷无尽的寂静。事实上就是这样，如果人们也能够这样彼此交替，那该多好！就像火焰一样，在刹那间盘旋上升，继而沿着冰冷而永恒的黑暗沉寂、彻底熄灭，而不是躺在那里试图不要去想象那晃动的钟摆，直到所有的杉树都散发出班吉所极其讨厌的强烈的死亡的气味。只要一想到那些树丛，我就仿佛又听到了喃喃低语，感觉到一股神秘的波浪汹涌而来，闻到了在狂野袒露的肉体下面热血的跳动，透过通红的眼帘看到一对对没有被拴住的猪一边交媾一边冲向大海。于是他说："我们必须清醒地看待邪恶，它虽然会一时得逞，但毕竟不是永久。"于是我说，"但是对于一个有勇气的人来说，是不会让它那么长时间占据上风的。"于是他说："你认为那是勇气吗？"于是我说："父亲，难道不是吗？"于是他说："其实每一个人都是自己的道德观念的仲裁者。不管那是不是勇气，反正现在它对于你来说，已经比行动本身更加重要，我希望你不是认真的。"于是我说："难道你不相信吗？我是认真的。"于是他说："那么你就是太过于认真了，以至于使我感到如此震惊。如若不然的话，你也不会迫不得已告诉我你犯了乱伦罪。"于是我说："我没有撒谎，我没有撒谎。"于是他说："你这样做，是想把一件人类的正常的蠢事上升为一桩可怕的罪行，然后再用真理来加以祛除。"于是我说："我是想把她从喧哗的世界当中孤立出来，让我们逃离日常生活的种种，这样才能仿佛从来没有听到过那种声音。"于是他说："你曾经让她做过这件事吗？"于是我说："我害怕她可能会真的这样做。这样就没有什么好处了。但是如果我告诉你我们做了那件事，并且让你相信，那么对于我们来说这件事就变成真的了，那么别人所做的一切事情都不会发生或者是并不存在，那么整个喧哗的世界就会离我们而去。"于是他说："哦，你现在倒没有撒谎。不过你对自己的内心思想，对一般真理的那一部分即自然世界的连贯和更替及其原因还是懵懂无知。这些原因在包括班吉在内的每个人的头上都笼上了一层阴影。你考虑不到事物的有限性，而思考的是一种神圣性。在这种神圣性里，一种暂时的思想会超越在肉体之上。尽管它能够意识到自己的存在，也能意识到肉体的存在，尽管它不会遗弃你，也不会毁灭你。”于是我说：“暂时的。”于是他说：“当你身处其中的时候，你甚至会认为再也不会有像它所能够带来的那样大的伤害，你甚至会觉得它给你的经历会让你一夜白头。但事实上你的容貌却不会发生任何变化。在这种情况下，你是不会做这件事的。这就是一场赌博，但是奇怪的是被这种不幸笼罩的人会觉得自己的每一次呼吸就是一次新的投掷。但是他所投掷的骰子里面是已经灌铅了的，每一次都会对他不利。他早就已经知道自己迟早要面对的判决，但是却不愿去面对，而是想尽一切权宜的办法。事实上这些权宜的办法，包括使用暴力，都是一些连小孩子都欺骗不了的幼稚的诡计。直到有一天，在自己的极度厌烦当中，不惜孤注一掷，把所有的希望放在一张牌上。事实上，就算是一个在失望、悔恨或者是丧亲之痛所袭击的剧痛当中的人也不会这样做的，直到他认识到即使失望、悔恨或者是丧亲之痛对于一个愚昧而绝望的赌徒来说并不是特别重要的时候，才会这样做。”于是我说：“暂时的。”于是他说：“所谓的爱或者悲伤，事实上就是一种没有计划就买到手的债券，之后无论你愿意或者不愿意，它都会自行成长，并且会在你毫无警惕的时候闯进你的记忆，而由首当其冲的任何心神所代替。不，你不会那样做的。事实上，也许有一天，连你自己都会相信她也并不值得你如此失望。”于是我说：“我绝不会那样做的，因为没有人知道我的想法。”而父亲就说：“我想你最好到坎布里奇或者是缅因待上一个月，如果你节省一点的话我们还是付得起的。精打细算地使用每一个便士，这比耶稣治愈了更多的创伤。这也许是一件好事。”于是我就说：“我理解你的想法，至少我下个月在那里的时候会理解的。”父亲就说：“那你就应该记住，自从你出生以来，送你上哈佛就是你母亲一直的梦想。而我们康普生家族从来没有人让一位女士失望过。”于是我说：“暂时的。也许这样做对于我、对于我们大家都比较好。”于是他说：“其实每一个人都是自己的道德观念的仲裁者，没有一个人能够为另一个人的幸福开方子。”于是我说：“暂时的。”于是父亲就说：“这是世界上最令人悲伤的字眼了。这个世界上别无他物，在时间没有来临之前是不会绝望的，而在绝望到来之前甚至都不是时间。”

最后的一记钟声敲响了。最后的钟声也沉寂在黑暗中了。我走进起居室，打开了灯。我穿上背心，汽油的味道现在已经变得很弱，仅仅是能觉察到罢了，而且在镜子里我也看不到什么污迹了。至少，它们不像我的眼睛上的看上去那么明显。我穿好外套。给施里夫的信在外套下面哗啦响动，我把信拿出来检查了一下地址，放在了侧面的口袋里。随后我拿着手表走进了施里夫的房间，把它放在抽屉里面，然后走回到我的房间，拿了一条新手帕。等到我把手放在门的开关上的时候，才想起来我还没有刷牙，只好走回去重新打开旅行包。我找到了牙刷，挤了一些施里夫的牙膏，出去刷完了牙。我把牙刷尽把量地弄干，放回到旅行包里，然后合上旅行包，再走到门口。在关闭电灯之前，我环顾了一下房间，想看看还有没有落下什么东西，这时候想起来我忘记戴帽子了。之后我要经过邮局，肯定会在那里碰到几个熟人，如果不戴帽子的话，他们会认为像我这样住在四方宿舍楼的大学一年级学生，却要装作四年级学生一般。而且我也忘记刷一下帽子了，不过施里夫有一把帽刷，这样我就不用再次打开旅行包了。

1928年4月6日

我曾经说过，一旦成为贱种，那就终生都是贱种。我也曾经说过，要是您忧虑的只是她逃课的问题，那么您就太幸运了。我说，现在她应该下楼到厨房里了，而不是待在楼上的卧室里，往脸上涂抹胭脂，同时等着六个黑鬼来伺候她吃早饭。而那些黑鬼呢，要是没有往肚子里塞满肉和面包，甚至不会从椅子上挪动一下屁股。这时候母亲说：

“但是，让学校当局以为我没有办法管教她，以为我不会——”

“得了，”我说，“您就是管教不了她，您能管教得了她吗？您从来都没有管教过她，”我说，“怎么，直至今日您还想管教她，她都已经十七岁了。”

她想了一会儿。

“不过，让他们认为……我甚至都不知道她还有成绩通知单。去年秋天的时候她告诉我，学校不会再发成绩通知单了。但是刚才琼金老师却打电话给我说，如果她再旷一次课，就得退学了。她怎么会逃学呢？她上哪儿去了？你整天在城里，要是她在大街上闲逛，你应该能看到吧？”“是啊，”我说，“要是她在大街上闲逛的话。不过我并不认为逃课到外面，只是要做一些能够见得人的事。”

“你说这话是什么意思？”她说。

“没什么意思，”我说，“我就是回答您的问题。”于是她哭起来，抱怨着她的亲骨肉们是怎样长大起来让她受罪的。

“是您要问我这些的。”我说。

“我并不是说你，”她说，“你是他们之中，唯一没有让我受罪的孩子。”

“当然，”我说，“而且我也没有时间让您受罪，我也没有时间能够像昆丁那样去上哈佛或者是像父亲那样狂饮烂醉地进入黄泉。我得工作啊。不过当然了，如果您想让我跟着她去看看她到底做了什么，我就得辞掉店里的差事，另外找一个晚班的工作。这样，白天我就可以盯着她，而晚上您可以叫班[①]来做这件事。”

“我知道我只给你带来了麻烦和负担。”她一边说着，一边伏在枕头上哭了起来。

“我就知道会这样，”我说，“这句话您已经说了三十年了，就算是班，现在也该明白了。您要不要让我来跟她谈谈？”

“你认为这样做会有好处吗？”她说。

“要是我刚开始，您就上来干扰，那就不会有什么好处了，”

①班吉的简称。

我说，“如果您想让我管教他，您尽管吩咐就好了，但是同时您得别插手。每一次我要管教她的时候，您就会插手，结果到最后让她取笑我们两个。”

“记住，她是你的亲人啊。”

“当然，”我说，“这正是我所想的——亲人，按照我的说法，还是嫡亲的呢。但是如果有人像黑鬼那样胡作非为，那么，不管她是谁，就得用对付黑鬼的办法来对付她。”

“我怕你会发脾气。”她说。

“得了，”我说，“您的那一套不大管用。您到底要不要我管教她，您给我个肯定的答案，我还得上班呢。”

“我知道你为我们付出了很多，”她说，“但你也应该知道，如果当初能够按照我的计划去做，那么你现在就会有自己的事务所，可以像一个巴斯康家的人那样过日子了。你尽管并不姓巴斯康，但是你却是巴斯康家族的人。我知道，要是你父亲当初能够预料到——”

“行了，”我说，“我觉得他和其他任何人一样，都有看不准的时候。”她又哭了起来。

“你怎么能这样尖刻地说你死去的父亲？”她说。

“好吧，”我说，“好吧。您就随便说吧。既然我现在没有一家事务所，那么我就得去上我的班了。您到底要不要我跟她谈谈？”

“我怕你会发脾气。”她说。

“好吧，”我说，“那就这样，我什么也不说了。”

“可是一定要想出什么办法啊，”她说，“这样会让别人认为是我纵容她逃课，在大街上乱跑，或者会认为我管教不了她……杰生，杰生，”她说，“你怎么能，你怎么能把这样的重担扔给我呢？”

“又来了，又来了，”我说，“您让我的脑袋都快炸掉了。您要不就整天都把她锁在房间里，要不就把她交给我，别再操心了。难道不行吗？”

“她是我的亲骨肉啊！”她边哭边说。

因此我只好说：“好吧，我来管教她。不要再哭了。”

“别发脾气，”她说，“要知道，她只是个孩子。”

“不会的，”我说，“我不会的。”我走出去，随后把门关上了。

“杰生。”她说。我没有再回应。我走在楼上的过道里。“杰生。”她站在屋门后面喊着。我走下了楼梯。餐厅里一个人都没有，随后我听到她在厨房里叫喊。她想让迪尔西再给她倒一杯咖啡。我走了进去。

“我想这就是你们的校服吧？”我说，“要不然，今天是节假日？”

“半杯也行，迪尔西，”她说，“拜托了。”

“不，小姐，”迪尔西说，“我不会给你的。像你这样一个十七岁的女孩子，就应该只喝一杯。再说凯罗琳小姐已经吩咐过，让你赶紧穿好衣服去上学，这样你就可以搭乘杰生的车子进城了。否则你一准儿会迟到的。”

“不，她不会的，”我说，“我们马上就会把这件事情做好的。”她手里拿着杯子，看着我。她用手把搭在脸上的头发撩到后面，睡衣就从肩膀上滑了下来。“你把杯子放下，过来一下。”

我说。

“干什么？”她说。

“过来，”我说，“把杯子放到水池里，过来一下。”

“你要干什么，杰生？”迪尔西说。

“你可能会认为你能对付我，就像你可以对付你外祖母和其他的人一样，”我说，“但是你会发现这一次的情况不同。我给你十秒钟的时间，按照我说的，把杯子放下。”

她不再看我，转头看向迪尔西。“几点了，迪尔西？”她说，“到十秒钟的时候，你提醒我一下。再给我半杯吧，拜托——”

我一把抓住她的胳膊。她松开手，杯子掉在地上摔破了。她使劲往后抽动着胳膊，眼睛盯着我，可是我还是抓得紧紧的。迪尔西从椅子上站了起来。

“杰生，你——”她说。

“放开我，”昆丁说，“不然的话，我会打你耳光的。”

“你敢吗？”我说，“你敢吗？”她向我打来。我把那只手抓住了，把它像一只野猫一样按住。“你打啊，”我说，“你以为你能打到吗？”

“杰生，你——”迪尔西说。我把她拖到了餐厅里面。她的睡衣没有系好，在身边飘动着，而睡衣里面几乎都是裸露着的。迪尔西蹒蹒跚跚地赶过来。我转过身来，冲着她用脚把门踢上了。

“你不许进来。”我说。

昆丁靠在餐桌上，系着睡衣的带子。我瞪着她。

“好。”我说，“我倒要问问你，你是什么意思，逃课在外，还向你的外祖母撒谎，假造她的名字在成绩单上签字，害得她为你担忧生病。你想怎么样？”

她不说一句话，把睡衣一直扣到下巴那里，用手紧紧拉在身上，盯着我。她还没有涂抹好胭脂，脸上看起来像是用擦枪布擦过一样。我过去抓住她的手腕。“你想怎么样？”我说。

“关你屁事，”她说，“放开我。”

迪尔西走了进来。“杰生，你——”她说。

“听我的，你到一边去，”我头也不回地说。“我想知道你逃课的时候都待在哪里？”我说，“你没有到大街上去，不然的话我一定能看见你的。你跟谁鬼混去了？是不是跟哪个混蛋滑头躲到树林里了？你就是去了那里吗？”

“你这个老混蛋！”她说。她挣扎着，可是我抓紧不放。“你这个该死的老混蛋！”她说。

“我要给你点颜色看看。”我说，“你这样可以吓唬住一位老妇人，可是现在你要看清楚你是落在谁的手里了。”我一只手抓着她。她不再挣扎了，瞪大一双黑眼睛看着我。

“你想干什么？”她说。

“等我把皮带抽出来，你就知道我想干什么了。”我一边说，一边抽着皮带。迪尔西于是上来抓住了我的胳膊。

“杰生，”她说，“啊，杰生，难道你不害臊吗？”

“迪尔西，”昆丁说，“迪尔西。”

“我不会让他打你的，”迪尔西说，“你别害怕，宝贝儿。”她抓着我的手臂。这时候我把皮带抽出来了，使劲将她推开。她跌倒在餐桌上。她太老了，几乎不能够动弹了。不过这不要紧，我们的厨房里总需要有人把年轻人吃剩下的东西消灭掉。她又踉踉跄跄地冲到我们中间，想再次抓住我。“要是你没有别的事可以做，只想打人，”她说，“那就打我吧，你打我吧。”

“你以为我不会？”我说。

“我知道你什么坏事都敢做。”她说。这时候我听到母亲走下楼梯的声音。我就知道她不会束手不管的，我把手松开了。昆丁冲着墙壁倒过去，一边还用手拉紧睡衣。

“好吧，”我说，“这件事就暂时先搁下了。但不要以为你能对付我。我不是一个老妇人，也不是一个半死不活的黑鬼。你这个小荡妇！”我说。

“迪尔西，”她说，“迪尔西，我要找我的妈妈。”

迪尔西走过去。“好了，好了，”她说，“只要我在这里，我就不会让他碰你一根手指头。”母亲从楼梯上继续往下走。

“杰生，”她说，“迪尔西。”

“好了，好了，”迪尔西说，“我不会让他再碰你了。”她伸手去抚摸昆丁。昆丁把她的手推开了。

“你这个该死的老黑婆子！”她说，然后向着门口跑过去。

“迪尔西。”母亲在楼梯上说。昆丁冲上楼梯，从她的身边冲过去。“昆丁，”母亲说，“昆丁，你。”昆丁一直跑上去。我听到她跑到楼梯尽头，又跑到了楼上的过道里。随后是砰的一声关门声。

母亲停了一下，又继续走下来。“迪尔西。”她说。

“哎，”迪尔西说，“我就来。你还是先去把车子开到门口吧，然后等一会儿，”她说，“这样你就能送她去上学了。”

“这不用你操心，”我说，“我不光要送她上学，还要监督让她留在学校里。我既然已经做了这件事，就要把它做完。”

“杰生。”母亲在楼梯上说。

“现在就去吧，”迪尔西一边走向门口，一边说，“你还想让她犯病吗？我来了，凯罗琳小姐。”

我走出了房间，站在台阶上的时候听到她们在说话。“您马上回去躺下，”迪尔西说，“难道您不知道您现在不舒服，不能够起身吗？赶紧回去吧。我会看着她，让她及时去上学的。”

我走进后院，准备把车子倒出去，接着我又一路绕到前院，才找到了他们。

“我想我已经告诉过你，把那个备用轮胎安装在车子的后面了吧？”我说。

“我没工夫啊，难道在姥姥忙完厨房里的事之前，不需要有人看着他吗？”

“哼，”我说，“吃饭的时候满厨房都是黑鬼在绕着他转，但如果我要换只轮胎，却需要我自己动手了。”

“我找不到人看他呀！”他说。这时候，班吉开始呻吟起来。

“把他带到后面去，”我说，“你搞什么鬼，想把他留在这里给人们展览吗？”在他开始大喊大叫之前，我必须让他们先走开。每到星期天的时候可真够糟糕的，球场上充满了没什么家丑也不需要养活六个黑鬼的人，敲击着一颗像是大樟脑球的破烂玩意儿。这时候，他就会循着那道栅栏跑来跑去，每当看到他们向他走来，就会大吼大叫。要是这样继续下去，他们一定会向我要高尔夫球场地费不可。而母亲和迪尔西，除非是晚上我下班之后点着灯笼打给他看，不然的话就会弄来几个闲置的门柄圆球和一根手杖，装作打球的样子。继续这样下去，人们一定会把我们大家都送到杰克逊去。这还不算，他们还会举行一个庆祝仪式呢。

我回到车房。那个轮胎就斜靠在墙上，要是我自己动手把它换上，那就真是该死了。我把车退出来，调转车头。她就站在车道的旁边。我说：

“我知道你一本书都没有拿，我倒是想多管闲事，问问你把你的书都弄到哪里去了。当然，我可能没有权利发问，”我说，“不过我是去年九月份为那些书支付了十一元六角五分的那个人。”

“是妈妈给我买的书，”她说，“你一分钱也没有花。如果我花了你的钱，我宁愿先饿死。”

“是吗？”我说，“你真该到你外祖母那里说这些话，看看她会怎么说呢。看起来你还没有完全赤裸，”我说，“你往你脸上涂抹的那些玩意儿比你身上的衣服还要多。”

“你以为你或者是外祖母为这些东西花过一分钱吗？”她说。

“去问问你的外祖母吧，”我说，“问问她那些支票都到哪里去了。如果我记得没错，你就亲眼看到她烧掉过其中的一张。”但是她根本没有在听。脸上抹满了胭脂，眼神像一只恶犬那样僵硬。

“你知道如果我认为我的衣服花了你或者是她一分钱，我会怎么干吗？”她一边说，一边把手放在衣服上。

“怎么干？”我说，“穿着一个木桶上街吗？”

“我会把它们都撕下来，丢在大街上，”她说，“你信不信？”

“你当然会这样干的，”我说，“事实上你每次都这样干。”

“你以为我不敢吗？”她说。她的两只手放在衣服领子上，似乎马上就要动手了。

“你要是敢撕破那衣服，”我说，“我就会当场用鞭子抽你，让你一辈子也忘不掉。”

“你看我敢不敢。”她说。这时候我看到她当真开始撕，要当场就把衣服全撕下来。等到我急忙把车子停下，抓住她的双手的时候，已经有十来个人在旁边观看了。这一瞬间，我几乎气得发狂。

“你再这样做，我会让你后悔来到这个世界上。”我说。

“我已经在后悔了！”她说。这时候她的那股劲儿已经过去了，眼神非常奇怪。我心里想，要是你敢在这辆车上，敢在大街上哭起来的话，我就要用鞭子抽你，把你打得体无完肤。但是幸好她没有这样做，因此我放开了她的手腕，继续开车前进。好在我们的旁边又有一条小巷子，我可以开车从那里绕进后街，避免从广场上经过。他们已经在毕德家的空地上支好了帐篷。马戏团想在我们店的橱窗上张贴海报，因此送来了两张门票，艾尔[①]都交给了我。她坐在那里，把脸扭到一边，咬着嘴唇。“我已经在后悔了！”她说，“我不明白我为什么要被带到这个世界上来。”

“我知道还有另外一个人，他也不明白为什么呢。”我说。我把车子停在学校门口。上课铃刚刚打过，几个最后来的学生正在往里走。“你到底准时了一次，”我说，“是你自己走进去坐在那里呢，还是要我把你送进去？”她走出汽车，砰的一声关上了车门。“记住我的话，”我说，“我是认真的，要是让我再听说你跟着哪个混账流氓跑到后街上闲逛鬼混的话……”

---

①杰生工作的杂货店的老板。

她听到我的话后，转过身来。“我没有到处闲逛鬼混，”她说，“镇子上每个人都知道我做了什么，你可以尽管去问。”

“每个人都知道你做了什么，”我说，“的确，镇子上每个人都知道你是什么东西。可是，我不允许你再那样做，听到了吗？我本人倒是不在乎你在做什么，可是我在镇子里是有头有脸的人物。我不会允许我家里的人和黑人女孩那样乱来的。你听到我说的话了吗？”

“我不管，”她说，“我很坏，我反正是要下地狱的。不过我宁愿下地狱，也不愿意待在任何你所在的地方。”

“要是让我再一次知道你逃课的话，你就会宁愿待在地狱里了。”我说。她扭过头去，径自跑过操场。“记住，再一次。”我说。但是她没有回头。

我到了邮局，取了信件，然后开车来到店铺里。我进去的时候，艾尔看了看我。我本来让他有机会能够抱怨我迟到了，但是他却只说：

“那些耕耘机到货了，你最好去帮助艾伯叔叔把它们安装起来。”

我就到了后院。老艾伯正在那里，以每小时三个螺丝的速度拆着板条箱子。

“你真该到我们家里干活，”我说，“镇子里每一个没用的黑人，都在我们家的厨房里白吃饭。”

“不管我怎么为这个人卖力气干活，他都不会在周六的晚上给我多付加班费的，”他说，“而且我要是这么做，就没有时间来讨别人的欢喜了。”他拧开一个螺丝。“这个地方，除了象鼻虫，没有一个人会辛勤工作的。”他说。

“你真应该为你不是这些耕耘机要对付的象鼻虫而高兴，”我说，“否则的话，在这些耕耘机对付你之前，你就会因为吃棉花而被累死的。”

“这倒是真的，”他说，“象鼻虫也够辛苦的，一星期天天都要在太阳下工作，不管是晴天还是下雨。要是它能够学会在走廊里坐下，看看西瓜的生长，那么星期六对它来说也就不至于一点意思也没有了。”

“要是换成我来给你开工资，”我说，“星期六对你来说，也一定会一点意思也没有。你还是快点把机器从板条箱子里面弄出来，拿到店里去吧。”

我先打开她的来信，接着把支票拿了出来。女人就是女人，已经迟到了六天，然而就算这样，她们还是想让男人们相信自己很能干。要是换作男人的话，每个月第一天要做的事拖到第六天，生意是不会支撑多久的。还不仅仅是这样，等到银行的通知单寄给她的时候，她还要奇怪我为什么总在六号这一天把薪水存进去。女人是从来不会也弄不懂一件事情的缘由的。

我在信中提到昆丁的复活节的新衣服的事，还没有收到你的回信。衣服完好地收到了吗？而且我最后写给她的两封信，也没有收到回信，但是第二封信中所附的支票已经和第一封信中的一样被兑换了。她是生病了吗？你要让我马上知道，不然我就会亲自去看望她了。你答应过的，如果她需要什么东西，你就会通知我的。我等着在十日之前收到你的回信。不，你还是立刻给我打电报过来吧。

你现在一定是在偷看我给她写的信。我知道这件事，就像我正亲眼看到的一样。你最好立刻按照这个地址给我打电报过来，把她的事情告诉我。

就在这个时候，艾尔对着艾伯开始大喊大叫。因此我只好把信件收好，跑出去为艾伯打起精神，让他别那样拖拖拉拉的。这个国家所需要的是白人工人。让这些该死的黑鬼饿上一两年肚子，到时候后他们才会知道自己是怎样的软包。

快到十点钟的时候，我又到了前面。这时候店里面来了一个旅行推销商。时间到了九点五十八，我请他到街上去喝一瓶可乐。我们就谈到了收成。

“种地简直一无是处，”我说，“棉花现在成了投机商人们热衷的货物。他们让农民满怀希望地为他们大量种植棉花，就是为了能让自己垄断市场，以击垮那些新手。但是对于农民来说，除了将他们的脖子晒得通红并且弄驼了背，他们得到了什么？你想想那些汗滴禾下土的人，除了起码的糊口之外，他们能多得到一分钱吗？”我说，“倘若他们种得太多，价格就会低廉，甚至不够采摘的费用；倘若他们种得太少，那点棉花就不够塞轧棉籽机的。这样做是为了什么呢？就为了让一小撮该死的东部犹太人获利？哦，我说的并不是那些信仰犹太教的人，”我说过，“其实我也认识一些犹太人，他们都是很好的市民。你不会就是其中的一位吧？”我说。

“不是，”他说，“我是地道的美国人。”

“我没有冒犯你的意思，”我说，“我一向公平对待每一个人，不论他信仰什么样的宗教或者是其他方面又是如何。其实我不反对任何一个犹太人，”我说，“我反对的只是犹太这个民族。你必须要承认，他们不事生产。他们只会尾随在那些开拓者的后面进入一个新的国家，然后把衣服卖给他们，赚他们的钱。”

“你说的是亚美尼亚人吧，”他说，“是不是这样？那些筚路蓝缕的开拓者是没有必要穿新衣服的。”

“我丝毫没有要冒犯你的意思，”我说，“我并不反对别人的宗教信仰。”

“当然，”他说，“我是一个地道的美国人。我们家族带有一点法国血统，这就是我的鼻子长成这样的原因。至于我本人，是一个地道的美国人，这一点没错。”

“我也是，”我说，“现在像我们这样地道的美国人不多了。我刚才说的是那些坐在纽约的人，他们才是投机者和骗子。”

“是的，”他说，“投机对于穷人来说一点用也没有。应该有一条明确的法律来制止这种行为。”

“那你认为我说的话对不对？”我说。

“非常正确，”他说，“我认为你是正确的。农民在这里面只有吃亏的分。”

“我也知道我是正确的，”我说，“除非你能够从通晓内幕的人那里得到一点消息，否则你非被骗不可。我碰巧就认识那么几位。他们在纽约有一家很大的投机公司。我的做事方式就是，”我说，“从来不会在一件事上冒太大风险。那些想用三块钱就捞到所有好处的人，最后一定会被痛宰一番。这也是那些人做这种投机买卖的原因。”

钟声刚敲响了十点，我就来到了电报局。电报局的门就像他们说的一样，永远是只打开一条缝。为了核实一下，我走到一个墙角，把电报又拿出来看了一遍。我正在看电报的时候，又来了一份商情报告，说市价又上升了两个点。人们都在纷纷买进，我从他们的对话当中就能听出来。他们都争前恐后地往这条船上挤，但是一点也觉察不到这条船正行驶在一条毁灭的航线上。好像现在有一条法律，规定大家除了买进之外什么也不准做似的。是啊，我想就算是那些东部的犹太人也得生活。但是任何一个受到上帝诅咒的人只要在老家待不下去了，就会到美国来，从美国人的口袋里面掏钱，这种局面还真是该死。现在又上涨了两点，变成四点了。他妈的，不过他们给我的消息应该是正确的，他们是懂行的。如果我不采纳他们的建议，那么我每个月付给他们的十块钱的咨询费还有什么用处？我走出电报局，但接着想起一件事来，于是又转身走回去，拍一份电报。“一切均好。Q今日回信。”

“Q？”电报员说。

“是的，”我说，“Q。你不知道Q这个字母吗？”

“我只是确定一下。”他说。

“你就按照我说的拍发出去，保管没错，”我说，“让受保人付款。”

“你在发什么电报啊？杰生。”莱特医生说，他的眼睛从我的肩膀上看过来，“是要买进的密码电报吗？”

“一点没错，”我说，“不过，你们还是自己动脑子判断吧。你们可是比那些纽约人还要精明。”

“嗯，我知道，”医生说，“每磅棉花涨两分钱，我今年就会收入一大笔。”

另外一份商情报告传过来了，价格下降了一点。

“杰生是在抛出，”霍普金斯说，“你们看看他的表情就知道了。”

“别管我在干什么，”我说，“你们自己动脑子判断。反正那些纽约的犹太有钱人也得和别人一样，打算自己的生活。”

我回到店里时，艾尔正在前面忙着。我走到柜台里面，读洛伦的来信。“亲爱的老爹，我真希望你就在这里。自从老爹你走了之后，我们就没有好的聚会了。我真想念我的甜蜜的老爹。”我知道她在想我，要知道上次我还给了她四十块呐。给她钱了。我从来没有答应过给一个女人什么东西，我也不会让她知道我会给她什么东西。驾驭女人最好的办法，就是让她们永远处于猜测之中。但是如果你实在想不出什么能够让她大吃一惊的话，那么对准她们的下巴来那么一拳也不错。

我把信撕碎，在痰盂上点火烧了。我通常不会保留任何女人给我的只言片纸，也不给她们写信。洛伦总是要求我给她写信，我就跟她说，“要是我忘了告诉你什么，就等我下次到孟菲斯的时候再告诉你好了。”我说，“其实我并不介意你用普通的信纸给我写信，但是如果你试图给我打电话的话，那么孟菲斯就没有你的立足之地了。我告诉她，我只是来这里玩女人的浪荡子中的一个，我可不想有什么女人打电话给我。”我一边这样说着，一边给了她四十块钱。“如果你因为喝醉了酒想打电话给我，那么你就要记住这句话，就是在拨电话号码之前从一数到十，好好考虑一下。”

“那么要到什么时候呢？”她说。

“什么什么时候？”我说。

“什么时候你会再来？”她说。

“到时候你就知道了。”我说。接着她想去买一瓶啤酒，但被我制止了。“把钱留住吧，”我说，“用那些钱给自己买一件衣服。”我也给了女佣人五毛钱。毕竟像我说的，钱本身并没有价值，关键在于你花钱的方式。钱并不属于任何一个人，为什么还要存钱呢？钱永远只属于那些能够赚钱而且又能一直保管它们的人。就在杰弗逊，有个人靠卖废品给黑鬼们赚了一大笔钱。但他就住在一个比鸽子窝大不了多少的地方，自己做饭。大约四五年前的时候，他生病了，非常害怕。等到他病好了之后，他就开始信仰教会，每年出五千块资助一个教士到中国传教。我常常想，如果他死了之后发现根本就没有天堂，那时候再想起自己的五千块，他得多懊悔。如果按照我说的，他还不如继续害怕下去，就算现在已经死了，但是钱却省下来了。

等到信的碎片烧干净之后，我正要把其他信件塞到外套口袋里，突然我想到我应该在回家之前把给昆丁的信拆开。但就在这个时候，艾尔在前面大声叫喊我，我只好把这些放下，去伺候那位该死的红脖子乡巴佬。他已经花了十五分钟，还不能决定下来是要买一条两毛钱还是三毛五的牛轭绳。

“你最好选那条好的，”我说，“你们老是用价格低廉的装备来工作，怎么能希望获得比别人更好的收成呢？”

“要是这一条不好的话，”他说，“那你们怎么还在卖呢？”

“我并没有说这条不好，”我说，“我只是说没有那条更好。”

“你怎么知道的，”他说，“你用过吗？”

“因为它没有定价三毛五分钱啊，”我说，“凭这个我就知道它不如那条好。”

他拿起两毛钱的那一种，从手指间抽过去。“我看我还是买这一条吧。”他说。我正准备给他包起来，但是他却直接卷巴卷巴塞到工作服下面了。然后他拿出来一个烟草包，解开，从里面抖出几个硬币。他递给我一枚两毛五的。“我还能用剩下的一毛五分钱吃一顿午饭呢。”他说。

“好啊，”我说，“你是行家。不过要是你明年需要再换一条牛轭绳的时候，可不要来抱怨我。”

“我现在还不考虑明年的事。”他说。我好不容易把他打发走，但是每当我把那封信拿出来的时候，就会发生点别的事。人们都到镇子上看演出，成群结队地来，把钱花在不会给镇子带来任何好处的东西上面，除了能够让那些贪官污吏能够借此分赃。艾尔则像鸡栏里面的母鸡一样，嘴里面念念有词：“是的，太太，康普生先生会侍候你的。杰生，拿一个牛奶搅拌器，再拿一个五分钱的百叶窗钩子给这位太太看看。”

嗯，杰生天生就喜欢伺候别人。但是我说我并不喜欢。是的，我没有读过大学，因为在哈佛大学他们居然会教你如何在黑夜里游泳，而你自己可能根本就不会游泳；至于西华尼呢，那就更好了，他们甚至根本都不会教你什么是水。①但是我还是要说，你们可以送

①杰生在这里挖苦自己的父亲和昆丁。昆丁读的是哈佛大学，后来在夜晚投水自尽；杰生的父亲读的是西华尼的大学，最后酗酒而死。

我去读州立大学嘛，那样我就能学会怎么用一个治疗鼻子的喷雾器将自己的钟表弄停了。要是再让我说，你们也可以把班送进海军或者是骑兵队，因为骑兵队里面的马都是阉割过的。当她把小昆丁送回家来让我喂养的时候，我说这没有什么问题啊，本来我就打算到北方去找个工作，现在工作自动送上门来了。这时候母亲就哭了起来。我说我一点儿也不反对抚养这个孩子，如果您高兴的话，我辞掉自己的工作来做这件事都没有问题，不过这就需要您和迪尔西来让家里的面粉桶是满着的，要不班也行。班能行的，随便把他租借给哪个马戏团，总会有人愿意花一毛钱来看他表演的。这时她哭得更厉害了，同时不停地说，我的饱受苦难的孩子啊。我说，是的，不过等她长得更高一些，而不是像现在那样只有我的一半高，她就会给你更大的帮助了。这时候她就说她很快就会“去”了，那时候我们的日子就会好过了。因此我只好说，好吧，随您的便吧。不过那是您的外孙女儿，在她所有的爷爷奶奶外公外婆之中，只有您的身份是清楚的。我说，这只是一个时间问题罢了。如果您相信她会按照她所说的，不会来看望这个孩子，那就是您在糊弄您自己。母亲不断地说，[①]谢天谢地，你除了名字之外其他的方面都不像康普生家族的人，现在你和毛莱就是我所有的一切了。我说好吧，只是让我自己来承担这份责任就可以了，完全不用再把毛莱舅舅搭进来啊。这时候人们来了，说可以动身了。母亲就不再哭了。她把面纱拉了下来，我们就下了楼梯。毛莱舅舅正用手捂着嘴巴，从餐厅里面走出来。他们排成两支队伍，我们刚走出门口的时候，正看到迪

①1912年杰生的父亲康普生先生去世之后出殡的情景。

尔西将屋角附近的班和狄比赶回去。毛莱舅舅不断地说着，可怜的小姐姐，可怜的小姐姐，同时用手轻轻拍动母亲的手背。他不停地说着话，但是听不清楚他在说些什么。

“你戴上黑纱了吗？”她说，“我们为什么不走呢？一会儿班杰明出来又该热闹了。可怜的孩子，他什么都不知道，他连发生了什么都不知道。”

“是啊，是啊，”毛莱舅舅一边说，一边用手拍着她的手背，嘴里面喋喋不休，“这是最好不过的了。等到必要的时候，再让他知道自己丧失了父亲。”

“其他的妇女在这时候，都有他的孩子来支撑她的。”母亲说。

“你也有杰生和我啊。”他说。

“对我来说这太可怕了，”她说，“不到两年的时间就失去了两个亲人。”

“好了，好了。”他说。一会儿之后，他把手偷偷地放到了嘴边，又把什么东西扔到窗外。这时候我才知道我一直闻到的，是丁香梗（丁香梗的气味可以去除酒味）的气味。我想，他一定觉得这是他在父亲的葬礼上至少应该做到的事吧。也许那个酒橱在他经过的时候把他当成了父亲，因此才把他绊住的。就像我所说的，如果他觉得一定要卖掉什么东西来送昆丁去上哈佛的话，如果他是把那个酒橱卖了，同时给班买一件疯子穿的紧身衣，那么我们的日子就全都好过了。我知道，在我继承康普生家族的产业之前，就像母亲说的那样，他就已经把产业都喝光了。反正我也从来没有听说过他要卖任何东西把我也送到哈佛去。

他就这样不停地拍着她的手，说“可怜的小姐姐呀”。他用戴着黑手套的那只手来拍，过了四天之后我们就收到了那副手套的账单，因为那是二十六日，也就是一个月前父亲到那里把她带回来的同一天。父亲闭口不说她在哪里，也不说其他的任何事。母亲就边哭边说：“你看到她了吗？难道你就没有想办法让她为此负一点责任吗？”父亲说：“不行，她不愿意用他一分钱。”母亲说：“法律会使他就范的。他一点也不能证明，除非——康普生先生，”她说，“你不会愚蠢到告诉他——”

“别说了，凯罗琳，”父亲说，随后他派遣我和迪尔西到阁楼上把那个旧摇篮拿下来。我就说：

“嗬，他们真的为我们家找了一份工作。”因为我们一直希望凯蒂和她的丈夫能够把一切事情办妥，希望他能够抚养小昆丁。而母亲则总是说凯蒂至少还关心着这个家，在她把小昆丁安排妥善之后，不会去妨碍我能够得到的那个机会。

“那你说说，小昆丁该放在哪里抚养？”迪尔西说，“除了我以外，谁还会抚养她？难道我没有抚养这个家中的每一个人吗？”

“你干得不错，”我说，“而且无论如何，现在她总算又有事可以来为之操心了。”我们把摇篮拿下阁楼，迪尔西就在她的老房间里安了起来。这时候母亲又说话了。

“别出声，凯罗琳小姐，”迪尔西说，“你会吵醒她的。”

“为什么要让她睡在这里？”母亲说，“让她在这里受到坏空气的感染吗？她的命已经够苦了，还要让她再加上一分吗？”

“别说了，”父亲说，“别说傻话了。”

“为什么不让她睡在这里？”迪尔西说，“她的妈妈在长大到能够单独睡之前，每晚不都是跟着我在这里睡的？”

“你不懂的。”母亲说，“我的女儿让丈夫抛弃了，可怜无辜的小宝宝啊，”她边看着小昆丁边说。“你现在还不知道你给别人带来了多大的痛苦。”

“别说了，凯罗琳。”父亲说。

“你这样说是为了杰生吗？”迪尔西说。

“我要保护他，”母亲说，“这是我一直努力去做的一件事。现在，我要保护好这个小娃娃。”

“我就是想知道，在这个房间睡怎么就能伤害了她？”迪尔西说。

“我没有办法，”母亲说，“我知道我只是一个不断惹上麻烦的老妇人。但是我知道如果违背上帝的旨意，是要被惩罚的。”

“你胡说什么呀？”父亲说，“迪尔西，你就把摇篮安到凯罗琳小姐的房间里吧。”

“你可以说我是在胡说，”母亲说，“但是千万不能让她知道。连那个名字也不要让她知道。迪尔西，我不允许你在她面前提到那个名字。如果她能够顺利长大而不知道她的母亲的话，我就感谢上帝了。”

“别犯傻了。”父亲说。

“我以前从来没有干涉过你教育孩子的方式，”母亲说，“但是现在我再也不能忍受了。我们今天晚上必须决定好这件事。或者是不准在她的面前提到那个名字，或者是把她送走，或者是我自己走掉，你看着办吧。”

“好了，别说了，”父亲说，“你太激动了。迪尔西，把摇篮安放在这里吧。”

“你看上去要生病了，”迪尔西说，“看上去快像一只鬼了。你赶紧上床去，我给你调一杯威士忌，看看能不能睡着。我敢说你自从离开家门之后就没有睡过一个安稳觉。”

“肯定没有睡过，”母亲说，“但是你不知道医生的嘱咐吗？你为什么还鼓励他喝酒？这就是他的问题。你看看我，虽然我活着也受罪，但是我从来没有意志软弱到用威士忌来自杀。”

“胡说，”父亲说，“医生懂得什么？医生就是靠让病人去做他们不想做的事情来骗钱混饭。这太简单了，就连退化的猿猴也会这么做的。下一步，你就该去请牧师来给我做安魂弥撒了吧？”母亲于是哭了起来，父亲就走掉了，接着我就听到了打开酒橱的声音。等我再醒来的时候，我又听到了他的下楼声。这时候母亲应该已经睡了，因为房子里面终于安静下来了。他也保持不发出音响，因为除了他的睡衣和裸露的小腿发出的摩擦声之外，我听不到其他的声响。

迪尔西安放好摇篮，替她脱下衣服，把她安置进去。自从父亲把她抱回来之后，她还没有醒过呢。

“她长得挺大的，摇篮里快睡不下了。”迪尔西说，“对啦，我可以在过道里面给自己搭一张床，这样晚上您就不用起床来照看她了。”

“我不睡觉，”母亲说，“你还是回去睡吧。我根本就不在乎。我很愿意把我的余生放在她的身上，只要能防止——”

“您不要说了，”迪尔西说，“我们会好好照看她的。你也上床睡觉去吧，”她对我说，“明天还要上学呢。”

我就要走出去，但是接着母亲把我叫了回来，对着我哭了一阵子。

“你是我唯一的希望所在了，”她说，“每天晚上我都在感谢上帝。”我们在那里等着大家动身的时候，她说感谢上帝，现在父亲也要受到上帝的眷顾了，而留在自己身边的是我而不是昆丁。“感谢上帝，你并不像康普生家族的人，因为现在留在我身边的就只有你和毛莱了。”我就对自己说，有没有毛莱舅舅，我才不在乎呢。

好吧，他一直用戴着黑手套的手拍母亲的手背，转过头去和她说话。等到轮到他铲土的时候，他才把黑手套脱下来。虽然有人给他们打着伞，但是他们的脚上还是沾满了泥巴，他们就不时跺着脚，想把泥巴从鞋子上跺下来。铲子上也沾满了泥巴，他们只好把铲子上的泥巴弄下来。泥巴落在棺材上面，发出一种很空洞的声音。当我后退到马车附近的时候，又看见他正躲在一块墓碑的后面偷偷喝酒。我正疑心他要喝个没完没了呢，因为我穿着一身新的西装，而马车的轮毂上也没有沾上多少泥巴，母亲看到这些，就说：“我不知道你什么时间会有另外一套新西装。”毛莱舅舅就说：“好了，好了。你根本就不用担忧，你可以依靠我呢。”

是啊，我们可以依靠他。第四封信就是他寄来的，但是根本不用拆开看。我自己就可以写一封，或者是仅仅凭借记忆背给母亲听就可以，如果为了保险起见再加上十块钱就好了。但是对于另外一封信我就很有怀疑，因为我觉得已经到了她向我要花样的时候了。在第一次之后她就变聪明了，因为她发现我和父亲并不是同一类型的人。

当人们快要把墓穴填满的时候，母亲号啕大哭起来，毛莱舅舅于是带着她坐马车走了。他对我说我可以跟其他人坐一辆马车，因为人们都是愿意搭载我的，而我得先把你母亲送回去。于是我心里就说，是啊，你应该带两瓶酒出来，而不仅仅是只带一瓶。可是我知道我们现在身处的是什么环境，因此我就让他们先走了。他们才不在乎我身上已经淋得多湿了，不过要是我不小心得了肺炎的话，母亲又要大惊小怪了。

我一边考虑着，一边看他们把泥土填进墓穴，用力地拍打着，就好像是在调制泥灰或者是建造一道栅栏一样。我觉得有些好笑，就决定在附近绕一下圈子。但是如果我是往镇子上走的话，他们会赶上我的，一定要我坐到一辆车子上去，因此我就往黑人的墓园那里走去。后来我站在了几棵杉树的下面，那里落下来的雨水比较少，只是偶尔的几大滴。我在那里可以看到他们什么时间干完活，什么时间离开。不多久，他们就离开了，又过了一分钟，我也上路了。

为了避开湿草丛，我不得不在小路上行进，因此我离那里很近了，才看到她穿着一件黑斗篷站在那里，正在看着一束花。在她转过身来揭开面纱之前，我马上就认出她是谁了。

“嗨，杰生。”她说着伸出手来。我们握了握手。

“你到这里做什么？”我说，“你是答应过母亲不会回来的。我想那时候你应该比现在更有理性。”

“是吗？”她说，然后又开始看那束花了。那束花至少值五十块钱，有人把它放在了昆丁的坟墓上。“你是这样想的吗？”她说。

“不过我也不会惊讶，”我说，“我早就知道你没有那么本分。你不在乎任何人，不会顾及任何人的处境。”

“啊，”她说，“那份工作的事。”她看着坟墓，“我很抱歉，杰生。”

“你也会觉得抱歉吗？”我说，“你现在说话倒是温和多了。但是你实在用不着回来。没有任何遗产被留下来。如果你不相信我，就去问一下毛莱舅舅吧。”

“我什么也不要。”她说。她还在看着坟墓。“为什么你们不让我知道？”她说，“我只是凑巧在报纸上看到的，就在背面的最后一栏，凑巧看到的。”

我一句话也没有说。我们就那样站在那里，看着坟墓。这时候我想起了我们小时候的事，想起这一样，又想起那一样，渐渐地觉得不太舒服了，觉得有些疯狂。我又想到现在毛莱舅舅要回到家里居住，并且家里的事情由他说了算了，就像刚才他还把我留在雨里淋着一样。我说：

“你真有心机，父亲一去世你就偷偷溜来。不过你不会得到什么好处的。千万不要以为这是你回家的最好机会。既然你已经驾驭不了你获得的马儿。那么你就只好步行了，”我说，“我们甚至不知道你住在那栋房子里叫什么名字。”“你明白吗？我们甚至不知道你的名字。要是你能和父亲、昆丁一起住在下面，那说不定会更好些，”我说，“你明白吗？”

“我明白，”她说，“杰生，”她说，看着坟墓，“如果你能想办法让我看她一分钟，我就给你五十块钱。”

“你根本就没有五十块钱。”我说。

“你要不要？”她说，还是不看我。

“拿出来看看，”我说，“我不相信你有五十块钱。”

我看见她的手在斗篷底下摸索着，然后她把手拿了出来。如果她那手里拿着的不是钱，那么我就该死了。我看到了两三张黄色的票子。

“他现在还给你钱吗？”我说，“他给了你多少钱？”

“我给你一百块，”她说，“你愿不愿意？”

“说好了就一分钟，”我说，“而且你要按照我吩咐的去做。就算是你给我一千块，我也不能让她知道这件事。”

“好，”她说，“我会按照你的吩咐去做的。只要你能让我看见她一分钟。我别无所求，马上就走。”

“把钱给我。”我说。

“事后再给你。”

“你不相信我吗？”我说。

“不相信，”她说，“我很了解你。我是跟你一块儿长大的。”

“说到信任别人的问题，你倒是很拿手。”我说，“好了，我可不想在这里继续淋雨了，再见吧。”我装作抬步要走的样子。

“杰生。”她说。我停了下来。

“干什么？”我说，“有话快说，我已经快被淋湿了。”

“好吧，”她说，“给你钱。”四周没有人。我走过去拿钱，但是她还死捏着不放。“你会帮我做这件事吧？”她透过面纱看着我说，“你答应下来了吧？”

“放手，”我说，“你想让别人看到我们在一起是吧？”

她松开了手。我把钱放在口袋里。“杰生，你会照做的，对吗？”她说，“如果我还有别的办法，我是不会来求你的。”

“没有别的办法，你说得再正确不过了，”我说，“我当然会这样做的。我答应过要这样做，不是吗？不过现在你要按照我吩咐的去做。”

“会的，”她说，“我会的。”于是我就告诉她在哪里等我，然后我就去了马车店。我走得很快，结果在他们要把马匹从车上接下来的时候赶到了。我问是否已经付过钱了，他回答说还没有。于是我就说康普生太太忘了一样东西，要去拿回来，他们便让我坐上了马车。是明克在赶车，我就给他买了一支雪茄，让他带着我四处转转，直到后街已经黑下来了，人们不会再认出他来。这时候明克说他要把马车赶回马车店了。我就说我会再给他买一支雪茄的，然后我们就把马车赶进巷子里，我通过院子走进了房间。我在客厅里停住，听见母亲和毛莱舅舅在楼上说话，接着我走到了后面的厨房里。小昆丁和班就在那里，由迪尔西照看着。我说母亲要看看她，于是就抱着她走进了房间里。我找到了毛莱舅舅的雨衣，把她包裹进去，然后带着她回到巷子，上了马车。我让明克把车子赶到火车站去，因为他害怕从马车店门前经过，因此我们只好从后街上绕过去。不多会儿之后我就看见她正站在路灯下的角落里，于是我就吩咐明克靠近人行道行驶，而等到我说“快走”的时候，他就给马匹来上那么一鞭子。就在这时候，我把雨衣从小昆丁的身上脱了下来，然后将她举到了马车的窗户旁边。凯蒂看到了她，想要扑上来。

“打马呀，明克！”我说。明克于是狠狠地给马匹来了一鞭子，我们就像一辆救火车一样从她身边冲过去。“现在就像你答应的那样，去赶那趟火车吧。”我说。透过马车的后窗户我可以看见她正在后面追赶。“再打一鞭子，”我说，“我们要回家了。”等我们在路口拐弯的时候，她还在追赶着。

那天晚上，我把钱又数了一遍，然后放好。我并不觉得我做了一件坏事。我心里想，我要让你看个明白，现在你总该知道弄丢了我的那份工作会遭受到什么了吧。但是我没有想到的是，她并没有遵守诺言乘坐那辆火车离开。但那时候我还是不太了解女人：现在我再也不会相信她们的话了。因为第二天早晨她就径自走进了我们的店里，只不过她还带着面纱并且没有跟任何人说话，这一点还算是不错。那是星期六的早晨，因为看见我在店里，她就快速地一直走到店铺前面我的办公桌前头。

“骗子，”她说，“你个骗子。”

“你疯了吗？”我说，“你知道你在做什么吗？你怎么能就这样进来了呢？”她刚要说话，但被我阻止了。我说：“你已经丢掉了我一份工作，怎么连我这一份工作也想给弄丢是吗？如果你有什么想跟我说的，天黑之后我们可以在什么地方见面。你有什么想跟我说的吗？”我说，“难道我没有做我答应你的任何一件事吗？我说过会让你看她一分钟，我做到了没有？嗯，你不是已经看到了吗？”她就站在那里看着我，浑身像打摆子一样颤抖着，双手紧握，看上去像要发疯了。“我只是按照我答应的去做了，”我说，“说谎的人是你，你许诺过要乘坐那班火车离开的。你许诺过没有？如果你想把那笔钱要回去的话，你就试试看吧，”我说，“就算你给我的是一千块钱，现在你也还欠着我的呢。如果十七班次火车开走之后让我还知道你依旧在镇子上，”我说，“我就会把这件事告诉母亲和毛莱舅舅。那么，直到你断气之前，你再也不会看到小昆丁了。”

“你真该死，”她说，“你真该死。”

“好，”我说，“随便你怎么说。不过你要记住我说的话，要是你不乘坐十七班次火车离开，我就会告诉他们。”

她走了之后，我觉得心里面痛快了一些。我说，现在你该知道以后再丢掉我的工作之前需要考虑的东西了吧。那时候我还是个孩子，才会轻易相信别人的话，但是在那之后我就已经学乖了。另外，就和我说的一样，我看起来也不需要任何人的帮助和提携。我可以自己立足，像我一直做的那样。但是我突然想到了迪尔西和毛莱舅舅。我想到了她会如何说服迪尔西，而至于毛莱舅舅，只要给他十块钱，他是什么都会答应下来的。而我呢，却只能在这店铺里，不能跑回家保护我的母亲。就像她说的那样，如果你们之中有谁会被带走，那么感谢上帝留下来的人是你，让我能够有所依靠。于是我说，那么好吧，既然我命中注定跑不远，最多只是跑到杂货铺来，免得您要找我的时候找不到。那么我也知道虽然家产所剩无几，但是也总得有人来守护着，对吧？

因此，我一回家就盯紧了迪尔西。我告诉迪尔西，她得了麻风病。我又拿来了《圣经》，把一个人身上的肉一块一块地腐烂掉下来的那一段读给她听。然后我告诉她，只要让她看一眼她或者是班或者是小昆丁，他们也会染上麻风病。这样我就觉得我已经把一切都安排好了，殊不知有一天我回家的时候看到班吉又在那里喊叫。他就像是要把整个地狱都弄翻了一样，谁也不能让他安静下来。母亲就说，好吧，把拖鞋给他拿来。迪尔西装作没有听见的样子。母亲又说了一遍，我就说我去拿吧，我可忍受不了这样的叫喊声。像我曾经说过的，虽然我很有耐性，要求也不高，但是如果我在一家该死的店里面工作了一天，回家的时候也不能安安静静地吃一顿饭，那么就该死了。因此我说我去拿拖鞋，迪尔西却急急忙忙地说："杰生！"

我的心里立刻好像被闪电照亮了，知道发生了什么事情。但是只是为了确认一下，我去拿来了拖鞋。果然和我想的一样，他看到拖鞋之后，叫声更大了，好像我们要杀死他一样。因此我迫使迪尔西说出了真相，然后汇报给了母亲。之后，我们又需要将她抱到床上了。等到事情稍微安定下来，我就告诉迪尔西，她应该保持对上帝的敬畏。但是我只能像对任何黑人所做的那样，不能有过高的期许。这个就是有黑人佣人所带来的麻烦。他们长时间和你生活在一起之后，就会觉得自己很了不起，甚至让你没有办法指使他们。他们自以为是自己在管理着这个家庭。

"我倒是想知道，让可怜的小姐看一下自己的孩子，这有什么大不了的？"迪尔西说，"要是康普生先生还活着，事情就没有这么麻烦了。"

"问题是康普生先生已经死了，"我说，"我知道你一向不大听我的，但是母亲的话你总该听吧。你这样折腾她，会把她送进坟墓的，那时候你是不是就可以让整栋房子里面都住满黑人穷鬼了？再说，你让那个白痴见到她做什么？"

"杰生，就算你是一个人，也是一个狠心的人，"她说，"感谢上帝，尽管我长着一颗黑人的心脏，但是也要比你更有心肝。"

"但我至少还有男子气概，能够把家里的面粉桶装满，"我说，"如果再那样做，你就吃不到桶里的东西了。"

因此我再看到她时，就告诉她，如果她再从迪尔西那里打主意，母亲就会赶走迪尔西，把班送到杰克逊，而她自己则会带着小昆丁远走高飞。她死死地盯着我。旁边没有路灯，我看不清楚她的脸，但是我知道她在看我。我们小的时候，每当她生气但是又手足无措的时候，她的上唇就会开始跳动。每次跳动，牙齿就会露出一点点。在这个过程当中她会像一根柱子一样一动不动，连一束肌肉也不会动，只是上唇跳得越来越厉害，牙齿露出来得越来越多，但是却不说话。最后她只说出几个字：

"好吧。你要多少钱？"

"嗯，如果从马车车窗里看一眼就值一百块，那么——"我说。不过从那件事之后，她的表现就一直不错，只是有一次她要求看银行的账目单。

"我知道那些支票的背面都有母亲的签名，"她说，"只是我想看一看银行的账单，想知道那些支票都到哪里去了。"

"那是母亲的个人事务，"我说，"如果你认为你有权利调查的话，那么我就去告诉她，说你认为那些支票被侵占了，而你想核查一下，因为你并不信任她。"

她没有说话，也一动不动，但是我能听见她在心里面说去你的，啊，去你的。

"你就说出来吧，"我说，"你和我看待对方，早就已经没有什么秘密了。也许你想把钱要回去。"我说。

"听着，杰生，"她说，"现在不要对我撒谎了。我想说的是关于她的事。我可以不看任何东西，而且如果钱不够的话，我还可以每个月多寄一点过来。但是你要答应我让她可以——她可以——你是能够做到的。给她买一些她需要的东西，对她和气一点。我什么也做不了，他们不让我做……但是你是不会帮我做的，因为你身上的血是冷的。听我说，”她说，“如果你能想办法让母亲把她还给我，我就给你一千块钱。”

“你没有一千块，”我说，“我知道你在撒谎。”

“有，我有。我会有的，我能弄到。”

“我知道你会去怎么弄到手的，”我说，“就是用和弄到小昆丁一样的办法去弄这笔钱吧？等到她足够大的时候——”那时候我真以为她要打我了，但是后来又不清楚她到底要做什么。有一瞬间，她就像一个发条拧得太紧的玩具，马上就要炸掉。

“啊，我疯了，”她说，“我要疯了。我不能带走她。你们抚养她吧。我都在想什么呢，杰生，”她一边说一边抓住我的胳膊，她的双手滚烫。“你得答应我要好好照看她——因为她是你的亲人，和你血肉相连啊。答应我吧，杰生。你有着和父亲相同的名字，而如果是父亲的话，你认为我需要向他请求两遍吗？连一遍也不需要吧？”

“就是这样，”我说，“他的确给我留下了这点东西。你要我怎么做？”我说，“是给她买一条围裙和一辆婴儿手推车吗？你这样并不是我造成的，”我说，“反而我比你冒着更大的风险，因为你现在已经没有什么可以失去的了。因此，如果你希望——”

“是啊，”她说，接着开始大笑起来，但是同时也在拼命抑制着。“是啊，我没有什么可以失去的了，”她说，粗声粗气的，同时用手捂住嘴巴，“没有——没有——没有什么了，”她说。

“得了，”我说，“别笑了！”

“我也在尽量不笑的啊，”她说，用手捂紧了嘴巴，“啊，上帝!啊，上帝!”

“我要走了，”我说，“我可不能让别人看见我和你在一起，你现在就离开这个镇子吧，听见没有？”

“等一下，”她说，又抓紧了我的胳膊，“我已经不笑了。我再也不笑了。你答应我了吗，杰生？”我觉得她的瞪大的眼睛几乎就要碰到我的脸上了。“你答应我了吗？母亲——那笔钱——如果什么时候小昆丁需要一些东西——如果除了固定的生活费之外，我把她需要的钱用支票汇给你，你会给她吧？你不会说出来吧？你会让她和别的女孩子一样得到所需要的东西吧？”

“当然，”我说，“但是你需要按照我吩咐的去做。”

这时候，艾尔戴着帽子走到前面来。他说：“我要到罗杰斯的店里吃点快餐。我看我们是没有时间回家吃饭了。”

“我们没有时间，这是什么意思？”

“镇上有马戏团表演，非常热闹，”他说，“下午还要加演一场。人们都想尽快买点东西，然后能赶上去看表演。所以我们也最好在罗杰斯那里对付一下。”

“哦，”我说，“那是你的肚子。如果你想成为你自己的买卖的奴隶的话，那是和我没有太大关系的。”

“我知道你是不肯做任何买卖的奴隶的。”他说。

“除非是杰生·康普生的买卖。”我说。

因此，当我回到店铺后面把信件拆开的时候，唯一使我惊讶的是里面居然是一张邮局汇票而不是支票。先生，是的，女人是不能信任的。我冒了这么多的风险，冒着她每年都会回来一两次的风险，冒着向母亲撒谎的风险，而这就是她对我的回报。是不是她还会通知邮局，除了小昆丁之外，其他人都不能支取呢？而且她竟然给了小昆丁五十块钱。而我呢？甚至在二十一岁之前都没有见过五十块钱。其他的孩子每天下午和整个星期六都在放假，而我则需要到店里面做零工。就像我所说的那样，她就这样背着我们给她女儿钱，又怎么能期待我们能管教好呢？我也跟她说过，既然小昆丁和你一样出生在同样的家庭，受到了同样的教养，那么母亲就会比你更清楚小昆丁到底需要什么，而你呢，连个家庭都没有。“如果你要给她钱，”我说，“就直接寄给母亲好了，不要寄给她。既然我每几个月就要为你冒一次险，你就要按照我的吩咐去做。不然这件事就算了。”

正当我准备去做那件事的时候——如果艾尔以为我会冲到街上吞吃那么几口不能消化的食物的话，那么他就太愚蠢了。我也许并不是一个能够将两脚放在桃花心木桌子上的老板，但是我在这个店铺当中也只做付给了我工资的那一份工作，如果连我走出这家店铺之外的文明生活也干涉的话，那么我就会到另外一个更尊重我的地方去。我自己可以立足，也不要任何人的桃花心木桌子支撑我的双脚。——正当我准备去做那件事的时候，我又得暂时先放一下，跑出去卖一毛钱的钉子或者什么其他的东西给一个红脖子乡巴佬。这时候艾尔多半是已经一边吞咽着一块三明治，也走在回来的路上了。而这时我发现空白支票已经没有了。我想起来我原本是应该多拿一点的，但是现在已经太晚了。随后我抬起头来，听到小昆丁进来的声音。她是从后门进来的，正在那里询问老艾伯我在不在。我刚好来得及把那些东西塞进抽屉然后关好。

她走到办公桌旁边。我看了看表。

“你回家吃饭了吗？”我说，“现在正好十二点，我刚刚听过钟声敲响。你一定是飞着来去的。”

“我不回家吃饭了，”她说，“今天有我的信吗？”

“你在等信吗？”我说，“你居然有一位会写信的男友吗？”

“妈妈的信，”她说，“有我妈妈寄来的信吗？”她说，眼睛盯着我。

“有一封她给母亲的信，”我说，“我没有打开。你得等她打开之后，我想她会让你看的。”我说。

“请回答我，杰生，”她说，丝毫不管我刚才所说的，“有我的信吗？”

“什么事？”我说，“我可从来不知道你为什么事这么急切过。你一准是等着她给你寄钱。”

“她说过她——”她说，“杰生，回答我，”她说，“有没有？”

“你今天到底还算是去上学了，”我说，“他们在那里没有教你礼貌吗？你先等一下，我要去招呼顾客。”

我去招呼顾客。等我转过身来时，却发现她在桌子后面消失了。我急忙跑过去。绕到桌子后面，把她的正从抽屉里面缩回来的手抓住了。我拿着她的手在桌子上敲她的指骨，直到她松开为止，我把信抢了过去。

“你想偷，你想偷是吧？”我说。

“给我信，”她说，“你已经把它拆开了。给我信，杰生，请给我。这是寄给我的，我已经看到名字了。”

“我要拿缰绳抽你，”我说，“你应该得到的就是缰绳。你竟敢翻我的物品。”

“信里面有钱吗？”她说着，把手伸出来要信。“她说过要给我寄一些钱来的。她答应过的。把信给我。”

“你要钱干什么？”我说。

“她说过她会的，”她说，“请把信给我，杰生。如果这一次你能给我的话，以后我不会向你提任何要求。”

“我会给你的，你别着急。”我说。我把信和汇票一起拿出来，同时把信递给她。她伸出手来抓汇票，对那封信连看也不看一眼。“你得先签字。”我说。

“汇来了多少钱？”她说。

“你可以看信啊，”我说，“信里面总会说到的吧。”

她大概只看了两三眼，就把信看完了。

“信里面没说，”她抬起头来说，把信扔在地上，“汇来了多少钱？”

“十块钱。”我说。

“十块钱？”她瞪大眼睛，不可置信地说。

“你得到这么多钱就应该心满意足了，”我说，“像你这般大的小孩子。你突然这么着急地要钱，你想做什么？”

“十块钱？”她像是在呓语，“只有十块钱吗？”她又突然抓向汇票，“你撒谎，”她说，“你是个小偷，”她说，“你是个小偷！”

“你想抢，你想抢吗？”我说，一把把她推开。

“给我钱！”她说，“那是给我的。是她寄给我的。我要看看，我要看个清楚。”

“你想看吗？”我说，“那你怎么才能看到呢？”

“让我看一下吧，杰生，”她说，“求求你了。以后我再也不会向你提任何要求了。”

“你不是说我撒谎吗？”我说，“就因为这个，我是不会让你看到的。”

“怎么可能只有十块钱？”她说，“她明明告诉我——她告诉我——杰生，求求你了，求求你了。我需要钱。把钱给我吧，杰生。只要你给我钱，你让我做什么都行。”

“你先告诉我你要钱做什么？”我说。

“我非常需要这笔钱。”她说。她的眼睛看着我。接着，她突然不再看我了，眼睛也凝住了，我知道她准备撒谎了。“我欠了别人的钱，”她说，“我得还给别人，今天就得还。”

“还给谁？”我说。她的两只手在扭动着。我能看出来她是在编织一个谎言。“你又在镇上的店里赊账了吗？”我说，“如果是这样的话，你就不用告诉我了。镇上的每一家店铺我都打过招呼，你要是还能赊账，我可以把这笔钱吃掉。”

“是个女孩子，”她说，“是个女孩子。我向她借了一些钱，我得还她。求求你，杰生，把钱给我吧，你让我做什么都可以。我需要这笔钱。妈妈会还给你的。我会写信让她还给你的，我以后也不会向她要什么东西了。你可以看这封信。求求你了，杰生。我非常需要这笔钱。”

“先告诉我你要这笔钱做什么，我再考虑一下，”我说，“告诉我。”她却只是站在那里，两只手在衣服上不断地揉搓着。我说：“如果你觉得十块钱太少的话，我就把它拿回家给母亲。你知道那会发生什么。当然，如果你很有钱的话，你就不用要这十块钱了——”

她站在那里，眼睛望着门口，喃喃自语：“她说过要寄给我一些钱。她说过会把钱寄到这里的，可是你却说她没有寄过一点儿钱。她说过寄了很多钱到这里的。她说过那是给我的，说至少其中的一些是给我的。可是你却说她没有寄过一点儿钱来。”

“这件事你知道的和我一样多，”我说，“你不是看到过那些支票是怎么处理的了吗？”

“是的，”她说，眼睛看着地板，“十块钱，”她说，“只有十块钱。”

“这你还要庆幸自己的运气足够好呢，毕竟那是十块钱，”我说，“钱在这里，”我说。我把汇票正面朝下压在桌子上，“签个字吧。”

“你能让我看看吗？”她说，“我就是看看。无论那上面写的是多少，我只要十块，剩下的都给你。我就是想看看。”

“你有了刚才的表现，现在可就不行了。”我说，“你得学会一件事，就是我告诉你怎么做一件事的时候，你就需要照做。你把名字签到这里。”

她拿起了钢笔，但是没有签字。她只是低着头站在那里，手中的笔颤抖着，真像她的母亲。“啊，天啊，”她说，“啊，天啊！”

“是的，”我说，“如果你从来也没学会做什么事，那么这就是你要学习做的一件事。现在就签字吧，签完字你就可以走了。”

她签了字，“钱呢？”她说。我拿起汇票，吸干墨水，将它放在口袋里，然后给了她十块钱。

“下午你要回到学校里去，听到了吗？”我说。她没有回答。那张钞票被她捏在手里，皱得就跟一块破布一样。她从店铺里走出去的时候，正好赶上艾尔走了进来。有位顾客跟在他的后面，他们在店的前面停下了。我收拾好东西，戴上帽子，也走到了前面。

“很忙吗？”艾尔说。

“事实上没有那么忙。”我说。他向门外看了一下。

“那边是你的车子吧？”他说，“不过我认为你最好不要回家吃饭了。下午演出之前可能会再忙上那么一阵的。你到罗杰斯的快餐店里面吃吧，回来之后把发票放在抽屉里面就可以。”

“非常感谢，”我说，“不过我还是可以自己吃一顿饭的。”

他常常会站在那里，就像一只老鹰一样看守着这扇门，看我到底什么时候会来上班。不过这一次就让他多等候一会儿吧。事实上我也是尽量好好工作的，至少在我说“这是最后一次为你工作了”之前会是这样的。但是现在我需要去弄一些空白支票。在这该死的闹哄哄的节日（这一天是4月6日，复活节的前两天）到来之前，你很难记住什么事情。再加上这一场差劲的马戏团表演。除了要为一大家子人工作之外，我还要用一整天的时间满镇子去找一张空白支票，而艾尔则会像老鹰一样看守着这道门。

我到了一家印刷店，就说是想和一个朋友开个玩笑，但是他这里并没有这种东西。于是他便告诉我可以到老歌剧院去看一看，因为就在以前商农银行倒闭的时候，有人把一大堆破烂废纸储存在那里。这样我就不得不绕过好几条街道，为了让艾尔不能看到我，这才找到了西蒙斯老头，从他那里找到钥匙，进入里面翻腾起来。随后我找到了整整一本的圣路易斯银行的空白支票。当然这一回她看到之后会好好端详一番的。不过应该没有太大的问题，能够应付过去。我没有太多的时间可以浪费了。

我又回到店里。“我忘了拿一些文件，母亲让我到银行里去做点事。”我说。我回到办公桌边，把支票填好。我必须尽快办妥这件事。我对自己说，幸好现在她的眼睛已经没有那么济事了，不过家中既然有了那么一个小娼妇，母亲即使能够像一个真正的基督徒一样以宽恕为怀，日子应该也不太好过。我说她会成为一个什么样的人，这一点您和我一样清楚。不过如果仅仅是为了父亲的原因您执意要在家中抚养她的话，那是您自己决定的事。她就会哭着说这毕竟是自己的亲骨肉啊。于是我就会说，好吧，您就按照您自己的意思做吧。既然您能够忍受，那么我也就能够忍受。

我把信件重新装回信封之中，然后粘好封口，走了出去。

“别去太久了。”艾尔说。

“好的，”我说。我走到电报局。那帮精明鬼都在那里。

“你们有谁赚到了一百万没有？”我说。

“行情这么坏，谁还能有大的收获呢？”医生说。

“行情现在怎么样？”我说。我走进去看了看，比开盘的时候低了三点。“你们哥几个不会因为棉花市场上的这点小事就备受打击吧？”我说，“你们那么精明，应该能应付得了吧？”

“精明个屁，活见鬼了，”医生说，“十二点的时候下跌了十二点，我赔了个精光。”

“十二点？”我说，“你捣什么鬼，为什么不告诉我呢？”我对电报员说。

“他们怎么传过来，我就怎么公布，”他说，“我这里又不是地下交易所。”

“你很聪明，不是吗？”我说，“就看在我给你的钱的分上，你也该给我打一个电话。也许你们这该死的电报公司是和那些东部的投机大王一起在搞阴谋。”

他一语不发，装作很忙的样子。

“你是不是已经长大了，再也穿不上以前的小孩子穿的短裤了？”我说，“接下来你就应该去做苦力混饭吃了。”

“你怎么了？”医生说，“你不是还赚了三个点吗？”

“是啊，”我说，“如果早上我就抛出了的话。我还没有跟你们说这件事呢？你们哥几个也都赔了吗？”

“我两次差点被套住了，”医生说，“不过幸亏我转变得快。”

“嗯，”艾·奥·斯诺普斯说，“我今天的运气很好。不过以前我猜错的时候也很多，这也算公平吧。”

因此，就让他们按照五分钱一个点的价格继续来回买卖吧，我得走了。我找到一个黑小鬼，让他去把我的车开来，我就站在街角的地方等他。在这个地方，我看不见店铺，自然也就看不见艾尔一只眼睛盯钟表，另一只眼睛在大街上寻找我的样子。但是那个黑小鬼简直用了一个星期的时间才把车子开过来。

“该死的，你开车去哪里了？”我说，“是不是开着去在黑妞儿们的面前兜风了？”

“我是径直开过来的，”他说，“不过广场上的马车那么多，我好不容易才绕出来。”

我所见到的黑鬼，没有一个不会为他所做的任何事情找到荒唐而无懈可击的理由的。不过有一点我是知道的，就是你只要让他摸到了汽车，他们也没有一个不会到人多的地方夸耀一番的。我开着汽车在广场上绕了一下，看到了正站在店门口的艾尔。

我直接走进厨房，吩咐迪尔西赶紧把午饭准备好。

“昆丁还没有回来呢。”她说。

“那又怎么样？”我说，“是不是一会儿你还准备告诉我，说勒斯特还没准备好用餐呢？昆丁是知道我们家什么时候吃饭的。快点做饭吧。”

母亲在房间里。我把信交给他。她打开信，拿出了支票。她坐了下来，就把支票拿在手里。我走到屋角找到了一把铲子，然后交给她一盒火柴。“来吧，”我说，“烧掉了吧。要不然再过一分钟，您一准儿会哭的。”

她拿了火柴，但是没有立刻划着。她坐在那里，看着那张支票。就像我想得那样。

“其实我讨厌这样做，”她说，“多了一个昆丁在家里吃饭……这增加了你的负担。”

“我觉得咱们还能过得去，”我说，“来吧，烧掉算了。”

但是她却只坐在那里，看着那张支票。

“这一张是另外一家银行的，”她说，“以前的一直是印第安纳州的一家银行的。”

“是的，”我说，“女人总是这样做事。”

“做什么事？”她说。

“把钱存在不同的银行里。”我说。

“啊，”她说。她盯着支票又看了一会儿。“我很高兴，知道她这样……她有这么多的……上帝知道我的做法是正确的。”她说。

“来吧，”我说，“把这件事结束了吧。让这个玩笑结束了吧。”

“玩笑？”她说，“我认为——”

“是啊，我一直认为您每月烧掉二百块钱的支票，就是把它当作一个玩笑。”我说，“来吧，要我点着火柴吗？”

“看在我的子女的分上，”她说，“我是可以接受这张支票的。我没有什么值得骄傲的。”

“您不会满意的，”我说，“您知道您不会满意的。您以前是那样做的，这次还是那样做吧。我们还过得下去。”

“那就一切由你决定吧，”她说，“但有时候我担心，我这样做是把你们一些合法的权利给剥夺了。为了这件事，也许我该受到惩罚。如果你希望我接受下来，我会丢掉我的骄傲，将它接受下来的。”

“十五年来您一直烧掉支票，现在您要开始接受它，这有什么好处呢？”我说，“如果您继续烧下去，这对于我们没有什么损失。但是如果您一旦开始接受它，那么我们就已经损失了五万块钱。我们一直过得下去，不是吗？”我说，“您不是还没有进救济院吗？”

“是的，”她说，“我们巴斯康家的人不需要任何人的救济，特别是一位堕落的女人的。”

她划着了火柴，点燃了支票，然后把它放到了铲子里，连信封也丢了进去，就看着它们在那里燃烧。

"你不知道这是什么感觉，"她说，"感谢上帝，你永远不会知道做母亲的是什么感觉。"

"在这个世界上，有很多比她还要坏的女人。"我说。

"但是她们并不是我的女儿。"她说。"就算是不是为了我，"她说，"尽管她犯了错，但是我还是愿意收留她的，毕竟她是我的亲骨肉。这是为了小昆丁啊。"

其实，我们本来可以说，我可不允许她回来教坏小昆丁。不过就像我所说的，我并没有什么过高的要求，我就是只想在家里面能够安安稳稳地吃个饭、睡个觉，而不愿意看到家里面有两三个女人在乱吵乱闹。

"不过我也得为你考虑一下，"她说，"我知道你对她的看法。"

"别管我，"我说，"你让她回来吧。"

"不，"她说，"只要我想起你的父亲，我就不能这样做。"

"您想起了在赫伯特抛弃了她的时候，父亲一直试图说服您让她回来的事？"我说。

"你不了解，"她说，"我知道你的本意是不想让我为难。只是因为孩子而受苦，"她说，"是我应当做的事。"

"在我看来，其实您大可不必受这种苦。"我说。支票已经烧完了，我就把纸灰倒入了壁炉旁边的盒子里。"把好端端的钱烧掉，还是有些怪可惜的。"我说。

"千万别让我看到那一天，我的孩子居然会接受这笔充满罪恶的钱，"她说，"那样的话，我宁愿看到你躺在棺材里。"

"您爱怎么样就怎么样吧，"我说，"我们是不是马上就可以吃饭了？”我说：“如果我们现在还不能吃饭，我就得回去了，今天店里忙得很。”她站了起来。“我已经跟迪尔西说过一遍了，”我说，“但是她似乎要执意等小昆丁或者勒斯特还是什么人的。我这就再去看一下，你等着。”不过她还是走到楼梯口喊了起来。

“小昆丁还没有回来呢。”迪尔西说。

“那么，我就先回去了。”我说，“我可以在街上买一个三明治。我不想打乱迪尔西的安排。”我说。结果，她又开始喊了起来。迪尔西拖着不灵活的双脚走来走去，嘴里面嘟囔着，说：

“好的，好的，我尽快把东西布置好。”

“我是希望你们每个人都称心如意的，”母亲说，“我希望你们每个人都能够顺顺利利的。”

“我不是并没有抱怨什么吗？”我说，“我不过就是说要回店里面去工作了，我还说过别的话吗？”

“我知道，”她说，“我知道你一样没有别人那么多机会，只好在一家小镇上的店铺里被埋没。但是我觉得你是能够出人头地的。我也知道你父亲显然并没有认识到你的商业才能，后来家境坏下去的时候，我还以为凯蒂结婚后，赫伯特能够……他是这样答应过的……”

“没什么，说不定他也是在撒谎，”我说，“他可能并没有一家银行。再说，如果他有一家银行的话，我们也不用相信他会千里迢迢地到密西西比来找一个员工。”

我们吃了一会儿饭。我能够听见班在厨房里面，勒斯特正在喂他吃饭。就像我说的那样，如果我们需要多养一个人吃饭，而母亲又不愿意接受那些支票，那为什么不把班送到杰克逊呢？他和一帮一样的人在一起，他会高兴的。我说，上帝是知道的，我们这个家庭里面再也没有骄傲可言了，有谁会喜欢看到一个三十多岁的人跟一个小黑鬼在院子里面玩耍，而且每当他们在外面打高尔夫球的时候，他就会沿着栅栏跑来跑去，并且像一头牛那样地哞哞叫？这样，你就不会有太多的骄傲了。于是我说："您对他已经尽了最大的责任了，您已经做了任何人对您能够期待的事情，甚至是远远超过人们的期待，那么，您为什么还不把他送到那里去呢？毕竟我们纳了税就应该享受到国家的福利。"但是她接着就说："我不久就要'走'了。我知道我的存在对你们来说是一个负担。"我就说："您这样的话不知说过多少遍了，我都有点要相信了。"只是我心里面说，您最好别光在口头上说啊，如果您真的"走"了，最好别让我知道，因为我会在当天晚上就用十七车次火车把班吉送到杰克逊去。我又在心里面说，至于她，我也有一个能安置的好地方，但是那里绝对不是流淌着牛奶和蜂蜜的地方。这时候她又哭了起来，我便说："好了，好了，尽管我弄不清楚他们的路数，但是我还是和别人一样，是为自己的亲人感到骄傲的。"

我们又吃了一会儿饭。母亲派遣迪尔西到门口看一看昆丁快回来没有。

"我不是告诉过您，她不会回来吃饭了吗？"我说。

"她应该知道的，"母亲说，"她知道我是不允许她在大街上乱跑而不回家吃饭的。迪尔西，你刚才看清楚没有？"

"怕她看不清楚，您就别派遣她出去看啊。"我说。

"你们就好好嘲弄我吧，"母亲说，"你们都在跟我作对。"

"如果您别插手的话，我会让她乖乖听话的，"我说，"用不了一天的时间，我就能让她乖乖听话的。”

“你对她太残酷了，”她说，“在这一点上，你有着毛莱舅舅的脾气。”

这倒提醒我了。我拿出那封信来，交给她。“你根本不用打开看，”我说，“反正银行会通知您这次支取了多少钱的。”

“信是寄给你的。”她说。

“您打开看吧。”我说。她打开信看完了，然后又还给我。

信上面写着：

我亲爱的年轻的外甥：

你应该会愿意知悉，我现在得到一个宝贵的机会。基于你所知道的理由，暂不详述，我会在另一较安全的局面下向你透露。我的做事经验教育我须谨慎小心，不会轻易将机密事宜以当面叙述之外的其他形式交代。然而就在我的谨慎态度当中，你可对这件事的价值略知一二。毋庸多言，我已经对该事宜的方方面面进行了严格的核查，因此我可以告知你，这是平生难得的一次黄金机会。我现在终于看到了我长久以来为之奋斗并毫不动摇的那个目标：藉此，我可以改善我的经济基础，而家业亦可振兴。要知道，我已经是巴斯康家族的最后的光荣后裔，当然我将您的母亲和她的孩子同样视为家族成员。

不过，由于种种原因，我目前尚且不能够充分把握和利用这个机会，为了促使它尽快实现，并且确保该利益并不外溢，我今天从你母亲的银行存款当中提取了一笔小数额的款项，以作为我的初步投资。在信件中，我会附上一份亲笔书写的年息八分的借条，以使手续完备。毋庸讳言，这只是一种形式，以在瞬息万变之社会中确保你母亲的权益。当然，我会谨慎动用这笔款项，正如用我自己的款项一样进行投资，如此一来，你母亲就可以在我的周密调查下确认该项投资必定会大发横财——原谅我在此用字粗俗——的机会当中，获得丰厚的收益。

你该了解，我写此书信完全出于商业人士之间的相互信任，这是我们自己种植并且收货的葡萄园，你意见是否如此？我甚至想象得到你母亲的孱弱身体以及如她那般娇生惯养的南方女性向来对金钱问题的胆怯，以及在日常闲谈中往往会不经意将商业机密泄露，所以我建议你不要向她提及这件事。此事我反复考虑，因此劝你保持缄默。至于我个人，将于未来某个时间将这笔款项以及过往其他所借款项一起存入银行，而并不向她提起，这样可能更加妥善。使她不受物质世界之干扰和损害，正是我们之责任。

挚爱你的舅舅

毛莱·巴斯康

“您要怎么办呢？”我把信扔到桌子上，说。

“我知道你不高兴我给他钱。”她说。

“那是您的钱，”我说，“就算您把它扔给鸟儿，那也是您自己的事。”

“他是我弟弟，”母亲说，“是巴斯康家族的最后一个男丁。我们死了之后，巴斯康家族就会后继无人了。”

“我以为这样做对于一些人来说有些苛刻。”我说。“好吧，好吧，”我说，“这是您的钱。您想怎么处理就怎么处理。需要我去通知银行照付吗？”

“我知道你对他心存不满，”她说，“我知道你负担很重。不过我‘走’了之后，你就会轻松了。”

“我现在就可以让生活变得轻松起来的，”我说，“好吧，好吧，我们不要再提这件事了。如果你愿意的话，将整个疯人院都搬到家里来也行。”

“他可是你弟弟啊，”母亲说，“尽管他有病。”

“那我就要把你的银行存折带走了，”我说，“我今天要兑换支票。”

“他拖欠了六天才给你发工资，”她说，“你确定他的买卖没有问题吗？一家有偿还能力的商铺却不能马上给员工发工资，这一点我觉得很奇怪。”

“他没有问题，”我说，“就像一家银行那样安全可靠。我告诉他在每个月的账目没有结算清楚之前，可以先不要管我。这就是有时候会拖欠几天的原因。”

“我就是无法忍受你丧失了我在你身上投资的那一小笔款项的权利，”她说，“我常常觉得艾尔并不是一个精明的生意人。我知道你在他的店里面有一些投资，理所应当拥有一些权利，但是他却信任你没有达到应该的程度。我要去跟他谈一谈。”

“不，您就由着他吧，”我说，“这是他的事。”

“可你拥有一千块钱的股本啊！”

“由他去吧，”我说，“我也在监督着呢。我有您的委托书，这没有问题。”

“你根本就不知道，你对我来说是多么大的安慰，”她说，“因为你一直是我的骄傲和喜悦。当你心甘情愿，坚持用我的名义把你的工资存进银行的时候，我就感谢上帝，如果它一定要把他们都带进天堂，但是留给我的却是你。”

“他们也没错啊，”我说，“我想他们每一个人都尽力而为了。”

“你这样说，我就知道你还在埋怨你的父亲，”她说，“但是我觉得你有权利埋怨。不过听到你这样说话，我的心都要碎了。”

我站起身来。“接下来您要哭出声来了，”我说，“不过我不能奉陪了，因为我得回去上班了。我现在去拿那个存折。”

“我去给你拿。”她说。

“算了，您就别动了，”我说，“我自己去拿吧。”我上了楼，从她的桌子里面拿到了存折，然后回到镇上。我来到银行，把支票、汇单和那十块钱都存了进去，又在电报局盘桓了一会儿。现在比开盘的时候又涨了一点。我已经损失了十三点了。这都怪她在十二点的时候跑到我那里捣乱，为那封信纠缠不休。

“这份行情是什么时候收到的？”

“大概一小时以前。”他说。

“一小时以前，”我说，“那我们为什么还要给你付钱呢？”我说，“难道就是要你每星期给我汇报一次吗？你这样让我怎么大展手脚？就连屋顶被吹翻了，我们都一无所知。”

“我也觉得你无法大展手脚了，”他说，“他们修改了那条法律，要保证棉花市场上的公平竞争。”

“修改了吗？”我说，“我还不知道这件事呢。这消息是通过西部联合公司播发的吧？”

我回到店里。十三点。除了那些坐在纽约办公室，等着那些乡巴佬主动上前请求把他们的钱拿走的大老板们之外，我相信如果还有谁了解这件事情的玄妙，那么就该死。嗯，刚才一个打电话的人显而易见是对自己没有什么信心了。这就像我说的一样，如果你得不到一份正确及时的报告，那么你付钱还有什么意义？再说，这些人都是内部的，他们应该是知道所有的情况的。我摸了一下口袋里面的电报。我要是证明他们在利用电报局搞欺诈，那么就可以证实那是一家非法的投机公司。不过我并不是一个犹犹豫豫的人。如果他们并不是一家像西部联合公司那样庞大雄厚，能够及时播发市场行情的公司，那么就太可恶了。他们迫不及待地给你发送一份电报，只是要说“今日账目已经结清”。他们毫不关心别人的死活。他们一准儿是跟那些纽约人沆瀣一气。任何人都能看得出来。

我走进来的时候，艾尔看了一下他的表。在顾客出门之前他一直保持没有开口。然后才说：

“你回家吃饭了？“

“我去看牙了。”我说。我在哪里吃饭，这一点跟他没有任何关系，但是整个下午我都要和他待在店里，如果他开始喋喋不休的话，我可受不了。就像我所说的，如果你把一家杂货店老板也当回事的话，那么很快一个只有五百块钱的人也能摆出一副有五万块的架势了。

“你应该跟我说一声的，”他说，“我本来是希望你能马上回来的。”

“我也希望能够随时和你交换这颗牙齿，哪怕再倒贴给你十块钱，”我说，“我们的协议中我是可以用一个小时的时间吃饭的，”我说，“如果你不喜欢我的做事方式，你应该清楚该怎么办。”

“我清楚这一点有很长时间了，”他说，“如果不是看在你母亲的分上，我本来是可以这样做的。我很同情她，杰生。可是我认识的另外的人不值得我去同情。”

“把这份同情先留给你自己吧，”我说，“如果我们什么时候需要同情的话，我会告诉你的。”

“我为你的那档子事已经掩盖很久了，杰生。”他说。

“是吗？”我说，让他继续说下去。在我让他闭嘴之前，我想听听他会说些什么。

“我相信我比她更清楚你那辆汽车是怎么来的。”

“你自己这样认为，是吗？”我说，“你准备什么时候出去散播一下，说我是从母亲那里偷来的？”

“我没这样说过，”他说，“我知道你拥有她的委托书。但是我也知道她仍然以为她的一千块钱还在我的生意的股本里。”

“你说得对，”我说，“既然你已经知道了这么多，那么我就再告诉你一些：你可以到银行里面去问问，这十二年来我每个月初都是往谁的存折上存入一百六十块钱的。”

“就算我什么也没说吧，”他说，“不过我希望你以后能小心点。”

我不再多说什么，多说无益。我发现当一个人墨守成规的时候，你最好就让他那样得了。而当他自以为要给你奉告什么金玉良言的时候，那就直接和他说一句“晚安，再见”。我很庆幸我还没有像一只需要看护的生病的小狗那样的虚弱的良心。他小心翼翼的，不让他的这点小本买卖的盈利不要超过百分之八，生怕别人会告他重利盘剥。一个人被绑在这样的一个小镇上，这样的一个小本买卖上，还有什么他妈的机会？如果让我来接手他的买卖，我完全可以让他下半辈子什么也不用做。不过这样也没有用，因为他又会把钱全部捐给教堂的。如果说有什么事我绝对不能够忍受的话，那就是面对着一个伪善者。他本来和一件事情毫无关系，但是只要他不了解其中的道理，就觉得会有人从中受到欺骗，于是立刻就会站到道德的高度上，觉得有责任去告诉第三者。如果别人做出一点我不了解其所以然的事，就是一个骗子，那么我从店后面的他的那些账本里找出来一些诸如此类的事情，一点也不麻烦。但是这种事情对于其他人来说根本就不值得奔走相告，不值得到处宣扬，而且他们知道的可能比我还多呢。而且就算不知道，那也不关我鸟事。这时候，他接着说："我的账目是公开的，任何人有疑问的话，或者是相信她在我的事业当中还拥有权益的话，我随时欢迎她们前来核查。"

"是啊，你一定不会说的，"我说，"因为你的良心不允许你这样做。你只会把她带到那里让她自己去发现。而你是不会说的。"

"我不会干涉你的事情，"他说，"我知道你和昆丁一样，有些方面也是失意的。你母亲也拥有悲惨的境遇，如果她到我这里来询问你为什么辞职不干了，我就不得不告诉他。这不是一千块钱的问题，这一点你是知道的。如果一个人的实际情况和他的账目不符的话，这个人就毫不足取。我是不会为我自己也不会为任何人撒谎的。”

“好吧，”我说，“我知道你的良心是一个比我更好的伙计，它不用在中午的时候回家吃饭，只是你别拿这个来倒我的胃口。”真该死，有那样一个家。她根本就没办法抑制自己，也不能管教凯蒂或者是其他任何一个人。就像那一回一样，她碰巧看见凯蒂跟一个年轻人接吻，那天整整一天她就穿着黑色的丧服、戴着面纱，在屋子里面转来转去，就连父亲也没有办法让她说出一个字。她只是哭着说，我的女儿已经死了，而凯蒂那年只有十五岁。照这个样子看，只要再过三年她就得穿上苦行僧的粗毛织成的内衣或者是砂纸做成的。都是这样的事，你让我他妈的怎么好好做事？你以为我看到她在大街上跟每一位来镇上的推销员鬼混，我就能够忍受得了吗？他们走了之后，还要在路上跟遇到的推销员说，他们在杰弗生是怎样勾搭了一位火辣辣的小妞。我并不想做一个非常体面的人，可我承受不了养活那么一厨房的黑鬼，也承受不了将那个州立精神病院的新明星留在家里。血统，是的，我们的家里出过几任州长和总督，不过我们家里还没有出过任何国王和总统，这他妈的再好不过了，否则的话我们都会到杰克逊捉蝴蝶了。我说，如果她是我的孩子，那么就糟透了；不过这一个我从一开始就确定那是一个杂种，但是现在，就连上帝也不会再搞清楚了。

一会儿之后，我听见乐队开始演奏了。这时候店里的人都陆续离开，都往演出场走去。刚才他们还为了价值两毛钱的牛轭绳而讨价还价，就是为了能够把那剩下来的一毛五分钱交给那帮北方佬。他们来到镇上，大概花不到十块钱，就得到了演出的许可。我从后门走出去，到了后院。

“好啦，”我说，“如果你留神一点儿的话，那颗螺丝就要锈在你的手上了，这样的话，我就不得不拿斧头把它砍下来了。如果你不把这些耕耘机准备好，让农民们种上棉花，你想让那些象鼻虫吃什么呢？”我说，“就吃鼠尾草吗？”

“这喇叭吹得真不赖，”他说，“他们告诉过我，马戏团中有一个人能够在锯子上面奏出曲子，就像是拉班卓琴一般。”

“听着，”我说，“你知道他们为了在镇上表演付出了多少钱吗？就大约十块钱。”我说，“我猜就这十块钱，现在也应该装进布克·透平的口袋里了呢。”

“什么，他们要给布克先生十块钱？”他说。

“为了取得在这里表演的许可啊，”我说，“这样你就能够算出他们在这里表演的本钱了吧？”

“你是说他们在这里表演还得交十块钱？”他说。

“就是这么一点钱，”我说，“你是不是也觉得他们……”

“天啊，”他说，“你是说，他们在这里表演还要交税呐！如果是我的话，我是会付十块钱来看那个人的表演的。这样，我盘算一下，也就是到明天早上的时候，我们还欠他们九块七毛五分钱呢。”

就这样，那些北方佬还口口声声说要提高黑鬼的地位呢，就让他们提高去吧，最好提高到离这里远远的，远得即使你牵着一条猎犬在路易斯维尔以南也找不到一个。因为当我告诉他这些北方佬在周末的晚上会带着至少一千块钱离开我们县的时候，他居然说：

“我不会嫉妒他们的。我能付得起我的两毛五分钱。”

“什么两毛五，”我说，“一开始就不是这回事。你为了一盒两分钱的糖果或者什么其他的东西花了一毛或者一毛五，这并不算什么。但是你现在站在这里听他们演奏音乐。这浪费的时间不是钱吗？”

“哦，这你倒说对了。”他说，“也就是说到今天晚上我要是还好好儿的，那么他们就会又多带两毛五分钱离开了。这倒是真的。”

“所以说你是个傻瓜。”

“噢，”他说，“我也不大在乎这个。要是笨蛋有罪的话，那么用锁链锁着的苦役犯也不会都是黑人了。”

大概就在这个时候，我抬起头来向外面的巷子里看去，结果一眼就看见她了。我退后一步，看了一下表，时间刚好是两点半，这比除了我之外的任何人预料她从学校里面出来都早了四十五分钟。我向着外面环顾了一下，首先映入眼帘的就是他系着的红领带。我就想着到底是什么样的人呢，会系着一条红领带。她偷偷摸摸地沿着巷子前进，一边还瞄着店门，因此我就没有时间来多想她是一个什么样的人了。我便想，她现在是愈发地眼里面没有我了，因为我告诉她不要逃课但是她却非要逃课，而且逃课的时候还敢从店前经过，并不怕我会看到她。不过她是不会看到店里面的情形的，因为太阳直射过来，向这里看就好像是迎着汽车的探照灯一样炫晃。因此我就站在那里看着她走过去。她的脸涂抹得像一个小丑似的，头发也被什么东西黏在一起。在我年轻的时候，一个女人如果穿了一件几乎短得遮不住大腿和屁股的裙子的话，即使她们是在盖约苏街或者是比尔街上亮相，也会被抓进监狱的。因为她们这样穿着，如果不是为了让那些在街上经过的男人们都想伸手摸一把，那么我就该死。我又想了一下到底是什么样的人才会系一条红领带，突然恍然大悟，想出了他应该就是马戏团中的一个成员。这一点我可以非常确定，就像是她亲口告诉了我一样。哼，尽管我能忍耐很多东西，但是如果这一次我还能忍耐下去的话，那就活见鬼了。因此当他们转过街角后，我就跳出去跟踪了。我，在这么一个下午，头上甚至没有戴一顶帽子，只为了母亲的名声，就得沿着大街小巷跟踪别人。就像我曾经说过的，如果一个人天生是贱种，那么就永远是贱种了。如果那已经进入她的血液，那么对她你就只能无可奈何。你唯一能做的就是怎么把她摆脱掉，让她和她的名声一起消失，自生自灭。

我来到大街上，他们已经不见了。我就站在那里，头上没戴帽子，看上去我也像疯子一样。看到这种情形，别人自然会想到：这一家人当中一个是个疯子，另一个把自己淹死了，而女儿又被丈夫抛弃，那么他们家中的其他人又有什么理由不发疯呢？我看到他们都像老鹰一样注视着我，就等着一个机会可以说："嗯，我一点也不会惊讶，我很早之前就知道这一家人都疯掉了的。"卖了地送他去哈佛大学；很多年来一直持续资助一所州立大学，但除了我去看过两场棒球赛之外，毫无用处；在家里的时候还不许别人提到她女儿的名字。到后来，父亲甚至不会到镇上了，而只是整天抱着酒瓶坐在那里。我甚至现在还能看见他睡袍下面露出来的小腿，听到倒酒的时候酒瓶发出的叮当响声。后来，他自己倒不了酒了，就让狄比给他倒。母亲还说你说起你的亡父的时候缺乏敬意。我自己则说，我倒是不明白为什么不能这样呢。关于他的这种记忆没有办法从我的脑海中抹除，除非我自己也疯了，否则的话只有上帝才知道该怎么办。这使得我甚至看见水的时候都要作呕，如果要让我喝一杯威士忌，我宁愿喝掉一加仑汽油。洛伦跟他们说，他不喝酒，但是如果你们不相信他是一个男子汉的话，我可以告诉你们他的确是。她还说：“如果让我哪一天看到你跟哪个小娼妇在一起厮混的话，你应该知道我会怎么办。我会用鞭子鞭打她，用手抓她，如果她跑得不够快的话，我就会一直鞭打她。”她是这样说的。我则说，我不喝酒那是我的事，你可曾发现我除此之外还缺乏别的什么吗？如果你愿意的话，我可以买上那么一大盆啤酒让你能够在里面洗澡，因为我对于这么一位善良诚实的妓女还是非常尊敬的。因为我既要维持母亲的身体健康，又要维持我自己的社会地位，对于小昆丁，尽管我为她做了那么多，可她却一点儿也不尊敬我，让我和母亲在镇上丢尽了脸。

她不知道溜到了什么地方，已经看不见了。她一定是看到我之后才躲起来，到另外一条巷子里去了，就跟着那个系红领带的人在巷子里窜来窜去。街上的每一个人都会为之注目的，并且要寻思这个系红领带的人到底是什么来路。但是现在，电报局的那个小职员在不停地跟我说话，我收下了电报，但是完全不知道手里拿着的是什么，直到签字的时候我才缓过神来。我拆开了电报，但是并不打算弄清楚那里面说的是什么。反正我能够预料到的。这也是唯一可能发生的事情了，并且还在故意拖延着，直到我将支票存入存折当中为止。

我一直弄不明白的一点就是，一个像纽约那么大的城市，怎么能够容纳下那么多以骗我们这些乡下人的钱为生的骗子们。你每天拼命工作，然后把你的钱寄给他们，最后就换回来一张小纸条：您的户头按20.62元的价格已经进行结算。这完全就是一个骗局，他们在不断地糊弄你，在纸面上让你看到一点点的涨头，但是到了最后，就是砰然一声打击：您的户头按20.62元的价格已经进行结算。如果这还不够，那么你还要每个月付给那个混蛋十元钱。那个混蛋如果不是一个彻头彻尾一无是处的笨蛋，那么就是在和电信局合伙，他的工作就是尽快让你赔个精光。不过，这已经和我没有关系了。这是他们最后一次榨取我了。任何人，除了那些只会把犹太人的谎言信以为真的笨蛋之外，都会知道行情是看涨的。因为密西西比河三角洲很快就会洪水泛滥，跟去年一样，洪水会将所有的棉花冲走。在我们国家，洪水不断冲走着农人们的农作物，但是那些在华盛顿的大人物们却每天花费五万美金军费干涉尼加拉瓜或者其他什么地方的内政。洪水还会泛滥的，到时候一磅棉花会涨到三毛钱的。嗯，我就是想打击他们一次，将我的钱捞回来。我不想孤注一掷，只有那些小镇上的亡命之徒才会孤注一掷呢。我只是想把那些该死的犹太人从我这里骗走的钱拿回来。只要我这次成功了，之后就算是他们亲吻我的脚趾我也不会再上当受骗了。

我回到店里的时候，已经快三点半了。这么晚的时间，几乎不需要做什么事了，我已经习惯了。这是不需要去哈佛大学学习的。乐队已经不再演奏，几乎所有的人都已经被他们骗进了场地，他们就不会再浪费一点力气。艾尔说：

“那个送电报的小孩找到你了吗？他刚才夹着那个东西来的时候，我还以为你在后院里呢。”

“是的，”我说，“我收到了。他们不可能整个下午都瞒着我吧。这个镇太小了。我要回家一趟，”我说，“如果你想让自己的心里舒服一些，你可以扣我的工资。”

“你去吧，”他说，“我自己能应付得过来。但愿你没有接到什么坏消息。”

“要是你到一趟电报局，就能打听出来了，”我说，“而且他们也会有时间告诉你。但是我没有这个时间。”

“我就是问问而已，”他说，“你母亲知道我是可以信赖的。”

“她会感谢你的，”我说，“我可能会晚点回来。”

“你不用着急，”他说，“现在我还能应付。你尽管走吧。”

我开车回了家。早晨一次，中午两次，现在又有一次，这都是因为她，害得我要满镇子奔波，还得央求他们让我能吃到我自己掏钱买的食物。有时候我就想，这一切有什么意义呢？但是我既然已经这样做了，就还得继续疯狂地做下去。我现在急急忙忙地开车回家，一会还要回到镇上，走这么远的路程就好像只是为了拉一篮子西红柿什么的，弄得浑身上下都是樟脑气味，就好像是刚刚从樟脑厂里走出来似的。[①]但是也只有这样，我的脑袋才不会爆炸。我一直告诉她，阿司匹林里面除了面粉和水之外什么其他该死的成分都没有，这种药物纯粹就是用来欺骗那些想象着自己生病的人的。我说您甚至根本就不知道头痛是怎么回事。我说您以为按照我的心愿的话，我愿意开这么一辆汽车吗？没有汽车我也能过得去，我已经学会了不需要很多东西就活下去。如果您非要那么做，非要跟一个半大的黑小子坐在一辆快要解体的破马车里的话，那没问题，因为我敢说上帝会照顾他的，上帝也知道应该为他做一点事了。但是如果

①杰生有头痛病，而且不能闻汽油的味道，所以要常常使用樟脑提神。

您以为我会把这么一部价值一千块的精巧机器也交给一个半大的或者是成年的黑鬼来使用的话，那么您就不如自己给他买一辆。因为您喜欢坐汽车，这一点我想您也是知道的。

迪尔西说母亲在房间里。我走进客厅倾听了一会儿，但是没有听到什么声音。我走上楼，走过她的房间门口的时候，她叫住了我。

“我只不过想知道是谁罢了，”她说，“我成天一个人待在房间里，再小的声音也能够听得到。”

“其实您不用每天待在房间里，”我说，“如果您愿意的话，也可以像其他父母一样出门拜访的。”这时她走到了门口。

“我担心你生病了，”她说，“像你那样匆忙地吃完饭——”

“下一回运气就会好一点的，”我说，“您想做什么？”

“出了什么事吗？”她说。

“怎么会出事呢？”我说，“难道我下午回一趟家，就会这么大惊小怪的？”

“你看到昆丁了吗？”她说。

“她在学校里吧。”我说。

“但是现在已经敲过三点钟了，”她说，“至少在半小时之前，我就听到敲三点的钟了。她现在也该回来了。”

“是吗？”我说，“您什么时候看到过她在天黑之前回来过？”

“但是她该回家，”她说，“我作为一个女孩的时候……”

“您有人管教，”我说，“而她则没有。”

“我拿她一点办法也没有，”她说，“我已经试过很多次了。”

“您到底为了什么，就不让我来试一下呢？”我说，“所以，您应该满意才是。”我走回我的房间。我用钥匙慢慢地反锁上房门，就站在那里没动，直到有人转动门的球柄。她就说：

“杰生。”

“什么事?”我说。

“我想不会出什么事吧？”她说。

“反正我这里没有什么事，”我说，“您要找的话，也是找错了地方。”

“我并不想烦你。”她说。

“您这么说，我很高兴。”我说，“刚才我还不敢肯定呢，还以为我听错了呢。您有什么事吧？”

一会儿之后，她说：“没事，我没有什么事。”然后她走开了。我把箱子拿了下来，数出来要用的钱，然后把箱子依旧放好，打开门走了出去。我想着用一点樟脑油，反正已经来不及了。我只要再跑这一趟就可以了。她就在她的房间门口等着我。

“您要从镇上带回点什么来吗？”我说。

“不用，”她说，“我不会干涉你的事的。不过，杰生，如果你要是发生了什么事情，我就不知道该怎样才好了。”

“我很好，”我说，“就是头痛而已。”

“要不你吃一点阿司匹林吧？”她说，“我知道你还要开车。”

“开车和头痛有什么关系？”我说，“汽车怎么会让人头痛呢？”

“从你小的时候，”她说，“你就忍受不了汽油味。我希望你能吃一点阿司匹林。”

“您就接着这样希望吧，”我说，“反正这并没有什么坏处。”

我转进汽车，开始回镇上。我刚刚来到大街上，就看见一辆福特车冲我而来。那辆车突然停下了，我都能听见刹车的声音。它开始掉头、倒车，然后又朝那个方向开了出去。我正在琢磨这是搞什么鬼的时候，猛然看见了那条红领带。然后我又看见她的正在透过车后窗向我看过来的脸。车子旋风一般地开进一条小巷子，又在巷子尽头拐了弯。等到我开到后街的时候，那辆车又像活见鬼一样地跑掉了。

我不禁怒火中烧。我都已经警告过她，但是她居然还敢这样做。我看到那条红领带的时候，就完全已经气糊涂了，以至于我开到第一个岔路口的时候，才想起来我的头疼。该死的，我们一直为修路花钱，但是我们还是不得不在一条像瓦楞铁皮一样的路上开车，这样我们还怎么期望开车能够追上别人，哪怕那个人正推着一辆手推车呢。我想我还是太顾及我的车了，因为我没有办法像他们一样把那辆福特车开得几乎要散架。那辆车子十之八九是他们偷来的，所以他们才会那么不在乎。我早就说过，一个人有着什么样的血统，就会做出什么样的事情。而如果你有着那样的血统，就会无所不作。我说，如果一直以来您认为对她承担着什么样的义务的话，现在这种义务已经解除了。从现在起，您只有责备自己的分儿了，因为您应该知道一个有理性的人会是什么样的。我说，如果要让我花费一半的时间来侦查别人的话，我至少也应该找一个能够付给我薪水的地方啊。

因此，我在十字路口不得不停下车的时候，又想起了头疼这件事，就像是有人拿着锤子在我的脑袋里面敲打似的。我说，我已经努力不让您为她操心了，就我个人来说，我恨不得她马上就能下地狱，而且是越快越好。我说现在每一个到镇上来的推销员和戏子都已经成为她的相好的，这样您还能指望什么，甚至连镇上最轻浮的少年都已经不再理她了。您是不了解情况，那是因为您并没有听到这样的话语。而且您也相信，我是能够堵住他们的嘴的。但是我该怎么做呢？我就说：当你们在这个连村子都算不上的地方开一个小铺子，动手收拾那些连黑鬼都瞧不上眼的土地的时候，我们家早就是黑奴成群了呢。

要是他们真的收拾过这些土地。上帝让这块土地肥沃，这是好的，但是这块土地上的人却从来不这样做。反正就在这个星期五的下午，我在三英里之内没有看到一块被犁过的土地。镇上每一个能干活的男人都去看表演了。要是我是一个快要饿死的陌生人的话，我都不能找到一个人，打听到镇上的路怎么走。可是她还劝说我吃一些阿司匹林。我想说我只吃面包，而且要在餐桌前正正当当地用餐。您总是说为我们牺牲了多少，可是要我说，每年你光花在那些该死的药片上的钱，就够您买十套新衣服了呢。我并不需要什么药片，也不需要什么阿司匹林。我每天需要工作十小时来养活满厨房的好吃懒做的黑鬼，还得让他们和镇上别的黑鬼一样去看什么表演，我不头疼才怪呢。不过前面的那个黑鬼是看不成表演了，因为等到他到达那里的时候，表演就演完了。

一会儿之后，他就走到了汽车的旁边，我想方设法才让他明白我要问他的是有没有两个人开着一辆福特车从这里经过，他回答是有的。于是我就继续往前开车，在大路拐弯的地方，我看到了轮胎的辙印。阿伯·罗素正在田地里干活儿，不过我并没有费神去向他询问，因为我刚刚开过他的谷仓，我就看见了那辆福特车。他们是想把它藏起来。这件事她干得很拙劣，就像她做其他事情一样。我之所以这样说，并不是因为我对她有很深的偏见；也许她本性就是这么低贱，但是她至少应该考虑一下自己的家庭，不该这样毫不克制。我一直担心我有一天会看见他们就像一堆野狗一样，就在大街的中间或者是一辆马车底下。

我停下车，走了出来。现在我又得绕过一片犁过的土地了，这也是我自从离开镇子的时候看到过的唯一一片犁过的土地。我往前走着，每一步都颠簸不平，都好像有人跟在我的后面用棍棒敲我的脑袋。我就想等到穿过这片田地，总会有平坦的道路可以走了吧，但是等我走进树林时，却发现灌木丛生，我还是需要左躲右闪才能寻路前进，然后走到了一条荆棘密布的水沟边。我沿着水沟沿走了一段，荆棘越来越密。这时候，艾尔大概正在往我家里打电话，询问我在哪里，让母亲变得坐立不安。

最后我终于穿过了那条水沟，但是我已经绕了一个大弯，因此我不得不停下脚步，好好辨别那辆车子到底在什么地方。不过我想他们不会离开汽车太远的，一定就在附近的灌木丛下面。于是我就掉头往回走。但是我已经不知道我走了多远了，所以只好停下来听，看看能不能听到大路上的声音。现在我的双腿用不着消耗太多的血液，因此血液就全部涌上我的头部，随时就要爆炸似的。太阳正在西沉，我的眼睛正好可以平视，耳际一片轰鸣，我听不到任何声音。我只好继续前进，并尽可能地不发出声音，这时我听到一条狗或者什么动物的呜呜声，我知道它一旦闻出了我的气味，就会一路狂吠，那样一来一切就全完了。

我身上沾满了带刺的种子、小树枝和别的什么东西，衣服上甚至鞋子里面全都是。我回头的时候，凑巧又把手放在了一株毒荨麻上。我不明白的是，我的手碰到的为什么只是毒荨麻而不是一条毒蛇或者是什么更精彩的东西。因此我站在那里，一动也不动，直到那条狗离开了，我才继续往前走去。

我现在一点也搞不清楚那辆车子到底停在哪里。我现在只感到头疼，其他的都无暇顾及。我站在那里，甚至怀疑我到底有没有看到过一辆福特车，而且不管看没看到都没有什么关系了。就像我说的那样，就算她整日整夜都跟镇上的任何一个男人睡觉，这又和我有什么关系呢？别人从来不会顾及我，我也不欠任何人的，不过即使这样也是该死，居然把一辆福特车停在那里，让我花费一下午的时间来寻找；而艾尔呢，她会把我母亲带到后面的账房里去，拿出那些账本让她查看，仅仅因为对于这个世界来说他的道德太过于高尚了？我说，就算你到了天堂也不会快乐的，因为那里没有那么多闲事可以让你管。我说，你千万别让我逮住你正在干那件事。我之所以睁一只眼睛闭一只眼睛，完全是看在你外祖母的分上，但是如果让我看到你竟敢在我母亲住过的地方做那种事，就有你好看的了。那些油头滑面的小流氓们，自以为有多大的能耐，但是我会让他们看到他们会在地狱当中看到的东西的，你也会看到的。如果他以为可以肆无忌惮地带着我的外甥女儿私奔到树林里面，那么那条红领带就是引领他去往地狱的吊索。

阳光和其他的一切乱七八糟的反光照在我的眼睛上，我的脑袋里面血液上涌，我一遍又一遍地想着我的脑袋快要爆炸了，还有那些荆棘什么的刺得我更是要发狂。这时候我来到了他们前面到过的沙沟，认出了下面停放着汽车的那棵树。当我爬出沙沟开始奔跑的时候，我就听到了汽车发动的声音。车子一边鸣喇叭一边开走了。他们不停地鸣喇叭，那喇叭声好像就是在说：好呀，好呀，好呀——同时车里看上去越来越小。我赶到大路边的时候，刚好来得及看见车子在我眼前消失。

等我来到我的车子旁边时，他们早已经消失得不见踪影，但喇叭声还能听得见。嗯，此时我除了想尽快走掉之外，没有想到别的事情。尽快回到镇子，尽快回家，想办法让母亲相信我根本没有在那辆车子里看到你，想办法让她相信我根本不知道那个男人是谁，想办法让她相信我根本没有在那条沙沟里只差十英尺没有抓到你，想办法让她相信你也是站在那里的，而不是躺着。

喇叭声还在响着，不停地说着：好呀，好呀，好呀——只是声音越来越微弱，继而听不到了。这时候我听到一头母牛在罗素的牛棚里哞叫。我仍然没有想到别的事情，直到我打开车门，抬脚钻到里面去。我发觉车里有些倾斜，尽管路面是倾斜的，但是车子要比路面更加倾斜，直到我要发动车子的时候才觉得不大对头。

嗯，我就坐在车子里面。太阳已经西沉，这里距离镇子大约有五英里。看来他们还是没有胆子把轮胎刺穿，只是将车胎里面的气放了出来。我在那里茫然地站了一会儿，想着厨房里面充满了黑鬼，但是居然没有一个有时间将轮胎挂在车子的后架上，然后拧紧几个螺丝。还有一件可笑的事，就是我以为她不至于那么有眼光，故意将打气筒也拿走了，除非是他在放气的时候，她也想到了这件事。不过更可能的是，那个打气筒早就被不知道哪个人摘了下来，交给班当作玩具枪玩耍了。因为只要班想要，他们甚至会把整辆车子拆得七零八散。可迪尔西还说“没人会动你的车子”。我们动你的车子做什么？我就说，仅仅因为你是一个黑鬼。你是幸运的，你知道吗？我说，我任何时间都愿意和你互换身份，因为只有白人才会傻到去为一个小荡妇的所作所为操心。

我走到罗素那里。他有打气筒。这一点他们倒是疏忽了，我想。不过我还是不相信她真的有胆量这么做。我一直在想着这件事。因为不知何故，我总是不相信女人能做出什么来。我一直想着，且不管我和你相互之间的感受吧，无论你怎样对待我，反正我是不会对你做这种事的。因为就像我所说的，血浓于水，这种亲缘关系是避不开的。但是这一次已经不是一个八岁孩童的恶作剧了，这是让一个系红领带的人来嘲笑你的亲舅舅呢。那些马戏团的人来到镇上之后，把我们每一个人都叫作乡巴佬，认为我们低级得甚至不能够欣赏他们的艺术。嗯，看来他并不知道他的这种想法有多么正确。小昆丁也是这样。要是她真这样想的话，她最好他妈的马上上路，她要是滚蛋的话，就别提多么大快人心了。

打完气之后，我把打气筒还给罗素，然后开车到镇上。我到药房里要了一瓶可口可乐，然后到了电报局。电报局里的收盘价是12.21元，跌了四十点，也就是五块钱的四十倍，如果你能够的话，就用这笔钱给自己买点东西吧。她会说，我一定要这笔钱，非要不可。那么我就说，看来你需要找别人要了，我一分钱也没有；我太忙了，忙得没有时间去赚钱。

我就那样看着他。

“我只想让你明白一件事，”我说，“我对棉花市场是非常感兴趣的，你也许并没有意识到这一点，”我说，“你肯定从来没有这样想过，是吗？”

“我已经想尽办法把它送到你的手里了，”他说，“我给店里打了两次电话，也打过电话到你的府上，但是没有人知道你在哪里。”他一边翻腾着抽屉，一边说。

“你要送给我什么？”我说。他递给我一份电报。“什么时间到的？”我说。

“大概下午三点半左右。”他说。

“但是现在已经五点五十了。”我说。

“我已经想尽办法要交给你了，”他说，“可是我没有找到你。”

“这并不是我的错，不是吗？”我说。我拆看电报，只是想看看他们现在又想跟我撒什么谎。他们居然会为了每个月从我这里骗取十块钱，不远千里到密西西比来，这样准会把他们累得狼狈不堪的。尽快脱手，电报上说。行情很不稳定，总的趋势看跌。但是如果按照政府的公告，现在还不需要惊慌。

“发这样一份电报需要花多少钱？”我说，他告诉了我。

“他们已经付过电报费了。”他说。

“好，那我就只欠他们这么多钱了，”我说，“行情我早就知道了。现在我要发一份电报，费用由对方结算，”我说，抽出一张空白的单子。买进，我写着，行情即将看涨。市场已经混乱，不妨再制造一点混乱，让那些还没来得及到电报局看行情表的乡巴佬上钩。“发吧，让对方付款。”我说。

他看了看电报单子，又看了看钟表。“一小时之前就已经收盘了。”他说。

“我知道，”我说，“不过这也不是我的错啊。这并不是我发明的，我就是买进了一点，我还以为电报公司会不断通知我正在上涨呢。”

“我们一收到行情，总会立刻就公布的。”他说。

“对，”我说，“在孟菲斯，人家会每隔十秒钟在黑板上公布一次，”我说，“就在今天下午，我还到过离那里只有不到六十七英里的地方呢。”

他又看看那张电报单子。“你确定要把它发出去？”他说。

“我还没有改变主意，”我说。我把另外一张电报单子也填好了，计算了一下费用，“还有这一封也要发了，如果你确定会拼写‘买进’这个词的话。”

我回到店里。我能听见从街那头传过来的乐队演奏声。禁酒令真是件好事。以前的时候，那些乡巴佬通常会在星期六穿着全家仅有的一双皮鞋，到快运公司取他们的包裹；而现在，他们全都光着脚来镇上看表演了。商人们都站在店铺门口看着他们走过，就像是一排关在笼子里的老虎或者是什么其他猛兽。艾尔说：

“我希望没有发生什么严重的事。”

“你说什么呢？”我说。他看了看表，又走到门口去看法院塔楼上的挂钟。“你真该买一只一块钱的表了，”我说，“反正每一次都不准，但是它并不需要花费你太多的钱呢。”

“什么？”他说。

“没什么？”我说，“我希望刚才没有给你带来不便。”

“还好，刚才并不忙。”他说，“人们都去看表演了。没有什么太大的关系。”

“要是有关系的话，”我说，“你应该知道你可以怎么做的。”

“我说没有什么关系啊。”他说。

“我听到了，”我说，“不过我还是要提醒你，如果有关系的话，你应该知道你可以怎么做的。”

“你想辞职走掉吗？”他说。

“这不是我的店，”我说，“我有什么想法并不重要。但是我希望你不要认为你雇用了我就是给了我很大的好处。”

“杰生，如果你好好干的话，你会成为一个不错的商人的。”他说。

“我至少只会做自己的分内事，而不会去多管闲事的。”我说。

“我不知道你为什么要逼着我开除你，”他说，“而你应该知道，你可以随时辞职走掉，这并不会影响我们两个人的交情。”

“这也许就是我之所以不辞职的原因。”我说，“只要我还在这里做事，你就要给我开工资。”我到后面喝了一杯水，然后从后门走了出去。现在艾伯终于把那些耕耘机都安装好了。后院里面很安静，我感觉我的头疼好了一些。我现在能听见马戏团的歌声，乐队也开始演奏了。嗯，就让他们把县里的每一毛钱都榨干吧，反正这又不是剥我的皮。我已经尽力而为了，一个像我这么大年龄的人如果还不知道适可而止，那么就是个傻瓜了。尤其是这并不关我的事。如果她是我的女儿，事情当然会有所不同，因为她压根就不会有时间去放荡，而是需要工作，来养活这好几个病人、白痴和黑鬼们。不过我也不会有女儿的，因为我根本就没有脸皮能够把一个正经女人娶到家里。我是个男人，我能够忍受得了，那是我的亲骨肉，如果谁肆无忌惮地对我熟识的女人说三道四，我倒是要好好看看他了。那些喜欢评头论足的都是一些一本正经的女人，但是我却觉得这些每周从不缺席教堂礼拜的好女儿，倒比不上洛伦一半的正直呢，且先不管洛伦是不是一个妓女。就像我所说的，如果我要结婚，您一准儿会像气球一样跳起来，这您自己是清楚的。她说我希望你会拥有一个幸福的家庭，而不是一直为我们做牛做马。只是我不久就要“走”了，到时候你就可以娶一个太太了，只是你绝对不会找到一个能够配得上你的女人。而我说，不，我能够找到。而我一旦要结婚，就算您在坟墓里面也会爬出来的，这您自己是清楚的。我便说，好吧，谢谢您了。不过现在需要我照顾的女人已经够多了，如果我再娶一个太太，说不定她会是一个吸毒的瘾君子什么的。我说，您知道的，我们家就缺这么一个角色了。

现在，太阳已经沉到监理公会教堂后面了。鸽群绕着尖塔飞来飞去，在乐队停止演奏的时候，我就能听到鸽子的咕咕叫声。圣诞节过去了还不到四个月，它们就像以前一样多了。我看到华特霍尔牧师挺着装满了鸽子肉的肚子，在发表演说，看见别人举起枪来就过去抓住枪管，仿佛我们瞄准的是一个活人。他喋喋不休地说着什么和平降临，什么善意相待，什么连一只麻雀也不会掉在地上。但是他却根本不管现在的鸽群有多么庞大，这跟他没关系。时间也跟他没关系。他甚至不用纳税，以便有人去将法院塔楼上的钟表擦洗干净，让它走得更准一些。他们需要花四十五块钱让工匠擦洗那只钟表。我数了数地上的鸽子，大约有一百多只，都是新孵出来的。你也许会想，它们要是有些头脑的话，就会离开这座城市吧。幸好我不像它们那样有这么多亲戚的牵绊，不至于给拴在这里不能脱身。

乐队又开始演奏起来，声音很大，声调很快，像是要结束了。我想这样那些观众们都该满意了吧。也许他们在赶车经过十四五英里路回家之后，在黑夜当中喂牲口和挤奶的时候，脑子里面应该还会萦绕着那些乐曲。然后他们就可以哼唱着这些乐曲，把听来的笑话讲给牛栏里的牛听。这样他们就可以计算出来，如果他们一个人有五个小孩和七头骡子，那么他只花了两毛五分钱就让全家都看到了表演，这有多么大的赚头。他们会这样计算的。这时候，艾尔带着几包东西来到后院。

“还有些货物需要发出去，”他说，“艾伯大叔呢？”

“我猜是看演出去了，”我说，“你一看不住他，他就会溜掉。”

“他没有溜掉，”他说，“我信得过他。”

“那你就是信不过我了。”我说。

他走到门口眺望了一下，侧耳倾听着。

“乐队真不错，”他说，“看来演出快结束了。”

“除非他们还要躲在里面继续看夜场。”我说。燕子开始在天空中翻飞，而落到法院广场的树上的麻雀发出叽叽喳喳的声音，偶尔也会有一小群在屋顶上面盘旋一下，接着又消失了。我觉得它们和鸽子一样惹人讨厌。由于这些麻雀，你甚至都没有办法在广场上坐一会儿。因为你知道，不知什么时候，就会噗的一声，有一泡屎落到你的帽子上。如果要开枪打他们的话，子弹需要五分钱一颗，真得是百万富翁才供得起呢。但是如果在广场上撒一些毒药，那么不出一天就能把它们收拾光。如果一个商人没有办法禁止他的牲畜在广场上乱跑。那么他就最好不要经营鸡鸭之类的活物，而最好经营一些不会啄饮的东西，比如说犁或者洋葱头什么的。如果一个人看管不好他的狗，那么他或者是不想要这条狗了，或者是他压根就不应该养狗。就像我说过的那样，如果镇上的生意也像农村里面那样经营，那么很快你就会看到一个农村大集了。

“即使演出结束了，对你来说也没有什么好处，”我说，“因为他们还要抓紧套车，赶出车来，在半夜之前赶回家。”

“嗯，”他说，“只要他们能从看演出中得到乐趣。每过一段时间就让他们来看一次演出吧。山里的农民干活儿非常辛苦，而他们的收益却少之又少。”

“并没有什么法律规定过，他们一定要在山里面干活儿啊，”我说，“也没有规定过必须在其他的任何地方。”

“要是没有这些农民，我们现在会在哪里呢？”他说。

“我现在会在家里，”我说，“躺下来，弄一包冰放在脑袋上。”

“你的头三天两头地疼，”他说，“你怎么不好好检查一下呢？他今天上午没有给你检查过吗？”

“谁？”我说。

“你上午不是去看牙医了吗？”

“你是反对我在上班时间头疼吗？”我说，“是这样吗？”现在他们已经散场了，正穿过这条巷子。

“他们来了，”他说，“我看我们还是到前面去吧。”他走了。让人觉得奇怪的事，只要你觉得不舒服，男人们就会建议你去检查一下牙齿，而女人们则会告诉你应该结婚了。任何事情，总会有一些毫无建树的人来告诉你应该怎么去做。就像那些穷得连一双袜子都买不起的大学教授，却要教授别人怎样在十年之内赚一百万，连个丈夫都找不到的女人则会教育你如何持家和养儿育女。

老艾伯回来了，赶着一辆马车。他大约花费了几分钟的时间才把缰绳缠好。

“喂，”我说，“演出很不错吧？”

“我还没去看表演呢，”他说，“如果你要逮捕我的话，今天晚上在那帐篷里倒是准能逮到我。”

“你没去才见鬼呢，”我说，“你从三点钟就不在这里了。刚才艾尔先生还在找你呢。”

“我去办了一点私事，”他说，“艾尔先生知道我到哪里去了。”

“你能够糊弄住他的，”我说，“不过我也不会说出来的。”

“在这里我唯一需要糊弄的就是丹，”他说，“至于艾尔先生，我根本就不在乎星期六晚上他会不会给我发薪水，那么我干嘛还要糊弄他呢？我也不会糊弄你的。”他说，“是的，先生，对于我来说，你太聪明了。”他一边说，一边把五六个小包裹放在马车里，“是的，你太聪明了。这个镇子上没有人能够跟你一样聪明。你把一个人糊弄得团团转，晕头转向。”他说着，解开缰绳，爬上了马车。

“那个人是谁？”我说。

“就是杰生·康普生先生啊！”他说，“驾！走吧，丹！”

马车的一只轮子要掉下来了。我注视着，就是要看看在驶出巷子之前，那只轮子会不会掉下来。只要把任何车子交给一个黑人使用，他们都会把它糟践成这样的。我说，家里的那部浑身上下吱嘎作响的老爷车，让人看到真不舒服，但是他们还是会把它保留在车房里面一百年，这样，那个黑小子才能每个星期一把它赶到墓园里去。我说，他肯定不是第一个做着自己不愿意做的事的人，我知道他希望像一个文明人那样开汽车出门，或者宁愿待在家里哪里也不去。其实他哪里会知道自己去什么地方或者是坐什么车子去的，而我们呢，却依旧保留着一辆马车并饲养着一匹马，以便让他能够在星期天下午出门溜溜。

只要是路并没有那么远，琢磨着自己能够走回来，艾伯才不管那只轮子是不是会掉下来呢。就像我说的那样，黑人们唯一适合的去处就是田地，在那里他们可以从日出干到日落。他们承受不了富裕一点的生活和较为简便的工作，这会让他们很不自在。如果让一个黑人留在白人身边一段时间，这个黑人就算是废了。他们会变得比白人还要狡猾，跟你耍心眼。罗斯卡斯就是这样，只不过他所犯的唯一的错误就是有一天一不小心让自己死掉了。偷奸耍滑、小偷小摸，跟你斤斤计较，直到有一天你拿着一条木棍才能解决问题。嗯，不过，这是艾尔的事。但即使是这样，我还是讨厌让一个走路蹒跚的老黑鬼赶着一辆随时可能散架的破车在大街上招摇而过，这会砸掉你的招牌的。

现在太阳虽然还挂在天空中，但是屋子里面已经暗了下来。我走到店门口。广场上空荡荡的。艾尔到里面去锁保险箱，这时候，钟声敲响了。

“你去锁上后门吧。”他说。我走回去，把门锁好，然后又走了回来。“我想你今天晚上会去看演出吧？”他说，“昨天我把那些招待票都给了你，不是吗？”

“给我了，”我说，“你想要回去吗？”

“不，不是，”他说，“我只是记不清楚有没有给你，浪费了的话怪可惜的。”

他锁上大门，跟我道了别，就往前走了。麻雀仍然在树枝上叽喳不停，但广场上除了几辆汽车之外，已经空荡荡的了。药店的门口就停着一辆福特车，但是我懒得看它一眼。我已经受够了，并不是我不愿意帮她，但是我已经受够了。我想我可以教勒斯特开汽车，这样如果他们愿意的话，就可以派遣他去跟踪她了，而我则可以留在家里陪着班做游戏。

我走了进去，买了两根雪茄。这时候我想起来，我可以试一下我头疼时的运气，于是就站在那里跟他们聊了一会儿天。

“嗯，”麦克说，“我猜您今年把钱都押在洋基队上了吧。”

“为什么？”

“三角旗锦标赛啊！”他说，“联赛当中没有能击败他们的队伍。”

“没有才怪呢，”我说，“他们并不都是神投手，你认为一支球队会永远好运吗？”

“我并不认为他们是运气好。”麦克说。

“只要有鲁斯在的那个队伍，我都不会押，”我说，“即使我知道他们会赢也一样。”

“为什么？”

“任何一支队伍里面，我都可以说出来十几个比他更棒的名字。”我说。

“你为什么非要跟鲁斯过不去呢？”麦克说。

“没什么，”我说，“我没有什么和他过不去的，只是他的照片我连看都不想看。”我走了出去。外面灯火初上，人们都沿着街回家，那些麻雀要等到天黑才肯安静下来。有一天晚上，人们把法院广场新安装的路灯全打开了，这就把麻雀们弄醒了，它们整个晚上到处乱飞，不断地撞在路灯上。两三天之后，它们都飞走了。但是，两个月之后，它们都飞了回来。

我开车回家。房子里面还没有亮灯，但是他们全都会趴在窗户上向外张望，而迪尔西则会在厨房里面嘟囔着，好像她正在加热的饭菜是用她的钱买回来的一样。你听到她说的那些话，就会认为这世界上只有这么一顿晚餐，而这顿晚餐却因为我的迟到晚了那么几分钟。不过这样也好，我至少就不会看见班和那个黑鬼，就像是装在一个笼子里面的熊和猴子一样，趴在大铁门上往外张望了。只要一到日落时分，他就会准时走向大铁门，就像牛知道自己要回到牛栏一样，然后他就趴在铁门上，摇晃着脑袋低吼着。结果还不是被像一口猪一样阉割了，这就是对你的惩罚。如果像他那样因为跑到门外面去就挨了一刀的结果发生在我的身上，就算给我一个女学生我也不会再看了。有时候我会想，当他趴在铁门那里，看着那些放学回家的女学生，想要实现那些他自己都记不起来甚至是已经丧失了能力的愿望的时候，他会怎么想。还有，当他们替他脱掉衣服，而他又凑巧看到自己的身体，开始哭起来的时候，又有什么感想。但是就像我说的一样，他们这件事做得还不够彻底呢。我说，我知道你需要什么，你需要他们也像对班那样，给你也来一次手术。如果你不明白我说的是什么，你就去问迪尔西吧。

母亲的房间里亮着灯光。我把车子停好，然后走到厨房里。勒斯特和班在那里。

"迪尔西呢？"我说，"要开晚饭了吗？"

"她在楼上凯罗琳小姐的房间里，"勒斯特说，"自从昆丁小姐回来之后，她们就一直在吵架。姥姥是上楼去劝阻她们的。马戏团表演了吗，杰生先生？"

"表演了。"我说。

"我好像也听到了乐队的演奏声，"他说，"但愿我也能去看表演，"他说，"如果我有两毛五分钱的话，我就能去看了。"

"你不去看表演的话就无事可做了吗？"迪尔西说，"你回到屋子里面坐下来，"她说，"你现在可不要上楼，免得她们又会吵起来。"

"到底是怎么回事？"我说。

"小昆丁不久之前回来的，说你整个下午都在跟踪她，然后凯罗琳小姐就冲她发火了。你为什么就不能别管小昆丁的闲事呢？你就不能跟你的亲外甥女在一个房子里面和平共处吗？"

"我是不可能和她吵的，"我说，"因为从今天早上开始我就没有再见到她。她现在是怎么说我的？说我逼着她去上学？这可太糟糕了。”我说。

“好了，你就只管做你自己的事，不要去管她了。”迪尔西说，“如果你不管的话，凯罗琳小姐会让我照顾她的。好，你也进屋吧，别招惹什么是非，一会儿我就能把晚饭端上来。”

“要是我有两毛五分钱，”勒斯特说，“我就能去看表演了。”

“要是你有翅膀，你还能飞上天堂呢。”迪尔西说，“我不想再听到你说看表演的事。”

“这倒让我想起来了，”我说，“他们给我了两张票。”我从上衣口袋中把票掏了出来。

“你自己就会用两张票吗？”勒斯特说。

“我一张也不用，”我说，“倒贴给我十块钱我也不会去看。”

“那就给我一张吧，杰生先生。”他说。

“我可以卖给你一张，”我说，“怎么样？”

“我没钱。”他说。

“那太糟糕了，”我说，装作要走出去的样子。

“给我一张吧，杰生先生。”他说，“反正你也用不了两张。”

“你闭嘴吧，”迪尔西说，“难道你不知道他不会送给别人任何东西吗？”

“你要卖多少钱一张？”他说。

“五分钱。”我说。

“我没有那么多钱。”他说。

“那你有多少呢？”我说。

“我一分钱也没有。”他说。

“好吧。”我边说边往外走去。

“杰生先生！”他说。

“你为什么还不闭嘴？”迪尔西说，“他只不过是在戏弄你。他自己会用到那两张票的。杰生，你走开吧，不要理他。”

“我用不到这两张票。”我说。我走回到炉子旁边。“我是过来要把这两张票烧掉的。你会不会用五分钱买其中的一张？”我说，一边看着他，一边打开炉盖。

“我没有那么多钱。”他说。

“那好吧。”我说，把其中的一张扔到了火炉里面。

“杰生，你，”迪尔西说，“难道你不知道羞耻吗？”

“杰生先生，”他说，“我求你了，先生。我会给你安一个月的轮胎的。”

“我要现钱，”我说，“你可以拿五分钱来换这一张。”

“闭嘴，勒斯特，”迪尔西说。她一下子把他拉了回去。“你烧吧，”她说，“把票扔进去啊。扔啊，都烧掉不就完了吗？”

“五分钱就能够得到这张票。”我说。

“烧掉啊，”迪尔西说，“他没有钱。扔进去，你倒是扔进去啊。”

“那好吧。”我说。我把票扔了进去，迪尔西盖上了炉盖。

“像你这样一个男人，还会做出这样的事来。”她说，“马上离开我的厨房。别吵了，”她对勒斯特说，“你别惹得班吉也发作起来。我今天晚上会向弗兰妮要两毛五分钱给你的，你明天晚上就可以去看表演了。现在不许再吵了。”

我走进客厅里。现在我听到楼上没有什么动静了。我打开一张报纸。过了一会儿，班和勒斯特进来了。班走到墙角黑暗的地方，那里以前悬挂着一面镜子。他就两手摸索着墙壁，发出哼哼唧唧的声音。勒斯特把炉火捅得旺了起来。

“你在做什么？”我说，“今天晚上我们不需要炉火。”

“我想让他安静下来，”他说，“再说，复活节的时候总是很冷的。”

“但是今天并不是复活节，”我说，“别捅了。”

他把炉火通条放了回去，从母亲的椅子上拿了那个垫子给班。于是班就在壁炉前面蹲了下去，安静下来。

我看着报纸。楼上没有什么声音，迪尔西走进来叫班和勒斯特去饭厅吃饭，说晚饭已经准备好了。

“哦。”我说。她走掉之后，我还在那里看报纸。一会儿她又到了门边，把头伸了进来。

“你怎么还不来吃饭？”她说。

“我在等着。”我说。

“晚饭已经摆好了，”她说，“我也已经告诉过你了。”

“是这样吗？”我说，“对不起。不过我没有听到她们下楼的声音。”

“她们不下来了。”她说，“你去吃饭吧，这样我才能腾出手来给她们端上去。”

“她们生病了吗？”我说，“医生是怎么说的？我不希望她们是生了天花。”

“到厨房去吧，杰生。”她说，“这样我才能应付得了这么多事情。”

“好吧，”我说，一边举了一下报纸，“我等着你正式开饭呢。”

我能够感觉出来她正在门口看着我，我继续看报纸。

“你是成心要这样做的吗？”她说，“你又不是不知道我有多忙。”

“如果是母亲比平时更不舒服，不下楼吃饭，那没关系，”我说，“但是只要那些比我还年轻的人，吃着我买的东西，他们就要下楼到餐桌边吃饭。你把晚饭准备好之后，叫我一声。”我说，又低头看报纸了。我听得见她蹒跚上楼的声音，一边喘着粗气，一边嘟囔着什么，好像那楼梯是垂直上下的，而且每一级都有三英尺那么高。我听见她走到了母亲的房间门口，接着是她叫昆丁的声音，不过房间门好像是锁着的。于是她又回到了母亲的房间，接着是母亲出来和昆丁说话。随后，她们都下楼了。我还是看着报纸。

迪尔西又走到客厅门口。“来吃饭吧，”她说，“如果你还有什么花样的话，不妨今晚上就试试看吧。”

我走进饭厅。昆丁低着头坐在那里。她的脸上擦了粉，鼻子看起来就像一只洁白的绝缘瓷瓶一样。

“您的身体不错，我很高兴。”我对母亲说。

“不管我的身体怎么样，”她说，“我到餐桌边吃饭可能对你还是有帮助的。我知道，男人们在累了一天之后，是非常愿意全家人围在餐桌边一起吃饭的。我也想让你高兴一下。我只希望你能和小昆丁相处得更好一些，那么我就放心了。”

“我们相处得很好啊，”我说，“如果她只是把自己整天锁在房间里，那我管不着。但是在吃饭的时候吵架或者是生闷气，我就不能够忍受了。我知道让她做到这一点也许很难，但是这是我家里面的规矩。我说的是，这是您家里面的规矩。”

“是你的家。”母亲说，“现在你是一家之主。”

昆丁一直没有抬头。我给大家分了菜。她开始吃起来。

“你的那块肉怎么样？”我说，“如果不够好的话，我再给你找一块好一点的。”

她不吭声。

“我说，你那块肉怎么样？”我说。

“什么？”她说，“哦，很好。”

“你再来一些米饭吗？”我说。

“不了。”她说。

“最好让我再给你添一些吧。”我说。

“我不要了。”她说。

“没关系，”我说，“你可以随便吃。”

“你的头疼好了吗？”母亲说。

“头疼？”我说。

“你下午回来的时候，”她说，“我担心你正在头疼。”

“哦，”我说，“没什么，不怎么疼了。我下午太忙了，把头疼都忘了。”

“这就是你回家这么晚的原因吗？”母亲说。我看到小昆丁正在侧耳倾听着。我就紧紧盯着她。她手中的刀叉还在动着，可是我还是捕捉到她看了我一下的眼光，然后又赶紧低下去开始看盘子。

我说："不是。下午三点钟的时候，我把车子借给了一个人。我一直在等他把车还给我。"说完之后，我低头吃了一会儿东西。

"借给谁了？"母亲说。

"借给了一个马戏团的戏子，"我说，"好像他的妹夫带着镇上的某个女人开车出去了，而他就在后面追赶。"

小昆丁一动不动地坐在那里，口里面咀嚼着什么。

"你不该把车子借给那种人的，"母亲说，"你太慷慨了。这就是除非万不得已，我不会用你的车子的原因。"

"后来我也觉得我是太慷慨了，"我说，"不过还好，他回来了。他说他抓到了他们。"

"那个女人是谁？"

"我等一会儿告诉你。"我说，"我不应该在小昆丁面前说这种事。"

小昆丁已经不吃了。她只是偶尔呷一口水，然后撕着手中的一块面包，脸几乎低垂到了盘子上面。

"是的，"母亲说，"像我这样成天关在家里面的妇道人家，是不会知道镇子里面发生了什么事的。"

"是这样，"我说，"你难以想象。"

"我的生活和那种生活截然不同，"母亲说，"感谢上帝，我甚至没有听说过那种坏事。我甚至都不想知道。我和大部分的人都不一样。"

我不再说什么。昆丁坐在那里，手中还在撕着面包，直到我吃完饭，她才开口说：

"我可以走了吗？"说话的时候她仍然低着头，没有看任何人。

“什么？”我说，“你当然可以走。难道你在等我们吃完饭吗？”

她看看我。整块面包都让她撕碎了，但是她还在撕着。她的眼睛好像是被逼到角落里的困兽一样，接着她咬住嘴唇，似乎那些涂抹在嘴唇上的胭脂会毒死她。

“外婆，”她说，“外婆——”

“你是还要吃些什么吗？”我说。

“外婆，他为什么要这样对待我？”她说，“我从来没有伤害过他。”

“我希望你们能够和睦相处，”母亲说，“你们就是我剩下的全部了。我只希望你们能够和睦相处。”

“这是他的错，”她说，“他为什么一定要干涉我的生活？我需要自由。如果他不想让我待在这里，那么为什么不让我回到——”

“够了，”我说，“什么也不要说了。”

“他为什么不让我做自己的事呢？”她说，“他——他就是——”

“他就是你的父亲。”母亲说，“我和你吃的都是他挣来的面包。你要服从他，这再对不过了。”

“这是他的错，”她说，跳了起来，“他逼我这样做的。只要他——”她眼神僵直，盯着我们，两条胳膊垂在身边，像是在抽搐。

“只要我怎么样？”我说。

“不管我做了什么，那都是你的错。”她说，“如果我变坏了，那也是我只能这样。这都是你逼的。我但愿我已经死了，我但愿我们都死了。”然后她就跑掉了。我们听到她跑上楼梯的声音，接着是“砰”的一声关门声。

“这是她长这么大，头一次说出来的有道理的话。”我说。

“今天她没去上学。”母亲说。

“你怎么知道的，”我说，“你到镇子里去了吗？”

“反正我是知道的，”她说，“我希望你能对她好一点。”

“要是我那样做的话，那也得让我每天多见到她几回才行，”我说，“至少您要让她每顿饭都到餐桌边上来吃。这样，我就可以每次给她挑选一块好一点的肉了。”

“这些小事，你本来是可以做到的。”母亲说。

“您是说让我看到她不去上学的时候，视若无睹吗？”我说。

“今天她没去上学，”她说，“我知道她没去。她说她今天和一个男孩子开车出去了，而你在后面跟踪她。”

“整个下午，我的车子都被人借走了，”我说，“这怎么可能呢？就算是今天她没有去上学，但是这已经过去了。”我说，“如果您还想为这事操心的话，就从下周一开始吧。”

“我希望你能够和她和睦相处，她只是继承了一些任性的性格，继承了她的昆丁舅舅的性格。我当时就在想，说不定以后她会继承这个性格的，所以才给她起了这个名字。有时候我就想，她就是凯蒂和昆丁给我留下来的惩罚。”

“上帝啊，”我说，“您可真有想象力。这样，您长期缠绵病榻，也就不足为奇了。”

“你在说什么？”她说，“我不懂你的意思。”

“您还是不懂为好，”我说，“一个大家闺秀就应该不谙世故，越是不懂世故就越显高贵。”

“他们两个就是那样的，”我说，“每当我要管教他们的时候，他们就会联合父亲来反对我。而他则总说他们不需要管教，他们已经懂得什么是纯洁和高尚，而纯洁和高尚这两种品质是不能够通过管教得到的。我想，现在他应该满意了吧。”

“您还可以依靠您的班呢，”我说，“您不用沮丧。”

“他们故意把我孤立起来，”她说，“和她和昆丁。他们总是在私下里反对我，也反对你，尽管那时候你还年幼无知。他们总是把你和我看成外人，就像他们把毛莱舅舅看成外人一样。我反复和你父亲说，他们太放任了，太长时间待在一起了。果然，等到昆丁去上学的时候，第二年我们也得让她去上学，这样她才能够和他在一起。她不能够忍受任何别人能做而她不能做的事情。这是她的虚荣心在作怪，虚荣心以及不知从何而来的骄傲。当她开始制造麻烦的时候，我就知道昆丁也会做同样的坏事。只是我万万没有想到，他会自私到——我做梦也想不到他会这样做——”

“也许他早就知道会生下一个女孩，”我说，“而要是再多一个女孩的话，他就再也无法忍受了。”

“本来他是可以管住她的，他似乎是她唯一能够听从的人。但是这注定是对我的惩罚，我想是这样的。”

“是啊，”我说，“这太糟糕了，死掉的是他而不是我。如果能够换过来，也许您会好过得多。”

“你说这样的话，就是成心想刺激我。”她说，“不过，这也是我应得的。当初他们说要卖土地让昆丁去读哈佛的时候，我就跟你父亲说，一定要让你也得到同样的待遇。后来，赫伯特说要把你送到银行去的时候，我说杰生现在得到了他应该得到的那一份了。就算是家里的开销变大，我们不得不变卖家具和土地的时候，我还给她写信，说她应该知道她和昆丁已经得到了自己的一份，甚至还占用了杰生的，现在她应该实行补偿了。我说，就算是看在她父亲的份上，她也应该这样做。但是我只是一个可怜的老妇人罢了，从小到大，我只是简单地认为人们会为了自己的同胞骨肉做出牺牲。这就是我的过错。我应该受到惩罚。”

“您以为我没有别人的帮助就不能立足吗？”我说，“更何况是一个连自己的孩子的父亲都说不出来的女人的帮助？”

“杰生！”她说。

“好吧，”我说，“我不是那个意思。我当然不是那个意思。”

“至少我不希望你也像我这样。”她说。

“当然不会，”我说，“她太像他们两个了，这根本就不用怀疑。”

“我没法忍受这样的事。”她说。

“您就别多想了，”我说，“您还一直为她晚上跑出去的事操心吗？”

“不。我让她知道了我这样做完全是为了她好，将来有一天她会为此而感谢我的。她现在总是带着课本，等我锁上门之后就在里面用功。有好几个晚上，我看到到了十一点钟的时候，她屋子里面的灯还在亮着。”

“您怎么知道她在用功读书的？”我说。

“除了用功读书之外，我不知道她还能做什么，”她说，“她又从来不会看一些杂书。”

“她是不看杂书，但是她究竟在做什么，您就只能祈祷上帝了。”我说。不过我说的这些话有什么用呢，这只会让她对着我哭泣罢了。

我听见她上楼去了。随后，她叫了一声小昆丁，小昆丁则在房间里面回答了一声“什么事”，母亲就说：“晚安。”然后我听到钥匙在锁孔里转动的声音，接着母亲回到了自己的房间。

我抽完雪茄起身上楼的时候，昆丁房间里面的灯还在亮着。我看到了那个已经没有了钥匙的锁孔，但是听不到房间里有任何声音。她用功读书的时候可真够安静的。或许在学校里她都是这样用功的吧。我和母亲说了晚安，然后回到我的房间里，把那只箱子取了出来，把钱又数了一遍。我听见那个“美国头号大太监”的鼾声如雷，就像是木工厂里面的一台刨床。我在某本书里面曾经读到过，有些人为了能够让自己说话娘娘腔，会给自己动那样的手术的。但是对班来说，也许他根本就不知道别人给他做过手术。我想他根本就不知道自己在做什么，也不知道伯吉斯先生为什么会用栅栏桩子把自己打晕。如果哪一天在手术的麻药还没有过劲的时候就把他送到杰克逊去，他也根本就不会发现有什么不同。只是对于康普生家族来说，这种简单的不能再简单的事一向是不会加以考虑的，甚至是再复杂一倍的事，都不会看在眼里。直到她从大门里冲出来，当着一个小女孩的父亲的面，去追赶那个小女孩。嗯，就像我所说的，他们从来不会当机立断、快刀斩乱麻，而且之后就会马上把刀子收起来。但是我可知道至少还有两位也应该这样处理，而其中的一个就在离这里不到一英里的地方。但是我也知道，即使这样做了，也不会有任何好处的。就像我说过的那样，一个人一旦是贱种，就永远是贱种。我只想能给我二十四个能够自由行动的时间，而不要让那些该死的犹太人对我指手画脚。我不会孤注一掷、赶尽杀绝的，那只有绝望的赌徒才会做出来。我只是想得到一个公平的机会，能够把我自己的钱拿回来。而一旦我拿回了自己的钱，他们就算是把整个比尔街和疯人院都搬到我家里来都可以，让其中的两个人[1]在我的床上睡觉，让另外一个[2]坐在我的椅子上大吃大嚼。

①昆丁和凯蒂。

②班吉。

1928年4月8日

这一天在凄凉和寒冷当中破晓开始了。从东北角照射过来的像墙壁一样移动的光线，没有被稀释成湿气，而只是似乎被分解成细微而有毒的灰尘一样的颗粒。当迪尔西打开木屋的门走出来的时候，那些颗粒就像针一样刺入她的皮肤里，并且在表面上凝结成不太像湿气而是像油腻一样的东西。她缠着一条头巾，又戴了一顶硬挺的黑草帽，穿着一条紫绸裙，披着一条不知是用什么皮毛镶边的栗色披肩。她就在门口站了一会儿，把那张被皱纹分成无数个小块的瘪陷的脸迎向天空，接着伸出一只掌心像鱼肚子一样憔悴的手掌。之后，她掀开披肩，开始仔细检查自己长裙的前襟。

那条长裙就松松垮垮地从她的肩膀上垂下来，耷拉过她的松垂的胸部，随之在腹部鼓胀起来，然后再度塌陷，却在更下面的地方接着鼓胀起来，这是因为她在里面穿了好几条衬裤。等春天过去、温暖的日子到来，呈现出红黄墨绿的时候，她就会把这些衬裤一条条地脱下来的。她本来是一个高大结实的女人，但是现在随着时间的侵蚀，只剩下了一副突起的骨架，上面松弛地覆盖着干瘦的皮肤，只有在腹部才紧绷绷的，好像那里是就连时间也无法征服似的。这副骨架看上去就像是一个勇气的堡垒，笼罩在内部昏睡的脏器之上。而高处那张只见骨骼不见肌肉的面孔，正仰视着雨云飞逝的天空，带着一种既像是听天由命，又像是小孩的那种惊愕失望的表情。直到她转身再回到屋子里面，并随手把门也关上了。

门后的泥土地面光秃秃的。地面有一些苔绿色，好像是被一代代人的赤脚所磨蹭出来的，又像是旧银器或者是墨西哥人房屋敷泥的墙壁的颜色。木屋旁边有三棵夏天遮阴用的桑树，日后它们会长出巴掌大的、宽阔而平静的叶片，但是现在它们的嫩叶毛茸茸的，在流动的空气中颤动着。一对不知从哪里飞来的樫鸟，像是色彩艳丽的布片或者纸片一样，在迅疾的气流当中盘旋而上，最后停栖在桑树上。它们在枝头上颠簸着，翘起尾巴，大声地鸣叫着。它们的叫声传入风中，又被大风像布片或者纸片一样裹卷而去。接着又有三只樫鸟加入进来，在枝头上颠簸着，翘起尾巴大声鸣叫。木屋的门又被打开了，迪尔西再次出现了。这次她已经戴上了一顶男人的平顶呢帽，并穿上了一件军大衣。在军大衣的磨损的下摆下面，还是那件紫绸裙鼓鼓囊囊地垂落下来，当她经过院子走上厨房的台阶时，就在她身后飘荡着。

一会儿之后，她又出现了。这次她手中拿着一把撑开的伞，倾斜着迎风前进，走到院子对面的柴堆旁边，她把伞放了下来，伞依旧是打开着的。很快，她就向伞扑过去，把伞抓在手里，看看四周，然后把伞收拢，放在地上。她把木柴一根根地放在弯曲的胳膊里，堆在胸前，然后好不容易地再把伞捡起来，撑开。她走回到厨房台阶那里，一面小心翼翼地不让木柴堆坍塌下来，一面想方设法把伞合上。最后，她把伞放在了门后的角落里，把木材倒进炉子后面的箱子里面，然后脱掉大衣和帽子，从墙上拿下一条脏兮兮的围裙重新系上，接着就开始在炉子里生火了。她用通条把炉子弄得嘎吱嘎吱响，同时炉盖也在哗啦哗啦响，就在这时候，康普生太太开始在楼梯上喊她了。

康普生太太穿着一件黑绸的棉睡袍，用手在下巴底下将睡袍捏紧，另一只手里面拿着一个红色的橡胶热水袋。她站在楼梯上面，用很有规律、没有任何声调变化的声音，一声声地喊着“迪尔西”。那声音就跌入安静得像一口古井一样的楼梯当中，而楼梯则跌入黑暗当中，直到从一扇窗户透进来的灰暗的光线当中才再度展开。她就那样呼喊着，不疾不徐，毫无变化，好像她根本就不在乎有没有人答应似的。“迪尔西。”

迪尔西答应了一声，停下刮动炉子。她还没有来得及穿过厨房，康普生太太又在叫喊了。她穿过厨房，还来不及将脑袋出现在那个窗户透进来的那片黯淡的光线当中，那个声音又传了过来。

“好了，”迪尔西说，“好了，我在这儿呢。我一旦烧好了热水，马上就给您灌好。”她提起裙子上楼，把那片黯淡的光线挡住了。“把那东西放在那里吧，你马上回床上去。”

“我不明白这是怎么回事，”康普生太太说，“我至少已经醒了一个小时了，但是没有听到厨房里面的声音。”

“把那东西放下，您马上回床上去。”迪尔西说。她拖着邋遢的身躯，气喘吁吁地走上楼梯，“我一分钟内就能把火生好，再用两分钟就能把热水烧好。”

“我躺在那里至少已经一个小时了，”康普生太太说，“我还以为你要等我下去之后才会生火呢。”

迪尔西走上楼梯，拿到了热水袋。“我一分钟就会把它灌好的，”她说，“勒斯特今天睡过头了，昨天晚上他看演出看到半夜。这样就只能我自己生火了。您快回去吧，要不然您会把所有的人都吵醒的。”

“既然你让勒斯特去玩，那么只好你自己多受罪了，”康普生太太说，“杰生要是知道了会不高兴的。你知道他会不高兴的。”

“他看演出，花的又不是杰生的钱，”迪尔西说，“一点儿也没错。”她接着往楼下走。康普生太太回到自己的房间，等到她躺在床上之后，还能听到迪尔西下楼的声音。她的动作是那样迟缓，再加上厨房门的啪嗒啪嗒的响声，如果不是很快就停止了的话，真会让人发疯的。

她走进厨房，还是做饭。等做到一半的时候，她停下来，走到窗户的旁边，看向自己的小木屋。接着她走到门口，打开门，对着刺骨的寒风大喊：

“勒斯特！”她喊道，将脸偏转过去，一面避开风向，一面聆听着。“勒斯特，你听见了吗？”她聆听着，当她准备再开始喊的时候，看见勒斯特从厨房的拐角那里走了出来。

“什么事，姥姥？”他很无辜地说，他是那样的无辜，以至于迪尔西站在那里，低头看着他，表情不仅仅是惊讶了。

“你到哪里去了？”她说。

“没到哪里去，”他说，“就在地窖里面。”

“你到地窖里去做什么？”她说，“傻瓜，别站在雨里啊。”

“没做什么。”他边说边走上台阶。

“你绝对不敢不抱着一堆木柴就走进这道门的！”她说，“我已经替你搬了一堆木柴，生起火来了。我昨天晚上难道没有告诉你，如果你没有把这个箱子堆满就不能出门吗？”

“我做过了，”勒斯特说，“我已经堆满了。”

“那么木柴都到哪里去了呢？”

“那我可就不知道了，我没拿。”

“哼，那就现在把它堆满，”她说，“然后就上楼去照看班吉。”

她关上了门。勒斯特走向木柴堆。那五只樫鸟还在房子的上空盘旋、鸣叫，然后落回到了桑树上。他看了一会儿鸟，然后捡起一块石头扔过去。“呸，”他说，“滚回你们的老巢地狱去吧。现在还没到星期一呢。[1]”

他抱着一堆像山那样高的木柴，没有办法向前看路，跌跌撞撞地走上台阶，撞在了门上，木柴就纷纷跌落下来。迪尔西只好给他打开了门。他又跌跌撞撞地穿过厨房。“勒斯特，你！”她喊着，可是这时候他已经把木柴一下子扔到了箱子里面，发出雷鸣一样的声音。“嘿！”他叫了一声。

“你要把整栋房子里面的人都吵醒是不是？”迪尔西说，给了

---

①当地一种迷信，认为樫鸟是魔鬼的信使，周五的时候会回到地狱向魔鬼汇报，周一的时候才会重新回到人间。

他的后脑勺一巴掌。“快上楼去给班吉穿衣服吧。”

“好的，姥姥。”他说，然后向门外走去。

“你要到哪里去？”迪尔西说。

“我想我还是从前面绕进去比较好，免得吵醒凯罗琳小姐她们。”

“你就像我告诉你的那样，从后楼梯上去，给班吉穿好衣服吧，”迪尔西说，“现在就去。”

“好的，姥姥。”勒斯特说。他转回身从厨房门走了出去。一会儿之后，那扇门就不再晃动了。迪尔西开始动手做饼干。她一边在面板上筛着面粉，一边哼着没有曲调、没有字眼的曲子，歌声重复、哀伤、朴素而凄凉。面粉就像雪花一样纷纷扬扬地落在面板上。炉火已经让厨房里面暖和起来了，而且也使厨房里面响起了火焰的呢喃之声。不久之后，她唱歌的声音越来越大，好像是她的声音也在渐渐升高的温暖当中融化开了一样。这时候，康普生太太又在房间里面喊她。迪尔西抬起头来，好像她的目光能够穿透并且真的穿透了墙壁和天花板，看见了那个穿着棉睡袍，站在楼梯上面，一声声机械地叫着她的名字的老妇人似的。

“哦，上帝啊！”迪尔西说。她放下筛子，撩起围裙边擦了擦手，把放在椅子上的热水袋抓起来，然后垫着围裙抓起壶把，壶里面的水才刚刚冒出一点热气。“等一下，”她喊道，“水马上就能烧热了。”

不过，这一回康普生太太并不是要热水袋的。迪尔西像拎着一只死鸡一样拎着热水袋的脖颈，走到楼梯底下，往上看去。

“勒斯特还没有到他的房间里去吗？”她说。

“勒斯特根本就没有上楼。我一直躺在床上听着呢。我知道他会来晚的，但是我还是希望他能够及时上来，免得让班杰明醒来之后，又会吵醒了杰生。杰生一星期也只有一天早上能够睡个懒觉。”

“那您一大早就站在楼梯口上喊这喊那的，我就看不出来你是怎么想让别人能够睡个懒觉，”迪尔西一边说，一边拖着沉重的脚步上楼，“半小时之前，我就打发那个小子上楼了。”

康普生太太盯着她，用手在下巴底下捏住棉睡袍的领口。“你要做什么？”她说。

“上去给班吉穿衣服吧，然后把他带到厨房里面，这样就不会吵到杰生和小昆丁了。”迪尔西说。

“你还没有做早饭吗？”

“我会做好这件事的，”迪尔西说，“您还是先回床上去吧，等勒斯特来给您生火。今天早上真冷。”

“我知道，”康普生太太说，“我手脚冰凉，就是因为太冷了我才醒来的。”她看着迪尔西上楼，这花费了很长的时间。“你知道的，如果早饭开晚了，杰生会怎么样。”

“我在一个时间只能做一件事啊，”迪尔西说，“您还是回到床上去吧，今天早上就不要再给我添麻烦了。”

“要是你准备放下别的，去给班杰明穿衣服的话，那我只好下楼去做饭了。你和我一样，是知道如果早饭开晚了，杰生会怎么样的。”

“您做出来的东西谁会吃呢？”迪尔西说，“您倒是告诉我呀。您还是回去吧。”她边说边蹒跚地上楼。康普生太太就站在那里看她，她一手扶着墙壁，一手提着裙子，艰难地爬着楼梯。

“你只是为了给他穿衣服，就要把他叫醒吗？”她说。

迪尔西停下了脚步。她的一只脚放在上面一个台阶上，一只手扶着墙壁。那个模模糊糊的身影挡住了后面窗户射进来的黯淡的光线，一动也不动。

“他还没有醒吗？”她说。

“我刚才往里看的时候，他还没有醒，”康普生太太说，“但是现在已经超过他起床的时间了。他从来没有在七点钟之后还在睡觉的时候，你知道他从来没有这样过。”

迪尔西没有说话。她没有接着往上走，康普生太太只看见那个模模糊糊的扁平的身影，并不能看清楚，但是却能察觉出来她低下头去，手中捏着热水袋的脖颈，就像是站在雨中的一头牛那样。

“你不用受这份罪，”康普生太太说，“这不是你的责任。你是可以离开的。你不用再日日夜夜地背着这个责任了。你对他们，对死去的康普生先生，并不亏欠什么情分。而且我也知道你对杰生没有什么感情。这一点你也从来不加以掩饰。”

迪尔西没有说话。她慢慢地转过身子，向楼下走去，一级一级地挪动着脚步，像个小孩子一样，用一只手扶着墙壁。“您回去吧，不要再去管他了，”她说，“不要再进他的房间了。我一看到勒斯特，我就会让他上去的。现在，你不要管他了。”

她回到厨房，看了看火炉，然后把围裙从头上脱下来，穿上大衣，打开外面的门，看出去。顿时，尖利的、无孔不入的寒风就刺入了她的皮肤。院子里面空荡荡的。她小心翼翼地走下台阶，像是生怕发出什么响声似的，接着绕过了厨房的拐角。这时，勒斯特带着一副天真的表情，匆忙地从地窖里面走了出来。

迪尔西停了下来。“你做什么去了？”她说。

“没做什么，”勒斯特说，“杰生先生让我去看看地窖里面的水是从哪里漏出来的。”

“他什么时候要你去的？”迪尔西说，“是去年新年的第一天吗？”

“我想趁着他们睡觉的时候去查看一下。”勒斯特说。迪尔西走到地窖门口。勒斯特让开身子，她往下看去，一股阴湿的泥土气息和发霉的味道从黑暗中迎面扑来。

“嗯，”迪尔西说，她看看勒斯特。勒斯特则温顺地迎接着她的注视，显得清白无辜和胸襟坦荡。“我不知道你在做什么，而且你到地窖去也不会不做什么的。就因为今天早上别人在折腾我，你也想试一下吗？你立刻给我上楼去照看班吉，听到了吗？”

“好的。”勒斯特说，匆忙地向厨房台阶跑去。

“站住，”迪尔西说，“在你离开之前，先去给我抱一堆木柴。”

“好嘞。”他说。他从站在台阶上的她的身边走过去，走向木柴堆。一会儿之后，他又跌跌绊绊地撞到了门上，那堆木柴几乎把他淹没了，他什么都不能看到。迪尔西只好再给他开了门，并引导着他通过厨房。

“你要是再敢把木柴一下子扔到箱子里面，”她说，“你敢再扔！”

“我只能这样，”勒斯特喘着粗气说，“除了这样，我没有别的办法。”

"那你就抱着木柴，多站一会儿。"迪尔西说，她一次只拿一根地往下拿着木柴，"你今天早上到底在干什么？每次我让你去拿木柴的时候，你从来没有拿过六根以上，为的就是省些力气，今天却完全两样了。你到底想求我做什么？那个马戏团不是已经离开镇子了吗？"

"是的，离开了。"

她把最后一根木柴放在箱子里面。"现在，就按照我所说的，上楼去照看班吉，"她说，"在我摇铃通知吃饭之前，我再也不允许有人站在楼梯上冲我大喊大叫了。听见了没有？"

"听到了。"勒斯特说。他穿过弹簧门消失了。迪尔西往炉子里面添了一些木柴，然后回到了面包前面。不久之后，她又开始唱歌了。

房间里越来越暖和。迪尔西在房间里走来走去，拿取各种东西。准备早饭的时候，她的皮肤开始呈现出一种润泽、鲜艳的色彩，比起她之前和勒斯特身上蒙着一层炉灰的皮肤要生动好看得多。碗柜上面的墙上，有一架挂钟正在嘀嘀嗒嗒作响。那架挂钟，只有在晚上点灯的时候才能看见，可就算是那样，由于它只有一个指针，看上去也像谜语一样的深沉。不多久，钟声响了起来，就像是一个人在清喉咙似的，响了五声。

"八点钟了。"迪尔西说。她停下做活，歪着脑袋倾听了一会儿。除了挂钟和炉火的声音，一切都寂静无声。她打开烤箱，看了看铁盘子里面的面包。这时候有人下楼了，她就弯着腰停止了动作。继而弹簧门被打开了，勒斯特走了进来，后面跟着一个大块头。他的身体中的每一个分子好像是不愿意或者是不能够聚集在一起，而且也不愿意或者不能够和支撑起这副身体的骨骼凝聚在一起的样子。他的皮肤是死灰色的，没有长胡子；他全身浮肿，步履蹒跚，看上去像一只经过训练的熊。他的头发的颜色很淡也很好看，顺贴地伏在额头上面，就像是相片上面的小孩子的头发。他的眼睛非常清澈，带有矢车菊的甜美的淡蓝色。他的嘴巴微微张开着，带着一点口水。

“他冷吗？”迪尔西说，一边在围裙上擦了擦手，然后握了一下他的手。

“他不会冷，我倒是觉得冷呢。”勒斯特说，“复活节的时候总是很冷，没有一年不是这样的。凯罗琳小姐说，要是现在她的热水袋还没有灌好的话，她就不要了。”

“啊，上帝！”迪尔西说。她把一把椅子搬到木柴箱和火炉之间的角落里。那个大块头就顺从地走过去坐了下来。“你到餐厅里看一下，我把热水袋放在那里了。”迪尔西说。勒斯特到餐厅里面找来了热水袋，迪尔西灌上热水，又交给他。“快一点送上去，”她说，“再看看杰生醒了没有，告诉他早饭已经准备好了。”

勒斯特走了。班坐在火炉旁边，他就那样松松垮垮地坐着，除了头部以外一动不动。迪尔西来回走动时，他就用那种甜美而朦胧的眼光看着她，脑袋上下晃动着。不一会儿，勒斯特就回来了。

“他起床了，”他说，“凯罗琳小姐让我把热水袋放在桌子上了。”他走到火炉旁边，把双手笼罩在火炉上面。“他也起床了，”他说，“今天早上他准是两只脚一起下床的。”

“又发生什么事了吗？”迪尔西说，“离开那里。你站在火炉边，叫我怎么干活儿呢？”

“我冷啊。”勒斯特说。

“刚才你在地窖里面的时候，你就应该想到冷了，”迪尔西说，“杰生怎么了？”

“他说我和班吉打破了他房间的窗户玻璃。”

“真的破了吗？”迪尔西说。

“我哪里知道？反正他是这么说的，”勒斯特说，“而且还一口咬定就是我打破的。”

“他整日整夜地锁着屋门，你们是怎么打破的呢？”

“他说是我扔石头打破的。”勒斯特说。

“你扔了没有？”

“我没有。”勒斯特说。

“小子，别跟我撒谎啊。”迪尔西说。

“我就是没扔嘛，”勒斯特说，“不信的话，你问问班吉我扔了没有？我都没有往那个窗户那里看过。”

“那么会是谁打破的呢？”迪尔西说，“他这样做纯粹是没事找事，还会把小昆丁给吵醒了。”她一边说，一边从烤炉里面拿出一盘饼干。

“肯定是这样的，”勒斯特说，“这些人真有意思。幸亏我并不是他们中的一个。”

“不是什么人中的一个？”迪尔西说，“小黑鬼，我告诉你，你和他们中的任何一个都一样，身上也同样有着康普生家族的坏习惯。你老老实实地告诉我，那扇窗户到底是不是你打破的？”

“我为什么要打破那扇窗户？”

“你做坏事的时候，还需要为什么吗？”迪尔西说，“现在你好好照看他，不要让他在我摆放桌子的时候，不小心烫到自己的手。”

她走到餐厅去了，他们能听见她在那里来回走动的声音。随后她又走了回来，在厨房的桌子上放了一只盘子，并把食物放在里面。班吉盯着她，一边流着口水，一边发出急切的声音。

“好了，宝贝儿，”她说，“你的早餐摆放好了。把他的椅子拿过来，勒斯特。”勒斯特把椅子推了过来，班吉坐上去，还是一边流口水，一边哼哼着。迪尔西在他的脖子上围上一块布，同时用布角给他擦了擦嘴。“我倒是要看看你能不能在喂他饭的时候，不把他的衣服弄脏。”她说着，把一把汤勺递给勒斯特。

班不再哼哼了。他专注地看着伸到他面前的汤勺。他的这种急切好像是肌肉的一种本能反应，而不是饥饿，饥饿本身是模糊不清的，他自己也弄不明白。勒斯特熟练但是有些心不在焉地喂着他。如果偶尔他的注意力转移回来，那么他就会喂给班一个空勺，让班合上嘴但是什么也没有吃到。但是显然，勒斯特的心思放在了别的什么地方。他的另一只手放在椅背上，在那块不会有任何反应的木板上试探着、轻巧地移动着，好像要在上面弹出一支无声的曲子。有一次碰巧他在那块参差不齐的木板上拨出了一小节复杂的乐声，他就高兴得完全忘记了用那把汤勺去招惹班，直到班再次发出哼哼声时才回过神来。

迪尔西在餐厅里走动着，一会儿她摇响一只铃，接着勒斯特在厨房里就听见康普生太太和杰生下楼的声音，以及杰生说话的声音。于是他翻动着白眼，赶紧仔细倾听。

“当然，我知道不是他们打破的。”杰生说，“当然，我知道的。也许是天气的变化让玻璃破掉的。”

“我真想不清楚怎么会破掉呢，”康普生太太说，“你的房门整天锁着，就像每次你去镇子之前做的那样。除了星期天清理卫生之外，任何时间都不会有人进去。我不想让你以为，我会进入别人不欢迎我的地方，或者会以为我会让谁进去。”

“我从来也没说过是您打破的，不是吗？”杰生说。

“我根本就不想进入你的房间，”康普生太太说，“我会尊重任何人的隐私。即使我有一把钥匙，我也不会踏上门槛的。”

“对啊，”杰生说，“我知道您的钥匙是打不开的。这就是我把锁头换了的原因。我现在想知道的是，那扇窗户的玻璃是怎么破的。”

“勒斯特说不是他打破的。”迪尔西说。

“不用问我也知道不会是他，”杰生说，“小昆丁呢？”

“和往常一样，她在每个星期天早晨都会在的地方，”迪尔西说，“你这几天到底是怎么了？”

“哦，那就把这些旧规矩都打破一下，”杰生说，“去告诉她早饭已经准备好了。”

“杰生，你就别去招惹她了，”迪尔西说，“从星期一到星期六，她都会下来吃早饭的，可是星期天的早上，凯罗琳小姐是允许她睡一会儿懒觉的。这一点你是知道的。”

“恐怕我不能像她喜欢的那样，养着一屋子的黑人来伺候她，”杰生说，“叫她下来吃早饭。”

“不需要有人伺候她呀，”迪尔西说，“我只是把她的早饭放在保温炉里，等她——”

“你听到我说的了吗？”杰生说。

“听到了，”迪尔西说，“只要你在家里，没有一刻我听不到你骂骂咧咧的，如果不是对着小昆丁，就是对着你妈妈，或者是勒斯特和班吉。凯罗琳小姐，您怎么会允许他这样？”

“你还是照他吩咐的去做吧，”康普生太太说，“他现在是一家之主。他要求我们遵从他的意志，这是他的权利。我也会想方设法去做的，而如果我能够做得到的话，我想你也应该能够做到。”

“他仅仅是要由着自己的性子，就一定要叫小昆丁起来。他脾气这么坏，毫不讲道理，”迪尔西说，“没准儿他还会认为是她打破了玻璃呢。”

“如果她想这么做的话，是会做出来的，”杰生说，“你马上按照我说的去做。”

“要是真是她打破的话，我也不会责备她的。”迪尔西一边说，一边走向楼梯，“谁叫你一旦回到家，就对她牢骚个没完呢。”

“别说什么了，迪尔西，”康普生太太说，“你和我都没有指责杰生的做法的权利。有时候我也知道他做错了，但是为了顾全这个家庭我还是要由着他。而如果我能够拖着有病的身体走到餐桌旁边，那么小昆丁也能够做到。”

迪尔西走了出去。他们能够听到她上楼梯的声音。他们就听到她这样在楼梯上爬呀爬的，爬了很长时间。

“您有一群非常上等的仆役，”杰生说。他给母亲和自己的盘子里面夹放食物。“您难道就没有过一个更像样的吗？即使在我记事之前，您应该有过那么几位吧？”

“我得迁就着他们，”康普生太太说，“因为我要依赖他们。当然如果我的身体强壮的话，就会不一样了。我真希望我的身体能够强壮一些，那样我就能够料理好所有的家务事了。这样至少可以减轻你的负担。”

“我们就能睡在一所美好一点儿的猪圈里了，”杰生说，“迪尔西，快点。”他叫着。

“我知道你会责备我的，”康普生太太说，“因为我答应今天让他们到教堂去。“

“到哪里去？“杰生说，”难道那该死的马戏团还没有走？“

“是到教堂去，”康普生太太说，“黑人们特意举办了一场复活节礼拜。两个星期以前，我就答应迪尔西可以给他们放假了。”

“这就意味着我们中午要吃凉饭菜，”杰生说，“或者什么都吃不到。”

“我知道这是我的过错，”康普生太太说，“我知道你在责备我。”

“为什么要责备您呢？”杰生说，“又不是您把耶稣复活的，对吗？”

他们听到迪尔西走上最后一层台阶，然后是她在楼上走路的声音。

“昆丁。”她说。她发出第一声叫喊的时候，杰生把刀叉放了下来。他和母亲两个人分别坐在餐桌的一端，姿势一模一样，仿佛都在等候着对方。一个冷漠而精明，压在额头上的棕色头发翘起，形成一个桀骜不驯的发卷，看上去好像是漫画中的酒保，淡褐色的瞳孔周边是镶嵌黑边的虹膜，好像两颗弹珠一样；另一个则冷漠，唠叨着，满头银发，眼袋低垂，眼神惶惑，眼眶里面黑乎乎的，好像全部都是瞳孔或者是虹膜。

“昆丁，”迪尔西说，“宝贝儿，起床吧。他们在等你下来吃早餐呢。”

“我真搞不明白那扇窗户的玻璃怎么就破了，”康普生太太说，“你确定是昨天打破的吗？不过现在天气温暖，也许早就被打破了，又是上面的那一扇窗户，被窗帘遮住了，你没有发现罢了。”

“我已经告诉过你多少次了，”杰生说，“难道我会不清楚我自己住的房间吗？你以为我在里面住了一个星期，连窗户玻璃上出现了一个洞口，大得完全可以伸进来一只手——”他的声音降低了，消失了，在一瞬间只用空洞洞的眼睛盯着母亲。他的眼神空洞洞的，好像是眼睛也能够屏住呼吸似的。母亲的脸上呈现出一副憔悴、乖戾、爱好唠叨、狡狯却又愚钝的表情。他们就这样对坐着，直到楼上的迪尔西又说道：

“昆丁，别闹了，好孩子。起来吃早餐吧，宝贝儿。他们在等着你呢。”

“我真是搞不懂，”康普生太太说，“你说得好像是有人要闯进这栋房子似的——”杰生跳了起来。椅子在他身后倒了下去。“怎么了——”康普生太太说，目瞪口呆地看着他从身边跑过去，三步两步地蹿上楼梯，在那里找到了迪尔西。迪尔西没有看到他隐藏在黑暗中的脸色，说：

“她在闹别扭呢。你妈还没有给她开门——”但杰生没有答话，从她身边冲过去，冲到走廊的一扇门前。他没有敲门。他抓住门的球柄，试着扭动了一下。接着他手握球柄站住了，弯下腰去，仿佛在侧耳倾听里面那个并不大的空间里面的声音，而且似乎真的就听到了。但是事实上他完全是在装模作样，以让自己确信是真的听到了声音罢了。在后面，康普生太太一面攀爬着楼梯，一面叫着他的名字。接着她看到迪尔西了，就不再叫他的名字，而是叫迪尔西的。

“我告诉你了，她还没有打开那扇门呢。”迪尔西说。

她说话的时候，他转过身来向她跑过去，但是他的声音却平静了，尽管还是生硬的。“她带着钥匙吗？”他说，“我是说，她现在有没有随身携带着，我是说，她有没有——”

“迪尔西。”康普生太太在楼梯上喊。

“什么钥匙？”迪尔西说，“你为什么不让——”

“钥匙，”杰生说，“那扇门的钥匙。她不是总是随身携带着吗？母亲，”此时他看到康普生太太了，就冲下楼迎接过去。“给我钥匙。”他说。接着他就开始动手翻弄她的霉黑色的睡袍的口袋。她扭动着身躯，抗拒着。

“杰生，”她说，“杰生！你和迪尔西想让我再次病倒在床吗？”她一边说着，一边推开他，“你连一个星期天，都不想让我平平静静地度过吗？”

“钥匙，”杰生一边说，一边继续在她的身上翻弄着，“拿出来。”他回过头去看了看门，仿佛担心那扇门会在这会儿飞走似的。

“迪尔西，你来帮忙啊！”康普生太太说，把睡袍紧紧地捂在身上。

“给我钥匙，你这个傻老婆子！”杰生突然叫嚷起来。他从她的睡袍口袋里生拉硬拽出了那串中世纪的狱卒使用的带有铁环的生锈的钥匙，接着他穿过走廊向那扇门跑过去，后面跟着那两个老太婆。

“杰生，你！”康普生太太说。“他是绝对不会找到那一把正确的钥匙的，”她说，“迪尔西，你是知道的，我是绝对不容许别人动我的钥匙的。”她说着，哭了起来。

“别哭啦，”迪尔西说，“他不能把你怎么样。我不会让他把你怎么样的。”

“这可是星期天的早晨，又在我自己的家里，”康普生太太说，“在我一直按照基督徒的标准，把他们抚养长大之后。让我来给你找吧，杰生。”她说。她把手搭在他的手臂上，争夺起来。但是他只需要挥动一下手肘，就把她甩开了，接着转过头来打量了她一下，眼光冰冷而且愤怒，然后他又重新转向那扇门，开始对付那串难缠的钥匙。

“别哭了，”迪尔西说，“你，杰生！”

“肯定要发生什么大事，”康普生太太边哭边说，“我知道要发生什么不好的事情了。你呀，杰生，”她说，向杰生抱过去，“在我自己的家里，他甚至不让我去找那把正确的钥匙。”

“得了，得了，”迪尔西说，“能发生什么事情呢？我不是在这里吗？我不会让他动一下小昆丁的。昆丁，”她提高声音说，“宝贝儿，不用怕，我在这里呢。”

门打开了，向里旋转过去。他站在门洞里面，挡住了门口，然后挪动一下身体，让开一个通道。“进去吧。”他用沉重的声音轻轻说道。她们走了进去。那完全不像一个女孩子的房间，也看不出来是任何什么人的房间。房间里飘浮着淡淡的廉价化妆品的气味，几件女性用品的存在只能算是想让房间显得女性化一点的并不成功的尝试，反而适得其反，让房间变得不伦不类，沾染上出租给别人用来幽会的、那种寂寥而程式化的气味和氛围。床上并不乱，地板上扔着一件粉红色的、俗气的、弄脏了的内衣，一只长筒袜耷拉在衣橱半开的抽屉上。窗户打开着，窗户外面就是一棵梨树。梨花正在盛开，树枝摩擦着墙壁，沙沙作响。从窗户外涌进来的一阵阵的空气，把凄凉的梨花香味吹进房间。

"是吧，"迪尔西说，"我就告诉过你她不会有事。"

"没有事吗？"康普生太太说。迪尔西跟着她走进房间，抓住了她。

"你回房间躺着吧，"她说，"我十分钟之内就能找到她。"

康普生太太推开了他。"快找纸条，"她说，"昆丁这样做的时候就留下了纸条[①]。"

"好的，"迪尔西说，"我会找到纸条的。现在你回到房间去吧。"

"在他们给她起名叫作昆丁的时候，我就知道这件事会发生的。"康普生太太说。她走到衣柜前面，开始翻检里面的东西——香水瓶、香粉盒，一支被咬坏了的铅笔，一把缺了一半的剪刀，就放在一块补缀过的头巾上，头巾上洒上了香粉，还残留着口红的印迹。"快找纸条啊！"她说。

"我正在找呢，"迪尔西说。"你回去吧。我和杰生会找到的。你还是回到你的房间去吧。"

"杰生，"康普生太太喊着，"她在哪里？"她走到门口。迪

①昆丁自杀之前。

尔西跟着她经过楼厅，来到另一扇门前。门是关着的。“杰生！”她隔着房门叫喊，没有回声。她试着转动了一下门柄，又接着叫喊，仍然没有回声，而此时杰生正在把壁橱里的东西往身后扔着：外套、皮鞋，一口箱子，接着他抓出来一块带有沟槽的挡板，放下去，再钻身进入壁橱中，最后捧出来一个小铁箱。他把箱子放在床上，站在那里打量了一会儿已经坏掉了的锁头，同时伸手从口袋里摸出来一串钥匙，选出其中一把。他又站在那里傻呆呆地看了一会儿那把破锁，接着把钥匙放回口袋，把小铁箱里的东西小心翼翼地倾倒在床上。他仍然很仔细地把一些文件归类放在一起，每次只拿一份，还要小心地抖一下。然后他把箱子竖了起来，也抖了抖，再慢慢地把文件放回去。他就那样发愣地站在那里，捧着箱子，低头看着坏掉的锁头。他听见窗外的樫鸟尖叫着疾飞而过，叫声被风撕碎并扬散，一辆汽车经过，声音也逐渐消失掉了。他的母亲还在门外喊他，但他一动不动。他听到迪尔西把她带到了楼厅，接着是一扇门关闭的声音。之后，他把小铁箱放回壁橱里，把衣服也都扔了回去，下楼到了电话旁边。就在他把电话听筒放在耳朵旁边等待的时候，迪尔西下楼了。她看了看他，毫不停留，继续走了过去。

电话接通了。“我是杰生·康普生，”他说。他的声音既刺耳又浑浊，所以只好再说一遍。“杰生·康普生，”他控制着自己的声音说。“在十分钟之内准备好一辆汽车和一位代理警长，如果你抽不出身来的话，那么我就自己赶过去——什么？——抢劫。就在我家。我知道是谁干的——抢劫，没错。准备好汽车——什么？难道你不是国家养的执法人员吗？——好吧，我五分钟之内就会赶过去。把汽车准备好立刻出发。如果你不这样做的话，我就会向州长投诉。”

他把听筒“咔”的一声放回到座机上，穿过了餐厅。那里，餐桌上摆放着的几乎没有动过的早餐，已经变冷了。他走进厨房，迪尔西正在那里灌热水袋；班吉安静而茫然地坐着；勒斯特则像一只机灵而警惕的杂种小狗一样，在关注着什么；他不知正在咀嚼着什么。杰生穿过厨房走出去。

“你不吃点早点吗？”迪尔西说，他没有回答。“杰生，吃一点早点吧。”他继续往前走着。通往外面的那扇门在他身后“嘭”的一声关上了。勒斯特站起身来，走到窗户旁边看出去。

“喂，”他说，“楼上发生了什么事？他揍了昆丁小姐吗？”

“你给我闭嘴，”迪尔西说，“要是你招惹得班吉哭起来的话，我会把你的脑袋打下来。在我回来之前，你要把他照顾好，听见没有？”她拧上热水袋的塞子，走了出去。他们能够听见她上楼的声音，接着又听见杰生开车离开家的声音。在此之后，除了热水壶发出的“咝咝”低响、挂钟的摆动声之外，厨房里一片寂静。

“你知道我敢打赌发生了什么事吗？”勒斯特说，“我打赌他一定打她了。我敢打赌他打开了她的脑袋，而他现在去请医生了。这是很显然的事。”挂钟嗒嗒地响着，庄严而深沉，好像就是这栋颓败的房子里的有气无力的脉息。一会儿之后，挂钟呼呼转动了一会儿，好像是清了清嗓子，然后敲响了六点钟。班吉仰头看着挂钟，然后看了看窗户前面勒斯特那颗像子弹头一样的脑袋的影子。他开始晃动着自己的头，流下口水。他又哼哼起来。

“傻瓜，闭嘴，”勒斯特说，并没有回头。“看样子我们今天去不成教堂了。”而班则坐在椅子里，两只肥大柔软的手耷拉在双膝之间，哼哼着。突然，他哭了起来，一种缓慢的低吼声，持续不断，但是毫无意义。“闭嘴，”勒斯特说，他转过身来，举起一只手。“你是不是要我打你一顿？”但是班却只是看着他，每一次呼吸都会哼出声来。勒斯特过来推了他一把。“你马上给我闭嘴！”他喊道。“过来！”他说。他一下子把班从椅子里拖了起来，然后把椅子拖到火炉前面，打开火炉的炉门，又把班推到椅子里面。这看上去就像是一只小拖船把一艘笨重的油轮拖进了狭窄的船坞。班吉在散发着玫瑰色的光芒的炉门前坐下了，不再吵闹。接着，他们又能够听到挂钟的摆动声，听到迪尔西下楼的声音了。他走进厨房之后，班吉又开始哼哼起来，并且提高了声音。

“你对他做什么了？”迪尔西说，“你为什么非得在今天早上招惹他？”

“我没做什么，”勒斯特说，“他是被杰生先生吓着了。就是这样。他没有杀死昆丁小姐，是吗？”

“别哭了，班吉。”迪尔西说。班吉就真的停止了哭声。她走到窗户边看了一下。“雨停了吗？”她说。

“停了，姥姥，”勒斯特说，“早就停下来了。”

“那你们两个到外面玩一会儿吧，”她说，“我好不容易才让凯罗琳小姐安静下来。”

“我们还去教堂吗？”勒斯特说。

“到时候我会告诉你的。在我叫你之前，你不要让他回到屋子里。”

“我们可以去草场吗？”勒斯特说。

“可以。只要你别让他回到屋子里就可以。我已经受够了。”

"好的，您呐。"勒斯特说，"姥姥，杰生到哪里去了？"

"那是你要操心的事吗？"迪尔西说。她开始收拾桌子。"别出声，班吉。勒斯特马上就能带你出去玩儿了。"

"姥姥，他到底对昆丁小姐做了什么？"勒斯特说。

"没做什么。你们快一点给我出去。"

"我打赌她不在家里了。"勒斯特说。

迪尔西看了看勒斯特。"你是怎么知道她不在家里的？"

"我和班吉昨天晚上看到她从那扇窗户爬了出去。是不是，班吉？"

"你真的看到了？"迪尔西说，紧紧盯着他。

"我们每天晚上都能看到，"勒斯特说，"就是从那棵梨树上爬下去的。"

"黑小子，你可不要跟我说谎。"迪尔西说。

"我没说谎。不信你就问问班吉是不是真的。"

"那你为什么不跟我讲？"

"这又不关我的事，"勒斯特说，"我可不想插手白人之间的事。走，班吉，我们到外面玩儿去。"

他们出门了。迪尔西在桌子旁边站了一会儿，然后也离开了厨房，到餐厅里收拾了早餐，自己吃了点东西，又开始收拾起厨房来。接着，她脱下了围裙，挂好，走到楼梯口，倾听了一会儿。楼上没有什么声音。她穿上外套，戴上帽子，经过院子走向自己的小屋。

雨已经停了。风从东南方吹来，在头顶上撕扯出一小块一小块的蓝天。越过树木的尖梢、屋顶和镇子里的塔尖，可以看见阳光洒布在那边的小山上，就像一块苍白色的碎布。风里面传来了一声钟声，然后其他的钟声就像是接到信号一样，纷纷响了起来。

小屋的门又开了，迪尔西随即出现，仍然戴着栗色的帽子，穿着紫色的外套，戴着长及手肘的脏兮兮的手套，只是头巾已经被摘了下来。她走到院子里面呼喊勒斯特。等了一会儿之后，她走到房子前面，绕过屋角，来到地窖门口，往里面看去。班坐在台阶上。在班的前面，勒斯特蹲在潮湿的地上，他左手拿着一把锯子，用手把锯条压得弯曲，用一把旧木槌敲打着锯面。那个木槌是她用来做薄饼的，已经使用过三十多年了。锯子受到敲击之后，发出一声有气无力的颤音，戛然而止，然后又归于死气沉沉。锯子在勒斯特的手掌和地面之间弯曲形成的弧线，就像是默不作声的凸起的一个肚子。

"他就是这样做到的，"勒斯特说，"我不过是没有找到更合适的敲击的东西罢了。"

"原来你躲在这里做这个啊，"迪尔西说，"把木槌还给我。"她说。

"我又没有把它弄坏。"勒斯特说。

"还给我，"迪尔西说，"把锯子也放回原地。"

他放下锯子，把木槌交给了迪尔西。班吉又开始叫起来，绝望而漫长。叫声空空洞洞的，只不过是声音罢了。这种哀鸣也许亘古就存在，仅仅是由于行星的交合而在刹那间产生的声音。

"你听听，"勒斯特说，"自从你让我们离开屋子之后，他一直就这样。我不知道他今天早晨到底是怎么了。"

"把他带上来。"迪尔西说。

"班吉，上去吧。"勒斯特说。他走下几级台阶去拉住了班的手臂。班顺从地跟着他走了上去，但还是哀号着，在他的哀号当中，夹杂着一种类似于船舶发出来的迂缓、粗哑的声音，这个声音在哀号之前就已经产生，在哀号结束之后还不能够消失。

"你跑去把他的帽子拿来，"迪尔西说，"但是注意不要发出声音，以免让凯罗琳小姐听到。快点儿，我们要迟到了。"

"你要是不想办法让他停止叫喊，她肯定会听到的。"勒斯特说。

"只要我们一出门，他就会停止叫声的，"迪尔西说，"他闻到了。就是这样。"

"他闻到什么了，姥姥？"勒斯特说。

"快去拿帽子吧。"迪尔西说。勒斯特走后，他们就站在地窖的门口，班站在她下面的一个台阶上。天空现在已经被撕扯成一块一块的云朵，疾驰着，拖着它们的阴影，从肮脏的花园和破烂的栅栏上面掠过。迪尔西慢慢地、均匀地抚摸着班的脑袋，抚平他额头上的头发。他的叫声变成了平静的、舒缓的哼哼。"别哭了，"迪尔西说，"现在，别哭了。我们一分钟后就会出门。别哭了。"他的哼哼声越发地平静和舒缓。

勒斯特回来了。他的头上戴着一顶饰有彩带的挺括的簇新草帽，手中拿着一顶布软帽。那顶草帽的棱角很多，显得非常特殊，戴在勒斯特的头上就像聚光灯那样引人注意，让人刮目相看。不过草帽确实太特别了，以至于看上去好像戴在勒斯特后面一个人的头顶上。迪尔西看了看那顶草帽。

"为什么你不戴那顶旧帽子？"她说。

“我没找到。”勒斯特说。

“你当然找不到。我猜从昨天晚上开始你就打算找不到那顶帽子了。我看你是想把这顶帽子弄坏。”

“哦，姥姥，”勒斯特说，“不会下雨了。”

“你怎么知道？你去找来那顶旧帽子，把新的放好了。”

“哦，姥姥。”

“要不你就去把伞拿来。”

“哦，姥姥。”

“好吧，你自己选吧，”迪尔西说，“是去找来你的旧帽子还是去拿雨伞？哪一样都行。”

勒斯特向小屋走去。班又开始轻轻地哼哼起来。

“我们走吧，”迪尔西说，“他们能赶上来的。我们还要去听唱诗呢。”他们绕过屋角，朝大门口走去。“别哭了。”他们走在车道上的时候，迪尔西不断地提醒着班。他们走到了大门口前。迪尔西动手打开大门。勒斯特已经手拿着雨伞从车道上追了上来，和他走在一起的是一个女人。“他们赶上来了。”迪尔西说。最后他们走出大门口。“好了，不要哭了。”她说。班就停止了哭声。勒斯特和她母亲赶了上来。弗兰妮头戴饰花的帽子，身穿一件色彩艳丽的蓝绸衣服。她的脸庞有点平，但是和蔼可亲，是一个瘦女人。

“你身上穿着六个星期的工资，”迪尔西说，“如果下雨的话，我看你怎么办！”

“淋湿就淋湿了呗，”弗兰妮说，“如果天要下雨，我也没有办法。”

“姥姥总是念叨着会下雨。”勒斯特说。

“如果我不为你们大家操心，那么谁还会为你们操心呢？”迪尔西说，“快点走，我们已经要迟到了。”

“希古克牧师今天要来给我们布道。”弗兰妮说。

“是吗？”迪尔西说，“他是个什么样的人？”

“从圣路易前来的，”弗兰妮说，“是位大牧师。”

“哦，”迪尔西说，“是该有位大牧师前来，将对于上帝的敬畏打入你们这帮不成器的黑小子们的心里了。”

“希古克的布道已经能够做到了，”弗兰妮说，“他们都是这样说的。”

他们沿着街道前行。街道上静悄悄的，一群群衣着鲜丽的白人也在去往教堂，穿行在飘荡着钟声的风中，出没在乍现还隐的阳光当中。东南风有些强劲，特别是在前几天的温暖天气之后，显得更加寒冷和生硬。

“妈妈，我不希望你带他到教堂去，”弗兰妮说，“人们都议论呢。”

“什么人？”迪尔西说。

“我都听到了。”弗兰妮说。

“我知道是些什么人，”迪尔西说，“没错，就是那些窝窝囊囊的白人。就是他们。他们觉得他不配去白人教堂，但是黑人教堂又配不上他。”

“反正他们在议论，总是说同样的话。”弗兰妮说。

“那么你就把他们叫过来，让他们当着我的面说，”迪尔西说，“我会告诉他们，仁慈的上帝才不会在乎你是聪明还是愚鲁。除了那些废物白人，没有人会在乎这个。”

一条小路和街道直角相交，沿着小路走下去，随着地势的降低，脚下的路面变成了泥土。这条泥土路两边更加陡峭，几乎是陡直地跌落下去，在下面的宽阔的平地上坐落着一些小木屋，它们饱经风雨的屋顶只有脚下的路面那么高。小木屋都坐落在一块块不长草的院落中，地上乱堆着破烂，都是砖块、木板、陶器这类曾经用过的物品。这里荒凉到都不大生长草木。即使生长，也不过生长一些生命力极其顽强的杂草和桑树、刺槐以及榆树这样的树木，它们对于小木屋周边的恶臭气味也贡献了自己的一份。即使在萌芽季节，这些树木看上去也带着九月份的萧瑟和凄凉，好像春天总会从它们的身旁溜走，而留下这些树木，让它们吸取着这块滋长了黑人的土地上的营养来生长。

他们走过的时候，站在门口的黑人们都会向他们打招呼，这些招呼通常都是向着迪尔西的：

“吉卜生大姐，您今天早上好吗？”

“好着哪。您呢？”

“我也很好。谢谢您啦！”

他们从小木屋里纷纷走出来，费力地爬上页岩砌成的路堤，来到泥土路上——男人们大都穿着沉重的黑色或者深褐色衣服，戴着金表链，也有手中拿着手杖的；年轻人穿着俗不可耐的深蓝色或者条纹衣服，头上戴着浮夸的大帽子；女人们的衣服毫无疑问是新浆洗过的，但是上浆太多，以至于沙沙作响；孩子们穿着从白人们那里买到的二手衣服，像是夜行的小动物一样，用偷偷摸摸的眼光打量着班。

“我打赌你不敢过去摸他一下。”

“你怎么知道我不敢？”

“我打赌你不敢。我打赌你害怕这样做。”

“他不会伤害人。他只是个傻子。”

“傻子就不会伤害人吗？”

“这个傻子不会。我以前就摸过他。”

“我打赌你现在不敢了。”

“那是因为迪尔西小姐就在旁边看着呢。”

“她不在的话，你也不敢。”

“他不会伤害人的。他只不过是个傻子罢了。”

不断地有年纪比较大的人走上前来跟迪尔西说话，但是除非是年纪很老了，否则迪尔西一般会让弗兰妮代为作答。

“妈妈今天早上很不舒服。”

“真糟糕。不过希古克牧师会治好她的，会给她解除负担，使她轻松起来的。”

路面又上升起来，好像要上升到一处染色的背景之中。泥土路的前方，是一个红土小山的断口，路面好像到了那里戛然中止。路边，是一座饱经风吹雨打、岁月蹂躏的教堂，教堂的尖顶就像是图画中那样，冲天直指。整个景象就像是在万丈深渊之前，摆设了一个彩色纸板，上面画着风景，但却是平面的，没有景深。而它的背后，则是四月的深邃的天空，是阳光，是风中的钟声，是这样一个晌午。人们带着安息日的那种静静的、缓慢的沉思涌向教堂。妇女和孩子们都走了进去，而男人们则盘桓在外面，小声地交谈着。直到钟声消歇了，他们才都走了进去。

教堂里已经装饰过了，稀稀疏疏地装饰着从菜园和树丛当中摘来的鲜花，还有一些皱纸彩带。讲坛的上方悬挂着一只瘪掉了的圣诞节纸钟，像手风琴那样萎缩着。讲坛上空空如也，唱诗班倒是已经就位了。尽管天气并不暖和，但是唱诗班的成员都在扇着扇子。

大多数妇女聚集在教堂的一隅，嘁嘁喳喳地交谈着。继而钟声敲响了，她们纷纷散开，开始入座。人们就那样等待和期盼着。钟声又响了一下。唱诗班起立，开始唱赞美诗。当六个孩子——四个枯细的辫子上面系着蝴蝶结的小女孩和两个满头卷发的小男孩——走进来，人们不约而同地将脖子扭了过来。那六个孩子走在鲜花和白色的绸带点缀而成的中央通道上，后面跟着一前一后两位男子。第二位男子身躯庞大，淡咖啡色的皮肤，穿着一袭长袍，系着白领带，神态庄严。他的头部也很有威仪和思想的深沉，脖子上的层层褶皱显现在外衣的折领之上。他对人们来说已经太熟了，所以在他走过之后，人们的脖子仍旧扭着，继续往后面看过去；直到唱诗班停止了歌声，人们才意识到，那位远道而来的客座牧师已经进来了。于是人们定睛往走在本堂牧师之前的那位男子看过去，现在他已经率先走上讲坛，随即人们便发出了一阵难以形容的声音，这是一种叹息，有震惊也有失望。

客座牧师穿着一件破旧的羊驼呢外套，使得其身材更显矮小。他长着一张瘦小的老猴子才有的那种满是褶皱的黑色面孔。在唱诗班再度开始歌唱，那六个孩子也站立起来，用他们的微弱、胆怯的声音加入歌唱当中时，人们就打量着那位其貌不扬的男子。由于本堂牧师的魁伟和威仪，客座牧师显得更加渺小和土里土气。当本堂牧师站起身来，用深沉和有共鸣的声音介绍他时，人们仍然用惊讶和不可置信的眼光看着他，而且本堂牧师的介绍越是热情洋溢，客座牧师看上去就更加卑微和无足轻重。

“他们大老远地从圣路易就是把他请来了吗？”弗兰妮低声说道。

“我是知道主曾经使用过更加让人意想不到的工具来说道的呢。”迪尔西说。“别吵，”她对班说，“他们马上还会唱歌的。”

这时候客座牧师站起来，开口讲话了，他的声音听上去像是一个白人。声音平静而冷淡，口气非常大，以至于并不像是从他的口中发出来的。开始的时候，人们出于好奇而聆听他，就好像在聆听一只猴子说话。人们看他的眼光，就好像是在看一个走钢丝的人，看他如何在那平静而冷淡的声音的钢材上辗转挪移、纵横驰骋，甚至还要翻几个跟斗。这时候人们已经忘记了他的卑微和无足轻重的形象了。最后，当他以疲惫的样子滑下去，靠在讲台上休息的时候，把一只胳膊放在齐胸高的讲台上，他的猴子一样的身体看上去像是一副一动不动的木乃伊或者是一只空船，人们至此才长喘一口气，仿佛从一场大梦中初醒，开始在座位上移动身体。讲坛的后面，唱诗班还在不停地扇动着扇子。迪尔西说：“别吵。他们一定马上就会唱歌了。”

这时响起了一个声音：“兄弟们。”

牧师并没有移动，还是把一只手臂放在讲台上，当那个嘹亮的声音在四壁之间回响并消沉下去之后，他还保持着这个姿势。但是他的这个声音，跟刚才的声音已经有了天壤之别。这个声音悲伤、低沉，如同低音号角，一下子就沉到他们的心里去了。即使在这个声音的回响消沉之后，在他们的心里却依旧回荡着。

“兄弟们，姐妹们，”声音又响了起来。牧师抽回手臂，开始在讲坛上走来走去，他的双手在身后扭曲着，身子佝偻着，好像是长久以来和这个苦难的大地一起搏斗的形象。“我将羔羊的鲜血[①]铭记在心！”他在皱纸彩带和圣诞纸钟下面践踏着，佝偻着身子，反扭着双手，好像是一颗被自己的声音波浪所不断冲击和涤荡着的小石头。他好像是在用自己的血肉之躯来喂养那声音，或者说是那声音就像是一个妖女一样在咬啮着他的心。这个声音吞噬并毁灭了他，这是人们亲眼看见的，看见他就那样消失不见了，甚至觉得自己也随之而消失了。于是那个声音不再存在，剩下的只有他们自己内心的交谈和吟唱，无声胜于有声。因此，当他再次靠在书桌上喘息的时候，他的那张猴子一样的脸仰起来，他仿佛已经成为那个十字架上的圣洁的、苦难的形象的化身，超越了一切的原来的卑微和无足轻重。于是，在长久的沉默之后，人们爆发出一声长长的呻吟，以及一位妇女尖利地失声高喊：“是的，耶稣！”

随着时间在头顶上疾驰而过，教堂的昏暗的窗户在变得明亮一阵之后，复归于昏暗当中。一辆汽车从外面经过，在沙土当中艰难地跋涉，渐渐远去。迪尔西将一只手放在班的膝盖上，笔直地坐着。两颗泪珠从她的塌陷的脸上留下来，在无数的牺牲、克制和时光所刻凿的褶皱当中迸出，反射出亮光。

“兄弟们！”牧师用嘶哑的声音低声地说，身体一动不动。

“是的，耶稣！”还是那位妇女的声音，但是已经压低了一些。

---

①《圣经》中称耶稣为“上帝的羔羊”，“羔羊的血”将洗涤世间的罪恶。

"兄弟们，姐妹们！"他的声音再次像号角一样响起。他抽回手臂，挺身站直，举起双手。"我将羔羊的鲜血铭记在心！"人们并没有发现，从什么时候开始，他的声音和腔调已经变回黑人的了。那声音吸引住了他们，使他们不禁在座位上摇晃起来。

"在那漫长而寒冷的岁月——啊，兄弟们，我告诉你们，在那漫长而寒冷的岁月——我看见了光，看见了神的诫律，可怜的罪人啊。那些马车，颠簸着出埃及，一代又一代的人死去了。曾经的富人，而今安在？啊，兄弟们。曾经的穷人，今又在何处？啊，姐妹们。哦，我告诉你们，当那漫长而寒冷的岁月逝去的时候，如果你们还没有得到救赎的牛乳和甘露，你们将何去何从？"

"是的，耶稣！"

"兄弟们，我告诉你们；姐妹们，我也告诉你们，这样的一天终归会到来。可怜的罪人说：让我躺在主的身边，让我卸下重担千钧。啊，兄弟们，啊，姐妹们，耶稣会怎么说呢？你有没有将这只羔羊的鲜血铭记在心？因为我不想让罪恶的重荷压垮天堂！"

他在外套当中摸索，掏出手帕擦脸。人们当中响起一阵异口同声的低沉的呼唤："唔————！"那个妇女又开始叫喊："是的，耶稣！耶稣！"

"兄弟们，看看坐在那里的孩子们吧。耶稣也曾经和他们一样。他的母亲也尝到了荣耀和苦难。有时，在天黑的时候，她照料着耶稣，而天使们则在唱歌哄他入眠；但也许，她看向门外的时候，罗马的巡警正从门前经过。"他来回跺脚，擦着脸。"兄弟们，听啊！我看到了这一天。玛利亚坐在门里，膝盖上躺着耶稣，那位小耶稣。是的，就像那里的孩子们一样的小耶稣。我听到天使们在歌唱和平和荣耀，我看见了正要合上的恹恹欲睡的倦眼；我看到玛利亚跳了起来，看见了那个士兵的脸，他说：我们要杀，我们要杀，我们要杀死你的小耶稣！我听到了可怜的母亲的啜泣和哀悼，没有了上帝的拯救，没有了神的诫律！”

“唔————！耶稣！小耶稣！”同时，另外的一个尖利声音在叫喊：“我看见了，啊，耶稣！啊，我看见了！”另外还有一个声音，但是只有声音，没有言语，就像是水中升起的气泡。

“兄弟们，我看见了，我看见了这人世间的昏聩和悲剧景象！我看见了骷髅地[1]，看见了圣树，看见了小偷、强盗和最卑鄙下流的人；我听到了狂妄和嘲笑：如果你是耶稣，你就从十字架上下来吧[2]。我听到了女人们的哀号和夜间的哀悼；我听到了啜泣声和号哭声，听见了上帝掉转过去他的脸：他们真的杀死了我的儿子！”

“唔————！耶稣！我看见了，耶稣！”

“啊，盲目的罪人啊！兄弟们，我告诉你们；姐妹们，我也要告诉你们，当上帝调转过他那张无所不能的脸的时候，说：我不想使罪恶的重荷压垮天堂！我看见了那鳏居的上帝关闭了天堂的大门；我看见了泛滥的洪水席卷过大地；我看见了笼罩在世代之上的永久的黑暗和死亡。接着看下去，兄弟们，我又看到了什么呢？啊，姐妹们，我看到了什么？我看到了复活和光，看到了温和的耶稣说：正是因为他们杀死了我，你们才得以复活；我死了，但是你们所见并能够相信的，将获得永生。兄弟们，啊，兄弟们！我看见了末日的轰鸣，并听

---

①耶稣被钉死的地方。

②见《圣经·马太福音》第27章。

到了金色的号角被吹响，那是天国的永久的荣耀，那些铭记羔羊的鲜血的死者纷纷复活！”

在人们的欢呼和林立的手臂之间，班坐在那里，全神贯注地瞪大着他的甜美而忧郁的蓝色眼睛。迪尔西笔直地坐在他的身旁，心中还满是对于羔羊的鲜血的铭记，静静地哭泣着。

他们穿过阳光灿烂的中午的沙土地面，一群群人聚在一起开始轻松地聊天，即使这时候，她还在哭泣着，无心参与到他们的谈话当中。

“真是一个顶呱呱的牧师，虽然他开始看起来不像，但是讲话真够味儿！”

“他看到了主的权柄和天国的荣耀。”

“是的，没错。他看到了，亲眼看到了。”

迪尔西不出声，泪水依旧沿着凹陷、迂回的皱纹流下来，脸上的肌肉也毫不颤动。她昂头走着，甚至不去擦一下。

“妈妈，你为什么这样呢？”弗兰妮说，“人们都看着呐！而且很快我们就会走到白人居住区了。”

“我看到了始，也看到了终，”迪尔西说，“不要管我。”

“什么始，什么终？”弗兰妮说。

“你别管，”迪尔西说，“以前我看到了开始，现在我看到了终结。”

但是在她们来到街道之前，她还是停了下来，撩起了裙子，擦干了自己的眼泪。他们继续前行。班在迪尔西的旁边蹒跚而行，勒斯特则在旁边装模作样，手里拿着伞，歪带着草帽，就像是一只傻呆呆的大狗在看着一条聪明伶俐的小狗一样。当走到大门口的时候，班就开始抽噎起来。有那么一阵子，他们都向着车道尽头的房子看过去，房子很长时间没有粉刷过了，廊檐摇摇欲坠。

“今天大房子里发生了什么事？”弗兰妮说，“肯定是出事了。”

“没什么事，”迪尔西说，“你管好你自己的事就成了，白人的事让他们自己操心去。”

“肯定有事，”法兰妮说，“今天一大早我就听到他开始哼哼了。当然，这和我无关。”

“我知道是什么事。”勒斯特说。

“你知道得太多了，”迪尔西说，“你刚才没有听到弗兰妮说吗，这些是和你不相干。你把班吉带到后面的院子去，设法让他安静下来，直到我准备好午饭。”

“我知道昆丁小姐在哪里。”勒斯特说。

“你给我闭嘴，”迪尔西说，“如果昆丁小姐需要你什么劝告的时候，我会通知你的。现在，你带他到后面院子里玩儿去吧。”

“只要他们在那里一打高尔夫球，你就应该知道会发生什么。”

“他们一时半会儿还不会开始，而那时狄比就会回来带他坐车了。过来，先把那顶新帽子交给我。”

勒斯特把帽子交给了她，就带着班到后院儿去了。班还在抽噎着，只不过声音并不大。迪尔西和弗兰妮走进了小木屋。一会儿之后，迪尔西又出现了，仍旧穿着褪色的印花布裙子，走进厨房。厨房里的炉火已经熄灭了。她系上了围裙，走上楼梯。房子里面静悄悄的，没有一点声音。昆丁的房间和他们离开的时候一样。她走进去，捡起地上的内衣，和长筒袜一起放回到抽屉里，又关上抽屉。康普生太太房间的门关着。迪尔西站在房门边倾听了一会儿，然后开门走了进去。房间里充满了强烈的樟脑气味，百叶窗拉着，屋子里半明半暗。而床就在明暗之间。开始的时候，她以为康普生太太是睡着了的，但是等她要关上门离开的时候，对方却说话了。

“喂？”她说，“谁啊？”

“是我，”迪尔西说，“您需要什么吗？”

康普生太太没有直接回答。一会儿之后，她头动也不动地说，“杰生到哪里去了？”

“他还没有回来，”迪尔西说，“您需要什么吗？”

康普生太太不吭声了。和许多冷漠、虚弱的人一样，当灾难在最后不可抗拒地来临的时候，她会从什么地方获得某种坚定的力量。而现在，这种力量就来自于对那件尚未真相大白的事情的某种不可动摇的信念。“那么，”她终于开口说话，“你找到那样东西了吗？”

“找到什么？你说什么呢？”

“纸条。如果她考虑周全一点的话，至少会给我们留下一张纸条的。就算是昆丁，当时也是这样做的。”

“你在说什么呀？”迪尔西说，“难道你不知道她现在什么都没有发生吗？我敢说在天黑之前，她就会从这道门里走进来的。”

“撒谎，”康普生太太说，“血液里面的遗传。有什么样的舅舅，就有什么样的外甥女。或者说有什么样的母亲，就有什么样的女儿。我倒是不知道她遗传了哪一个更糟糕一点。不过也都一样。”

“您为什么总是这样说？”迪尔西说，“她为什么要这样做？”

“我也不知道。那么，昆丁为什么这样做？他有什么理由？不会是仅仅想嘲弄我，伤我的心吧？不论上帝是谁，他都不会允许这样做的。我曾经是一个大家闺秀，但是从我的孩子们的表现上，人们可能不会相信。但是确实是这样的。”

“您就等着瞧吧，”迪尔西说，“天黑的时候，她准会按时出现，躺在她的床上的。”康普生太太又不吭声了。那块浸透了樟脑水的布条覆在她的前额上。那件黑色的睡袍委蛇在床脚。迪尔西手握门柄，站在那里。

“哦，”康普生太太说，“你还有什么事？要去给杰生和班杰明做饭吗？”

“杰生还没有回来，”迪尔西说，“我是要去准备午饭的。您真的什么都不需要了吗？您的热水袋还暖和吗？”

“那你就把我的《圣经》递给我吧。”

“我今天早晨出门之前就拿给您了。”

“你把它放在床边了。你以为它会在那里待多久？”

迪尔西穿过房间，走到床边，俯下身在床下的暗处摸索了一下，找到了封面朝上匍在地上的《圣经》。她抚了一下折了的书页，把《圣经》放在了床边。康普生太太没有睁眼，她的头发和枕头是一个颜色的，头上覆着药水布条，看上去像是一位正在祈祷的老修女。“别再把《圣经》放在那里了，”她没有睁开眼睛，“先前你就是放在那里的。难道你要我爬下去自己找吗？”

迪尔西伸手拿起《圣经》，放在了一个更宽敞的地方。“无论如何，你也是不能读的，”她说，“需要我把百叶窗拉开一些吗？”

“不用了，这样就好。你去给杰生准备午饭吧。”

迪尔西走了出去。她关上门，回到了厨房。炉子几乎是冷的了。她站在那里的时候，橱柜上的钟表敲响了一下。“一点钟了，”她说，“杰生还没有回来。我看到了始，也看到了终。”她看着冰冷的炉子说：“我看到了始，也看到了终。”她把冷饭菜摆放到桌子上。她来回走动的时候，嘴里面还哼唱着一首赞美诗，但是翻来覆去只有前两句歌词。她摆好了饭菜，就到门口去叫勒斯特。很快，勒斯特就带着班回来了。班仍然在哼哼着，似乎在哼给自己听。

“他就不肯停下来一会儿？”勒斯特说。

“你们先吃吧，”迪尔西说，“杰生不会回来吃饭了。”他们在桌子旁边坐了下来。即使吃冷的和硬的饭菜，班也全不成问题。迪尔西还是在他的脖子下面系上一块餐布。他跟勒斯特吃了起来。迪尔西在厨房里走来走去，嘴里还是唱着那两句赞美诗。“你们就尽管吃吧，”她说，“杰生不会回来了。”

杰生此时在二十英里以外。他离开家之后，就迅速地开车到镇上去了，一路上超越了安息日的缓慢的人群和断断续续的风中夹杂的钟声。他穿过空荡荡的广场，转入一条寂寥的窄街里面，这样更是把一切声响摒弃在后面。他在一幢木结构的房子前面停下车，下车沿着两边种植着花的便道向前走去。

有人正在纱门里面说着话。他正要举手敲门，但是听到了脚步声，因此停了下来，直到一位穿着黑呢裤子和没有领子的硬胸白衬衫的大个子打开了门。他有着一头又脏又硬的铁灰色乱发，眼睛却像小男孩的那样圆而明亮。他拉住了杰生的手，将他拉进房子，并一直摇晃着。

“请进，”他说，“快请进。”

“你准备好出发了吗？”杰生说。

“快请进来，”这一位说，推着杰生的胳膊肘进了一个房间。“你认识默特尔的丈夫吗？这是杰生·康普生，这是弗农。”

“认识的，”杰生说，连看也没有看那个人一眼。这时候警长从房间的那一边拉过来一张椅子，那个人说：

“我们走吧，这样你们才能谈话。默特尔，走吧。”

“不用，不用，”警长说，“你们就坐在那里吧。我想事情肯定没有那么严重，是吧，杰生？你坐下啊。”

“我们一边走，我一边告诉你，”杰生说，“去拿你的帽子和外套吧。”

“我们马上就走。”那个男人一边站起来，一边说。

“你坐在那里吧，”警长说，“我和杰生到走廊里说话。”

“去拿你的帽子和外套，”杰生说，“他们已经离开十二小时了。”警长带着他从走廊里走回来。一个男人和一个女人从门口经过，和警长打了几句招呼。警长会心地、热情地回应了他们。钟声又响起来，是从“黑人山谷”那边传过来的。“警长，戴上你的帽子。”杰生说。警长拉过来两把椅子。

“坐下来，告诉我发生了什么事情。”

“我在电话里已经告诉过你了，”杰生说，不肯坐下，“我之所以那样做，就是为了节省时间。是不是需要我借助法庭，以逼迫你尽到你曾经宣誓过的义务？”

“你蛮可以坐下告诉我发生了什么事情，”警长说，“我会保障你的权利的。”

“保障？呸！”杰生说，“这就是你所说的保障？”

“你这样做是妨碍我们的行动，”警长说，“你坐下来说明一下情况吧。”

杰生就说明了一下。之前的创伤和一种无能为力的感觉，正在逐渐滋长，因此过了一会儿之后，他就在自我变化的急躁和愤慨当中，忘记了自己的当务之需。警长用冷静的眼光看着他。

“不过你并不能肯定就是他们做的，”警长说，“你只是这样猜想。”

“不能肯定？”杰生说，“我花了他妈的两天时间在大街小巷里面尾随着她，想让她能够从他那里离开。我还告诉过她，要是再让我抓到她和他在一起，我会怎么做。在我做了这些事之后，你居然还说我不能肯定这件事就是那个小娼妇——”

“好了，”警长说，“我很清楚了，已经足够了。”他转过头去，看向街道，将两只手插到裤袋里。

“就在我来到你这位被正式委任的执法人员面前时，你竟然……”杰生说。

“马戏团这一周要在莫特生演出。”警长说。

“是的，”杰生说，“要是我能找到一位真正地保护选举他上台的人们的合法权益的执法人员的话，那么我现在就应该在莫特生了。”他又重复了一下他的故事，似乎在这种刺耳的喋喋不休和无可奈何当中能够得到一种真正的乐趣似的。但是警长似乎根本就没有在听。

“杰生，”他说，“你把三千块钱藏在家里做什么？”

“什么？”杰生说，“我把钱藏在哪里是我自己的事。你的工作是帮我把钱找回来。”

“你母亲知道你藏了那么多钱吗？”

“嘿，你看，”杰生说，“我在自己的家里被抢劫了，我知道这是谁干的，也知道他们现在在哪儿。我就是因为你是执法人员，所以才到这里找你的。我再问你一次，你会不会帮我去拿到我的财产？”

“如果你找到他们了，你会把那个女孩怎么样？”

“不怎么样，”杰生说，“一点也不把她怎么样。我不会碰她一下的。这个小娼妇，她弄丢了一份我的工作，葬送了我的一个前程，杀死了我的父亲并每天还在缩短着我母亲的寿命，她使我的名字成为镇上的一个笑柄。我一点也不会把她怎么样，”他说，“一点也不会怎么样。”

“杰生，是你逼迫那个女孩出走的。”警长说。

“我怎么管理我的家务事，这个跟你无关，”杰生说，“你帮不帮我做事？”

“是你逼走她的，”警长说，“我很怀疑那笔钱的真正主人是谁。我要弄清楚这一点。”

杰生站在那里，双手慢慢绞弄着手中帽子的帽沿。“你会后悔的。并不是没有人会帮助我。毕竟这里不是俄国，那里也许会因为一个人佩戴着一个小小的金属徽章，就会无法无天。”他走下台阶，钻进汽车里，发动了引擎。警长看着他开动了车子，转弯，从房子旁边疾驰而去，朝镇上进发。

钟声又响起了，在疾驰而过的阳光当中，被撕裂，杂乱无章。他在加油站前停下车，检查了一下轮胎，准备加足汽油。

“你要去旅行吗？”那个黑人问他。他没有回答。“天气看样子要好转了。”黑人说。

“好转，真见鬼，”杰生说，“十二点钟以前会有倾盆大雨。”他看看天空，想到了雨，想到了泥泞的道路，想到了自己被困在距离镇子几英里远的什么地方。他几乎是带着一种幸灾乐祸的快感想到这一些的，想到他会吃不上午饭，想到他现在之所以这么急迫地动身，就是为了中午，他会处身在距离两个镇子最远的地方，前不着村，后不着店。想到这些，他便觉得现在倒是个能够喘息的机会，因此他对黑人说：

“你在捣什么鬼？是不是有人给了你钱，让你将这辆车子尽量地拖延在这里？”

“这只轮胎里面一点气都没有了。”黑人说。

“那你滚开吧，把气筒给我。”

“现在已经充好了，”黑人说着，站起身来，“你可以开走了。”

杰生钻进车里，发动引擎，驱车而去。他把车子加到三档，引擎发出噼噼啪啪的声音，呼呼作响。他把引擎开到最大程度，油门踩到底，疯狂地折腾着可怜的气门。“马上就要下雨了，”他说，“等我赶到半路上的时候，肯定就会大雨倾盆。”他驾驶着车子离开钟声回荡的地方，离开了镇子，满脑子里却是自己被陷在泥泞当中，千方百计要寻找一对牲口前来帮忙的情景。“可是那会儿，每一头牲口，都会在教堂前面。”他想象着自己如何找到一个教堂，牵走前面的一对牲口。牲口的主人如何从教堂里面奔出来，对他破口大骂，而自己则一拳将牲口的主人击倒在地。“我是杰生·康普生，你要阻挡我吗？我看你们哪一个被选举出来的官吏敢阻挡我。”他说，似乎又看到了自己带领一队士兵冲入法庭之中，将那个警长押了出来。“想想吧，他竟然可以叉着手看我丢掉一份工作，那么我就要让他看看我会得到什么样的差事。”这时，他一点儿也想不起他的外甥女了，甚至也不再想起自己对于那笔钱的归属的判断，事实上，这两者在这十年来，对于他来说并没有多少的真实感和存在感。两者合并起来，也不过是他的那份银行里的工作的象征，还没有得到就已经失去了。

天气更加晴朗起来，现在一块块掠过地面的，已经不是阳光，而是云影了。天气转晴，在他看来，也是敌人的又一次狡猾的打击，让他负着累累的伤痕前去参加战斗。他不时就要经过一座教堂——带有铁皮尖顶的木头建筑，四周围绕着一些拴着的牲畜和破破烂烂的汽车。在他看来，这些都是监视他的岗哨，在那里面都藏着一个叫作“命运”的守卫，都会突然扭过头来把闪电一样的目光瞥向他。“你们这群混蛋，”他说，“以为这样就能阻止我吗？”他又开始想象自己带着一队士兵，押着戴有手铐的警长前行的情景。他想着，如果必须的话，他不惜将上帝从宝座上拉下来；想象着地狱和天堂也卷入战斗当中，而他则从两个军团当中杀出一条血路，随后亲手抓到了正在逃亡的外甥女。

风从东南方吹来，不断地吹打到他的脸颊上。他似乎可以感觉到，这风是在往他的头颅深处吹灌。突然之间，一种古老的征兆抓住了他，使他一下子拉动了刹车，停下车子，一动也不动地坐在那里。接着，他把手举到脖子那里，开始诅咒起来，坐在那里，用沙哑的声音低低诅咒着。在任何时候，他在开一段时间的车之后，就要把自己沉浸在樟脑手帕之中，来稳定自己的情绪，这时候他就会把樟脑手帕系在自己的脖子上，这样以让自己能够呼吸到樟脑气味。然后，他爬出汽车，掀动坐垫，希望在那里能找到一块遗漏下的手帕。他在前后座位下面都寻找了，站起身来，继续诅咒着，本来以为胜利在望，但是现在他感觉到自己是被嘲弄了。他闭上眼睛，靠在车门上。现在他可以回家拿樟脑手帕，也可以继续前进，但是不管怎么样，都使他头疼欲裂。如果回家的话，今天是星期天，他一定能够找到樟脑，但是如果继续前进的话，一切都会毫无把握。但是有一点是肯定的，就是如果他回家的话，他会晚抵达莫特生一个半小时。"也许我可以慢慢开车，"他说，"也许我可以慢慢地开，一边想一些别的事情——"

他又钻进车子，发动了引擎。"让我想想别的事情吧。"他说。于是他想起了洛伦。他想象着自己正躺在她的旁边，央求她帮忙，但是接着他又想到了那笔钱，想到他居然受到了一个女人，甚至是一个女孩的愚弄。要是他能够使自己相信，抢走那笔钱的是一个男人就好了。而且被抢走的那笔钱是用来补偿他丢掉的那份工作的，是他费了多少心机、冒了多大的险才到手的。结果被一个小娼妇抢走了，这是最最糟糕的事了。他继续驾车前行，一边把脸藏在竖起的衣领里，以躲避那迎面而来的凉风。

他似乎看到了与他的命运和意志对抗的各种力量，迅速地汇聚到了一起，汇聚到一个不可挽回的交叉口上；他开始变得狡猾起来。他告诫自己，我没有犯错误的余地，没有任何别的选择，只有一件事情能做，他一定要做到这件事情。他相信那两位只要一看见他就能够把他辨认出来，而他呢，则一定要先看到她才行，否则，除非那个男的还系着红领带。他必须借助那条红领带这件事，一下子成了这个迫在眉睫的灾难的总和。他几乎能够闻到这个灾难的味道，而且通过不断袭来的头痛也能够感知得到。

最后，他来到一座小山顶上。烟雾笼罩在山谷、屋顶和树木丛中的一两个尖塔上。他沿着小山头开下去，开进了镇子，放慢了车速。他不断地提醒自己，一定要小心翼翼，先找到马戏团的帐篷搭在哪里。他现在眼前一片模糊，但是他知道就是那个灾难在裹卷他前行，并且自己的头痛必须要医治一下了。在一座加油站那里，人们告诉他，马戏团的帐篷还没有搭起来，但是他们的车厢停放在车站的支线铁轨上。他就开车到了那里。

两节色彩俗里俗气、花花绿绿的车厢停在铁轨上。他在下车之前，先好好侦查了一下那两节车厢。他努力屏住自己的呼吸，这样才不会使血液那样厉害地冲击他的脑颅骨。他下了车，沿着车站的墙壁走过去，一面继续侦察着车厢。车窗上挂着几件外衣，软塌塌的，皱巴巴的，好像是刚刚洗过的样子。一节车厢的阶梯旁边的地上，摆放着三把帆布椅子。开始的时候，他看不到一个人影 ，最后才看到一个系着肮脏的围裙的男人走到车厢门口，笨手笨脚地将一盆水泼到地上。阳光就照射在了那口锅子的锅底上。随后，那个男人又回到了车厢里。

“我得在他向其他人告警之前，给他一个猝不及防，将他打倒在地。”他这样想。不过他并没有想到可能他们并不在这里，不在车厢里。这样的话，事情就不会有是他首先发现他们，还是他们首先看到了他的结果：因为这两点都是不符合事情的既定节奏的。而且在他看来，最重要的是，必须是他首先发现他们，然后把钱拿回来。这样，他们接着会怎样做就和他没有关系了。如果不然，整个世界都会知道，他——杰生·康普生，居然会让人给抢劫了，而且是他的外甥女，一个小娼妇抢劫了他！

他继续展开侦查，走到车厢边，迅速轻捷地登上阶梯，站到了车厢门口。车厢厨房里黑乎乎的，充斥着一股腐败食物的霉味。那个男人看上去只是白茫茫的影子，正在用嘶哑、颤抖的声音唱着歌。是一个老头，他想着，还没有我个头大。他走进车厢的时候，那个人抬头看到了他。

“嘿！”那个人停止唱歌，说。

“他们在哪里？”杰生说，“快告诉我。是在车厢里吗？”

“谁在哪里？”那个人说。

“别向我撒谎，”杰生说。他在黑暗中的杂乱当中，跌跌撞撞地向前闯着。

“这到底是怎么回事？”那个人说，“你说谁撒谎啊？”这时他的又瘦又细的胳膊被杰生抓住了。他用力摆脱杰生的掌握，转过身去，在那张堆满杂物的桌子上摸来摸去。

“快说，”杰生说，“他们在哪里？”

“我会告诉你他们在哪里的，”那个人尖叫着，“等我找到我的杀猪刀之后。”

“好了，”杰生说，想抓住他，“我只是向你问一个问题罢了。”

“你这个杂种，”那个男人尖叫着，在桌子上摸来摸去。杰生想抱住他，压住他的不足道的愤怒。但是想不到那个男人的身体虽然如此衰老和孱弱，但是他的动机却如此地单一和执着。杰生这才清楚地看到，自己到底是闯进到了什么样的灾难之中。

“别骂了，”他说，“好吧，好吧！我就走。你给我时间，我就走。”

“你居然说我撒谎，”那个人说，“放开我。只需要一分钟，我就会给你好看。”

杰生一面紧紧抱住他，一面胡乱环顾四周。车厢外，现在阳光灿烂，风很急，光明而空旷。他想到在这个时间人们快要安静地回到家中享受休息日的午餐，那一顿异常排场的宴席，而自己呢，却要紧紧抱住这个致命而愤怒的小老头，他甚至不敢放开一会儿，以让自己能够转身逃走。

“你能不能先别动，让我离开，”他说，“行不行？”但是那个人还在拼命挣扎。杰生只好腾出一只手来，在他的脑袋上打了一拳。非常匆忙的出拳，也显得非常笨拙，而且并不重，但是那个人却立刻倒了下去，倒在了锅子、水桶当中，发出稀里哗啦的声音。杰生气喘吁吁，向他俯下身来，谛听了一会儿。然后他转过身，向车厢外跑去。到了车厢门口，他控制了一下自己的情绪，慢慢走下阶梯，在那里站住了。他现在呼哧呼哧地大喘粗气，想让自己平静一下，一边用眼睛扫视着。这时从他的身后传来脚步的杂沓声，他回过头来，就看到了那个愤怒的小老头正笨拙地从车厢口跳下来，手中举着一柄生锈的斧头。

他连忙抓住斧头，也并没有感觉受到了击打，但是他却知道自己正在倒下去。他想，也许事情就这样完了，并且坚信自己快要死了。这时候，不知什么东西击打到了他的后脑，他便想，那个老头子是怎么打到我那里的？他想，也许刚才他就打到了，只不过我现在才感觉出来吧。他想，快，要快，赶快从这件事中脱身。然后，一种不甘心死亡的愤愤不平充满了他的心头，他挣扎起来，耳边还是那个老头的叫声和嘶哑的咒骂声。

他们把他从地面上拖起来的时候，他还在挣扎着。他们扶起了他，他停止了挣扎。

"我流了很多血吗？"他说，"我的后脑。我流血了吗？"他这样说的时候，被推着离开了，而那个老头的尖利愤怒的声音也渐渐消失在后面。"看看我的头，"他仍然在说，"等一下，我——"

"有什么可等的。"扶着他的那个人说，"那个该死的小黄蜂会杀了你的。你走吧，你并没有受伤。"

"他打到了我，"杰生说，"我流血了吗？"

"你走吧。"那个人说。他带着杰生绕过了站着的拐角，来到空荡荡的月台上，那里停靠着一辆特快货车，地上生长着坚硬的草丛，四边则栽种着坚硬的花朵。居中的地方，竖立着一块镶嵌着电灯的广告板。广告板上写着：请用你的眼睛好好看看莫特生。那个本来应该画上一只眼睛的地方，镶嵌着一只电灯。那个人放开了他。

"听着，"他说，"马上离开这里，别再来了。你想做什么？自杀吗？"

“我在找两个人，”杰生说，“我只不过是向他打听一下他们在哪里。”

“你要找谁？”

“找一个女孩，”杰生说，“还有一个男子。昨天在杰弗生的时候，他系着一条红领带。他是你们马戏团的。他们抢劫了我的钱。”

“哦，”那个人说，“原来就是你啊。不过，他们不在这里。”

“我就知道会是这样，”杰生说。他靠在墙上，用手摸了一下后脑，再看看手掌。“我以为我流血了。”他说，“我以为他的斧头打到了我。”

“你的头撞在铁轨上了，”那个人说，“你最好走吧。他们不在这里。”

“好的。他也说他们不在这里，但是我以为他在撒谎。”

“你以为我也在撒谎吗？”那个人说。

“没有，”杰生说，“我知道他们并不在这里。”

“我让他滚了，两个人一起滚的，”那个人说，“我的马戏团根本不需要这样的货色。我带领着的是一个令人尊敬的马戏团，只进行规规矩矩的表演。”

“是的，”杰生说，“你知不知道他们到哪里去了？”

“不知道，也不想知道。我的马戏团中，不允许有人玩儿这种花样。你是她的——哥哥？”

“不是，”杰生说，“这并不重要。我只是想找到他们。你能确定他没有打到我吗？我是说我流血了没有？”

“要不是我及时赶到的话，你会流血的。现在，你离开这里吧。那个矮杂种会杀死你的。那是你的车子吧？”

“是的。”

“好的，你上车吧，开车回杰弗生。如果你最终找到了他们，也不会是在我的马戏团里。我的马戏团只进行规规矩矩的表演。你是说他们抢劫了你？”

“没有，”杰生说，“不过这没有区别。”他走到汽车旁边，钻了进去。我要做什么呢？他想，接着想了起来。他发动引擎，沿着街道慢慢地开着车，来到了一家药店的门口。药店的门锁着。他把一只手搭在门把手上，头探出去，站了一会儿。接着，他又转身离开了。又过了一会儿，街上走过来一个行人。他便问哪里还有一家药店，但是那个行人说没有了。他又问什么时间有北行的火车，那个人告诉他说两点半就有。他走下人行道，又钻进了车子里。两个黑人少年经过的时候，他就叫住了他们。

“你们有谁会开车吧？”

“有的，先生。”

“现在开车把我送到杰弗生的话，需要多少钱？”

他们互相看了一下，嘴里面嘀咕着。

“我给你们一块钱。”杰生说。

他们又嘀咕了一会儿。“太远了。”一个说。

“你想要多少？”

“去得了吗？”一个说。

“我去不了，”另一个说，“那你为什么不能送他呢？你又没有什么事。”

“我也去不了。”

他们又嘀咕起来，笑起来。

“我出两块钱，”杰生说，“你们谁去都可以。”

“那我也去不了。”第一个说。

“好吧，”杰生说，“走你们的吧。”

他在车子里坐了一些时候。他听到了钟敲响半点的声音，但是不知道是几点半，穿着休息日和复活节衣装的人开始经过了。其中有些人在经过的时候，还看了一下这个坐在小汽车方向盘后面的沉默的人，此时他那无形的生命就像是一只破掉的袜子一样，散开的线头缠绕着。又过了一会儿，走过来一个穿着工装的黑人。

“你是要去杰弗生吗？”他说。

“是的，”杰生说，“你要多少钱？”

“四块。”

“给你两块。”

“比四块少一毛钱，我也不会去。”车子里面的人不作声了，也不抬起眼睛来看那个黑人。那个黑人又说，“你到底同意不同意？”

“好吧，”杰生说，“上车。”

他挪到了另一边，把方向盘交给黑人。杰生闭上眼睛。“回到杰弗生我要好好治疗一下了。”他喃喃自语道，同时让自己适应车子的颠簸。我在那里可以弄到一些药好好治疗一下了。他们沿着街道前进。那里，人们正在安宁地走进房子，去享受休息日的午餐。车子便离开了镇子。他想着自己的头疼。他没有想到家，那里，班吉和勒斯特正在吃着冷饭。什么东西——在一种经常性的罪恶当中，并不会有灾难和威胁的存在——使他忘掉了杰弗生，似乎那里只是他以前所见到过的任何地方中的一个，而不是他一旦回到那里，就会重新继续过去的生活的地方。

班和勒斯特吃完冷饭之后，迪尔西便把他们赶了出去。“看看你能不能让他安安静静地待到四点钟？那时候，狄比就能够回来了。”

“好的，姥姥。”勒斯特说。他们就走了出去。迪尔西也吃完了饭，收拾了厨房。她走到楼梯口那里，聆听了一会儿，但是没有听到什么声音。于是她又折回来，经过厨房，来到了外面的台阶上。在那里，她没有看到班和勒斯特的影子，却听到地窖那个方向传来一阵低沉的铮铮声。她走到地窖门口，又看到了早晨的那一幕。

“那个人分明就是这么做到的。”勒斯特说。他带着还保留一丝希望的沮丧神情，眼睛盯在那把不听使唤的锯子上。“可能是因为我没有找到更适合敲击的东西。”他说。

“你在地窖里面什么也不会找到的，”迪尔西说，“赶快把他带到外面的阳光下。你们两个人在潮湿的地窖里，都会害肺炎的。”

她就站在那里，看着他们经过院子，到了栅栏边的一丛雪松那边。随后，她走进了自己的小木屋。

“喂，别哼哼了，”勒斯特说，“今天你已经让我够烦的了。”那里有一张吊床，是把木桶板插在绳网当中做成的。勒斯特就躺在吊床上，一任班迷迷糊糊、漫无目的地向前走去。他又开始哼哼起来。“够了，闭嘴，”勒斯特说，“不然的话，我可真要揍你一顿啦。”

勒斯特又躺回到吊床上。班不再走了，但是勒斯特听到他还在哼哼着。“你到底能不能闭嘴？”勒斯特说。他翻下吊床，循着声音走过去，看到班正蹲在一个小土堆前面。在土堆的两边分别埋着一个以前盛放毒药的蓝玻璃瓶子，其中一只瓶子里面插着一枝枯萎的吉姆生草。班蹲在瓶子前面发出拖长的、含糊的呻吟声，一边呻吟着，一边茫然地寻找着什么。最后，他找到一根枯树枝，把它插到另外一个瓶子里。“你为什么不能闭嘴？”勒斯特说，“你是想让我教训你吧，那样的话你就算想闭嘴都不能了，是不是？好吧，你看看我会怎么做。”他跪在地下，突然拔出了一只瓶子，藏在身后。班马上停止了哼哼。他蹲在那里，看着原先埋放瓶子的那个小土坑。就在他深深地吸了一口气，准备放声大哭的时候，勒斯特又把瓶子拿了出来。“别嚷！”他小声说，“别嚷，听到了吗？别嚷。瓶子就在这里，看到了吗？如果让你继续待在这里的话，你早晚都要叫嚷的。走吧，我们去看看他们开始打球了没有。”他抓住班的胳膊，将他拉了起来，然后带到了栅栏旁边，并排站在那里，从一丛密密麻麻的还没有开花的忍冬之间，往牧场上看去。

“看，”勒斯特说，“有几个人走过来了，看到他们了吗？”

他们看着那四个球手将球打到果岭上，打进洞口，然后回到开球区重新开球。班一边看着，一边哼哼着。其中一个球手喊道：

“开弟，到这里来，把球袋拿过来。”

“班吉，别吵。”勒斯特说，但是班已经踉踉跄跄地跑过去，攀在栅栏上，开始嘶哑绝望地哭喊了。那个人一边打球一边前进，班就沿着栅栏跟随着，直到栅栏拐了一个直角，他就只好紧紧抓住栅栏，眼看着那个人走远了。

“现在你给我闭嘴，行不行？”勒斯特说，“你现在给我闭嘴行不行？”他晃荡着班的胳膊。但是班依旧附在栅栏上，不停地哀号。“你不肯停下，是吗？”勒斯特说，“你到底能不能停下？”班的眼睛盯着栅栏外面。“那么，好吧，”勒斯特说，“我就让你嚎个够吧。”他回头向大房子看了一眼，然后低声说，“凯蒂！你就尽管号吧。凯蒂！凯蒂！凯蒂！”

一分钟之后，在班的彻天的号叫当中，勒斯特听到了迪尔西的声音。他拉起班的胳膊，穿过院子，把他带到了迪尔西那里。

“我早就告诉过你，他不肯安静下来。”勒斯特说。

“你这个坏蛋，”迪尔西说，“还有什么你没有拿出来对付他的？”

“我没怎样。我早就告诉过你，只要别人一打球，他就变得不可收拾。”

“你们到这边来，”迪尔西说，“班吉，别哭了。现在别哭了。”但是他并没有停下。他们很快穿过了院子，到了小木屋里。“跑去把那只拖鞋拿来，”迪尔西说，“注意不要惊动凯罗琳小姐。如果她过问什么，你就说我正在照看着他呢。现在去吧，我想，你总不会把这件事都办糟吧？”勒斯特走掉了。迪尔西把班带到床边，拉着他坐到自己的旁边，抱住他，摇动着他，并用裙角给他擦干嘴角的口水。“好了，别哭了，”她抚摸着他的头说，“别哭了。迪尔西在你身边呢。”但是他还是干嚎着，没有眼泪，只有屈辱，那是世界上无声的凄惨当中最沉重、最让人绝望的声音。勒斯特带着一只白缎子拖鞋回来了。那只拖鞋现在已经变黄、发脆，残破而脏。他们把拖鞋放到了班的手中，他安静了一下。但是他很快又哼哼起来，并且声音越来越大。

“你能找得到狄比吗？”迪尔西说。

“昨天他说今天要去圣约翰教堂。说好是四点就能回来的。”

迪尔西抚摸着班的头，来回摇晃着。

“啊，上帝，这么长时间，”她说，“还要这么长时间。”

“我也会赶马车啊，姥姥。”勒斯特说。

“你会把你们两个都摔死的，”迪尔西说，“你只是淘气的时候才做这件事。我知道你很聪明，但我还是信不过你。不要哭了，好了，”迪尔西说，“不要哭了。”

“不，我不会出事的，”勒斯特说，“我和狄比一起赶过马车。”迪尔西抱着班摇来摇去。“凯罗琳小姐说，如果你不能让他安静下来的话，她就会亲自下床来做这件事。”

“宝贝儿，不要哭了，”迪尔西摸着班的头说，“勒斯特，好孩子，”她说，“也许你会记得姥姥的话，好好驾驶那辆马车，是吗？”

“是的，姥姥，”勒斯特说，“我会赶得和狄比一样好。”

迪尔西抚摸着班的头，来回摇动着。“我已经尽力了，”她说，“上帝是知道的。好吧，你去套车吧。”她说着，站起身来。勒斯特风风火火地跑了出去。班手中拿着那只拖鞋，哭喊着。“别哭了。勒斯特已经去套车了，马上就能带你去墓地。而我们也没有必要自讨多事，去拿你的便帽了。”她说。她走到屋角用印花布作为帘子隔开的角落，拿出了一顶她的毡帽。“如果人们知道的话，我们家有一段时间比现在还要糟糕呢，”她说，“无论如何，你都是上帝的孩子，而我呢，也快要成为上帝的孩子了。赞美耶稣！戴上它吧。”她把毡帽戴在了他的头上，并给他扣上外套的纽扣。但是他还在哭嚎着。她拿掉了他手中的拖鞋，放好，然后带他走了出去。这时勒斯特已经来了，就赶着那辆由一匹老白马拉着的破破烂烂、歪歪扭扭的马车。

“勒斯特，你会很小心地赶车吗？”她说。

“会的，姥姥。”勒斯特说。她帮助班坐进后座。班刚才停止了哭泣，可是现在又开始哼哼起来。

“他这是在要他的花呢，”勒斯特说，“等一下，我去给他找一枝花。”

“你先别动，”迪尔西说,她走到前面去，拉住了老马嘴边的勒绳。“去吧，快去给他摘一枝花。”勒斯特就飞快地绕过屋角，向后院跑去。一会儿，他拿着一枝水仙花回来了。

“这一枝已经断了，”迪尔西说，“你为什么不帮他摘一枝完好的？”

“我就只能找到这一枝了，”勒斯特说，“他们在星期五的时候，都把花摘走去装饰教堂了。等一下，我来想一个办法。”就在迪尔西牵着马的时候，勒斯特用一根小树枝和两段线，把那枝花绑了起来，然后递给了班。随后，他爬上马车，抓起马缰绳。迪尔西还握着马勒，没有放手。

“你现在认识路吧？”她说，“沿着大街，在广场那里绕弯，到了墓地，然后就直接回家。”

“我知道，姥姥，”勒斯特说，“跑起来吧，‘小皇后’。”

“你会很小心的吧？”

“会的，姥姥。”勒斯特说。

“喂，”迪尔西说，“把鞭子给我。”

“哦，姥姥。”勒斯特说。

“快点给我，”迪尔西走向驾座。勒斯特很不情愿地把鞭子交给她。

“现在，我就不能赶‘小皇后’走路了。”

“你不用为这个操心，”迪尔西说，“‘小皇后’比你更清楚怎么走。你只要坐在那里，抓住缰绳就好了。你现在认识路吧？”

“认识，姥姥。不就是狄比每星期都要经过的路吗？”

“那么，这个星期天你就照猫画虎，依样赶一次吧。”

“没问题。我不是帮狄比赶过一百次车了吗？”

“那你就再帮他赶一次，”迪尔西说，“现在出发吧。如果你要是弄伤了班吉的话，黑小子，就连我都不知道怎么对付你了。苦役犯的锁链在等着你，而且在苦役犯的锁链找到你之前，我会亲手把你送去的。”

“好啦，姥姥，”勒斯特说，“走起来吧，‘小皇后’。”

他抖动了一下‘小皇后’的宽阔的背上的缰绳，马车晃动一下，接着便轧轧前进了。

“当心，勒斯特！”迪尔西说。

“走呀！”勒斯特说。他又抖动了一下缰绳。在辘辘的车轮声中，‘小皇后’慢慢地走过车道，拐上大街。到了大街之后，勒斯特就开始催促马，让它走成一种趺趺绊绊，仿佛时刻就要失蹄的步伐。

班不再呻吟了。他坐在后座当中，手中握着那枝修补过的花，眼神平静得难以形容。勒斯特的那颗子弹头一样的脑袋，在他的前面不停地往后转动，直至大房子再也看不见了。在这之后，他把马车停靠在道路旁边。就在班看着他的当儿，他下车从树篱上折下一根树枝。‘小皇后’垂下头去，抓紧时机啃着地面上的青草。勒斯特跳上马车，拉起马头，喝令它继续前进。接着，他扩开膀子，高举树枝和缰绳，摆出一副威风凛凛的样子，不过这副样子和‘小皇后’的细碎的蹄声以及她的腹部发出的风琴一样的嗡鸣并不合拍。很多汽车和行人从他们的旁边经过，接着又遇上了一群半大不小的黑小子。

“嘿，勒斯特。你要到哪里去，勒斯特？是要到埋骨头的地方吗？”

“嘿，”勒斯特说，“你们不也都是走向埋骨头的地方吗？精神一点，我的大象呀！”

他们靠近了广场，在那里，一尊南方联盟士兵的塑像，在饱经风霜的大理石的手掌之下，那双空洞的眼睛注视着前方。勒斯特更来劲了，用树枝狠狠地抽了一下‘小皇后’，一边用眼睛环顾着广场。“杰生先生的汽车停在这里呢。”他说，同时也瞥到了一群黑人正走过来。“班吉，让那帮黑小子看看咱们的神奇，”他说，“你说怎么样？”他回头看了一下。班坐在那里，手中捧着那枝花朵，目光茫然全无反应。勒斯特又抽打了‘小皇后’一下，把马头调转，向左边拐去。

班本来一动不动地坐在马车上，可是就在这一瞬间，他大吼起来，一声高过一声，吼声震天，而且几乎完全是没有歇气的空隙。这吼声当中，不仅仅包含着恐惧，而且超越恐惧。那是恐怖、震惊，是一种无法看到也无法形容的痛苦，以至于只是一种声音罢了。勒斯特的眼睛乱转，在一刹那间甚至只有眼白了。“上帝啊，”他说，“不要再叫了，不要再叫了！上帝啊！”他转过身去，用树枝抽打‘小皇后’。树枝断掉了，他只得扔掉。这时班的吼声越来越高，高到一种让人不可置信的程度。勒斯特只能俯下身体，死死地抓紧缰绳。就在此时，杰生跳过广场，踏上了马车的蹬级。

他把手背一挥，推开了勒斯特，抓住了缰绳，反复策动着缰绳，把缰绳收紧了一段，抽打起‘小皇后’的屁股。他不断地抽打着，‘小皇后’颠簸、驰骋起来，而班吉则在他们耳边痛苦地咆哮着。他驾着‘小皇后’，从纪念碑的右边转了过去。然后，他当头给了勒斯特一拳。

“你到底有多蠢，竟然带着班吉从左边转？”他说。他又转过身来打向班，班吉手中的花茎又弄断了。“闭嘴！”他说，“你给我闭嘴！”他勒停了‘小皇后’，跳下车来。“你立刻带着他滚回家去。要是你敢再带着他走出大门一步，看我不杀了你！”

“好的，先生。”勒斯特说。他拽起缰绳，用缰绳的一端抽打着‘小皇后’。“走啊，走啊！班吉，不要再叫了，看在上帝的分上！”

但是班还是不断地吼着。“小皇后”又继续前进了，马蹄声哒哒，匀称而平稳。班立刻安静下来。勒斯特回头看了一下，继续驾车赶路。那一枝折断的花朵就在班的手掌当中枯萎蔫倒了，他的蓝色的眼睛又浸入茫然和宁静当中。建筑物的檐角和门面，再度开始从左到右平静地向后滑动，电杆、树木、窗户和门廊，以及广告牌，每样东西都恢复了正常的秩序。

附 谱

康普生世家：1699—1945年

伊凯摩塔勃　　一位被废黜的美洲土著酋长。他的义兄把它称为“人中之王（I’ Homme）[①]”（或者是“人中之人”）。这位义兄是法国国王册封的一位骑士，但是他还是生不逢时，如果出生得更早一点，一定会成为拿破仑麾下声名赫赫的元帅中的一个，从而大放光彩。这位义兄就这样把契卡索族[②]的这个首领头衔翻译成了“人中之王”。但是伊凯摩塔勃本身也绝非毫无头脑，他对人的性格——尤其是自己的性格有着精明的判断，于是他索性更进一步，把这个称呼英语化，变成了“厄运(Doom)”。他有着广袤的领土，就把整整一平方英里土地赏赐给了一个苏格兰逃亡者的孙子。这块土地像牌桌那样方方正正、四角整齐，上面则覆盖着丛林榛莽，因

①法语：人。

②北美洲的一个印第安人部落，原居住在密西西州北部，后来（1832年）迁到俄克拉荷马州的印第安人居留地。

为这还是1833年前的古老岁月。当时，密西西比州的杰弗生镇只不过是一排上面敷着泥巴的圆木房子，既是这位契卡索族首领的官邸，又是贸易货栈。而上面所说的那位苏格兰逃亡者，则因为自己选择了跟随另一位被废黜的国王一起进行政治赌博，所以也丧失了自己的与生俱来的其他一切权利。伊凯摩塔勃的慷慨大度同样获得了回报，便是他可以安然无恙地到西部去，无论是徒步或者是骑马，当然他要是骑马的话，也只能是骑着契卡索族的小矮种马。他们到达的地方后来就叫作俄克拉荷马，不过当时他们是不会知道下面蕴藏着丰富的石油的。

杰克逊[1]　　一位手持利剑的“伟大的白人的父亲”。（一位身经百战的老决斗者，一头易怒、削瘦、凶残、龌龊、坚韧并且永远不会被打倒的老狮子。他把国家的利益放在白宫的利益之上，而把自己正当的健全的心又放在这两者之上。对他来说，更重要的并非他太太的荣誉，而是“荣誉必须加以维护”的原则，以至于到最后他所维护的到底是不是荣誉已经无关紧要，但是重要的是它得到了维护）他在华西镇[2]的金色帐篷里面，亲手批准、加印、签署了这道命令，但是他在当时也并不知道下面蕴藏着石油，所以就有了后来的这一天，那些被剥夺了土地、流放的土著人的子孙，喝得醉醺醺的，昏昏沉沉地躺在那些特制的漆得通红的灵车或者市消防车子上，一路尘土飞扬，驶向他们的埋骨之地。

---

①安德鲁·杰克逊（1767—1845），美国第七届总统，于1830年5月26日签署《印第安人迁移法》。至于维护妻子的名誉，是指他曾经为自己妻子的名声与人发生好几次决斗，甚至有一次杀死了对手。

②即美国的首都华盛顿。

下面这些人是康普生家族的：

昆丁·麦克拉汉　　他是格拉斯哥的一个印刷工人的儿子，从小就是一个孤儿，被他的母族收养，在佩斯高地上长大。他从柯洛顿荒原逃到卡罗莱纳的时候，随身只携带了一把苏格兰宽剑和一条花格呢裙子，这条裙子，白天的时候他穿在身上，晚上的时候就当作卧具。他曾经和英国国王作战过，但是失败了，到了80岁的时候，他不想重蹈覆辙，于是便在1779年的一个夜晚，带着他襁褓中的孙子和那条花格呢裙子（那把宽肩，已经随着他的儿子，也就是那个孩子的父亲，在大约一年前在佐治亚战场上，和塔尔顿[①]的一个军团一起消失了，下落不明）逃到了肯塔基，那里在这时候已经由一个叫作波恩或者布恩[②]的邻居建立起一个殖民点。

查尔斯·斯图尔特　　他曾加入过一个英国军团，但是后来被除名并取消了军阶。他当时被遗弃在佐治亚的沼泽当中，无论是他所属的哪个军团在撤退的时候，还是后来推进过来的美国军队，都以为他死了，但是他们都弄错了。四年之后，他撑着一条自制的木头腿，在肯塔基州的哈洛兹堡追上了他的父亲和儿子，这时候，他的身上还佩戴着那把宽剑。他来得非常及时，因为正好赶上了他父亲的葬礼。之后，在很长时间里他陷入人格分裂的状态当中，即使他当时正在很努力地做一名教师，而且也相信自己非常喜欢教师这

①巴纳斯特·塔尔顿（1754—1833），英国将领，参加了反对美国独立的战争。
②丹尼尔·布恩（1734—1820），美国殖民开拓者，1775年在肯塔基建立第一个殖民点。

个职业，但是最终他还是放弃了，恢复了他的本来面目，成为一个赌徒。事实上，康普生家族的人都是赌徒，虽然他们还没有认识到这一点，特别是他们总是热衷于那种危险的、全无胜算的赌局。他最后的孤注一掷，可以说是赌上了自己的性命，以及全家的安全和身后的声名，他参与了一个叫作威尔金生[①]的熟人（一个具有相当的才干、魅力、智慧和能力的人物）策划的一个政治阴谋，旨在将密西西比河谷东美国分裂出去，并加入西班牙。当幻想破灭之后（除了这个姓康普生的学校教师不能看出来，任何人都能看出来这个幻想终归会破灭），他就开始逃亡，而且他是所有参与政治阴谋当中唯一被迫逃亡的：这不是因为他阴谋分裂的政府的报复，而是因为那些为了自身安全起见把他视为眼中钉的同党。他并没有被驱逐出美国，但是他并不承认美国是自己的祖国。他的被放逐和逃亡，也不是因为他叛国，而是因为他在参与叛国这件事的时候，太过于执着和张扬，以至于还没有找到地方修建一座新桥的时候，他就已经大喊大叫地把自己刚刚借以经过的桥给拆掉了。因为，要把他从肯塔基、美国，甚至是从地球上驱逐出去的，并不是宪兵司令，也不是政府机关，而是他的参加阴谋活动的同党。他只能夤夜逃走，带着他的儿子、一把宽剑和一条花格呢裙子，这是他的家族传统。

杰生·莱库格斯[②]　他的父亲就是那个满口讥诮、内心苦涩的百折不挠的木腿人。或者是因为在内心深处仍然认为自己是一

①詹姆士·威尔金生（1757—1825），美国准将，曾妄图分裂美国的国土。
②杰生，即希腊神话当中寻找金羊毛的英雄伊阿宋；莱库格斯，古代斯巴达的法律制定者。

个古典语文的教师，他的父亲给他取了一个有着显赫意义的名字，而就在这名字的驱使之下，他在1811年的某一天带着两把精致的手枪和一个其中羞涩的鞍囊，骑着一匹腰身轻巧但是四腿结实的母马，行走在纳齐斯旧路上。这匹母马可以在半分钟之内跑完两弗隆[①]路，但是如果要继续再跑两弗隆就没有那么乐观了。这就是它的全部本事，不过这也已经足够了。他抵达奥卡托拔（该地即使到了1860年，仍然被叫作老杰弗生镇）的契卡索族管理处之后，便不再前进。在六个月之内，他成了管理人的助理，然后在十二个月内，他就成了管理人的合伙人。事实上，此时他已经成了这个规模颇为壮观的贸易货栈的半个东家了，不过在名义上，他仍然只是个助理。货栈里面满满堆放着他用那匹母马从伊凯摩塔勃的子弟赛马时赢得的胜利品。他，康普生，总是小心翼翼地能够把赛程控制在四分之一英里之内，顶多也不会超过三弗隆。到了第二年，伊凯摩塔勃就得到了康普生的这匹小木马，而康普生则拥有了着着实实的一英里的土地，而日后有一天，这里会成为整个杰弗生镇的中心。但是当时，这里还是一片森林。即使二十年后，这里有了黑奴居住的木屋、马厩、菜园、草坪、林荫道和运动场——这都是由设计营造那栋包含许多圆柱和回廊的大建筑物的同一个设计师设计的，所有的材料都用轮船从法国经新奥尔良运送过来——这里已经更像一个庄园而不再是森林，但是四周还是有树林环绕的，而且确确实实，还是完整的一平方公里。（此时，这块土地已经被新兴的杰弗生镇所包围，而杰弗生镇则逐渐演变成一个纯粹的白人县份的一部分。

①弗隆：长度单位，相当于201.167米。

因为在几年之内，伊凯摩塔勃的子孙逐渐离开了此地，留下来的也不再是战士或者猎人，而是也成了“白人”——他们或者成了定居的农夫，或者是拥有一小片农场，拥有一群游手好闲的黑人奴隶。这些印第安人比白人要脏一些、懒一些，也更加残忍——但是到了后来，他们的野蛮的血统也消失了，只有偶然在赶棉花车的黑人的鼻子上，或者是锯木厂的白人，或者是捕猎者、机车伙夫的鼻子上，能够窥见一些端倪）在那时，这里就被叫作“康普生领地”了，从那时起，这块土地就具有了能够孕育亲王、政治家和将军以及主教的资格，从而能够为无论是在柯洛顿、卡罗莱纳和肯塔基都倒霉和落难的康普生家族扬眉吐气。再后来，这块土地又获得了一个名字，叫作“州长之家”。这是因为这里着着实实孕育了一位州长——名字也叫作昆丁·麦克拉汉，为了纪念那位来自柯洛顿的祖先——再后来，这里又孕育了一位将军（1861年），但是它仍然被称为“老州长之家”。（在这个称呼上，全县全镇好像事先就一致同意一般，也正好像他们事先就会知道老州长会是最后一个做什么都会一事无成的康普生，当然除了长寿或者自杀以外）这个陆军准将杰生·莱库格斯二世于1862年在希洛打了败仗，1864年在雷萨加又打败了，但是这一次没有那么狼狈。在1866年的时候，他第一次把那完好无缺的一英里土地的其中一块抵押给了一位从新英格兰来的暴发户。当时的老镇区已经被北军将军史密斯付之一炬。新的镇区很快又被斯诺普斯家族——而不是康普生家族——的人重建起来。新的镇区不断向这一平方英里土地进逼，继而尝试着侵入进去，而最终成功地侵入了进去。因为在随后的四十年里，那位常败将军不得不将这块土地不断地拆分，一块一块地卖出去，以免那块抵押出去的土地被人籍没。直到1900年的某一天，他安静地死在了伴他度过了大半余生的塔拉哈契河床渔猎营地的一张行军床上。

后来，那位老州长就被人遗忘了；那一平方英里土地剩下的一小块，人们仅仅知道它叫作“康普生领地”——只剩下了古老的废墟草坪、林荫道和野草丛生的小径，以及很早之前就需要重新粉刷的摇摇欲坠的大宅子。杰生三世成天坐在这里（他本来被培养成为一名律师，而且确实在镇上广场边的某栋楼上有一个他的律师事务所。在那里，一个尘封的档案箱子里面安藏着县里最古来的家族——赫尔斯顿家族、赛德潘家族、格莱尼尔家族、布钱普家族和科菲尔德家族——的陈旧档案，这些档案在堆积成山的诉讼材料之间年复一年地变得残破暗淡。而谁能够知道他父亲的永远不甘的心中有着什么样的梦想呢？尽管此时他已经完成了他的不平凡身世的第三个角色——第一个角色是一个精明能干的政治家的儿子，第二个角色是一位骁勇善战的将军，第三个角色更得天独厚，是冒充丹尼尔·布恩和鲁滨逊·克鲁梭。他的父亲永远不是“返老还童”，而是从来没有摆脱过孩子气——他一定是希望这个律师事务所能够成为康普生家族再次通往州长官邸和恢复旧日荣光的前厅），陪伴他的是手中的威士忌酒杯和散乱的折角的贺拉斯、李维以及卡图卢斯的诗集，据说还会为镇子上的已经作古和仍然活着的居民创作尖酸刻薄的诗歌。那块土地，除了大宅子、菜园、行将坍塌的马厩以及迪尔西一家居住的小木屋，其他的剩余地产，都被他卖给了一家高尔夫俱乐部，为了能够拿到一些现钞，以让她的女儿凯丹斯能够在四月里举办一个美好的婚礼，并且让他的儿子昆丁能够读完一年的学业。然后，在这一年（1910年）六月的时候，他结束了自己的生命。到了1928年的时候，康普生家族仍然居住在这里。也就是在这一年的春天的一个黄昏，那位老州长的注定要沉沦的、没有父姓的十七岁的曾曾外孙女，偷走了她的最后一个神志清醒的男性长辈（她的舅舅杰生四世）的所有积蓄，然后沿着落水管子爬下楼来，跟着一个巡回马戏团的随行商贩私奔。这时候，康普生家族已经名存实亡，但是这块土地还被叫作“康普生领地”。等到那位寡妇母亲去世之后，杰生四世再也不用心存忌惮，自作主张地将他的白痴弟弟本杰明送到了州立疯人院，同时把大宅子卖给了一个乡下人。那个人把大宅子改造成了接待陪审员牲口贩子的膳宿公寓。再后来，膳宿公寓（随即就是高尔夫球场）关门了，这块土地上密密麻麻地建造起一排排低矮、拥挤的平房，但是即使这样，这一平方英里还是完整的，还被叫作“康普生领地”。

而康普生家族的其他人：

昆丁三世　　他并不迷恋自己妹妹的肉体，他只是迷恋康普生家族的荣誉观念。尽管他自己也知道，将康普生家族的荣誉观念存系于妹妹的脆弱的贞操上，这就如同将一个地球仪放在训练过的海豹的鼻尖上，是岌岌乎危哉的。他也不热爱乱伦，事实上他根本就没有这样的想法，他热爱的只是长老会所宣扬的“永恒处罚”这个概念：他，可以不用麻烦上帝，就把自己连同妹妹投放到地狱里。在那里，他可以永远地守护着她，同时地狱的火焰的锻炼也可以让她永远保持童贞。但是相比起其他，他最热爱和着迷的还是死亡，一边热爱，一边期待着。这是一种有意为之、近乎变态的期待，就像是恋人一样：一边期待着，一边又可以抵抗着爱人期待着的、迎合上来的、友善的、温柔的、不可思议的肉体，而不去亲近。直到最后，他再也不能忍受了。他所不能忍受的倒不是这种抵抗，而是他没有办法放弃这种抵抗的念头，于是他就索性把自己抛掷出去，委身沉沦。1910年6月，昆丁在马萨诸塞州的坎布里奇投水自尽。这是在他妹妹结完婚两个月之后的事情。他一定要在哈佛完成一年的学业，以避免浪费预付的学费。这并不是因为在他身上有柯洛顿、卡罗莱纳、肯塔基诸位祖先的血液，而是因为家里为了操办妹妹的婚礼和给他筹集哈佛的一年学费，卖掉了那一平方英里当中最后的一块土地。而那块牧场则是他的小弟弟班吉最喜欢的，除此之外，班吉还最喜欢凯蒂和炉膛中的火焰。

凯丹斯（凯蒂）　　她注定要堕落，她自己也知道这一点，所以她既不主动上前迎接这个命运，也不回避。她爱他的哥哥，尽管她完全明白他是一个怎样的人。她不但爱他，而且爱他在对待自己心中的家族荣誉和家族命运时，所流露出来的痛苦的先知和刚直不阿的法官一样的判决。这一点就像他自以为是在爱她，但是实际上这种感情却是恨。他所认为的牵系着家族荣誉的女人只不过是一个脆弱易碎的容器，而且也是最终让家族蒙羞的污秽工具。而且不仅如此，她爱他，也因为他本身没有爱的能力，因为这一点她才这样爱他。她清楚地知道，在他的心目中，并不是把她，而是把她的贞操放在了至高无上的地位上，而她则不过是这贞操的保有者。——但是贞操对她来说，却只不过是再脆弱不过的一个生理约束，甚至比不上指甲尖上的一根肉刺更加重要。她也知道自己的哥哥更热爱死亡，但是她并不嫉妒，而且愿意亲手给他奉献上致命的毒（也许在她精心策划的那场婚姻当中，她就是这样做的）。当时她已经怀了两个月的身孕，是另外一个男人的，尽管不知道孩子的性别，但是她还是以她哥哥的名字，为之起名为昆丁。因为他们——包括她和她哥哥——都知道，他事实上已经死去。她在1910年嫁给了一个条件很好的印第安纳青年，这是她在前一年和母亲到弗兰区·里克度假时认识的。1911年，她被遗弃。1920年，她嫁给了加利福尼亚州好莱坞的一个小电影商人。1925年，双方又在墨西哥协议仳离。1940年，德国军队占领巴黎之后，她就消失了。当时她还风韵犹存，而且大概也很富有，因为她看上去比实际年龄四十八岁要年轻十五岁或者更多。在这以后，便更没有人知道她的消息了，除了杰弗生镇的一个妇女。这个妇女是县立图书馆的图书管理员，是位没有结过婚的老小姐，无论是身体的大小和外貌颜色都像一只老鼠，跟凯丹斯·康普生是中学同班同学。她的后半生都在做同样的一件事，就是把《琥珀》[①]一本本地包上封皮，同时把《玉尔根》和《汤姆·琼斯》放到最偏僻的书架的最上面，以免让初高中的学生看到。尽管她是站在箱子上费尽周折才做到这件事的，但是那些孩子甚至连脚尖都不用踮起就能够拿到它们。1943年，她整整有一个星期魂不守舍，处在精神崩溃的边缘。在这段时间，来到图书馆的人时常会看到她匆忙地关上办公桌的抽屉，并且转动钥匙把它锁起来。（这就使得那些家庭主妇们、银行家夫人、医生夫人和律师夫人们，以为她要生病了或者是发疯了。这些人有一些也是那所中

①《琥珀》以及下面提到的《玉尔根》《汤姆·琼斯》和桑恩·史密斯的作品，都是当时出版的一些带有色情描写的作品。

学的同班同学，她们总是会在下午来到图书馆，带着用孟菲斯或者杰克逊出版的报纸严严实实包裹着的《琥珀》或者是桑恩·史密斯的作品，以免让别人看到）一天，她在下午三四点钟的时候，依然关闭了图书馆的门，腋下挟着一个手提包，脸上带着两坨潮红的晕斑；她走进了那家农业生产工具商店，也就是以前杰生在这里当伙计，但是现在已经成为老板的那一家，杰生现在在做棉花生意。她迈步穿过了那个只有男人才会进入的黑乎乎的穿堂——地上、墙上、天花板上，到处都堆满、挂满了粒化、耙片、一捆捆的缰绳、车杠、牛轭以及腌肉、便宜皮鞋、马布、面粉、糖浆等东西。这些都是黑乎乎的，似乎它们之所以在那里不是为了进行货物展示，而是为了深藏不露。这个把他的产品卖给密西西比州的农民（至少是密西西比州的黑人农民），来获得他们土地上的产品分成的人，即使在丰收在望的时候，也深知他并不需要向农民推销什么，而只需向农民提供他们必不可少的劳动工具或者是生活用品。这位老小姐继续往前走，就走到了杰生的特殊领地了：一个用栅栏围起来的办公区域，几乎摆满了货架，上面堆放着插在铁签上的轧棉机单、账簿和棉花样品，充斥着干酪、煤油、马具润滑油混杂起来的恶臭，一只巨大的铁炉子上面被吐上了一口口的嚼过的烟草渣子，看上去都有一百年的历史了。当老小姐来到那个又高又长的斜柜台前时，杰生正站在柜台里面，她不再看那些穿工装裤的男人们，他们在她走进来的那一刻就停止了交谈，甚至不再咀嚼口中的烟草。老小姐打定主意，打开手提包，从里面拿出什么东西，放在了柜台上。当杰生低下头看的时候，她就站在那里浑身颤抖、呼吸急促。那是一张图片，一张显然是从一本精美杂志上裁下来的彩色图片，一张炫耀着奢侈、金钱和阳光的图片——有山峦，有棕榈树，有柏树，还有海滩，背景应该是嘎纳比尔或者什么类似的地方。就在这个背景前面，一个没有戴帽子的女人，她的面孔衬托在一条名贵的围巾和一件海豹皮外套之间，看不出来任何年纪，但是却显得美丽、冷漠和安静，一副什么都无所谓的样子；站在她旁边的是一位英俊、瘦削的中年男子，制服上佩戴着德国参谋部将军的勋章和饰带。——这个和老鼠一般大小和模样的老小姐正在因为自己的鲁莽而恐惧得浑身发抖，目光越过柜台看着这位没有子嗣的老单身汉。他是这个古老家族的最后一位后裔，这个家族的每一个男人都以骄傲著称，即使在不能保持自己完整人格的时候，这种骄傲也会以虚荣和自我怜悯而呈现：这个家族从那位逃离祖国的流亡者开始，他除了一条命之外身无长物，但是仍然拒绝接受失败；之后是那位曾经拿自己的性命和声誉作了两次赌注的人，两次都失败了但是并不认输；再之后是那位靠着一匹只能跑四分之一英里的小马赢得了一片土地的人，总算是为自己的遭到劫掠的父亲和祖父报了仇；接着便是那位精明强干的州长和英勇善战的将军，尽管将军屡遭败绩，但是他也是豁出命来干的；直到那位饱读诗书的酒徒，但是他卖掉最后一片祖产，却不是希图买醉，而是要给家族的最后一位后裔提供人生中的最好机会。

“这是凯蒂，”图书管理员喃喃地说，“我们要救她！”

“不错，是凯蒂。”杰生说，接着便大笑起来。他站在那里对着图片大笑，对着那张冷漠、美丽的脸大笑。这张图片在抽屉里和手提包里摆弄来摆弄去，都已经弄皱了。图书管理员知道他为什么发笑。自从1911年的那一天，被丈夫遗弃的凯丹斯带着一位女婴回家，留下了孩子，自己则搭乘着下一班火车离开，就再也没有回来。自从那时候起的三十二年来，她就只生硬地叫他康普生先生；自从1928年的那一天，小昆丁从落水管子爬下来跟着那位随行商贩私奔之后，她就再也没有跟他说过一句话。说来奇怪，能够看出杰生的用心的，除了那位黑人厨娘迪尔西，就是这个图书管理员了。她凭借着简单的本能，推测出杰生在利用这个孩子的存在和私生女的身份来威胁那位母亲，不但逼得她远离杰弗生镇，而且还拟定自己成为无可争议的唯一托管人，掌握了她为抚养这个孩子寄回来的钱。

“杰生，”她喊着，“我们必须救她！杰生！杰生！”甚至当他用拇指和食指夹着图片，向她的脸上丢过去的时候，她还在喊。

“那是凯丹斯？”他说，“别逗了。这个婊子还不到三十岁，而咱们那一位现在已经五十岁了。”

第二天一整天，图书馆的门仍然锁着。到了下午三点钟的时候，那位老小姐虽然跑得双脚酸痛，筋疲力尽，但是还是不屈不挠地，在腋下紧紧挟住那只手提包，走进了孟菲斯黑人居住区的一个干净的小院子里。她登上一间同样干净的小屋前的台阶，按响了门铃。门打开了，一个和她差不多年纪的黑人妇女平静地从里面看着她。“你是弗兰妮吧？对不对？”图书管理员说。“你不记得我了吗？梅丽莎·米克，从杰弗生来的——”

“记得的，”黑人妇女说，“请进。你是要见我妈妈吧？”于是她走进了房间——这是一间老年黑人居住的干干净净但却拥挤不堪的卧室，充斥着老头子、老太太和老年黑人的气息。那里，一位黑老婆子坐在壁炉前的摇椅里。虽然是六月天，但是壁炉里面仍然有未灭的灰烬燃烧着——这个以前身材高大的女人穿着一件褪了色却干干净净的印花布衣服，头上裹着一条也是干干净净的头巾，但是那双眼睛看上去朦胧而没有生气，显然视力已经很差了。图书管理员把那张已经有了折角的裁下来的图片放到那双黑手里。和所有黑人的手一样，这双手看上去仍然像她三十岁、二十岁甚至十七岁那样柔软、纤巧。

“这是凯蒂，”图书管理员说，“就是凯蒂！迪尔西！迪尔西！”

“他说什么？”黑老太太说。图书管理员知道她所说的“他”是指谁，而且一点也不觉得诧异。这正像黑老太太不但知道图书管理员会明白自己所说的“他”是谁，而且也马上就猜出来她已经拿着先给杰生看过了。

“你知道他说什么吗？”她哭喊着，“当他知道她身处险境的时候，即使我不把照片拿给他看，他也知道那就是她，但是一旦他知道有人、任何人，哪怕那个人是我，想要去救她的时候，他又说那个人不是她。但是这确实是她啊！你看看图片！”

“你看看我的眼睛，”黑老太太说，“就知道我怎么会看得见图片呢？”

“叫弗兰妮来！”图书管理员喊道，“她会认出来的！”但是黑老太太已经小心翼翼地将图片折好，交还到了图书管理员的手里。

“我的眼睛不中用啦，”她说，“我看不见啦。”

事情就是这样子的。下午六点钟的时候，她已经在拥挤的汽车终点站台上被挤来挤去，一只胳膊紧紧挟着手提包，另一只手里拿着被撕掉一半的回程车票。她被汹涌的人群挤上了月台。乘车的人中很少有平民，大部分都是士兵和水手，或者动身去度假或者去送死，或者是去找那些无家可归的年轻女人，那是他们的伴侣。她们在这两年的时间里，如果幸运的话会在火车卧车里或者旅馆里，如果没有那么幸运的话便只能在坐铺、长途汽车、车站、旅馆门厅和公共休息室里过夜。也只有在慈善机构的病房里生下一些孽种或者是在警察局里被滞留的时候，她们才会暂时地停止流动。图书管理员艰难地移动着，好不容易挤上车，但是她的个子太矮小了，几乎脚不沾地，直到有一个穿卡其布军装的男子将她抱起来，安置在一个靠窗户的座位上，而此时她正眼泪汪汪地哭着，因此并不能看到他。之后虽然她还在无声地哭泣，但是看着窗外飞逝的景色，心情已经好了很多。很快，她就可以安然地回到杰弗生镇了。在那里，生命中虽然也充满了种种不可理喻的激情、动荡、忧伤、愤怒和沮丧，但是只要一到六点钟，你就可以把这一切用一块布掩盖起来。即使是一个小孩子，也能够用他的乏力的手，把生命放回到那永久沉默的架子上，让它安然地和它的平平凡凡的同类相处在一起，然后转动钥匙把它深锁在储藏室里，然后就可以有一个没有梦的夜晚。是的，她想着，无声地哭泣着，就是这样。她并没有看这张图片，这是因为她知道不管是不是凯蒂，都不需要别人来拯救。事实上现在已经没有值得拯救的任何东西了，因为任何值得拯救的东西都丢掉了她值得拯救的价值。

杰生四世　　他是从柯伦顿的那位祖辈以来，康普生家族的第一个头脑清醒的人，同时又因为他是一个没有子嗣的光棍，因此也算得上是最后一个。在他的自我克制的苦修生活当中，又含有一定的逻辑性，因此他身上带有古老的斯多葛派哲学家的气味：他丝毫不会敬畏上帝，如果敬畏的话，他也只会想起警察。但是如果真说起来敬畏，他暗中敬畏的却是那个厨娘黑老婆子。自从他出生以来，她就是他的天敌，而从1911年的那一天起，她又成了他的死敌。因为在那一天，她仅仅凭借着自己的直觉，就意识到他是在利用自己外甥女的私生女身份来要挟孩子的母亲，进行敲诈勒索。他不但要在康普生家族当中争取一席之地，而且同时也要跟斯诺普斯家族进行斗争，因为后者从本世纪初，在康普生和沙多里斯这些古老的家族式微之后，便逐渐占领了这个小镇。（不过最终的胜利和斯诺普斯家族并没有关系，而是杰生自己，等到她的母亲一死——那个外甥女早已经爬下落水管不见了，迪尔西就是去了用来对付他的两根大棒——他就把自己的白痴弟弟丢给了州政府，同时自己从大宅子里搬了出去，将那个一度辉煌壮丽的大宅子分割成了一间间的他称之为公寓的东西，再之后，他索性把整个宅子卖给了开膳宿公寓的一个乡下人。——他做这件事的时候毫不困难，因为在他看来，镇子上的其他人乃至于全世界、全人类，都是康普生家族的人，都是无法信赖的人，至于为什么会这样，这是很容易解释的。他们家卖掉了最后的牧场，把得来的钱用在了姐姐的婚礼和让哥哥上哈佛上，而他自己则只好去做店员，从那微薄的工资当中省下一丁点的积蓄，然后去读了孟菲斯的一所学校。在那里，他学会了鉴定棉花的等级，从而开创了自己的买卖。在他的父亲纵酒去世之后，他便完全承担起了这个摇摇欲坠的家庭中的全部生活负担。由于他母亲的缘故，他要继续养着自己的白痴弟弟，从而牺牲了一个三十岁的单身汉所应该有的甚至是必需的快乐。这样，他的母亲才能够继续生活下去。他这样做，并不是因为他爱她，而是因为（心智健全的男人总会如此）他害怕那个黑人厨娘，他摆脱不了她，即使他曾经尝试着停发她的工资，但是也不能赶走她。尽管这样，他还是想方设法地积攒下差不多三千块钱（即他外甥女把钱偷走的那一晚，他报警时所称的2840.5元），那些钱都是辛辛苦苦、令人心酸的省下来的角币、两角五分币和五角币。他并没有把这些钱币存进银行，因为他认为银行也是另外一个康普生，因此他把钱放在了自己卧室里上锁的一口橱柜抽屉里。他只能自己铺床或者更换床单，因为除了他自己进出之外，他总把门锁着。在他的白痴弟弟有一次试图拦截一个从门前经过的女学生之后，他不经过母亲的同意便做了那个白痴的监护人，而且又在他的母亲知道之前，带着那个白痴去做了去势手术。1933年，他的母亲去世之后，他便永远摆脱了那个白痴弟弟和那所大宅子，同时也彻底地摆脱了那个黑人厨娘，搬到了那个堆放棉花账本和样品的工具店的顶楼，他把那里改造成了一间带有厨房和浴室的卧室。每当周末的时候，人们便会看见一位胖大、相貌平常、脾气和善的女人在这里进进出出。她的头发是褐色的，也已经不再年轻了，总是戴着一顶圆边花帽，有时候会穿一件假的皮毛大衣。人们干脆把她称为“杰生的孟菲斯朋友”。周六的时候，那位中年的棉花商人就和这个女人一起到电影院看电影，而周日清晨的时候，两个人又从杂货店里买回一纸袋一纸袋的东西走上楼梯，纸袋里面装着面包、鸡蛋、橘子以及各种蔬菜罐头，很有些家庭的、惧内的气氛。周日的时候，她会乘长途汽车回到孟菲斯。现在他解放了，获得自由了。“1865年，”他总会说，“林肯从康普生家族那里解放了黑鬼；1933年，杰生·康普生从黑鬼那里解放了康普生家族。”

班杰明　　他生下来的时候叫作毛莱，是以他的唯一的舅舅的名字为名的。（他的这位舅舅是一个英俊、浮夸、喜欢吹牛、没有任何正式工作的单身汉。他几乎向每一个人都借过钱，甚至向黑人厨娘迪尔西借钱。他一面把那只装钱的手从口袋里伸出来的时候，一面向她解释说：她在他的眼睛中，不但是自己姐姐家的一员，而且在世界上任何人的眼中，她的风度气派无疑就是一名贵妇人）但是班杰明呢，到后来，就连他的母亲都看出了他的不同寻常的地方，于是只好哭泣着为他改名，而他的哥哥昆丁就给他改名叫作班杰明（班杰明，我们最小的孩子，被卖到了埃及的那一个）。他爱三样东西：被卖掉用来给凯丹斯操办婚礼、为昆丁交学费的那块牧场，他的姐姐凯丹斯和火光。这三样东西事实上他一样都没有丢失，因为他并不能真正记得她的姐姐，只不过感觉若有所失罢了；火光则仍然在他昏昏欲睡的时候在炉膛里面跳动着；至于牧场，卖掉比不卖掉对于他来说更好，因为这样他就可以跟狄比永不停止地跟在打球的人后面奔跑了。狄比还可以带着他到草丛和灌木丛当中去，突然就在手上出现一个白色小球，一旦你把它扔出去的时候，它就会在地板、熏房的墙壁上和人行道上飞来飞去，甚至能够克服地心引力这亘古不变的定律——当然，这些理论是班吉没有听到过的。1913年，班级被做了去势手术。1933年，他被送到杰克逊疯人院。但是对此他仍然没有丢失什么，因为跟他姐姐的情形一样，他不能够真正地记起那块牧场，只是感觉到若有所失罢了。

昆丁　　最后一位康普生家族成员。凯丹斯的女儿。在出生九个月之前，她就没有了父亲；在出生之后，就没有了姓氏；而从卵子分裂的那一刻就决定了她不会有合法的丈夫。在她十七岁的时候，也就是我主耶稣复活一千八百九十五周年纪念日的前一天，她从被她舅舅锁住的房间的窗户里爬了出来，然后沿着落水管爬到她舅舅的那个也上了锁的没有人的卧室窗户旁边，打碎了一块玻璃，爬进窗户，然后用她舅舅的拨火棍撬开了锁着的抽屉，拿走了里面的钱（也不是2840.5元，而是将近七千块。这使得杰生怒不可遏，一种不可忍受的震怒在当天晚上就爆发了，而且在之后的五年内间歇发作，而且程度从来不会有丝毫的减弱，像是一颗子弹或者一道雷霆当场击中了他一样。他被抢走的不仅仅是三千块，而是将近七千块，他却有苦难言，不能和任何人说；他被抢走的是七千块，而不仅仅是三千块，他却不能听到任何人的一句公道话——就算是那些倒霉的、也拥有一个杂种姐姐和杂种侄女的人。事实上他并不需要别人的同情，但是他也不能到警察局报案；因为他丢掉了那不属于他的四千块，因此就连那属于他的三千块也不能拿回来了。因为前面的四千块不但是他外甥女的合法财产——她的母亲十六年来寄来的抚养费——而且法律上讲是并不存在的，他作为他的监护人和委托管理人，在每年向地方平衡法院递交年度报告里，已经说明这些钱都花掉了；因此，他侵占的不义之财和他省吃俭用节省下来的钱，都被洗劫一空，而且抢劫者居然还是他的受害者；他被抢走的不但是那冒着牢狱之灾的风险吞没的四千块，而且还有自己以牺牲和克制为代价，用了二十年以上的时间，几乎是五角角币、一角角币积蓄下来的三千块。而且抢劫者不但是他的受害方，还是一个黄毛丫头，没有预谋，没有计划，只是一个突发的想法，甚至她在撬开抽屉的时候并不知道里面有多少钱，也能根本就不在乎会有多少钱；现在，他连找警察帮忙都不能做了；事实上他对警察是很尊敬的，从来不会轻易麻烦他们，他缴纳了这么多年的税，就是为了让那些警察过着一如既往的寄生虫和虐待狂一样的生活；不单单是这样，他甚至不敢去找那个女孩子，因为一旦找到了她，她就会把这件事宣扬开来，因此，他唯一的办法便是做梦，在这件事发生之后的两三年甚至是四年的夜晚里，他常常会在床上辗转反侧、满头大汗：他梦见自己出其不意地捉住了她，在黑暗中将她扑倒在地。在她还没有把那笔钱花完，在她还没有来得及开口说话之前，就把她干掉）。小昆丁拿到钱之后，就趁着夜色沿着同一条落水管爬了下来，跟着一个推销员私奔了，而这个推销员之前因为重婚罪被判过刑。她就这样彻底消失了，而且不管她做什么勾当，都不会有一天坐上镀铬的“梅赛德斯”牌汽车，也不会拍什么照片，旁边也不会站着什么参谋部的将军。

康普生家族的人就是这样。其他的一些人不是康普生家族的人，他们是黑人。

狄比　　他在孟菲斯的街上溜达，身上穿着芝加哥或者是纽约的廉价工厂老板为他们这些人特制的华丽、鲜艳、俗不可耐却又逼人眼睛的衣服。

弗兰妮　　她嫁给了一个火车卧车上的侍者，搬到圣路易去住了，后来她又搬家回到孟菲斯，把她母亲接了过来，因为她的母亲执意不肯再到更远一些的地方。

勒斯特　　一个十四岁的男孩子。但是他不仅能够照顾和保护好那个年纪是他的两倍、块头是他的三倍的白痴，同时还能逗他开心。

迪尔西……

他们艰辛地活着。

附录一　福克纳年表

1897 年　9 月 25 日诞生于美国南部密西西比州新奥尔巴尼一个没落庄园主的家庭。

1898 年　全家搬迁至里普利居住。

1899 年　弟弟小默里·法克纳（和父亲同名）出生。

1901 年　弟弟约翰·韦斯利·汤姆森·法克纳（和祖父同名）第三出生。

1902 年　祖父卖掉铁路，父亲携家眷搬迁至牛津镇居住。

1905 年　在牛津小学上一年级。

1906 年　跳级进入牛津小学三年级学习。

1909 年　暑假期间在父亲出租马车的店里面打工。

1911 年　念到八年级，开始逃学，表现不良。

1914 年　由于写诗与菲尔·斯通结为好友，由于不愿上学而退学。

1915 年　9月再次回归校园生活念十一年级，并且参加了足球队。

1916 年　就职于国家第一银行，秋季开始频繁进出于密西西比大学校区，在斯文本恩和霍斯曼的影响下开始创作诗歌。

1917 年　在《密西西比年鉴》上发表了一幅画，成为他第一个发表的作品。

1918 年　将姓氏法克纳改为福克纳。6 月加入加拿大英国皇家空军，在多伦多航空学校接受训练，在战争结束后回到了牛津故居。

1919 年　进入密西西比大学进行半工半读模式的学习，在校园刊物上发表诗歌和绘画。

1920 年　9 月加入学校剧团，11 月退学。

1921 年　在罗德和泰勒书店里当店员，11 月在密西西比大学邮政局工作。

1922 年　兼任童子军领队，诗作《肖像》在新奥尔良的报章上发表。

1924 年　在菲尔·斯通的劝说下辞去了邮局工作，并且在其帮忙下顺利出版了《大理石牧神》。

1925 年　打算前往欧洲，在途经新奥尔良的时候受到当地知名的小说家雪梧德·安德逊的盛情邀请并居住在他的公寓；后来，乘船去欧洲，游意大利、瑞士、法国和英国。12 月，返回牛津镇。

1926 年　出版了《士兵的报酬》。

1927 年　出版了《蚊群》。

1929 年　6 月以《萨托里斯》为名出版了修改后的《坟墓里的旗帜》，6 月同埃斯特尔结婚，10 月出版了《喧哗与骚动》。

1930 年　开始在杂志刊物上刊登小说，10 月正式出版了《我弥留之际》。

1931年 1月女儿阿拉巴玛·福克纳出生，但只存活了9天便夭折了，之后出版了《庇护所》以及短篇故事集《这十三篇》。

1932年 8月父亲去世，10月迫于生计前往好莱坞，出版《八月之光》。

1933年 4月出版了人生的最后一本诗集《绿枝》，6月女儿吉尔出生。

1934年 出版了短篇小说集《马丁诺医生与其他故事》。

1935年 12月放下自己十分有兴趣创作的作品《押沙龙，押沙龙！》，再次步入好莱坞工作，并为20世纪福克斯公司效劳。

1936年 10月正式出版《押沙龙，押沙龙！》，这成为他的重要作品之一。

1937年 回到牛津镇。

1938年 2月出版了《不败者》，并且将电影制作权卖给米高梅公司，有了钱后买下拉菲叶特郡的一片农场，取名为“绿园农庄”。

1939年 正式出版了《野棕榈／老人》。

1940年 出版了《小村》。

1942年 5月出版了《沉沦吧，摩西》。

1944年 5月重回好莱坞，12月返回牛津镇。

1945年 继续为华纳兄弟公司做了三个半月的报道工作后，便脱离了好莱坞的怀抱。

1946年 5月《袖珍版福克纳文集》正式出版。

1948 年　9 月《闯入坟墓的人》正式出版，其电影制作权被米高梅买下 。

1949 年　11 月出版了《马弃兵》。

1950 年　11 月获诺贝尔文学奖，12 月带女儿前往斯德哥尔摩领奖。

1951 年　9 月出版了《修女安魂曲》，这是一部半小说半戏剧的作品。

1954 年　接受了巴黎与巴西举行的文化会议邀请，8 月正式出版了《一个寓言》。

1955 年　凭借《一个寓言》获得国家小说著作奖金，7 月在美国国务院的赞助下访问了日本、欧洲和冰岛。

1956 年　往返于华盛顿和纽约，担任华盛顿作家协会的主席。

1957 年　任夏洛茨维尔弗吉尼亚大学驻校作家，3 月领取希腊协会的银牌奖，5 月正式出版了《镇》。

1958 年　继续在夏洛茨维尔弗吉尼亚大学任职。

1959 年　《修女安魂曲》首次在百老汇演出，正式出版《大宅》。

1960 年　8 月被弗吉尼亚大学聘请做特约讲座，10 月母亲去世。

1962 年　5 月正式出版最后一部作品《掠夺者》，7 月 6 日死于心脏病。

附录二　诺贝尔文学奖大系书目

1901 年　苏利·普吕多姆（法国）　《孤独与沉思》

1902 年　特奥多尔·蒙森（德国）　《罗马史》

1903 年　比昂斯滕·比昂松（挪威）　《挑战的手套》

1904 年　何塞·埃切加赖（西班牙）　《伟大的牵线人》

1904 年　弗雷德里克·米斯特拉尔（法国）　《米赫尔》

1905 年　亨利克·显克微支（波兰）　《你往何处去》

1906 年　乔苏埃·卡尔杜齐（意大利）　《青春的诗》

1907 年　拉迪亚德·吉卜林（英国）　《丛林故事》

1908 年　鲁道夫·奥伊肯（德国）　《人生的意义与价值》

1909 年　拉格洛夫（瑞典）　《尼尔斯骑鹅旅行记》

1910 年　保尔·海泽（德国）　《骄傲的姑娘》

1911 年　梅特林克（比利时）　《青鸟》

1912 年　霍普特曼（德国）　《织工》

1913 年　泰戈尔（印度）　《新月集·飞鸟集》

1915 年　罗曼·罗兰（法国）　《约翰·克利斯朵夫》

1916 年　海顿斯坦姆（瑞典）　《查理国王的人马》

1917 年　彭托皮丹（丹麦）　《天国》

1917 年　耶勒鲁普（丹麦）　《明娜》

1919 年　卡尔·施皮特勒（瑞士）　《伊玛果》

1920 年　汉姆生（挪威）　《大地的成长》

1921 年　法朗士（法国）　《泰绮思》

1922 年　贝纳文特（西班牙）　《不该爱的女人》

1923年　叶芝（爱尔兰）　《当你老了》
1924年　莱蒙特（波兰）　《农夫》
1925年　萧伯纳（爱尔兰）　《圣女贞德》
1926年　黛莱达（意大利）　《邪恶之路》
1927年　亨利·柏格森（法国）　《创造进化论》
1928年　温塞特（挪威）　《新娘·女主人·十字架》
1929年　托马斯·曼（德国）　《布登勃洛克一家》
1930年　辛克莱·刘易斯（美国）　《巴比特》
1931年　埃里克·卡尔费尔德（瑞典）　《荒原与爱情》
1932年　约翰·高尔斯华绥（英国）　《福尔赛世家》
1933年　伊凡·亚历克塞维奇·蒲宁（俄罗斯）　《阿尔谢尼耶夫的一生》
1934年　路易吉·皮兰德娄（意大利）　《六个寻找剧作家的角色》
1936年　尤金·奥尼尔（美国）　《进入黑夜的漫长旅程》
1937年　马丁·杜·加尔（法国）　《蒂博一家》
1944年　约翰内斯·延森（丹麦）　《希默兰的故事》
1945年　加夫列拉·米斯特拉尔（智利）　《葡萄压榨机》
1946年　赫尔曼·黑塞（瑞士）　《荒原狼》
1947年　安德烈·纪德（法国）　《窄门》
1949年　威廉·福克纳（美国）　《喧哗与骚动》
1954年　海明威（美国）　《永别了，武器》
1956年　希梅内斯（西班牙）　《小毛驴与我》
1957年　加缪（法国）　《局外人》
1958年　帕斯捷尔纳克（苏联）　《日瓦戈医生》

图书在版编目(CIP)数据

喧哗与骚动/(美)威廉·福克纳著;金凌心译.—福州:海峡文艺出版社,2017.8(2023.9重印)
(诺贝尔文学奖大系)
ISBN 978-7-5550-1190-3

Ⅰ.①喧… Ⅱ.①威…②金… Ⅲ.①长篇小说—美国—现代 Ⅳ.①I712.45

中国版本图书馆CIP数据核字(2017)第144624号

诺贝尔文学奖大系

喧哗与骚动

[美国]威廉·福克纳 著 金凌心 译

责任编辑 朱墨山
出版发行 海峡文艺出版社
经　　销 福建新华发行(集团)有限责任公司
社　　址 福州市东水路76号14层
发 行 部 0591—87536797
印　　刷 福州俊丰彩印有限公司
地　　址 福州市晋安区鼓山镇鼓一村福光路189号
开　　本 889毫米×1194毫米 1/32
字　　数 286千字
印　　张 12.75
版　　次 2017年8月第1版
印　　次 2023年9月第3次印刷
书　　号 ISBN 978-7-5550-1190-3
定　　价 76.00元